Morsure secrète

KRESLEY COLE

LES OMBRES DE LA NUIT – 1

Morsure secrète

ROMAN

*Traduit de l'américain
par Michelle Charrier*

Titre original
A HUNGER LIKE NO OTHER

Éditeur original
A Pocket Star Book by Pocket Books,
a division of Simon & Shuster, Inc., New York

© Kresley Cole, 2006

Pour la traduction française
© Éditions J'ai lu, 2010

À Richard,
mon Viking en chair et en os

Remerciements

Mille mercis à Beth Kendrick, qui nous a trouvé le surnom idéal : la Confrérie du cri primal. Si Beth et le téléphone n'existaient pas, je vivrais dans l'ignorance du comptage de mots. Je tiens aussi à exprimer ma reconnaissance à la merveilleuse Sally Fairchild, pour son soutien persévérant. Et je remercie du fond du cœur Megan McKeever, de Pocket Books, sans doute très occupée en cet instant même à me tirer d'une nouvelle crise de livre.

Prologue

Le brasier qui lui mord la peau s'apaise parfois.

Son brasier. Car le recoin de son esprit où subsistent quelques pensées rationnelles affirme que ces flammes lui appartiennent. Ne les nourrit-il pas depuis des siècles ?

Il y a si longtemps – il ne sait pas combien de temps au juste – que la Horde vampirique l'a emprisonné dans les Catacombes creusées sous Paris. Debout, enchaîné à un rocher par le cou et les membres ; devant une faille ouverte sur les enfers, qui crachent jusqu'à lui leur incandescence.

Il attend et il souffre, offrande à une colonne de feu qui parfois s'affaiblit mais jamais ne s'éteint. Jamais. Pas plus que lui. Encore et toujours consumé par le brasier, il revient encore et toujours à la vie, car l'immortalité l'y ramène obstinément.

Des fantasmes de vengeance d'une extrême précision le soutiennent dans son calvaire ; il ne peut résister au supplice qu'en excitant la rage qui lui emplit le cœur.

Jusqu'au jour où *elle* arrive.

Au fil des siècles, le prisonnier a parfois entendu dans les rues de Paris des bruits étranges, indéfinissables, ou perçu la ronde des saisons selon leurs odeurs. Mais ce qu'il vient de flairer à cet instant précis, c'est son âme sœur, la seule et unique femme qui soit faite pour lui.

Celle qu'il a cherchée sans répit mille ans durant – jusqu'au jour où il a été capturé.

Le feu a baissé. Sa promise s'attarde au-dessus de lui. Assez! Un de ses bras se raidit dans les fers, au point que le métal lui entaille la peau. Le sang se met à couler goutte à goutte, puis à flots. Tous les muscles de son corps affaibli travaillent de concert, se bandent pour lui permettre d'accomplir ce qu'il tente en vain depuis une éternité. Cette fois, il réussira. Pour *elle*. Il le faut… Son hurlement se transforme en toux étranglée lorsque tombent deux de ses chaînes.

Le temps lui manque pour s'attarder sur ce miracle. *Elle* est si proche qu'il pourrait presque la frôler. Il a besoin d'*elle*. Son autre bras se libère brutalement.

Il empoigne à deux mains le demi-cercle de métal qui lui mord le cou, tandis que le vague souvenir du jour où on l'a amené dans ces catacombes lui traverse l'esprit : les deux extrémités du collier, de longues pointes épaisses, sont enfoncées de plus d'un mètre dans le rocher. Ses forces s'amenuisent mais rien ne peut l'arrêter, pas quand *elle* est là, tout près. L'arc de fer se détache dans un geyser de pierre et de poussière. Emporté par le mouvement, il le jette violemment à l'autre bout de la caverne.

Déjà, il tire sur la chaîne enroulée autour de sa cuisse. Il parvient à l'arracher. Celle de la cheville suit. Puis il s'attaque aux deux dernières, qui lui immobilisent l'autre jambe. Il ne baisse même pas les yeux en tirant de toutes ses forces sur les maillons. Rien. Les sourcils froncés par l'angoisse, il recommence. Sauvagement, en gémissant de désespoir. Toujours rien.

L'odeur de son âme sœur s'affaiblit – le temps presse! Le regard qu'il baisse enfin vers sa jambe lestée de fers est glacé. Il s'imagine enfoui en *elle*, la souffrance oubliée. Ses mains tremblantes se posent sur sa cuisse, au-dessus du genou. Tout entier empli du désir ardent de s'anéantir en *elle*, il s'efforce de briser l'os, mais il se trouve dans un tel état de faiblesse qu'il n'y parvient qu'au bout de six tentatives.

Ses griffes déchirent peau et muscles, avant d'atteindre le nerf aussi solide qu'une corde de piano qui court le long du fémur. À peine le frôle-t-il qu'une douleur inimaginable en parcourt la longueur puis explose dans son torse. Son champ de vision vire au noir.

Il est trop faible. Il perd trop de sang. Le brasier ne va pas tarder à repartir de plus belle. Les vampires lui rendent visite régulièrement. Va-t-il perdre son âme sœur, alors qu'il vient tout juste de la trouver ?

— *Non !* lâche-t-il d'une voix rauque, cassée.

Il s'abandonne à la bête intérieure, capable de conquérir sa liberté à coups de crocs, d'étancher sa soif dans le caniveau et de se nourrir d'ordures pour survivre. L'amputation frénétique qui survient alors constitue un spectacle terrible, mais lointain.

Il laisse la douleur derrière lui avec sa jambe lorsqu'il part en rampant. Lentement, il traverse les ombres humides des Catacombes jusqu'à un tunnel. L'oreille tendue, aux aguets, de crainte de voir arriver l'ennemi, il se glisse dans le boyau parmi les os qui en jonchent le sol. Le chemin de la sortie lui est parfaitement inconnu, mais il le trouve – et la force de le suivre – guidé par son odeur à *elle*. Bouleversé à l'idée de la souffrance qu'il va lui infliger. Le lien entre eux sera si puissant qu'*elle* ressentira comme siennes la détresse et la douleur dans lesquelles il se débat.

Personne n'y peut rien.

Lentement, très lentement, il finit par atteindre la surface. Une ruelle obscure. Mais son odeur à *elle* s'est évaporée.

Le destin la lui a donnée au moment où il avait le plus besoin d'*elle*. Que le Ciel le protège – qu'Il protège cette ville tout entière – s'il ne la retrouve pas.

Sa brutalité était légendaire ; pour *elle*, il la laissera se déchaîner sans entrave.

Un dernier effort lui permet de s'asseoir, adossé à un mur. Les griffes plongées dans les briques de la venelle, il fait de son mieux pour apaiser ses halètements. Peut-être ainsi repérera-t-il l'arôme qu'il cherche.

Elle. Besoin. En elle. Depuis si longtemps…

Non. Le parfum de son âme sœur s'est évanoui.

Les larmes lui montent aux yeux. Un violent frisson le secoue. La ville tremble lorsque s'élève un rugissement d'angoisse.

*« En tout homme, même le meilleur,
sommeille une bête sauvage, sans loi,
qui relève la tête dans ses rêves. »*
Socrate (470-399 avant Jésus-Christ)

1

Une semaine plus tard...

Une île de la Seine, la nuit, une cathédrale sans âge en toile de fond, les Parisiens à l'avant-scène...

Emmaline Troie contournait d'un pas agile les cracheurs de feu, pickpockets et chanteurs de rue perdus parmi les tribus de goths en noir qui fourmillaient autour de Notre-Dame. Le monument ressemblait fort au navire ravitailleur de tous les goths du monde, chargé d'alimenter leur mère patrie. Malgré leur nombre, cependant, Emmaline attirait l'attention.

Chaque fois qu'elle passait près d'un homme, il se tournait lentement dans sa direction, les sourcils froncés, conscient de *quelque chose* sans savoir quoi. Une sorte de mémoire génétique très ancienne devait souffler à tous ces mâles qu'ils contemplaient leur fantasme le plus fou ou leur cauchemar le plus noir.

Emma n'était pourtant ni l'un ni l'autre.

C'était une étudiante – ou, plus exactement, une diplômée de fraîche date de l'université de Tulane –, seule à Paris et affamée. Épuisée par une quête infructueuse – une de plus –, elle se laissa tomber sur un banc rustique, sous un noisetier, les yeux rivés à une serveuse de bar qui préparait un espresso. Si seulement le sang coulait de la même manière ! Si seulement un robinet inépuisable le déversait dans une tasse, chaud et onctueux, Emma n'aurait pas eu l'estomac contracté par la faim à cette seule idée !

Affamée, à Paris. Sans ami. Il n'y avait qu'elle pour avoir une poisse pareille.

Les couples qui erraient sur le gravier de l'allée, main dans la main, accentuaient encore le ridicule de sa solitude. Était-ce juste une impression, ou les amoureux se regardaient-ils d'un air plus adorateur à Paris ? Surtout au printemps. *Allez crever, bande de salauds !*

Elle soupira. Ce n'était pas de leur faute, si ces salauds allaient crever.

Elle s'était jetée dans la mêlée pour fuir sa chambre d'hôtel, mais aussi parce qu'elle conservait l'espoir de dénicher dans la Ville lumière un nouveau fournisseur de sang. Son précédent dealer s'était fait une place au soleil – littéralement, puisqu'il était parti pour Ibiza... sans se fatiguer à lui expliquer pourquoi il laissait tomber le job. Il avait juste dit qu'avec « le réveil du roi », le « gai Paris » pouvait s'attendre à « un bordel épique ». Quant à ce que cela signifiait...

En tant que vampire, Emma appartenait au Mythos, l'ensemble des créatures qui avaient réussi à convaincre l'humanité qu'elles existaient exclusivement dans son imagination. Mais le Mythos avait beau être dense à Paris, la voyageuse s'était révélée incapable de trouver un autre fournisseur. Chaque fois qu'elle repérait un informateur potentiel, il détalait, terrifié par sa nature vampirique. Sans se douter qu'il avait en réalité affaire à une métisse – et une petite nature, en plus, puisqu'elle n'avait jamais mordu personne de sa vie. Comme ses indomptables tantes le répétaient à qui voulait l'entendre :

— Dès qu'Emma froisse les ailes d'un papillon de nuit, elle pleure toutes les larmes roses de son corps.

Elle qui tenait tant à ce voyage, il ne lui avait servi à rien. La quête entreprise pour obtenir des renseignements sur ses parents disparus – sa mère valkyrie et son père vampire, dont le nom même lui restait inconnu – s'était soldée par un échec. Échec qu'elle couronnerait en téléphonant à ses proches pour les implorer de voler à son secours… parce qu'elle était incapable de se nourrir. Lamentable. Emma soupira. Ça aussi, elle en entendrait encore parler dans soixante-dix ans…

Un fracas retentissant la tira de ses pensées. Elle n'eut même pas le temps de plaindre la serveuse, accusée de casser la vaisselle, qu'une deuxième, puis une troisième vague sonore suivirent en rafale. Emma inclina la tête de côté, intriguée… à l'instant précis où le parasol déployé au-dessus de la table la plus proche décolla jusqu'à cinq mètres de haut, avant d'aller s'abîmer en voletant dans la Seine. Un bateau de plaisance klaxonna, tandis qu'éclatait une bordée de jurons français.

Un colosse apparut dans la faible lumière des flambeaux de l'allée, très occupé à renverser les tables du café, les chevalets des peintres et les étals des bouquinistes, jonchés d'œuvres pornographiques centenaires. Les touristes hurlants s'enfuyaient devant lui. Emma bondit sur ses pieds, saisie, en ramassant son sac à main.

Le type fonçait droit sur elle. Son imper noir battait au vent. Sa taille et ses mouvements, d'une fluidité surnaturelle, n'étaient peut-être pas totalement humains. Sa longue chevelure ébouriffée lui dissimulait à demi le visage ; une barbe de plusieurs jours ombrait son menton.

— *Toi !* gronda-t-il en tendant vers Emma une main tremblante.

Elle jeta un coup d'œil par-dessus son épaule – d'abord d'un côté, puis de l'autre – à la recherche du malheureux à qui s'adressait ce *toi*. Personne. Nom d'un chien. Le fou en avait après elle !

La main ouverte, il lui fit signe de le rejoindre – visiblement persuadé qu'elle allait obtempérer.

— Euh... mais... je... je ne vous connais pas, couina-t-elle en cherchant à reculer et en se cognant aussitôt au banc.

L'inconnu s'approchait, indifférent aux tables qui lui barraient le passage et qu'il projetait de côté comme de vulgaires jouets. Une détermination rageuse brûlait dans ses yeux bleu pâle. Plus la distance qui les séparait s'amenuisait, plus elle percevait la fureur dont il était possédé, une fureur déconcertante pour elle, qui avait toujours fait partie des prédateurs de la nuit, pas des proies – jamais. Et qui n'était au fond qu'une froussarde.

— Viens.

Il cracha le mot, difficilement, en faisant de nouveau signe à Emma de le rejoindre.

Les yeux écarquillés, elle secoua la tête puis bondit en arrière par-dessus le banc, de manière à retomber le dos tourné au cinglé. Elle n'avait plus qu'à prendre ses jambes à son cou. Si affaiblie soit-elle – elle n'avait pas avalé une goutte de sang depuis plus de deux jours –, la terreur lui donna des ailes pour filer sur le quai puis quitter l'île par le pont de l'Archevêché.

Trois rues plus loin... quatre... Emma se permit de lancer un coup d'œil par-dessus son épaule. Personne. Avait-elle semé le fou ? Une musique bruyante jaillit soudain de son sac à main, lui arrachant un cri de peur.

Nom d'un chien ! Qui avait bien pu programmer sur son portable la sonnerie Crazy Frog ? Ses yeux se plissèrent. Regina. L'immortelle la plus immature du monde – une mentalité de gamine dans un corps de sirène.

Les habitantes de la maisonnée n'utilisaient les portables qu'en cas d'extrême urgence : les appels inattendus nuisaient à la traque dans les bas quartiers de La Nouvelle-Orléans, car il suffisait parfois d'une vibration pour faire dresser l'oreille aux créatures inférieures.

Emma ouvrit l'appareil. Quand on parle du loup...
Regina la Radieuse en personne était au bout du fil.

— Je suis occupée, lâcha aussitôt Emma, tranchante, en jetant de nouveau un coup d'œil en arrière.

— Laisse tomber. Tu n'as pas le temps de faire tes
bagages. Annika t'ordonne de te rendre immédiatement à l'aéroport VIP. *Tu es en danger, ma puce !*

— Euh...

Clic. Il ne s'agissait pas d'un avertissement, mais
d'un fait avéré.

Elle demanderait des détails à ses tantes depuis
l'avion... même si elle n'avait pas vraiment besoin
d'une bonne raison pour rentrer au manoir. Le seul
mot « danger » venait de la persuader d'y retourner
ventre à terre, se placer sous la protection des braves
qui élimineraient le moindre péril et tiendraient en
respect toute inquiétude.

Bon... Par où passer, pour regagner l'aéroport où
elle avait atterri ? La pluie se mit à tomber, une
bruine tiède qui poussa les amants d'avril à se réfugier sous les auvents en riant, mais qui ne tarda malheureusement pas à se transformer en averse glacée.
Emma atteignit une avenue animée, où elle se sentit plus en sécurité en se faufilant à travers la circulation. Les voitures qu'elle esquivait faisaient un
usage intensif de leurs essuie-glaces, mais aussi de
leur klaxon. Son poursuivant n'était nulle part en
vue.

Il faut dire qu'elle était rapide, avec son sac à main
pour tout bagage, la bandoulière passée autour du
cou. Les kilomètres s'enchaînaient, et le parking à
ciel ouvert qui s'étendait juste devant l'aéroport ne
tarda pas à lui apparaître... puis les turbulences sus-
citées par des moteurs en train de chauffer. Les obtu-
rateurs avaient déjà été baissés devant les hublots de
l'avion. Elle y était presque.

Persuadée d'avoir semé le fou. Parce qu'elle était
effectivement *très* rapide. Et *très* douée pour se per-

suader de choses et d'autres sans disposer de la moindre preuve – elle avait le don de faire comme si.

Un grognement féroce s'éleva derrière elle. Ses yeux s'écarquillèrent, mais elle s'élança sur l'herbe sans se retourner. Des griffes s'enfoncèrent dans sa cheville, une poussée la fit tomber dans la boue puis rouler sur le dos. Une main lui couvrit la bouche, mais elle était de toute manière entraînée à ne pas crier.

— Il ne faut jamais s'enfuir devant nous. (La voix de son poursuivant n'était pas humaine.) Personne n'est capable de nous échapper. Et nous, *on aime ça*.

C'était une voix de bête sauvage, gutturale, éraillée, mais aussi dotée d'un accent… écossais, peut-être ?

Emma considéra l'inconnu par en dessous, malgré la pluie, tandis qu'il l'examinait de ses grands yeux dorés… qui passèrent la seconde d'après à un bleu surnaturel. Non, ce n'était pas un être humain.

Il avait des traits réguliers et virils, méplats ciselés, mâchoire et menton puissants. Impressionnée par sa beauté, elle se demanda s'il ne s'agissait pas d'un ange déchu. Après tout, c'était possible. Quelqu'un comme elle ne pouvait écarter aucune hypothèse !

La main qui lui avait écrasé la bouche l'attrapa par le menton. Les sourcils froncés, son agresseur examina ses lèvres… ses crocs presque indiscernables.

— *Non*, haleta-t-il. Je n'y crois pas ! (Il lui fit tourner brutalement la tête de côté et d'autre en promenant le nez dans son cou pour la flairer, puis poussa un grognement de rage.) *Nom de Dieu !*

Lorsque ses yeux virèrent au bleu une fois de plus, Emma laissa échapper un cri de terreur. Il lui sembla que sa respiration s'arrêtait.

— Tu sais glisser ? demanda-t-il d'une voix rauque, hésitante, comme s'il avait du mal à parler. Allez, réponds !

Elle secoua la tête, déconcertée. « Glisser » était le terme consacré pour évoquer la capacité de téléportation grâce à laquelle les vampires apparaissaient et disparaissaient où bon leur semblait. Il a compris que je suis une vampire! songea-t-elle.

— Tu sais, oui ou non?

— N... non. (Elle n'avait jamais eu ni la force ni l'habileté nécessaires.) Je vous en prie. (La pluie lui fit battre des paupières, le regard implorant.) Je ne suis pas celle qu'il vous faut.

— Je pensais que je saurais. Mais je vais vérifier, puisque tu insistes.

Il leva la main... pour la toucher? la frapper? Elle se débattit en montrant les dents et en feulant désespérément.

Une paume calleuse se glissa sous sa nuque, alors que l'inconnu lui serrait les poignets l'un contre l'autre puis se penchait vers son cou. Son corps tout entier eut un sursaut quand une langue lui toucha la peau. La bouche du colosse paraissait brûlante, par contraste avec l'air froid et humide. Emma frissonna au point que ses muscles se nouèrent. Il gémit sans cesser de l'embrasser.

— Arrêtez, je vous en prie... balbutia-t-elle, les poignets comprimés dans un véritable étau, paralysée par la pluie glacée qui lui coulait sur les cuisses.

Le dernier mot s'acheva dans un gémissement qui tira le fou d'une sorte de transe. Il fronça les sourcils lorsque son regard croisa celui d'Emma, mais ne lui lâcha pas les mains.

Ses griffes descendirent sur le corsage mouillé, coupant aussi du même mouvement le soutien-gorge vaporeux, puis en écartèrent lentement les deux pans. Elle eut beau se débattre, son agresseur était si fort que cela ne servit strictement à rien. Il l'examina d'un regard avide, pendant que la pluie battante picotait ses seins nus. Des frissons incontrôlables la secouaient.

L'homme souffrait tellement qu'elle en avait la nausée. Il était capable de tout, la violer ou lui ouvrir le ventre d'un coup de griffes...

Mais il se contenta de déchirer sa propre chemise, puis de lui poser ses énormes mains dans le dos pour l'attirer contre sa poitrine. Quand leurs peaux entrèrent en contact, il émit un gémissement. Emma eut la nette impression qu'un courant électrique la traversait. La foudre déchira le ciel.

Le type lui marmonna des mots étrangers à l'oreille de sa voix grondante. Des mots… *tendres*, apparemment. Il avait perdu la tête, c'était net. Elle se laissa complètement aller, les bras ballants, pendant que le malade, tremblant, promenait dans son cou, sur son visage et jusque sur ses paupières des lèvres brûlantes malgré l'averse torrentielle. À genoux, cramponné à elle… qui gisait là, immobile, l'esprit vide, les yeux fixés sur les éclairs ardents.

Une énorme main l'attrapa par le crâne pour l'obliger à tourner la tête vers lui.

Des émotions aussi violentes que contradictoires jouaient sur les traits virils, tandis que l'homme la regardait comme personne ne l'avait jamais regardée. Avec cette… avidité. Elle ne savait plus que penser. Allait-il lui faire du mal ou la libérer ?

Une larme coula sur la joue d'Emma, serpent de chaleur parmi les gouttes de pluie.

L'avidité disparut.

— Tu pleures du *sang* ? rugit l'inconnu, visiblement révolté.

Il se détourna de ce spectacle, qu'il trouvait sans doute insupportable, puis chercha à tâtons les pans du corsage déchiré pour le refermer.

— Emmène-moi chez toi, vampire.

— Je… je ne vis pas ici, répondit Emma d'une voix étranglée, assommée par ce qui venait de se passer et par l'idée qu'il connaissait sa nature.

— Alors emmène-moi où tu loges, ordonna-t-il en posant les yeux sur elle après s'être relevé.

— Non.

La réponse l'étonna elle-même.

Son agresseur en parut également surpris.

— Tu ne veux pas que j'arrête, c'est ça ? Bon. Je vais te prendre ici, dans l'herbe, à quatre pattes… (Il la souleva sans difficulté pour l'agenouiller.) … jusque bien après l'aube.

La résignation d'Emma dut transparaître, d'une manière ou d'une autre, car il la remit sur ses pieds puis lui donna une petite poussée pour l'encourager à se mettre en route.

— Qui loge avec toi ?

Mon mari, eut-elle envie de rétorquer. Un grand rugbyman qui va te botter le cul. Mais il lui était impossible de mentir, malgré les circonstances. D'ailleurs, jamais elle n'aurait eu le courage de se montrer aussi provocatrice.

— Personne. Je suis toute seule.

— Ton compagnon te laisse voyager sans escorte ? s'enquit-il, dominant le bruit de l'averse.

Sa voix redevenait humaine. Comme Emma ne répondait pas, il ajouta, l'air mauvais :

— C'est un idiot. Tant pis pour lui.

Lorsqu'elle trébucha dans un nid-de-poule, il l'aida à reprendre son équilibre, puis s'en voulut visiblement de s'être porté à son secours. Mais, quelques secondes plus tard, quand il s'aperçut qu'il l'avait entraînée sur la trajectoire d'une voiture, il l'en écarta d'une poussée, à l'instant même où il se jetait en arrière au bruit du klaxon. Le coup de griffes qu'il assena au passage plia la carrosserie en accordéon comme du fer-blanc. Le véhicule s'arrêta après un long dérapage, auquel le bloc moteur mit un point final en s'écrasant sur l'asphalte dans un choc sourd. Le conducteur ouvrit sa portière, bondit à l'extérieur et s'enfuit à toutes jambes.

Emma était tombée par terre. Bouche bée, sous le choc, elle joua frénétiquement des pieds et des mains pour reculer. On aurait dit que son ravisseur ne savait pas ce qu'était une voiture.

Il la rejoignit aussitôt, dressé au-dessus d'elle.

— J'aimerais bien que tu essaies de nouveau de m'échapper. (Sa voix éraillée était aussi basse que menaçante.) C'est encore loin ? ajouta-t-il en l'attrapant brusquement par la main afin de la remettre sur ses pieds.

D'un doigt sans force, elle lui montra le Crillon de la place de la Concorde.

Il lui jeta un regard de haine sans mélange.

— Les tiens ont toujours eu de l'argent. (Le ton était mordant.) Rien n'a changé.

Il savait qu'Emma était une vampire, oui, mais savait-il qui étaient ses tantes ? Sans doute... car sinon, Regina n'aurait jamais pu la prévenir du danger. D'ailleurs, il était au courant de la richesse de leur maisonnée.

Quelques minutes plus tard, ils passèrent devant le portier de l'hôtel puis s'avancèrent dans le hall luxueux, où tous les regards se fixèrent sur eux. Enfin... au moins, la lumière était tamisée. Emma referma sa veste trempée sur son corsage déchiré, la tête basse, heureuse de s'être fait des tresses qui lui couvraient les oreilles.

Devant témoins, le fou relâcha l'étau de fer dans lequel il lui avait emprisonné le coude. Elle ne chercherait pas à obtenir de l'aide, il s'en doutait. *On ne crie pas, on n'attire pas l'attention des humains*... Au bout du compte, ils s'avéraient toujours plus dangereux que les milliers de créatures du Mythos.

Lorsque l'inconnu lui posa un bras lourd sur les épaules, à la manière d'un amant, Emma leva les yeux vers lui de sous une mèche de cheveux mouillée. Il avait beau déployer ses larges épaules, à croire qu'il était le maître des lieux, il examinait ce qui l'entourait comme s'il n'avait jamais rien vu de pareil. D'ailleurs, ses muscles se contractèrent quand le téléphone de la réception sonna... et, maintenant qu'elle y pensait, il s'était aussi raidi en s'engageant dans la porte à tambour. Ensuite, ce fut au tour de l'ascenseur de le déconcerter – il hésita à y entrer… même s'il le cacha plutôt bien. Sa taille et l'énergie qu'il dégageait firent paraître la cabine minuscule, alors qu'elle était en réalité spacieuse.

Ils ne passèrent que quelques secondes dans le corridor, le temps de gagner la chambre, mais ce court trajet parut à Emma le plus long de sa vie. Elle le consacra à échafauder puis écarter l'un après l'autre des plans d'évasion divers et variés. Devant sa porte, elle hésita, cherchant sans se presser la carte magnétique qui se trouvait au fond de la flaque d'eau accumulée dans son sac à main.

— La clé, dit son compagnon.

Elle la lui tendit en expirant profondément. Il fronça les sourcils. Elle se prépara à entendre sa voix rauque répéter «La clé», mais il examina la poignée de porte, puis rendit la carte à Emma en lâchant:

— Toi.

D'une main tremblante, elle glissa le passe dans la fente. Le bourdonnement puis le cliquetis qui suivirent lui firent l'effet d'un glas.

Dans la chambre, il entreprit aussitôt d'en explorer le moindre centimètre carré, comme pour vérifier qu'elle l'occupait bien seule. Il regarda sous le lit couvert de brocart, puis ouvrit brutalement les lourds rideaux de soie, dévoilant une des plus belles vues de Paris. Ses mouvements rappelaient ceux d'un fauve par l'agressivité qui s'en dégageait, mais il boitait. Une de ses jambes était manifestement moins forte que l'autre.

Lorsqu'il regagna la petite entrée, les yeux d'Emma s'écarquillèrent. Elle battit en retraite, mais il s'approcha d'elle en l'examinant, en la jaugeant… posant pour finir les yeux sur ses lèvres.

— Je t'attends depuis longtemps.

Il s'obstinait à se conduire comme s'ils se connaissaient, alors que *jamais* elle n'aurait oublié un homme pareil!

— J'ai besoin de toi, continua-t-il. Peu importe ta nature. Il n'est pas question que j'attende une minute de plus.

À cette stupéfiante déclaration, elle sentit son corps se détendre inexplicablement. Ses griffes s'incurvèrent, prêtes à attirer le cinglé contre elle, tandis que ses crocs se rétractaient en prévision d'un baiser. Elle promena frénétiquement les ongles sur la tapisserie, dans son dos, tout en tapotant de la langue sa canine gauche. Ses défenses restèrent inertes, alors que ce type la terrifiait. Pourquoi son corps n'avait-il pas aussi peur qu'elle?

Il posa les mains de chaque côté de sa tête, sur le mur, puis se pencha sans hâte pour lui caresser les lèvres de son souffle. Un gémissement rauque échappa au colosse à ce simple effleurement, qu'il accentua en frôlant de la langue la bouche de sa captive. Elle se figea, car elle ne savait absolument pas quoi faire.

— Embrasse-moi, sorcière, gronda-t-il tout contre elle, le temps que je décide si je vais t'épargner ou non.

Elle lâcha un petit cri involontaire, puis tourna la tête sous la sienne. Il se figea complètement, comme pour lui laisser faire tout le travail, ce qui l'incita à bouger de nouveau, afin de le gratifier cette fois d'un baiser timide.

— Embrasse-moi aussi passionnément que tu veux vivre, ordonna-t-il.

Elle obéit – non qu'elle ait tellement envie de vivre, mais parce qu'elle était persuadée que, sinon, il lui infligerait une mort à la fois lente et douloureuse. *Je ne veux plus souffrir. Plus jamais.*

Lorsqu'elle joua de la langue, de même que lui un peu plus tôt, il gémit et reprit les rênes. Sa grande main enveloppa la nuque et la tête d'Emma, de manière à la tenir telle une proie. Quand leurs salives se mêlèrent, elle s'aperçut avec un choc que ce n'était pas… désagréable. Combien de fois avait-elle rêvé de son premier baiser, tout en sachant qu'elle n'y goûterait jamais ? Sauf qu'elle y goûtait, ici et maintenant.

Elle ne savait même pas comment s'appelait ce type…

Alors qu'elle se remettait à trembler, il cessa de l'embrasser et s'écarta un peu.

— Tu as froid.

Elle était glacée. Ça lui arrivait, quand elle manquait de sang. Se faire plaquer dans la boue et tremper jusqu'aux os n'arrangeait pas les choses. Toutefois, elle avait bien peur de ne pas trembler à cause de cela.

— Ou… oui.

Il l'examina des pieds à la tête, visiblement dégoûté.

— Tu es sale. Tu as de la boue partout.

— Mais c'est vous qui…

Elle s'interrompit sous son regard meurtrier.

Il trouva la salle de bains, où il l'entraîna puis examina ce qui l'entourait avec attention.

— Lave-toi.

— Et mon int… intimité ? croassa-t-elle.

— Tu n'en as plus.

Sans chercher à dissimuler son amusement, il appuya l'épaule au mur et croisa ses bras musclés. En attendant que le spectacle commence, sans doute.

— Bon, déshabille-toi. Montre-moi ce qui m'appartient.

Ce qui lui *appartenait* ? Sidérée, Emma allait protester une fois de plus, mais il releva la tête d'un mouvement brusque, visiblement aux aguets, puis quitta la salle de bains à toute allure. Elle claqua aussitôt la porte, s'enferma à double tour – ridicule – et mit la douche en route.

Avant de se laisser tomber sur le sol, la tête entre les mains. Parviendrait-elle à échapper à ce cinglé ? Le Crillon se targuait de posséder des cloisons de trente centimètres d'épaisseur. Un groupe de rock avait occupé la suite voisine à un moment, sans que filtre le moindre bruit. Il était hors de question qu'Emma appelle à l'aide – on n'appelait *jamais* les humains à l'aide –, mais elle se demanda sérieusement si elle ne pourrait pas se frayer un passage à travers le mur de la salle de bains.

Insonorisation parfaite. Dixième étage. La chambre luxueuse qui lui était apparue comme un refuge, où échapper au soleil et aux fouineurs, se révélait être une prison dorée. Une créature quelconque – Freyja seule savait de quoi il s'agissait – s'était emparée d'Emma.

Comment pourrait-elle s'enfuir, alors qu'elle n'avait rien à attendre de quiconque?

Un grincement imperceptible, une odeur de viande… Lachlain boitilla jusqu'à la porte du couloir, où il tomba sur un vieil homme poussant un chariot à roulettes. L'employé laissa échapper un cri de frayeur à son apparition, puis le regarda sans mot dire s'emparer des deux assiettes disposées sur la desserte.

Le Lycae referma la porte d'un coup de pied. Souleva les cloches et dévora les steaks. Puis creusa d'un coup de poing un trou dans le mur lorsqu'un souvenir brutal s'imposa à lui.

Assis au bord d'un lit bizarre, en un lieu et une époque bizarres, il fit jouer ses doigts ensanglantés. Il était fatigué et il avait mal à la jambe, à cause de la poursuite. Remontant le pantalon volé, il examina son membre en cours de régénération, à la chair maigre et ratatinée.

Chasser la mutilation de son esprit lui était difficile, malgré sa volonté, car il n'y avait pas grand-chose d'autre dans son passé récent pour la remplacer. À part le feu, où il se consumait encore et toujours jusqu'à la mort. Cent cinquante ans durant, il le savait maintenant…

Il frissonna, en nage, secoué de haut-le-cœur, mais réussit à éviter de vomir la viande dont il avait tellement besoin. En revanche, il lacéra de ses griffes la table de nuit posée près du lit pour se retenir de détruire tout ce qui l'entourait.

Depuis son évasion, qui remontait à une semaine, il parvenait à se débrouiller parce qu'il se concentrait sur sa guérison et la quête de son âme sœur. On aurait presque pu croire qu'il s'adaptait. Jusqu'à ce que sa fureur se réveille. Il s'était introduit dans un manoir pour voler des vêtements… puis avait réduit en miettes tout ce qui s'y trouvait. Tout ce qu'il ne reconnaissait pas, ne comprenait pas : réduit en miettes.

Cette nuit même, il ne pensait pas clairement, affaibli par sa jambe en cours de régénération. N'empêche qu'il était tombé à genoux quand il avait enfin repéré l'odeur de sa promise, pour la seconde fois.

Mais voilà qu'au lieu de l'âme sœur à laquelle il s'attendait, il avait découvert une *vampire*. Une frêle petite vampire. Alors qu'il n'avait pas entendu parler de femelles de cette espèce depuis des siècles. Sans doute les mâles, ces sournois, les cloîtraient-ils, puisque la Horde ne les avait visiblement pas tuées jusqu'à la dernière, comme le racontait le Livre du Mythos.

Quant à lui, l'instinct lui affirmait toujours que cette pâle créature éthérée était… son âme sœur.

L'instinct exigeait de lui qu'il la touche, qu'il la fasse sienne. Il avait attendu si longtemps…

Il se prit la tête à deux mains pour résister à l'envie de détruire tout ce qui l'entourait, une fois de plus – pour forcer la bête à rentrer dans sa cage. Comment le destin pouvait-il se jouer de lui, encore et toujours ? Il cherchait sa promise depuis plus de mille ans…

Et il l'avait trouvée, sous une forme qui lui inspirait une haine si virulente qu'il n'arrivait pas à la maîtriser.

Une vampire. La manière dont elle se nourrissait le dégoûtait. La faiblesse dont elle faisait preuve le dégoûtait. Elle était si pâle, si petite, si mince qu'elle se briserait sans doute à la première étreinte un peu énergique.

Il avait attendu un millénaire ce parasite dépourvu d'énergie.

Le grincement des roulettes lui parvint de nouveau, nettement plus rapide devant la porte de la chambre, mais il se sentait rassasié pour la première fois depuis le début de ses épreuves. S'il continuait à se nourrir comme cette nuit, son corps ne porterait bientôt plus trace des tortures qu'il avait endurées. Son esprit, en revanche...

Il se trouvait en compagnie de la vampire depuis une heure. Une heure durant laquelle il n'avait eu à combattre la bête que deux fois. Il avait donc fait d'immenses progrès, car son existence tout entière se réduisait auparavant à une morne indifférence, ponctuée de crises de rage. On disait que l'âme sœur d'un Lycae était capable de l'apaiser en toute circonstance... Si cette créature était bel et bien la sienne, le poste était indéniablement fait pour elle.

Mais ce n'était pas possible. Il délirait. Cette idée le réconforta. Son ultime regret, avant que ses bourreaux ne le soumettent au brasier, avait été de ne pas avoir rencontré sa promise. Peut-être, maintenant, son esprit malade lui jouait-il des tours. Oui, bien sûr. Il s'était toujours représenté son âme sœur comme une rouquine plantureuse, à demi louve, capable de répondre à sa concupiscence et de jouir autant que lui de la férocité la plus pure – rien à voir avec cette petite vampire effarouchée. Son esprit battait la campagne. Bien sûr.

Lachlain s'approcha en boitillant de la salle de bains. La porte était fermée à clé. Il secoua la tête, brisa la poignée sans la moindre difficulté puis pénétra dans la pièce, emplie d'une vapeur si épaisse

qu'elle lui dissimula presque sa captive, recroquevillée contre le mur d'en face. Il la souleva par les
bras, puis fronça les sourcils en la découvrant toujours aussi sale et mouillée.

— Tu ne t'es pas lavée ? (Les yeux rivés au sol, elle
n'eut aucune réaction.) Pourquoi ?

Cette fois, un haussement d'épaules malheureux
répondit à la question.

Il regarda la cascade qui dégringolait dans la cel-
lule de verre, dont il ouvrit la porte pour tendre la
main sous l'eau. Tiens… cette nouveauté-là pouvait
lui être utile, à lui aussi. Autant se déshabiller.

À la vue de sa verge, la vampire ouvrit de grands
yeux en plaquant une main sur sa bouche, à croire
qu'elle n'avait jamais vu un sexe d'homme. Il la laissa
satisfaire sa curiosité et s'appuya même au mur, les
bras croisés, pendant qu'elle l'examinait.

La fascination dont il était l'objet provoqua dur-
cissement et déploiement – son corps ne doutait visiblement pas que cette femelle fût sienne –, tant et si
bien qu'elle finit par baisser les yeux avec une petite
exclamation étouffée. Son attention se porta alors sur
la jambe abîmée de Lachlain, qui l'inquiéta encore
davantage. Cette fois, une certaine gêne s'empara de
lui. Il se plaça sous le jet pour échapper à ce regard
scrutateur.

Ses yeux se fermèrent de plaisir tandis que l'eau
ruisselait sur son corps, sans pour autant noyer son
érection. La vampire se raidit, il en eut conscience,
prête à s'enfuir. S'il avait eu davantage de forces, il
aurait adoré qu'elle essaie… Ses paupières se rouvrirent.

— C'est la porte qui t'intéresse, à ce que je vois.
Je te rattraperai avant même que tu quittes cette
pièce-ci.

Elle le considéra de nouveau et étouffa un petit cri.

— Déshabille-toi.

— N… non !

— Tu préfères venir tout habillée ?

— Si c'est ça ou me retrouver nue en votre compagnie, oui !

Il se sentait à présent détendu, voire magnanime. Sans doute l'effet de l'eau chaude et de la nourriture.

— Bon, je te propose un marché. Tu me fais une faveur, je t'en fais une aussi.

Elle le regarda de sous une boucle qui avait échappé à ses tresses soignées.

— Comment ça ?

Il se pencha en avant, hors du jet d'eau.

— Moi, je veux que tu viennes ici, toute nue. Tu n'as qu'à me demander autre chose en échange.

— Vous ne pouvez rien me donner qui ait autant de valeur, murmura-t-elle.

— Tu vas rester en ma compagnie indéfiniment. Jusqu'à ce que je décide de te libérer. Tu ne veux pas contacter tes… amis ? (Il avait littéralement craché le mot.) Je ne doute pas que tu sois précieuse à leurs yeux, vu la rareté de tes semblables.

En fait, empêcher la créature de rejoindre ses semblables ne constituerait que les prémices de la vengeance de Lachlain. L'idée qu'elle s'accouple – à de multiples reprises – avec un Lycae les révolterait autant que les membres du clan. Elle mordilla d'un petit croc sa lèvre inférieure, ce qui le remit en colère.

— Je ne suis pas obligé de t'accorder quoi que ce soit ! Je pourrais parfaitement te jeter sous l'eau puis dans le lit.

— M… mais ça n'arrivera pas, si je viens maintenant ?

— Ça n'arrivera pas si tu viens de ton plein gré.

— Que… Qu'est-ce que vous ferez ?

— Je veux poser les mains sur toi. Te découvrir. Et sentir tes mains sur moi.

— Vous me ferez du mal ? demanda-t-elle, si bas qu'il l'entendit à peine.

— Je te toucherai, je ne te ferai pas de mal.

Les délicats sourcils blonds se rejoignirent sous l'effet de la réflexion. Enfin, la vampire se pencha maladroitement— on aurait dit qu'elle souffrait— pour ouvrir ses bottes, puis elle se redressa, saisit les pans de sa veste et de son corsage en charpie, mais s'avéra incapable d'aller plus loin. Elle tremblait de tout son corps, ses yeux bleus écarquillés… alors qu'elle était résignée, Lachlain le sentait. Mais il comprit aussi, en un éclair de perspicacité, que les raisons de cette résignation lui échappaient. Malgré les yeux incroyablement expressifs de sa prisonnière, il ne parvenait pas à y lire.

Lorsqu'il s'approcha d'elle, elle se débarrassa de sa veste et de son corsage mouillés, puis de la lingerie qu'ils recouvraient, avant de poser vivement un bras mince sur ses seins. Pudique ? Les vampires se vautraient pourtant dans des orgies de sang— il en avait été témoin.

— Je vous en prie. Je… je ne sais pas pour qui vous me prenez, mais…

— À mon avis… (Il coupa sa jupe d'un coup de griffe et la jeta par terre en un clin d'œil.) … je devrais au moins savoir comment tu t'appelles avant de te toucher.

Elle n'en trembla que davantage, si possible, le bras crispé sur la poitrine.

Il la dévorait des yeux. Une peau d'albâtre sans défaut, dont seule une curieuse culotte miniature dissimulait une portion sous un V de soie noire. Le devant, en dentelle transparente, mettait en valeur les boucles blondes de l'entrejambe. Lorsque Lachlain évoqua l'avant-goût fugace de cette peau qu'il avait eu sous la pluie battante et la foudre surnaturelle, son sexe se mit à palpiter à la perspective de ce qui allait suivre. Tout autre que lui l'aurait trouvée exquise. Les vampires, les humains… Ils auraient été prêts à tout pour elle.

Le corps tremblant était trop petit, mais les yeux...
immenses, aussi bleus que le ciel diurne qu'elle ne
verrait jamais.

— Je... je m'appelle Emmaline.

— *Emmaline*, gronda-t-il.

Son bras se tendit lentement. Un coup de griffe
adroit déchira la soie noire.

2

Il fallait vraiment être idiote pour accepter un marché pareil, se dit Emma tandis que les restes de sa culotte voletaient jusqu'à ses chevilles.

Pourquoi faisait-elle confiance à ce type? Elle n'aurait pas dû, mais elle n'avait pas le choix. Si elle n'appelait pas au manoir, Annika s'affolerait en apprenant par le pilote de l'avion qu'elle ne s'était pas montrée.

Mais était-ce vraiment ce qui avait motivé sa décision? Emma craignait que ses raisons n'aient été moins généreuses. Toute sa vie, les hommes lui avaient demandé des choses que sa nature secrète de vampire l'empêchait de leur donner. Celui-là, non. Il savait ce qu'elle était, et il ne lui demandait pas l'impossible : il *exigeait*…

Une douche.

Pourtant…

Il lui tendit la main. Sans agressivité ni impatience, mais en l'examinant des pieds à la tête de ses yeux dorés, chaleureux quoique perçants. Un petit grognement rauque lui échappa – involontaire, elle l'aurait parié. Comme s'il la trouvait belle.

La taille du colosse n'en était pas moins terrifiante, ni sa jambe moins horrible, mais Emma inspira à fond et, rassemblant plus de courage qu'elle n'en avait jamais eu de toute sa vie, prit la main tendue.

À l'instant précis où elle réalisa vraiment qu'elle se trouvait nue, dans une cabine de douche, en compagnie d'un mâle dément d'une espèce indéterminée et de deux mètres de haut, il l'attira sous l'eau, le dos tourné vers lui.

Puis il s'empara de ses deux mains pour poser la gauche sur le marbre, la droite sur le verre. L'esprit d'Emma tournait à plein régime. Que mijotait-il ? Elle n'aurait pu être moins préparée à affronter une situation pareille. D'ordre sexuel. Il pouvait lui faire ce qu'il voulait, elle serait incapable de l'arrêter.

Lorsque, tout à son affaire, il entreprit de lui savonner le dos et les fesses de ses grandes mains, elle releva brusquement la tête, surprise. Gênée de se donner en spectacle à un inconnu, mais aussi intriguée par son corps à lui. Elle avait beau détourner les yeux de son énorme érection, il avait un sexe… voyant. Elle remarqua aussi que ses poils avaient le bout doré et qu'il était bronzé, sauf la jambe abîmée.

Il se pencha pour continuer le grand nettoyage en lui frottant les genoux, pleins d'herbe et de boue, mais dès qu'il remonta, elle serra les cuisses. Il se redressa avec un grognement de frustration et l'attira contre sa poitrine ; sa verge se pressa contre elle. Enfin, il reprit sa lente exploration, la main refermée sur l'épaule d'Emma.

Soudain, son autre main cueillit doucement un sein. Elle allait se débattre, hurler…

— C'est incroyable comme tu as la peau douce, lui chuchota-t-il à l'oreille. Autant que la soie de ta lingerie.

Elle frissonna. Un compliment, et voilà qu'elle se détendait aussitôt – un peu –, elle qui n'avait jamais pensé être une fille facile. Lorsque le fou passa lentement le pouce sur son mamelon, aller et retour, elle prit une brusque inspiration, soulagée qu'il ne puisse la voir fermer brièvement les yeux. Jamais elle n'aurait cru qu'il existait des sensations aussi agréables !

— Mets le pied là.

Il lui montrait le banc étroit installé contre le mur du fond de la douche.

Écarter les jambes?

— Euh, je ne crois pas que...

Il l'empoigna par le genou pour lui faire faire ce qu'il voulait puis, quand elle ébaucha un mouvement, l'avertit d'un ton sec:

— Ne joue pas à ça. Bon, pose la tête contre ma poitrine.

Déjà, ses deux mains couvraient les seins d'Emma, sur lesquels ses caresses exerçaient maintenant un certain frottement, car l'eau avait emporté le savon. Elle se mordit la lèvre. Ses mamelons durcissaient au point d'en devenir presque douloureux. Alors qu'elle aurait dû être terrifiée. Avait-elle si désespérément besoin d'un contact – n'importe lequel – pour se soumettre de cette manière?

Les doigts de son compagnon descendirent un peu.

— Garde les jambes écartées.

Juste au moment où elle allait les serrer. Personne ne l'avait jamais caressée à cet endroit-là. Ni ailleurs, à vrai dire.

Elle n'avait même jamais tenu un homme par la main.

Elle déglutit nerveusement en regardant la grande patte glisser vers son sexe.

— M... mais vous m'avez dit que...

— Que je ne te baiserai pas, oui. Quand je voudrai m'y mettre, tu le sauras, crois-moi.

Au premier contact, elle lâcha un petit cri en sursautant entre les bras qui la retenaient prisonnière, saisie par la puissance de la sensation. Deux doigts massaient sa chair sensible, d'autant plus provocants, d'autant plus délicieux qu'ils se montraient... extrêmement doux. Lents et doux. Lorsque leur propriétaire s'aperçut qu'elle était trempée, il marmonna de sa voix rocailleuse des mots étrangers et promena les lèvres dans son cou, visiblement satisfait de sa réaction.

Pourtant, quand il glissa la main entre leurs deux corps avant de chercher à introduire le doigt en elle, Emma se raidit par réflexe.

— Tu es aussi fermée qu'un poing, murmura-t-il. Il faut te décontracter un peu.

Elle se demanda si elle devait lui dire que toute la décontraction du monde ne changerait rien au problème.

Il se fit plus insistant, la pénétrant en douceur avec le majeur. Un petit cri lui échappa de nouveau tandis qu'elle basculait sur la pointe des pieds, comme pour s'enfuir, mais il plaqua l'autre main sur son ventre afin de la pencher légèrement en avant. Elle s'aperçut alors, à sa grande stupeur, que le halètement qui emplissait la cabine sortait de sa propre bouche.

Le fou la caressait – *à l'intérieur* – et ça l'excitait.

L'air devenait-il électrique ? À cause d'elle ? Oh, oui, pourvu que ce soit à cause de moi…

Il tremblait de plus en plus fort. Manifestement, il ne se maîtrisait qu'avec peine… Elle aurait dû se méfier, se révolter, mais les doigts qui la massaient se montraient si lents, celui qui s'était glissé en elle si brûlant… Elle ressentait un tel plaisir… inconnu. Un gémissement montait en elle.

Jamais encore elle n'avait poussé de gémissement de plaisir.

Ses griffes s'incurvèrent. Haletante, elle s'imagina les planter dans le dos de son compagnon tandis qu'il s'enfonçait en elle. Mon Dieu, que lui arrivait-il ?

— Voilà… Bien, très bien… lui gronda-t-il à l'oreille. (Il la fit pivoter, puis la souleva de terre.) Mets les jambes autour de ma taille.

Les yeux de la vampire, quasi fermés de plaisir, s'écarquillèrent sous l'effet de la panique.

— Vous… vous m'avez dit que vous ne…

— J'ai changé d'avis en te sentant toute mouillée, tout excitée.

Elle le désirait effectivement… comme elle était censée le faire.

Pourtant, elle se débattit avec énergie. Lachlain fronça les sourcils, perplexe. Si affaibli soit-il, immobiliser Emmaline ne lui fut guère plus difficile que de maîtriser un chat sauvage.

Il la coinça contre le mur, puis entreprit de sucer ses mamelons palpitants, les yeux fermés de plaisir. Lorsqu'il les rouvrit, sans cesser de promener la langue autour des petits boutons roses, ceux de sa compagne étaient clos.

Il la remit debout pour lui caresser l'entrejambe, mais elle s'était de nouveau contractée. S'il essayait de la prendre maintenant, il allait la déchirer… sauf qu'il s'en fichait. Après tout ce qu'il avait fait pour en arriver là, après avoir découvert qu'il était en quête d'une *vampire*, il n'allait pas se laisser arrêter.

— Détends-toi, cracha-t-il– suscitant exactement la réaction inverse : elle recommença à se débattre, en vain.

J'ai *besoin* d'elle, songea-t-il. De l'anéantissement. Elle me torture, comme les siens dans les Catacombes. Lachlain poussa un rugissement de rage, tandis que ses poings filaient des deux côtés de la tête de sa captive. Le marbre vola en éclats derrière elle.

Les yeux de la femelle s'écarquillèrent de nouveau. Pourquoi n'appartenait-elle pas à son espèce à lui ? Elle se serait cramponnée à ses épaules pour qu'il la pénètre. Elle l'aurait imploré puis englouti en elle, heureuse, soulagée de le sentir s'engouffrer dans son corps. L'image de la vampire se comportant ainsi arracha à Lachlain un gémissement de douleur : il avait tant perdu… Il l'aurait voulue consentante, mais il prendrait ce qu'il y avait.

— Je serai en toi cette nuit. Tu ferais mieux de te détendre.

Elle leva les yeux vers lui, les sourcils froncés, l'air désespéré.

— Vous m'avez dit que vous ne me feriez pas de mal. Vous m'avez p... promis.

Cette saleté imaginait-elle qu'une promesse pareille la sauverait ? Il saisit sa verge à pleine main, puis tira brusquement la jambe de la créature jusqu'à sa hanche...

— Vous m'avez promis... murmura Emma, effondrée, car elle avait fait confiance à son ravisseur. (Et puis, elle détestait d'autant plus qu'on lui mente qu'elle était incapable de rendre la pareille.) Vous m'avez dit que...

Il se figea. Avant de relâcher la jambe de la jeune femme et de frapper le mur, une fois de plus, en poussant un grondement profond. Après quoi, il la fit pivoter sans douceur. Terrifiée, hagarde, elle allait recommencer à mordre et à griffer quand il la reprit dans ses bras, le dos contre sa poitrine, puis lui poussa la main jusqu'à son érection. Lorsqu'elle la toucha, il inspira brusquement.

— Caresse-moi, ordonna-t-il d'une voix gutturale.

Soulagée d'avoir été graciée, Emma l'empoigna maladroitement, incapable de faire le tour complet de sa verge. Elle resta immobile, hésitante, mais il donna un coup de hanches qui la décida à promener la main sur son sexe en regardant ailleurs.

— Plus fort.

Les doigts crispés, les joues brûlantes de gêne, elle se demanda s'il était tellement évident qu'elle ne savait pas s'y prendre.

— Là, très bien, marmonna-t-il.

À présent, il lui pétrissait les seins en l'embrassant dans le cou. Des râles saccadés montaient de sa vaste poitrine, ses muscles se contractaient, son bras se resserrait autour d'elle à lui couper le souffle, tandis que son autre main descendait envelopper son sexe.

— Je vais jouir...

Un grognement rauque échappa à son ravisseur. Emma posa le regard sur lui... au moment précis où il expulsait sa semence sous la douche.

— Oui, oui...

Il lui écrasait les seins, mais c'était tout juste si elle le sentait, fascinée par son éjaculation ininterrompue.

Quand le jaillissement se tarit enfin, elle s'aperçut qu'elle continuait à le caresser dans une sorte d'égarement. Il lui immobilisa la main, frissonnant, les muscles du torse secoués de spasmes.

Elle perdait vraiment la tête. Elle aurait dû être horrifiée, mais un désir douloureux la tenaillait. Était-ce cette brute qu'elle voulait?

Le type la radossa au mur intact de la cabine, sous la pomme de douche. Serré contre elle, le menton sur sa tête, les mains des deux côtés de son visage.

— Touche-moi.

— Où... où ça?

Pourquoi avait-elle la voix aussi rauque?

— N'importe où.

Lorsqu'elle se mit à lui frotter le dos, il l'embrassa au sommet du crâne, machinalement, comme s'il ne se rendait pas compte qu'il la traitait avec douceur.

Il avait les épaules larges, musclées et puissantes– assorties au reste de son corps. Les mains d'Emma le parcouraient de leur propre volonté, plus sensuellement qu'elle ne l'aurait désiré. À chacun de ses mouvements, ses mamelons douloureux frôlaient les côtes du colosse. Les poils dorés de la poitrine virile lui chatouillaient les lèvres. Elle ne put se retenir de s'imaginer embrassant la peau bronzée. Son sexe trempé palpitait toujours d'un désir avide.

— Tu es excitée. Très excitée, même. Je le sais à ton odeur, murmura son compagnon au moment

précis où elle se demandait s'il n'allait pas s'endormir.

Elle prit une brusque inspiration. Qu'est-ce que
c'était au juste que cette créature?

— Vous… vous ne dites ce genre de choses que
pour me gêner.

Pourquoi se serait-il exprimé de manière aussi
crue, s'il n'avait pas eu conscience de la mettre extrêmement mal à l'aise? Emma lui en voulait de cette
mesquinerie.

— Demande-moi de te faire jouir.

Elle se raidit. Elle n'était peut-être qu'une sale
froussarde, sans talent particulier ni haut fait à son
actif, mais elle se sentait soudain d'une ombrageuse
fierté.

— Jamais.

— Tant pis pour toi. Bon, défais tes tresses. À partir de maintenant, tu ne t'attaches plus les cheveux.

— Je ne veux pas…

Lorsqu'il fit mine de libérer sa chevelure, elle s'empressa de s'en charger elle-même, en s'efforçant de ne
pas dévoiler ses oreilles pointues.

Les poumons du colosse se vidèrent d'un coup.

— Attends, montre-moi ça. (Elle demeura muette
pendant qu'il repoussait ses cheveux.) On dirait des
oreilles d'elfe.

Quand il promena les doigts sur le triangle carti-
lagineux du sommet, Emma fut traversée par un
frisson.

— C'est une caractéristique des femelles, chez les
vampires?

N'ayant jamais vu un vampire de pure race, mâle
ou femelle, elle se contenta de hausser les épaules.

— Intéressant.

Sur ce commentaire, il lui rinça les cheveux, sans
quitter son visage d'un regard impassible.

— Coupe l'eau, ordonna-t-il ensuite, avant de la
tirer hors de la cabine.

Il l'essuya de la tête aux pieds avec une serviette –
à un moment, il l'immobilisa même, un bras autour
de la taille, pour lui passer lentement le tissu entre
les jambes. Elle ouvrit de grands yeux pendant qu'il
l'examinait comme un meuble qu'il aurait envisagé
d'acheter. Finalement, il enveloppa des deux mains les
courbes de ses fesses, puis les claqua énergiquement
en produisant de petits bruits… approbateurs ?

— Tu n'aimes pas que je t'explore ? demanda-t-il,
sans doute conscient de la stupeur d'Emma.

— Bien sûr que non !

— Tu peux me rendre la pareille, tu sais.

Il lui prit la main pour la poser sur son torse, puis
la fit descendre vers sa taille, une lueur de défi au
fond des yeux.

— Non, merci, riposta-t-elle en se dégageant.

Sans lui laisser le temps de protester, il la souleva
dans ses bras et l'emporta jusqu'au lit, sur lequel il la
jeta.

Elle se releva à toute allure et se rua vers la commode. Il se retrouva posté derrière elle en un clin
d'œil à regarder dans le tiroir, corps contre corps, la
verge de plus en plus dure. Une chemise de nuit en
soie et dentelle rouge dut attirer son attention, car il
la souleva d'un doigt, glissé sous les bretelles.

— Celle-ci. Elle me rappellera ce que tu es.

Le rouge était la couleur préférée d'Emma. Qui
tenait à se le rappeler, elle aussi.

— Lève les bras.

Ça suffisait comme ça.

— Je suis parfaitement capable de m'habiller toute
seule, protesta-t-elle, cinglante.

Il la fit brutalement pivoter vers lui, avant de riposter d'un ton menaçant :

— Ne te montre pas désagréable avec moi, vampire. Tu n'as aucune idée des années de fureur que
j'ai accumulées et qui ne demandent qu'à être libé-
rées.

Le regard d'Emma se fixa derrière lui. Sa bouche s'ouvrit malgré elle, car elle venait de repérer les marques de griffes imprimées dans la table de nuit. Il est complètement fou, songea-t-elle.

Elle leva les bras. Ses tantes lui auraient dit, à ce cinglé... À cette pensée, ses sourcils se froncèrent. Ses tantes ne lui auraient rien dit du tout : elles l'auraient déjà tué pour le punir de ce qu'il avait osé faire. Alors qu'elle, elle levait les bras, terrifiée. Elle se dégoûtait. Emma la Froussarde.

En lui enfilant sa chemise de nuit, le colosse lui effleura insolemment les mamelons, aussi durs que s'ils quémandaient ce contact, puis il recula pour l'examiner de la pointe des pieds au corsage de dentelle, en passant par la longue fente qui dévoilait la cuisse.

— La soie te va vraiment bien.

Le grondement rauque de la voix s'accompagnait d'un regard aussi puissant qu'une caresse, auquel elle ne put s'empêcher de réagir.

Un rictus cruel déforma les traits virils. Il *savait*.

Emma se détourna, rougissante.

— Bon, au lit, dit-il.

— Il n'est pas question que j'y aille avec vous !

— Je pensais qu'on allait partager ce lit, toi et moi. Je suis fatigué, je dormirais volontiers, mais si tu as une occupation plus intéressante à proposer...

Elle s'était toujours demandé à quoi cela ressemblait de partager sa couche avec un amant.

Rien de tel ne lui était jamais arrivé ; elle n'avait jamais senti une autre peau contre la sienne plus d'un instant. Quand le fou l'avait attirée contre lui, emboîtée à lui, la chaleur qu'il dégageait l'avait stupéfiée. Elle qui avait pâli et s'était glacée, affamée, sa température avait remonté. À présent, force lui était d'admettre qu'elle trouvait cette proximité... remarquable. Les poils des jambes viriles la chatouillaient, des lèvres fermes se pressaient dans son cou, elle sentait même contre son dos de puissants battements de cœur.

Voilà, elle comprenait enfin l'intérêt de la chose. Et, sachant ce qu'elle savait enfin, elle se demandait comment on pouvait *ne pas* avoir envie de partager un lit. L'intrus apportait des réponses aux questions qu'elle se posait et réalisait ses rêves les plus secrets.

N'empêche qu'il pourrait facilement la tuer.

Il avait commencé par la serrer contre lui si fort qu'elle avait eu du mal à se retenir de crier. Non qu'il cherche à lui faire mal – si telle avait été son intention, il n'aurait eu qu'à la frapper –, mais il éprouvait manifestement le besoin de se cramponner à elle, ce qui la plongeait dans un abîme de perplexité. Pourquoi tenait-il tellement à ne pas la lâcher ?

Maintenant qu'il dormait, son souffle était plus régulier. Emma rassembla ses maigres réserves de courage pour lui ouvrir les bras, lentement, ce qui prit au moins une heure... d'après elle.

Si seulement elle avait su glisser, elle se serait échappée en un clin d'œil... Annika avait appris à sa pupille tout ce qu'il y avait à savoir sur la capacité spéciale dont la Horde se servait pour se déplacer. Elle avait prévenu sa protégée que les vampires étaient capables de se téléporter n'importe où, pourvu qu'il s'agisse d'un endroit connu. Les plus puissants pouvaient même emmener quelqu'un d'autre. Emma était censée apprendre à en faire autant. Elle avait essayé, elle n'y était pas arrivée, et s'était découragée. Alors elle avait laissé tomber...

Après avoir enfin réussi à se libérer de l'étreinte, elle se leva prudemment. Debout près du lit, elle jeta un coup d'œil à son occupant... dont la beauté la frappa, une fois de plus. Quel dommage qu'il soit comme il était. Quel dommage qu'elle ne puisse en apprendre davantage sur elle-même – et sur lui.

Elle pivotait, lorsque les grandes mains se refermèrent autour de sa taille. Son ravisseur la jeta de nouveau sur les couvertures, où il la rejoignit aussitôt.

Ça l'amuse, songea-t-elle. C'est un jeu pour lui.

— Tu ne m'échapperas pas. (Il l'obligea à se rallonger, puis se souleva à bout de bras au-dessus d'elle.) Tout ce que tu vas réussir à faire, c'est me mettre en colère.

Il clignait des yeux, mais il n'avait pas l'air de réellement voir ce qui l'entourait. On aurait dit un somnambule.

— Je... je ne veux pas vous mettre en colère, balbutia-t-elle, le souffle court. J'aimerais juste m'en aller.

— Tu ne sais donc pas combien de vampires j'ai tués ? murmura-t-il sans prêter attention à ce qu'elle disait – ou sans l'entendre.

— Non.

— Des milliers. Je les chassais jusque dans leur repaire. (Il passa sur sa gorge le dos de ses griffes noirâtres.) Et puis je leur coupais la tête d'un coup de patte... avant même qu'ils ne se réveillent. (Ses lèvres effleurèrent la peau de sa captive à l'endroit où il venait de promener les griffes. Elle frissonna.) Je tue comme je respire.

La voix au grondement sourd aurait pu appartenir à un amant, tant sa douceur tranchait avec la cruauté des paroles qui l'accompagnaient.

— Vous allez me tuer, alors ?

Il écarta une mèche blonde des lèvres d'Emma.

— Je ne sais pas encore. Avant de te connaître, je n'avais jamais hésité une seule seconde. (Il tremblait, à force de se tenir à bout de bras au-dessus d'elle.) Quand j'émergerai du brouillard... quand j'aurai les idées claires, si je suis toujours persuadé que tu es ce que tu es... qui sait ?

— Que suis-je censée être ?

Il l'attrapa par le poignet pour l'obliger à toucher sa verge gonflée.

— Tu sens comme je suis dur ? Sache que si je ne suis pas en toi, c'est parce que je suis trop affaibli. Pas parce que je m'inquiète pour toi.

Elle ferma les yeux une seconde, gênée, puis chercha à se dégager jusqu'à ce qu'il la lâche.

— Vous me feriez du mal ? Vous me violeriez ?

— Sans hésiter. (Les lèvres de son tourmenteur se retroussèrent. Il la fixait d'un regard intense, quoique toujours aussi vide.) Pour commencer. Mais après, je te ferais tout un tas d'autres choses, vampire.

3

Au matin, Lachlain resta allongé près d'Emmaline, mal réveillé, plus heureux qu'il ne l'avait été depuis des centaines d'années.

Évidemment, il venait de passer près de deux siècles en enfer ; il était propre, rassasié, et il avait dormi comme une souche, sans être dérangé par les cauchemars horribles qui l'avaient harcelé cette dernière semaine.

Sa compagne avait passé presque toute la nuit parfaitement immobile, crispée, peut-être pour éviter d'éveiller sa concupiscence au moindre mouvement. Si c'était ce qui l'inquiétait, elle avait raison. Grâce à elle, il avait joui avec une violence surprenante… mais, une fois soulagée la douleur sourde qui lui tenaillait le ventre, il mourait toujours d'envie d'être en elle.

Il l'avait serrée contre lui des heures durant, incapable de la lâcher. Jamais encore il n'avait passé la nuit avec une femelle – cela ne se faisait qu'avec l'âme sœur –, mais il aimait cela, c'était indéniable. Beaucoup. Il se rappelait aussi lui avoir parlé… mais pas ce qu'il avait dit à ce moment-là. En revanche, il se souvenait de sa réaction à elle, de la détresse qui s'était inscrite sur ses traits, comme si elle se faisait enfin une idée exacte de sa situation.

Quand elle avait cherché à s'échapper une fois de plus, il s'était amusé à la laisser croire qu'elle allait y arriver, avant de la ramener en arrière puis de la recoucher près de lui. Après être devenue aussi inerte qu'une poupée de chiffon, elle avait fini par perdre conscience. Il ignorait si elle s'était évanouie et, à vrai dire, il s'en fichait.

Les choses auraient sans doute pu être pires. S'il devait posséder une vampire, autant qu'elle soit belle. Emmaline était une ennemie, une détestable buveuse de sang, mais elle était belle. Parviendrait-il à lui faire prendre un peu de poids ? Était-ce possible pour une créature pareille ? À moitié endormi, il lui toucha les cheveux. Pendant la nuit, il s'était aperçu qu'ils bouclaient à qui mieux mieux, une fois secs, et s'avéraient d'un blond plus clair qu'il ne l'aurait cru. À présent, il contemplait avec admiration les longues mèches soyeuses qui brillaient au soleil. Magnifiques, même sur une vampire...

Le soleil.

Sainte Mère de Dieu ! Il bondit du lit pour fermer les rideaux, puis retourna en courant prendre Emmaline dans ses bras, avant de la tourner vers lui.

Elle ne respirait qu'à peine, incapable de parler. Des larmes roses coulaient de ses yeux terrifiés. Quant à sa peau, elle était brûlante, comme celle d'une malade en proie à la fièvre. Il se précipita avec elle dans la salle de bains, où il tripota divers boutons jusqu'à ce qu'une cascade glacée envahisse le réduit vitré, dans lequel il s'engouffra sans lâcher sa compagne. De longues minutes s'écoulèrent avant qu'elle ne laisse échapper une quinte de toux, inspire à fond, puis redevienne inerte entre ses bras. Lachlain fronça les sourcils. Il se fichait pas mal qu'elle soit brûlée. Il l'avait bien été, lui. À cause de la Horde, à laquelle elle appartenait. Tout ce qu'il voulait, c'était la garder en vie, le temps de s'assurer que ce n'était pas son âme sœur.

D'ailleurs, les preuves s'accumulaient. Si cette femelle avait réellement été sa promise, jamais il ne se serait dit : Maintenant, au moins, tu sais quel effet ça fait. Lui qui n'avait eu qu'un but dans la vie : trouver celle qui lui était destinée pour la protéger, la préserver de toute souffrance. Il délirait… Son esprit lui jouait des tours. Forcément…

Il resta sous l'eau jusqu'à ce que la peau douce d'Emmaline se rafraîchisse, la débarrassa de sa chemise de nuit trempée afin de l'essuyer, lui en enfila une autre, d'un rouge encore plus profond, puis la recoucha. Il n'avait pourtant pas besoin de cette couleur pour se rappeler à quel monstre il avait affaire.

Quant à lui, une fois rhabillé malgré l'état lamentable de ses vêtements, il se mit à tourner en rond dans la chambre en se demandant ce qu'il allait pouvoir faire de cette femelle. Quelques minutes plus tard, elle respirait normalement. Un rose délicat lui était remonté aux joues. Résistance vampirique, évidemment. Il avait toujours eu horreur de cela, et il n'en détesta que davantage la créature.

Son regard se posa sur la télé, qu'il examina avec attention, dans l'espoir de trouver comment l'allumer. Bientôt, il secouait la tête devant la simplicité des créations modernes et pressait intelligemment le bouton *ON*.

Au fil de la dernière semaine, il avait eu la nette impression que le moindre habitant de Paris et des environs s'installait chaque soir devant un de ces appareils. Lachlain possédait une vue et une ouïe aiguisées, qui lui avaient permis de les voir et de les entendre de l'extérieur. Il grimpait dans un arbre, avec la nourriture qu'il venait de voler, puis s'installait de manière à se laisser matraquer par les informations disponibles dans chacun de ces engins. Et voilà qu'il en avait maintenant un pour lui tout seul. Il passa un petit moment à presser des boutons au hasard avant de tomber sur un programme de nouvelles. En anglais, sa langue à elle et une des siennes à lui, même s'il ne l'avait pas pratiquée depuis près de deux siècles.

Il entreprit de fouiller la pièce, l'oreille tendue, attentif aux expressions inconnues et aux mots nouveaux qu'il retenait instantanément. Les Lycae possédaient la capacité de se mêler aux humains, car ils apprenaient facilement langues, dialectes, expressions de tous les jours... Simple mécanisme de survie. Ne te fais pas remarquer, ordonnait l'instinct. Engrange le maximum d'informations. Ne néglige aucun détail. Ou alors, tu es mort.

Il passa en revue les affaires de sa captive. En commençant par le tiroir aux chemises de nuit. La lingerie était de taille plus réduite qu'autrefois... et donc plus séduisante. Lachlain imagina Emmaline dans chacun de ces chiffons de soie, il s'imagina l'en débarrasser à coups de dents – malgré la perplexité où le plongèrent certains des minuscules dessous. Lorsqu'il comprit à quoi servait un string et se représenta la belle endormie ainsi parée, il faillit jouir dans son pantalon.

Ensuite vint le tour du placard, empli de curieux vêtements, rouges pour la plupart, et beaucoup trop révélateurs. Pas question que sa compagne quitte la chambre dans des tenues pareilles.

Il vida par terre le sac qu'elle portait lors de leur rencontre et dont le cuir était fichu. Le petit tas humide contenait un appareil argenté, sur lequel figuraient des chiffres... Lachlain fronça les sourcils. Un téléphone. Il secoua l'objet puis, comme il en coulait un peu d'eau, le jeta par-dessus son épaule.

Une sorte de boîte en cuir plate renfermait une carte d'une matière dure qui n'était autre qu'un «permis de conduire de l'État de Louisiane».

Des vampires en Louisiane? Il n'en avait jamais entendu parler.

D'après la carte, la créature s'appelait Emmaline Troie. Il resta un moment figé, à évoquer les longues années pendant lesquelles il avait désespérément souhaité disposer d'un nom ou du moindre indice susceptible de l'aider à trouver l'âme sœur, puis ses sourcils se froncèrent : il ne se souvenait pas s'il s'était présenté, lui, durant cette nuit de folie…

Toujours d'après la carte, Emmaline mesurait 1 mètre 62, pesait 48 kilos et avait les yeux bleus. Bleus… un mot trop fade pour une couleur pareille.

Il y avait aussi un petit portrait d'elle, un sourire timide aux lèvres, les oreilles dissimulées par ses tresses blondes. Le portrait était stupéfiant. On aurait dit un daguerréotype, mais en couleurs. Lachlain avait vraiment des tas de choses à apprendre !

Emmaline était censée être née en 1982. Mensonge, évidemment. Physiologiquement, elle n'avait dépassé la vingtaine que de quelques années, mais chronologiquement, elle était plus âgée, bien sûr. La plupart des vampires existaient depuis des siècles.

Mais pourquoi ces saletés de sangsues s'étaient-elles rendues en Louisiane ? Avaient-elles triomphé ailleurs qu'en Europe ? Et, si oui, qu'était-il advenu du clan de Lachlain ?

À cette pensée, il jeta un coup d'œil à Emmaline, qui dormait toujours comme une souche. Si c'était bel et bien son âme sœur, il ferait d'elle sa reine ; ses frères de race à lui deviendraient ses sujets à elle… Impossible. Ils la réduiraient en lambeaux à la première occasion. Lycae et vampires étaient ennemis jurés depuis le chaos nébuleux des prémices du Mythos.

Ennemis jurés. Voilà pourquoi il fouillait avec impatience dans le petit tas disposé par terre : pour étudier l'adversaire… pas parce que cette femelle éveillait sa curiosité.

Il ouvrit le petit carnet bleu d'un passeport, où il trouva un autre portrait, au sourire visiblement forcé, puis une « carte d'alerte médicale » d'après laquelle Mlle Emmaline Troie souffrait d'« allergie au soleil et de photosensibilité extrême ».

Lachlain se demandait encore s'il s'agissait d'une plaisanterie, quand il tomba sur une « carte de crédit ». Il avait vu des réclames pour ce genre de choses à la télé – les réclames lui en avaient sans doute appris davantage que le type sinistre qui débitait les nouvelles, assis à un bureau. Bref, il savait que ces fameuses cartes permettaient d'acheter tout ce qu'on voulait.

Or il avait besoin de tout, puisqu'il entamait une nouvelle vie. Le plus urgent était cependant de s'habiller correctement et de s'éloigner de Paris. Vu son état de faiblesse, il ne pouvait s'attarder dans un endroit où la Horde était consciente de sa présence. Et, tant qu'il n'aurait pas mis de l'ordre dans cette histoire, il serait obligé d'emmener la créature. Il faudrait donc veiller sur elle pendant le voyage.

Lui qui avait passé des années à tuer les vampires, il se retrouvait contraint d'en protéger une...

Persuadé qu'elle dormirait jusqu'au crépuscule – et que, de toute manière, elle ne s'échapperait pas de jour –, il décida de redescendre au rez-de-chaussée.

Les coups d'œil interrogateurs qui n'allaient pas manquer de l'épingler, il y répondrait par une arrogance menaçante. Si son comportement laissait transparaître sa méconnaissance de l'époque actuelle, il jetterait à ceux qui s'en étonneraient un regard si direct que la plupart penseraient l'avoir mal compris. Ce regard-là avait toujours terrifié les humains.

L'audace, voilà ce qui faisait les rois. Il était temps que Lachlain recoiffe sa couronne.

Il réussit à rassembler pas mal d'informations durant son excursion. Première leçon : la carte de crédit dont il s'était emparé – une «American Express» noire– trahissait la richesse. Pas étonnant: les vampires étaient riches, de toute éternité.

Deuxième leçon: le réceptionniste d'un hôtel de luxe comme le Crillon pouvait vous rendre la vie très facile… s'il vous prenait pour un riche client excentrique, un peu perdu, qui s'était fait voler ses bagages. Alors que, au départ, l'employé avait eu un instant d'hésitation, puisqu'il avait osé demander à « M. Troie » de fournir si possible une preuve de son identité.

Lachlain s'était légèrement penché afin de le regarder de haut, l'air partagé entre la colère soulevée par cette question impudente et la honte pour celui qui avait eu l'indélicatesse de la poser.

— *Non.*

Réponse négligemment menaçante, succincte, définitive.

Le réceptionniste avait sursauté comme à une détonation. Il avait dégluti puis, toute hésitation envolée, s'était plié aux exigences les plus bizarres. Quand « M. Troie » avait demandé les horaires du lever et du coucher du soleil, puis quand il avait décidé de les consulter en dévorant un steak de six cents grammes, son interlocuteur n'avait même pas sourcillé.

Quelques heures plus tard, le riche client disposait de beaux vêtements adaptés à sa charpente imposante, d'un moyen de transport, d'argent liquide, de cartes routières et de réservations d'hôtel pour les nuits suivantes. Bref, de tout le nécessaire.

Lachlain avait découvert avec plaisir en quoi consistait ledit «nécessaire». Cent cinquante ans plus tôt, l'humanité détestait l'eau, au grand dam des créatures du Mythos – presque toutes de véritables maniaques de l'hygiène corporelle. Les goules elles-mêmes se baignaient plus souvent que les humains du XIXe siècle. Mais voilà que la propreté et le matériel requis pour l'obtenir faisaient à présent partie du « nécessaire ».

Si Lachlain arrivait à s'habituer au rythme de vie trépidant de cette époque, peut-être en viendrait-il à l'apprécier.

En fin de journée, lorsqu'il en eut terminé avec les corvées, il s'aperçut qu'il n'avait pas perdu sa maîtrise de soi ni même eu à combattre la bête une seule fois. Or les Lycae étaient sujets aux crises de rage – il leur fallait des années pour apprendre à se contrôler. Si on ajoutait à cette tendance l'enfer qu'il venait de traverser, on pouvait légitimement s'étonner qu'il n'ait eu qu'une ou deux flambées de colère. Il lui avait alors suffi de se représenter la vampire endormie dans ce qui était désormais sa chambre à lui, son lit à lui. Cette image l'avait calmé. La créature lui appartenait, il en ferait ce qu'il voudrait. Cette certitude l'aidait à affronter les souvenirs.

À vrai dire, maintenant qu'il avait les idées plus claires, il mourait d'envie de l'interroger. Pressé de la retrouver, il considéra l'ascenseur. Ce genre d'appareil existait déjà avant son emprisonnement sous terre, mais à l'époque, il s'agissait d'aménagements réservés aux riches indolents. Tel n'était plus le cas aujourd'hui. Tout le monde était censé s'en servir. Il s'en servit donc afin de regagner son étage.

Dans la chambre, il ôta sa veste neuve puis s'approcha du lit pour examiner la belle endormie à loisir en attendant le crépuscule. Dire qu'il s'était laissé illusionner au point de prendre cette... femme pour son âme sœur.

Il écarta les épaisses boucles blondes du visage à l'ossature fine, aux pommettes hautes et au menton délicat. Lorsqu'il suivit du doigt les contours de l'oreille dévoilée, sa pointe remua à ce contact.

Jamais il n'avait vu une créature pareille. Son aspect d'elfe la plaçait à mille lieux des grands vam-

pires mâles violents, aux yeux rouges, qu'il extermi-
nait un à un.

Bientôt, il aurait recouvré la force de recommencer.

Les sourcils froncés, il souleva la main que sa captive avait posée sur sa poitrine et l'étudia de près. Un
entrelacs de cicatrices presque invisibles en déparait
le dos. Le lacis de fines lignes blanches évoquait une
brûlure, mais s'interrompait à la naissance des premières phalanges et du poignet. On aurait dit que
quelqu'un avait attrapé Emmaline par les doigts pour
présenter le dos de sa main au feu... ou au soleil.
Quand elle était très jeune, avant que l'immortalité
ne fige son corps. Punition vampirique classique,
sans aucun doute. Quelle espèce répugnante.

Sans laisser à la rage le temps de l'engloutir,
Lachlain promena le regard sur le corps de la belle,
puis la découvrit complètement. Toujours plongée
dans le sommeil, elle ne s'en formalisa pas.

Non, elle n'avait rien à voir avec les femmes qui
l'attiraient en général. Pourtant, quand il baissa le
haut et releva le bas de sa chemise de nuit jusqu'à
son nombril, apparurent des seins menus mais aux
courbes parfaites. D'ailleurs, ils s'étaient merveilleusement bien logés dans les mains de Lachlain, la
veille, et leurs mamelons durcis l'avaient terriblement excité.

Il promena un doigt sur la taille de guêpe, avant
de descendre vers les boucles blondes du sexe. Il fallait reconnaître que ce qu'il voyait lui plaisait fort et
qu'il avait très envie d'y goûter.

Quel immonde salaud! Avoir des pensées pareilles
devant une vampire, la trouver excitante... Mais,
après tout, il avait des circonstances atténuantes,
puisqu'il n'avait pas vu de femelle de son espèce
depuis près de deux siècles. C'était la seule et unique
raison pour laquelle il salivait rien qu'à l'idée d'embrasser cette créature.

Le crépuscule approchait. Elle ne tarderait pas à se réveiller. Pourquoi ne pas l'y aider, en lui dispensant le plaisir qu'elle avait refusé la veille ?

Quand il écarta ses cuisses blanches soyeuses pour s'installer dans l'espace ainsi délimité, elle gémit doucement, sans ouvrir les yeux. La nuit précédente, elle avait vaincu le désir par la peur ou la fierté, mais son corps n'en implorait pas moins le soulagement. Elle avait *besoin* de jouir.

Cette pensée à l'esprit, Lachlain ne chercha pas à se montrer subtil, mais se jeta sur Emmaline en véritable affamé. À peine l'eut-il goûtée qu'il émit un râle de plaisir délirant, enfouit son visage hagard dans une humidité délicieuse et se mit à donner des coups de hanches quasi inconscients contre les couvertures. Comment pouvait-il la trouver aussi exquise ? Comment pouvait-il trouver cela aussi fabuleux… à croire que c'était bien elle qu'il avait attendue un millénaire ?

Lorsque les cuisses minces se refermèrent autour de lui, il pénétra sa compagne de sa langue raidie puis lui suça le clitoris, avant de relever les yeux. Les mamelons qui le dominaient s'étaient transformés en petites pointes dures. Emmaline haletait, le souffle rauque. Ses bras se posèrent sur la tête de Lachlain.

Elle dormait toujours, oui, mais elle était au bord de l'orgasme. L'air était devenu curieusement électrique, ce qui lui hérissa le poil – un malaise que le goût de sa conquête lui fit aussitôt oublier. Il la savourait, de plus en plus mouillée sous ses lèvres.

Quand elle se raidit, il comprit qu'elle se réveillait.

— Viens, grogna-t-il contre sa chair. Donne-toi.

Elle plia les jambes, les genoux remontés contre la poitrine pour poser les pieds sur ses épaules. Intéressant, mais il voulait bien être pendu si…

La violence du coup le projeta à l'autre bout de la chambre.

La douleur qui envahit son épaule lui apprit qu'il souffrait d'une déchirure musculaire. Une brume rouge engloutit son champ de vision, obscurcit ses pensées. Il fondit sur l'adversaire en rugissant, la repoussa sur le lit où il l'immobilisa, puis ouvrit son pantalon et empoigna son érection, prêt à évacuer sa tension – fou de rage et de désir, sourd aux avertissements de l'instinct : Elle ne se résignera pas, elle se brisera. Tu vas détruire ce qui t'a été donné...

Les crocs de sa captive lui apparurent, dévoilés par des halètements de terreur. L'envie irrésistible de la faire souffrir s'empara de lui. Une vampire lui aurait été donnée, à *lui* ? Ses souffrances ne connaîtraient donc pas de fin ! Ni sa haine.

Ses bourreaux avaient gagné, une fois de plus.

À son rugissement de fureur répondit un hurlement. La lampe en verre et la télé volèrent en éclats, tandis que la porte coulissante du balcon se fissurait puis tombait en miettes. Les tympans de Lachlain faillirent exploser. Il bondit en arrière, les mains pressées sur les oreilles. Qu'est-ce que c'était que ça, bordel ?

Un cri tellement aigu qu'il était permis de se demander si les humains l'entendaient...

Emmaline bondit du lit, tira sur sa chemise de nuit pour la rajuster en jetant à Lachlain un regard de... de confiance déçue ? de résignation ? puis se glissa entre les lourds rideaux pour se précipiter sur le balcon.

Il fait nuit, pas de problème, songea-t-il. Elle peut si elle veut. Il assena au mur un grand coup de tête, puis de poing. Fou de désir. De haine. En proie au souvenir des flammes, de l'insupportable douleur. L'os se brisant sous ses mains tremblantes...

S'il était condamné à subir ces réminiscences, à en porter le fardeau, il aurait aussi bien pu rester là-bas, prisonnier du brasier. Plutôt mourir.

Peut-être était-il censé violer la créature. Lui transmettre sa souffrance. Mais oui, bien sûr. Cette pensée l'apaisa. Une vampire lui avait été donnée pour qu'il en jouisse et se venge, ni plus ni moins.

La tête haute, il s'approcha du balcon.

Lorsqu'il tira les rideaux, son souffle se bloqua dans sa gorge.

4

Emmaline vacillait, debout sur la rambarde. Le vent tordait sa chevelure et la soie rouge de sa chemise de nuit. Lachlain déglutit difficilement.

— Descends de là.

Pourquoi avait-il le cœur serré par la peur ?

Elle se tourna vers lui… sans perdre l'équilibre. Manifestement, elle souffrait. Ses grands yeux lumineux étaient emplis de douleur. Il résista de toutes ses forces à la certitude qui s'imposait à lui : ils étaient bel et bien liés.

— Pourquoi me faites-vous des choses pareilles ? murmura-t-elle.

Parce que je veux ce qui m'appartient, songea-t-il. Parce que j'ai besoin de toi et que je te hais.

— Descends de là, répéta-t-il. (Elle secoua la tête.) Tu ne peux pas mourir comme ça. Au soleil, oui ; si on te coupe la tête ; mais pas en tombant. (Il s'exprimait d'un ton tranquille, malgré ses doutes. À quel étage se trouvaient-ils, déjà ? Pour peu qu'elle soit affaiblie…) Et je n'aurai aucun mal à te suivre et à te ramener.

Elle jeta un coup d'œil en arrière, dans la rue.

— Non, vu mon état, je pense que j'en mourrai.

Il la crut, sans savoir pourquoi. Son inquiétude ne fit que croître.

— Ton état ? À cause du soleil ? Mais dis-moi, bordel !

Sans répondre, elle pivota vers l'extérieur. Leva un pied.

— Attends !…

Il banda ses muscles, prêt à se précipiter sur elle. Comment arrivait-elle à garder l'équilibre ?

— Je ne recommencerai pas. Pas tant que tu ne seras pas d'accord. (Le vent qui gagnait en force plaquait la soie rouge sur son corps pâle.) Quand tu t'es réveillée… c'était un cadeau, je ne demandais rien.

Elle reposa le pied sur la rambarde avant de se retourner vers lui.

— Et quand je n'ai pas voulu de votre… votre *cadeau*, qu'est-ce que vous avez fait, hein ?

Si elle perdait la vie… Cette idée le terrifiait au point que ses idées s'éclaircirent vraiment pour la première fois. Il avait attendu mille deux cents ans ; il l'avait attendue, *elle*…

Pour une raison obscure, le monde lui avait donné une vampire, et voilà à quoi il l'avait réduite. *Tu détruis ce qui t'a été donné.* Il ne supportait pas ce qu'elle était… mais il ne voulait pas qu'elle meure. Ni qu'elle se brise.

Penser à l'enfer qu'il venait d'endurer le rendait fou de rage, en parler aussi, mais il fallait tout tenter.

— Essaie de comprendre. J'ai été… prisonnier un siècle et demi. Sans le moindre réconfort, sans voir une femme. Je ne m'étais évadé que depuis une semaine quand je t'ai trouvée. Je ne suis pas encore… acclimaté.

— Pourquoi vous conduisez-vous comme si vous me connaissiez ?

— J'étais désorienté. Perdu. Je sais très bien que nous ne nous étions jamais vus.

— Qui êtes-vous ?

Quelques minutes plus tôt, il était prêt à la faire sienne… sans même s'être présenté.

— Lachlain. Le roi des Lycae.

Il entendit parfaitement le pouls de son interlocutrice accélérer sous l'effet de la peur.

— Vous… vous êtes un loup-garou ? Laissez-moi m'en aller.

Elle avait l'air d'une créature de l'autre monde, avec ses cheveux qui volaient au vent et sa peau d'albâtre. Ils appartenaient à deux espèces différentes : il ne savait pas comment se conduire avec elle.

— D'accord. Après la pleine lune. Je le jure.

— Non, maintenant.

— J'ai besoin de toi… pour rentrer chez moi. (Une vérité et un mensonge.) Je ne te ferai plus de mal.

Peut-être un mensonge de plus.

Elle eut un rire amer.

— Vous étiez prêt à me violer tout à l'heure, et j'ai failli y passer ce matin. Le soleil… (Sa voix avait baissé jusqu'au murmure sur le dernier mot.) Vous ne savez pas ce que c'est. La douleur…

Oh, il avait sa petite idée.

L'horreur s'inscrivit soudain sur les traits de la vampire, comme si un cauchemar venait de se rappeler à elle.

— Je n'avais pas senti le soleil sur ma peau… (Elle vacilla au-dessus du vide.) …depuis mes trois ans.

— Je ne sais pas encore veiller sur toi, expliqua-t-il en se rapprochant discrètement, la bouche sèche. Il va falloir m'expliquer. De toute manière, ça ne se reproduira pas.

— Je ne veux pas de vos attentions. Vous… vous me faites peur.

Bien sûr qu'il lui faisait peur. Ses crises de rage étaient terribles, même pour lui.

— Je comprends. Descends, maintenant. Je sais très bien que tu n'as aucune envie de mourir.

Une lune pâle se levait. Emmaline jeta un coup d'œil par-dessus son épaule, présentant à Lachlain un profil parfait, tandis qu'une bourrasque ramenait ses boucles blondes dans son cou. Jamais il n'avait rien contemplé de pareil, malgré son âge : la peau de lait

et la soie de sang, sur fond de lune... Une vision surnaturelle.

La créature émit un soupir las... en oscillant sur
son perchoir.

— Regarde-moi.

Non seulement elle n'obéit pas, mais elle regarda
en bas.

— *Regarde-moi!*

Ses sourcils se froncèrent au-dessus de ses yeux
troubles, comme si elle était mal réveillée.

— Je veux juste rentrer chez moi, dit-elle d'une
toute petite voix.

— Pas de problème. Je te jure que ça se fera. Aide-
moi juste à rentrer chez moi avant.

— Vous me promettez de me libérer si je vous aide?

Jamais.

— Oui.

— Vous ne me ferez pas de mal?

— Non, je ne te ferai pas de mal.

— Vous pouvez vraiment me le promettre? On
dirait que vous... vous avez du mal à vous maîtriser.

— Je me maîtrise de mieux en mieux. (Grâce à
elle?) Quoi qu'il en soit, sache que je ne *veux* pas te
faire de mal.

Ça, au moins, c'était vrai... En tout cas, il y croyait.

— Vous n'essaierez plus de... de me... caresser...?

— Non, pas tant que tu ne seras pas d'accord. (Il
lui tendit la main.) Tope là?

Elle ne la prit pas, mais au bout de quelques
secondes insupportables, elle descendit de la balustrade d'une manière extraordinaire: d'un seul mouvement fluide, comme si elle se promenait et passait
du trottoir à la chaussée, ni plus ni moins.

Il la secoua légèrement par l'épaule.

— N'essaie plus de me faire un coup pareil, d'accord?

Une curieuse envie de la serrer contre lui l'avait
saisi, aussi l'écarta-t-il un peu.

— Je ne recommencerai pas, déclara-t-elle, les yeux baissés, sauf si c'est ce qui peut m'arriver de mieux.

Cette réponse ne plut pas du tout à Lachlain.

— Tope là ? insista-t-il.

Lorsqu'elle hocha la tête, il se demanda si elle acceptait juste parce qu'il l'avait placée dans une situation impossible. Quand il avait parlé de son emprisonnement, il lui avait semblé voir briller dans ses yeux bleus une fugitive lueur de compassion.

— Bon. On part pour l'Écosse. Cette nuit.

Elle en resta stupéfaite.

— Mais je ne peux pas aller en Écosse ! Je pensais juste vous donner des indications. Enfin bon, Map-Quest s'en serait chargé… (La dernière phrase n'avait été qu'un marmonnement.) Comment voulez-vous faire un aussi long trajet sans que je sois brûlée vive ? (Elle paniquait.) C'est difficile pour moi de voyager. Je ne peux pas prendre les avions de ligne. Ni le train. Le soleil…

— J'ai loué une voiture. Ce sera parfait. (Il était content de s'exprimer d'un ton aussi serein, lui qui, une semaine plus tôt, ignorait jusqu'à l'existence des « automobiles ».) On s'arrêtera toutes les nuits bien avant l'aube. Un des types du rez-de-chaussée m'a établi un itinéraire.

— Vous savez conduire ? Franchement, on aurait dit que vous n'aviez jamais vu une voiture…

— Non, je ne sais pas conduire, mais je suppose que toi, tu sais.

— Je n'ai jamais fait que de petits trajets autour de chez moi.

— Tu es déjà allée dans les Highlands ?

— Euh, non…

— Tu n'as jamais eu envie d'y aller ?

— Si, bien sûr, comme tout le monde…

— Alors tu m'accompagnes.

Emma porta une main tremblante à ses cheveux, dont elle tira une lourde mèche devant ses yeux. Qui s'écarquillèrent d'horreur.

Roussis. Par le soleil.

Elle était censée se doucher et s'habiller mais, seule dans la salle de bains, elle contemplait bouche bée la preuve qu'elle avait frôlé la mort. Puis, rejetant ses cheveux en arrière, elle se débarrassa de sa chemise de nuit et se contorsionna devant le miroir pour examiner sa peau.

Intacte. Pâle. Guérie – pas comme la fois précédente. Un simple coup d'œil au dos de sa main lui donna la nausée. Grâce à Freyja, le souvenir de la brûlure était aussi brumeux qu'à l'ordinaire.

Emma avait oublié les détails de l'événement, mais elle avait appris sa leçon et évité le soleil pendant près de soixante-sept ans. N'empêche que la nuit précédente, à l'approche de l'aube, elle s'était endormie avant de réussir à s'échapper ou de penser à demander à son geôlier de fermer les rideaux.

Frissonnante, elle se glissa sous la douche en évitant les éclats de marbre. La présence de Lachlain dans la cabine lui était toujours sensible : les mains qui parcouraient sa peau humide, le doigt en elle, le corps puissant, frémissant, tendu sous ses caresses.

Elle pivota et l'eau éclaboussa ses seins délicats, lui durcissant les mamelons… Le souvenir de son réveil sous la bouche du Lycae la frappa de plein fouet.

Elle avait rué avec une violence inouïe, parce qu'elle avait eu peur et ne savait pas ce qui se passait. Pourtant, elle était alors plus près de l'orgasme qu'elle ne l'avait jamais été de toute sa vie. Il fallait vraiment être une faible femme pour éprouver la tentation quasi irrésistible de rester docilement allongée, les jambes écartées, et d'accepter le baiser brûlant d'un inconnu. Maintenant encore, en y repensant, elle se découvrait trempée.

Prête à se donner à lui. Sa propre réaction la stupéfiait. À quel point en arriverait-elle ?

Au moins, elle avait découvert pourquoi il était si violent. Non seulement il avait des comptes à régler, mais il s'agissait en outre d'un Lycae – un être dangereux, impitoyable. Emma n'avait pas oublié ce que ses tantes lui avaient raconté sur les garous.

Chacun d'eux portait en lui une « bête », un loup – ils étaient en quelque sorte possédés. Leur « hôte » les rendait immortels, mais aussi avides des plaisirs les plus élémentaires, ceux qu'on tirait de la nourriture, du toucher et du sexe. Cet « hôte » les empêchait parfois de refréner leur férocité… à laquelle ils laissaient libre cours *de leur plein gré* quand ils faisaient l'amour, puisqu'ils prenaient alors plaisir à mordre, à griffer – bref, à marquer l'autre dans sa chair avec une véritable frénésie. Emma avait toujours trouvé cette idée terrible… elle qui avait la malchance d'être fragile et d'avoir une peur bleue de la douleur.

Elle ne comprenait absolument pas comment une beauté de façade aussi admirable pouvait dissimuler un fauve. Lachlain était à la fois une bête et un véritable fantasme ambulant. Si on oubliait son horrible blessure à la jambe, il avait un corps… divin, tout simplement. Ses épais cheveux raides, d'un châtain profond, paraissaient dorés au soleil. Il s'était coiffé dans la journée, elle l'avait remarqué. Il s'était également rasé, dévoilant des traits parfaits. Divin, en apparence. Bestial, en réalité.

Comment pouvait-elle trouver attirant un être qu'elle aurait dû fuir à toutes jambes ?

Elle était à bout de forces, et la perspective de tenir le volant jusqu'en Écosse n'arrangeait pas les choses.

Adossée au mur de la cabine, elle se demanda où en était Annika. Sans doute sa mère adoptive poussait-elle des cris d'inquiétude et de rage, tout en déchaînant la foudre sur le manoir de La Nouvelle-Orléans et en déclenchant les alarmes des voitures à des kilomètres à la ronde.

Emma se demanda ensuite si elle aurait vraiment sauté du balcon. Oui, se dit-elle… abasourdie par la réponse. Si Lachlain lui était apparu comme l'animal enragé qu'il avait incarné un instant plus tôt, si les yeux qu'il rivait sur elle n'étaient pas lentement repassés à un ambre chaleureux, elle aurait pris le risque.

Elle se demanda aussi comment il s'était blessé à la jambe, où il avait été emprisonné si longtemps, et par qui…

Mais elle secoua aussitôt la tête pour en chasser ce genre de questions.

Elle ne voulait pas le savoir. Cela ne lui aurait servi à rien.

Annika lui avait dit une nuit que les vampires étaient des êtres froids, sans passion, capables d'écarter de leurs pensées les détails étrangers à leurs buts. Voilà pourquoi ils utilisaient leurs grandes capacités logiques mieux que les autres créatures du Mythos.

Emma avait une tâche précise à accomplir, point. Lorsqu'elle en aurait terminé, elle serait libre. En attendant, il ne fallait pas qu'elle se laisse distraire.

Le problème, c'est que tu es déjà distraite… se dit-elle.

Peu importait. Elle viendrait à bout de la corvée.

Conduis-toi comme d'habitude…

Après le shampoing, elle se rinça les cheveux en évoquant la semaine routinière qui avait précédé son voyage en France. Du lundi au jeudi, elle s'était consacrée aux recherches pour la maisonnée puis à son entraînement, avant de regarder les derniers films de la nuit en compagnie des plus couche-tard parmi ses tantes. Vendredi et samedi, les sorciers étaient passés – soirées Xbox et mixtures pastel. Dimanche, elle avait fait du cheval avec les sympathiques démons qui traînaient souvent autour du manoir. Il aurait suffi qu'elle torde le cou à un ou deux petits détails pour mener une vie parfaite.

À cette idée, ses sourcils se froncèrent. Comme tous les vampires, elle était incapable de proférer le moindre mensonge. Si une non-vérité lui venait à l'esprit et qu'elle voulait l'exprimer, une violente envie de vomir s'emparait d'elle. Non, elle ne pouvait proférer de mensonge, mais elle était douée pour mentir en son for intérieur. Un ou deux petits détails ? En fait, sa vie n'était qu'un gouffre de solitude… où rôdait en permanence la peur de sa nature profonde.

À sa connaissance, elle était unique au monde – elle n'avait réellement sa place nulle part –, et malgré l'affection de ses tantes valkyries, la solitude la poignardait chaque nuit aussi douloureusement qu'une épée.

À un moment, elle s'était dit que, si elle savait comment ses parents avaient fait connaissance puis réussi à procréer, elle se découvrirait peut-être des semblables. Elle se sentirait peut-être enfin *proche* de quelqu'un d'autre. Elle avait également pensé que, si elle en apprenait davantage sur sa moitié vampirique, elle aurait moins peur d'en arriver à ressembler aux membres de la Horde, une nuit ou l'autre.

Personne n'aurait dû redouter en permanence de se transformer brusquement en tueuse…

Si elle avait imaginé que, instruit par les derniers événements, Lachlain allait à présent respecter son intimité, elle en aurait été pour ses frais. Il entra tranquillement dans la salle de bains, puis ouvrit sans hésiter la porte de la cabine de douche. Elle sursauta, saisie, essaya maladroitement de rattraper la bouteille de démêlant et finit par la récupérer du bout de l'index.

Les poings du garou se serrèrent, puis se rouvrirent. Le doigt d'Emma perdit toute force. Le démêlant tomba avec un bruit sourd.

L'image de la table de nuit au plateau lacéré lui traversa l'esprit, puis celle de la voiture froissée comme

une feuille de papier. La douche était toujours jon-
chée des plus gros morceaux de marbre. Idiote.
Pauvre idiote... qui avait cru que son ravisseur ne lui
ferait pas de mal. Elle avait des raisons d'avoir peur
de tout un tas de choses, mais ce qu'elle redoutait le
plus, c'était la douleur. Et voilà qu'un Lycae serrait
les poings de colère – en la regardant.

Emma se réfugia dans un coin, de profil, pour lui
dissimuler sa nudité. Et parce que, s'il la frappait, elle
n'aurait qu'à se laisser glisser par terre, les genoux
relevés contre la poitrine.

Il poussa un juron et repartit.

Une fois propre, elle regagna la chambre. Presque
toutes ses affaires avaient disparu. Lachlain les avait-
il rangées dans la voiture de location ? Si tel était le
cas, elle aurait parié qu'il avait jeté tout le reste sur
son ordinateur portable, au risque de le briser. Enfin,
cela n'avait sans doute guère d'importance, puisqu'elle n'avait découvert sur ses parents aucune information digne de figurer dans l'ordinateur en question.

Ce voyage ne lui avait rien apporté du tout. À part
son enlèvement.

Avec un soupir las, elle s'approcha des vêtements
restants – une tenue complète, étalée sur le lit... et les
dessous les plus réduits, les plus vaporeux qu'elle ait
emportés, bien sûr. Lachlain avait donc tripoté sa lingerie, il avait choisi un des petits ensembles en pensant à elle... Emma rougit, pour la millième fois
depuis leur rencontre.

Le Lycae avait sélectionné un pantalon, un corsage
à col montant, un pull et une veste. Il voulait donc
l'ensevelir sous le tissu ?

Ce fut l'instant qu'il choisit pour reparaître. Elle fit
un tel bond en arrière qu'elle se retrouva debout sur
le matelas, à la tête du lit, dont toute la longueur les
séparait. Malgré son ouïe aiguisée, elle ne l'avait pas
entendu arriver.

Il haussa le sourcil devant la rapidité de sa réaction.

— Je te fais si peur que ça?

Sans répondre, elle se cramponna à sa serviette. J'ai peur de mon ombre, alors un énorme garou comme toi... Pourtant, il n'y avait pas trace de cruauté dans la question, ce qui donna à Emma le courage d'examiner l'intrus à travers ses cils. Les yeux d'une chaude teinte ambrée, les vêtements neufs de bonne coupe... Il avait l'air d'un millionnaire dans la force de l'âge ou, plus exactement, d'un top model jouant au millionnaire.

Ce salopard était incroyablement beau. Et il le savait, ce qui était plus qu'exaspérant.

— Vous m'avez attaquée deux fois. Je ne vois pas pourquoi je n'aurais pas peur.

— Je ne t'avais pas encore promis de ne pas te faire de mal, riposta-t-il, agacé, avant de poursuivre en bridant visiblement sa colère naissante: Tout est fin prêt. La voiture nous attend, et j'ai payé la note de la chambre.

Elle imaginait parfaitement ladite note. Même la table de nuit ancienne annihilée par le colosse ne pouvait valoir aussi cher que le simple séjour qu'elle avait effectué à l'hôtel.

— Mais je suis restée des semaines. Je peux parfaitement payer ma...

— C'est toi qui as payé. Bon, allez, descends de là.

Lorsqu'il lui tendit la main, elle traversa le lit pour bondir à terre de l'autre côté. La tête lui tournait.

— Je suppose que c'est aussi moi qui ai payé vos vêtements? osa-t-elle demander, puisque deux mètres les séparaient à présent.

Emma s'y connaissait en produits de luxe – toutes les Valkyries s'y connaissaient, puisque c'était un signe de Freyja –, et la tenue de Lachlain avait dû coûter très cher, à en juger par sa coupe.

Une veste sport en cuir marron, cousue main, ouverte sur une fine chemise de cachemire noire, tombait sur un pantalon beige ajusté. Entre les pans de la veste se dessinaient les contours musculeux de la poitrine. « Je suis riche... et peut-être un rien dangereux. » Voilà ce que signifiait l'ensemble.

Les femmes allaient adorer.

— Oui. Le type du rez-de-chaussée est très débrouillard, et notre carte inépuisable.

Le ton la mettait au défi de faire le moindre commentaire.

Notre carte ? Son American Express Centurion à *elle*, à laquelle s'attachaient des considérations spécifiques – le fait que certains achats pouvaient paraître bizarres mais, la propriétaire voyageant, il ne fallait entraver ses déplacements sous aucun prétexte.

Comme toutes les Valkyries de sa maisonnée, Emma disposait d'une généreuse rente annuelle, destinée à couvrir ses besoins en vêtements et distractions, mais elle faisait des économies dans l'espoir de s'acheter quelque chose d'important qui n'appartiendrait qu'à elle : une antiquité, son propre cheval, n'importe quoi qu'elle n'aurait pas à partager avec ses tantes. Fini.

Entre autres épreuves imposées par le garou, celui-ci semblait bien décidé à la mettre sur la paille.

— Vous ne m'avez rien laissé pour me cacher les oreilles.

Elle lui parlait les yeux baissés, pour éviter son regard, comme d'habitude.

Lachlain fronça les sourcils. Elle voulait donc dissimuler ce que *lui* trouvait attirant, alors qu'elle se disposait à porter devant n'importe qui une tenue incroyablement révélatrice ! Son pantalon noir lui arrivait à peine aux hanches et moulait les courbes de ses fesses. Son corsage rouge à col montant, curieusement asymétrique, attirait l'œil sur le renflement de ses seins. Il avait choisi ces vêtements pour la couvrir, pas pour l'exposer. Autant dire qu'il lui en achèterait d'autres à la première occasion. De toute manière, il comptait bien jeter l'argent des vampires par les fenêtres.

— Il me faut un foulard… enfin, quelque chose pour attacher mes cheveux. Sinon, les gens vont voir mes oreilles.

— Tu ne t'attaches pas les cheveux.

— Mais les humains…

— Ils ne diront rien en ma présence. Ils n'oseront pas.

Lorsqu'il s'approcha, elle recula aussitôt, terrifiée.

Lachlain se rappelait mal ce qui s'était passé dehors ou même le reste de la nuit précédente, mais il savait qu'il avait été… plus que rude. D'ailleurs, cette nuit même, il s'était jeté sur elle pour la plaquer au matelas, prêt à la prendre, tout en sachant parfaitement qu'il allait lui faire très mal. Ensuite, quand il était allé la voir sous la douche, elle avait bien remarqué qu'il serrait les poings. Alors oui, elle avait de bonnes raisons d'avoir peur de lui.

Sur le balcon, il s'était aperçu qu'elle souffrait. Il l'avait lu dans ses yeux. Mais lui aussi souffrait, et il était trop mal en point pour l'aider. Trop empli de haine pour en avoir envie.

— Est-ce que je peux au moins appeler ma famille ? s'enquit-elle. Vous me l'aviez promis.

Il fronça de nouveau les sourcils. Quand il avait parlé de contacter ses proches, il pensait à une lettre. Mais il avait vu le réceptionniste au téléphone, il avait pas mal regardé la télé… Malgré tout, il n'aurait jamais cru qu'on puisse avoir accès de cette manière à un autre pays.

— D'accord, mais dépêche-toi. Il faut qu'on parte tôt, cette nuit.

— Pourquoi ? On va loin ? (La panique s'infiltrait dans la voix de la vampire.) Vous avez dit qu'on s'arrêterait bien avant l'aube…

— Ça t'inquiète ?

— Bien sûr que ça m'inquiète !

— Ne t'en fais pas, je te protégerai. (Cette affirmation ne la rassura visiblement pas, ce qu'il trouva agaçant.) Allez, téléphone.

Il quitta le coin salon, parcourut la petite entrée, ouvrit la porte de la chambre et la referma.

Sans sortir.

5

— Tu sais que tu es faite et refaite ? lança Regina. Annika est dans tous ses états. À côté d'elle, un fou furieux passerait pour un auxiliaire médical.

— Je me doute qu'elle s'inquiète ! répondit Emma, les deux mains serrées autour du combiné. Euh… elle est là ?

— Non. Il y a eu une urgence, il a fallu qu'elle s'en occupe. Pourquoi n'as-tu pas pris cet avion, ma puce ? Ni répondu au téléphone quand on a appelé sur ton portable ?

— Il est fichu. À cause de la pluie…

— Et l'avion ? insista Regina.

— J'ai décidé de rester à Paris, d'accord ? Je te signale que j'y suis venue pour une raison précise, et je n'en ai pas encore terminé.

Ce n'était pas un mensonge.

— Et tu ne pouvais répondre à aucun de nos messages ? Pas même ceux que le réceptionniste a voulu t'apporter aujourd'hui ?

— Il a peut-être frappé, je n'en sais rien. J'imagine qu'il faisait jour et que je dormais…

— Annika envoie des troupes à ta recherche. Elles sont déjà à l'aéroport.

— Eh bien, tu peux les appeler et leur dire de faire demi-tour, parce que je m'en vais.

— Tu ne veux même pas savoir pourquoi tu es en danger ?

Emma jeta un coup d'œil à la table de nuit.

— Je le sais, merci.

— Tu as vu un vampire ? cria Regina. Il t'a adressé la parole ?

— Un *quoi* ? hurla Emma en réponse.

— Pourquoi crois-tu que je m'inquiète, hein ? Les vampires traquent les Valkyries tout autour du monde… y compris *ici*. Des vampires en Louisiane, tu imagines ? Mais il y a mieux : figure-toi qu'on a vu Ivo le Cruel, le bras droit du roi de la Horde, dans Bourbon Street.

— Près de chez nous, alors ?

Annika avait fait déménager la maisonnée à La Nouvelle-Orléans des années plus tôt, pour l'éloigner du royaume russe de la Horde.

— Oui, et Lothaire l'accompagnait. Tu n'as peut-être jamais entendu parler de lui… C'est un ancien, plus ou moins indépendant et franchement répugnant. Ça m'étonnerait que ces deux-là se baladent dans le quartier français pour tester un des célèbres hot-dogs de la région et s'envoyer un bon cocktail derrière la cravate. Annika s'est lancée à leur recherche. On ne sait pas ce qu'ils veulent. Pourquoi ils ne massacrent pas à vue, comme d'habitude. Mais s'ils ont découvert ton existence…

Emma songea à ses errances parisiennes nocturnes. D'autres vampires l'avaient-ils espionnée ? Était-elle seulement capable de les distinguer des êtres humains ? Non contentes de lui apprendre que les Lycae étaient des monstres, ses tantes lui avaient aussi dit et répété à quel point la Horde était malfaisante.

Furie, la reine des Valkyries, était tombée en son pouvoir plus de cinquante ans auparavant, et nul ne l'avait jamais retrouvée. On disait que l'ennemi l'avait enchaînée au fond de l'océan, la condamnant à une éternité de mort par noyade dont l'immortalité la tirait encore et encore.

La Horde avait éliminé de fait l'espèce de Regina – la dernière des Radieux – dont les relations avec Emma étaient conflictuelles, pour parler poliment. Regina aimait sa nièce, qui le savait parfaitement, mais n'en était pas moins dure avec elle. D'autre part, la mère adoptive d'Emma, Annika, tuait des vampires à ses moments perdus pour se distraire, car, comme elle disait, « une bonne sangsue est une sangsue morte ».

Et voilà que la Horde risquait de découvrir ce qu'il en était de la jeune métisse. C'était la plus grande peur d'Annika depuis soixante-dix ans – la nuit où la fillette avait pour la première fois essayé de la mordre en public de ses petits crocs d'enfant...

— D'après Annika, certains signes tendraient à prouver que l'Accession a commencé, reprit Regina, parfaitement consciente de la terreur qu'elle allait inspirer à son interlocutrice. Et toi, tu restes là-bas, loin de la sécurité de la maisonnée ?

Un frisson glacé traversa Emma.

L'Accession, censée apporter aux vainqueurs pouvoir et prospérité, n'était pas une Armageddon : les factions les plus puissantes du Mythos ne se retrouvaient pas en territoire neutre pour affronter les éclairs, le tonnerre et « un grand tremblement de terre ». Comme les pales d'un moulin à vent montées sur un axe rouillé, l'Accession, d'abord lente et grinçante, gagnait en puissance pour atteindre sa pleine vitesse tous les cinq cents ans.

D'aucuns prétendaient qu'il s'agissait d'une sorte de système d'équilibrage cosmique, destiné à réguler une population toujours plus nombreuse d'immortels en les obligeant à s'entretuer.

Au bout du compte, la faction qui avait perdu le moins de membres l'emportait.

Malheureusement, les Valkyries ne tiraient plus leur épingle du jeu depuis maintenant deux mille ans, car il leur était impossible de se multiplier à la manière des vampires ou des Lycae. Au contraire, c'était la Horde qui l'emportait à chaque fois. L'Accession qui s'annonçait serait la première d'Emma, et Annika lui avait promis de la laisser se terrer sous son lit pendant la bataille !

— Je suppose que maintenant, tu veux bien rentrer à la maison… ? conclut Regina d'un ton suffisant.

Je ne peux pas mentir, bordel ! songea Emma.

— Non, pas encore. J'ai fait la connaissance de quelqu'un. Un… un homme. Je reste avec lui.

— Un homme ? (La Radieuse était manifestement sidérée.) Ooooh, tu as envie de le mordre, c'est ça ? À moins que ce ne soit déjà fait ? Par Freyja, je savais que ça finirait par arriver.

— Comment ça, tu savais que ça finirait par arriver ?

Ses tantes avaient interdit à Emma de boire directement aux veines des êtres vivants. D'une part, il n'était pas question qu'elle tue ses proies par accident ; d'autre part, les Valkyries croyaient le sang doté d'une vie propre lorsqu'il coulait dans un organisme, mais estimaient qu'il perdait ses pouvoirs – et ses effets secondaires – une fois qu'il en était tiré. Cette règle n'avait jamais posé de problème à Emma. À La Nouvelle-Orléans, le Mythos possédait une banque du sang dont le numéro figurait dans le répertoire téléphonique de la maisonnée, au nom de la pizzeria Domino's.

— On te l'avait *interdit*, Emma. Tu savais très bien que tu n'avais pas le droit de mordre qui que ce soit.

— Mais je n'ai pas…

— Hé, Lucia ! (Regina n'avait même pas pris la peine de couper le micro du téléphone.) Tu vas raquer. Emma s'est dérouillé les crocs…

— Pas du tout ! protesta aussitôt l'accusée. Je n'ai mordu personne ! Vous avez fait des paris là-dessus ?

Elle essayait de ne pas laisser sa voix trahir sa consternation. Regina était-elle la seule à penser qu'elle finirait par se conduire en vampire? Qu'elle succomberait, retournant à sa nature profonde? Ou toutes ses tantes craignaient-elles, comme Emma en personne, qu'elle ne se transforme en tueuse?

— Si tu ne t'intéresses pas à son sang, qu'est-ce que tu peux bien lui vouloir, hein?

— Ce que veulent toutes les femmes, riposta-t-elle d'une voix tremblante de colère. Je suis parfaitement normale...

— Tu veux dire que tu as envie de... bon, de coucher avec?

Pourquoi Regina avait-elle l'air aussi incrédule?

— Peut-être bien.

La Radieuse prit une brusque inspiration.

— Démon impie, sors du corps de ma nièce! Allez, Emma, tu n'as jamais eu le moindre flirt avec un garçon, et voilà que tout d'un coup, tu fais la connaissance d'un *homme* et tu décides de partir avec? Une jeunette de soixante-dix ans qui ne sait même pas ce qu'est un baiser? Tu ne crois pas que tu as plutôt envie de boire un coup?

— Non, s'obstina la jeunette en question, ça n'a rien à voir.

Les vampires de la Horde sublimaient le désir sexuel. Seuls les tenaillaient l'envie de sang et le besoin de tuer. Quant à Emma, le sexe lui avait toujours été indifférent. Elle ne s'était jamais trouvée en situation de le pratiquer.

Jusqu'à la nuit précédente.

Qui lui avait apporté une lueur d'espoir. Lachlain avait éveillé son désir. Un désir tout à fait normal... pas une envie de sang. Elle avait même *failli* connaître le plaisir. Le Lycae lui permettrait-il de répondre une fois pour toutes à la question qu'elle se posait à ce sujet? Elle se mordit la lèvre en réfléchissant au problème.

— Dis-moi honnêtement, tu t'es attiré des ennuis? interrogea Regina. (Emma *entendit* littéralement ses yeux se plisser de méfiance.) Il y a quelqu'un avec toi, là ?

— Non, je suis dans ma chambre. Seule. Ça te paraît tellement difficile à croire ?

— Bon, d'accord, je veux bien rigoler un peu. Qui est-ce ? Raconte-moi votre rencontre, tiens…

À partir de là, les choses risquaient de se compliquer…

— C'était un inconnu. On s'est croisés devant Notre-Dame, au milieu des bouquinistes.

— Mais encore ? Tu ne veux pas arrêter deux minutes de jouer les vamps mystérieuses et cracher le morceau ? À condition que cette histoire soit vraie, évidemment…

— Parce que je suis capable de mentir, peut-être ? Tu veux savoir, c'est ça ? Il est… il est d'une beauté *sauvage* ! (Emma avait appuyé sur le mot.) Il sait ce que je suis, et on quitte Paris ensemble.

— Par Freyja, c'est que tu as l'air sérieuse ! Bon, à quoi ressemble le bel inconnu ?

— Il est très fort. Il m'a dit qu'il me protégerait.

Il embrassait merveilleusement. Il avait des crises de folie. Un large torse qu'elle avait envie de lécher et mordiller à la manière d'un cornet de glace.

— Assez fort pour venir à bout d'un vampire ? s'enquit Regina, moqueuse.

— Tu ne peux pas savoir.

Quitter la ville en compagnie d'un puissant Lycae n'était peut-être pas une si mauvaise idée, en fin de compte, puisque vampires et garous étaient ennemis mortels… Mais, soudain, les sourcils d'Emma se froncèrent. Si ses tantes ne pensaient pas à Lachlain en la prévenant d'un danger potentiel, que lui voulait le lycanthrope ? Pourquoi ne la tuait-il pas, tout simplement ? Elle n'était après tout qu'une vampire…

Un doute lui effleura l'esprit, mais elle le chassa aussitôt. Il ne sait même pas conduire, songea-t-elle.

Bien sûr qu'il a besoin d'aide. Et je suis une créature du Mythos...

— Quand allez-vous quitter Paris ?

— Cette nuit. Maintenant, en fait.

— Ça, au moins, c'est une bonne chose. Où allez-vous ?

— Tu crois vraiment que je vais te le dire ? Pour qu'Annika vienne me chercher et me ramène à la maison par la peau du cou ? (Après avoir livré contre Lachlain un combat sans merci.) Pas question. Dis-lui que je serai de retour d'ici quinze jours, au plus tard. Et que si elle se lance à mes trousses, je saurai qu'elle ne me croit pas capable de me débrouiller seule... (Regina pouffa, puis éclata franchement de rire.) Je suis parfaitement capable de me débrouiller toute seule. Je ne vois pas ce qu'il y a de drôle ! ajouta Emma, froissée. (Un hurlement de rire lui répondit.) Mais va te faire foutre, bordel ! Tu sais quoi ? Je t'enverrai une carte postale !

Elle raccrocha brutalement, puis s'empara de ses bottes.

— Je suis bien contente de m'en aller, marmonna-t-elle avec rage en tapant du pied dans la première, avant d'enfiler la seconde tout aussi brusquement. Et le syndrome de Stockholm peut aller se rhabiller.

Lorsque le téléphone sonna quelques secondes plus tard, elle décrocha d'un geste brutal.

— Quoi encore ?

— Bon, bon, amuse-toi bien... tu es officiellement indépendante. (Regina renifla, comme si elle venait de pleurer de rire.) Mais si jamais tu tombes sur une sangsue, sans vouloir te vexer, rappelle-toi ce que je t'ai appris.

— Je ne suis pas vexée. Est-ce que, par hasard, tu veux parler des leçons d'escrime pendant lesquelles tu t'amuses à passer ma garde pour me donner de grands coups du plat de l'épée sur les fesses en braillant « Tu es morte ! » à chaque fois ? Elles vont beaucoup me servir, je le sens.

— Non, je veux parler des leçons de vitesse que tu prends en courant comme une dératée pour m'échapper, chaque fois que je viens te donner une leçon d'escrime.

À peine Emma avait-elle raccroché que Lachlain arrivait de l'entrée sans même faire mine de ne pas avoir espionné la conversation.

Elle sursauta, une fois de plus.

— Vous avez écouté, hein ?

— Oui, admit-il sans la moindre honte.

— Et vous avez appris quelque chose d'intéressant ?

Pas vraiment...

— Tu as un drôle d'accent, et tu parlais trop vite, avoua-t-il franchement, avant d'ajouter, charmeur : Mais j'ai entendu que tu me trouvais d'une beauté sauvage.

Il se demandait bien pourquoi cela lui avait fait plaisir. Peu lui importait ce qu'elle pensait.

Elle détourna les yeux, mais il eut le temps de constater qu'elle avait rougi.

— En insistant sur le « sauvage »... crut-il l'entendre marmonner.

— Pourquoi ne pas leur avoir dit ce que je suis ?

— Je ne veux pas que ma famille s'inquiète pour moi.

— Et elle s'inquiéterait, si elle savait que tu te trouves en compagnie d'un Lycae ? demanda-t-il, comme s'il ignorait que n'importe quel vampire réagirait violemment à la nouvelle.

— Bien sûr. On m'a beaucoup parlé de votre clan. De ce que vous êtes.

Il croisa les bras.

— Et que suis-je donc ?

Pour la première fois depuis qu'il l'avait capturée, elle le regarda droit dans les yeux.

— Au fond, tout au fond, vous êtes un monstre.

6

— Emma ne perd pas une occasion d'exhiber sa peur...

Voilà ce que ses tantes disaient à son sujet, sans méchanceté mais en secouant la tête, abasourdies. De fait, elle avait peur de tant de choses... Elle était d'ailleurs la première à l'admettre.

Les Valkyries étaient courageuses, violentes, et avaient toutes dans la vie un but précis : veiller sur des armes indestructibles qu'il fallait à tout prix empêcher de tomber entre de mauvaises mains, protéger une lignée humaine particulièrement noble ou puissante, ce genre de choses. Elles étaient considérées comme des anges gardiens.

Quant à Emma... ma foi, elle s'était lancée dans l'aventure épique de... l'université. À Tulane. Elle n'avait même pas quitté sa ville pour gagner son identité d'Emma la Diplômée, titulaire d'une maîtrise de culture populaire.

Une nuit de son enfance, elle jouait dans son bac à sable quand elle avait vu du coin de l'œil la lueur jaunâtre d'un groupe de goules en route pour le manoir.

Elle s'était précipitée à l'intérieur en hurlant :

— Au secours ! Il faut s'enfuir, vite !

Ses tantes avaient échangé un regard. Annika, gênée, les sourcils froncés dans son visage d'une stupéfiante beauté, avait pris la parole en leur nom à toutes :

— Voyons, ma chérie, qu'entends-tu exactement par «Il faut s'enfuir»? Nous ne nous enfuyons *jamais*. Ce sont les autres qui s'enfuient devant nous, tu comprends?

Lorsque Emma avait décidé de partir en voyage à l'étranger, elles en étaient restées sidérées. Elles l'auraient été davantage encore de la voir s'engouffrer dans l'ascenseur, prête à rejoindre le Lycae qui l'attendait dehors. Quand elle l'avait traité de monstre, il avait battu des paupières puis quitté la pièce en coup de vent, après lui avoir ordonné de le rejoindre en bas, à la voiture.

À la voiture. Bordel de merde. Elle allait vraiment faire une chose pareille? Pendant la descente, elle passa brièvement en revue les avantages et les inconvénients de ce départ commun.

Avantages. Premièrement, elle pourrait peut-être se servir du garou pour mieux se comprendre et percer à jour sa nature profonde. Deuxièmement, il éliminerait les vampires de rencontre, ce qui reviendrait à la protéger.

Inconvénient. Il ne lui avait pas dit s'il comptait la tuer ou non, au bout du compte. Peut-être la défendrait-il contre les vampires, mais qui la défendrait contre lui?

Ses tantes ne s'enfuyaient jamais, mais Emma, elle, était douée pour ça. Tant qu'elle n'était pas en voiture avec Lachlain, elle avait une chance...

En sortant de l'ascenseur, elle le repéra immédiatement, dehors, dans l'allée, de l'autre côté de la réception. Il avait déjà les yeux fixés sur elle. Elle inspira profondément, enchantée pour une fois de s'être disputée avec Regina – cela avait le don de la mettre en colère, au point de lui faire par moments oublier sa retenue et frôler l'explosion.

Il se tenait près d'une grosse voiture noire, une... Mercedes? Emma arqua le sourcil. Monsieur avait donc loué une Mercedes 500 qui allait lui coûter une fortune, puisqu'ils l'abandonneraient dans un autre pays.

Les loups-garous n'aiment pas les Audi S6, on dirait.

C'était un Lycae, d'accord, mais personne ne devinerait jamais qu'il n'appartenait pas à l'espèce humaine. Nonchalamment appuyé à la portière, les bras croisés, il avait l'air d'un homme tout à fait normal, quoique plus grand et plus fort que la moyenne... et inexplicablement attirant.

Malgré son allure détendue, son regard demeurait perçant, et la lumière des réverbères mettait en valeur son imperturbable concentration. Emma réprima une brusque envie de jeter un coup d'œil par-dessus son épaule pour voir qui il dévorait des yeux, en réalité.

Est-ce que cela valait le coup de se retrouver dans une situation aussi effrayante, juste pour être à l'origine d'une expression pareille ? Pour savoir quel effet cela fait, quand un type magnifique vous contemple comme si vous étiez la seule femme au monde ?

Toute sa vie, elle avait vécu dans l'ombre de ses tantes, de véritables perfections qui semblaient sortir tout droit des légendes nordiques. Sa mère était morte lorsqu'elle était bébé, mais elle se sentait encore éblouie par ce qu'on lui avait raconté sur la beauté fabuleuse de la disparue.

Alors qu'elle, elle était maigrichonne, livide, et... elle avait les dents longues.

N'empêche qu'un homme splendide la fixait d'un regard brûlant à faire fondre le métal. S'il ne lui avait pas fichu une trouille bleue et ne l'avait pas agressée... s'il parvenait à être le tendre amant qui lui avait caressé les seins et grondé à l'oreille qu'elle avait la peau douce, Emma l'accompagnerait-elle de son plein gré ? Il l'avait touchée d'une manière nouvelle et lui avait fait découvrir des sensations inconnues ; tout ce qu'elle avait envié à autrui. Le simple fait d'enfouir le visage contre sa poitrine virile avait représenté pour elle une expérience inédite, à laquelle elle n'aurait renoncé pour rien au monde.

Enhardie, elle laissa son regard glisser sur le corps athlétique avant de revenir lentement au visage. Pas de sourire vaniteux, ni de grimace contrariée. On aurait juste dit qu'ils caressaient le même genre de pensées, elle et lui.

L'attirance qu'il exerçait sur elle devint si forte, à cet instant, que l'esprit d'Emma se ferma comme si elle se déconnectait de la réalité. Ses talons cliquetaient sur le sol de marbre du grand vestibule où elle s'avançait, frémissante. Lachlain se redressa, les muscles contractés.

Elle aurait juré que ses seins étaient plus opulents qu'à l'ordinaire. Ses longs cheveux blonds dissimulaient à peine ses oreilles... en public ! Elle avait presque l'impression d'être sortie sans soutien-gorge – de se montrer... provocante. Elle s'humecta les lèvres. Le Lycae serra les poings en réponse.

Elle attendait quelque chose de lui ; s'il était capable de le lui donner, ne devait-elle pas courir le risque d'essayer tout le reste ? C'était pour ça qu'elle avait accepté de se doucher en sa compagnie, et il ne lui avait fait aucun mal. Non, en fin de compte, il avait tenu parole...

L'enchantement fut brisé par une Ferrari qui s'arrêta dans un hurlement de freins et une puanteur de pneu brûlé derrière la Mercedes. Deux starlettes européennes en descendirent, corps de rêve dessinés par des robes moulantes. À sa grande surprise, Emma en fut extrêmement contrariée, car elle ne doutait pas que Lachlain allait les dévorer des yeux. Lorsque les deux blondes aux longues jambes et aux gros seins le repérèrent, elles se figèrent sur leurs talons aiguilles. Elles se mirent à glousser bruyamment, dans l'espoir d'attirer son attention.

Échec total. Les poupées Barbie firent la moue, puis l'une d'elles laissa tomber son rouge à lèvres, qui roula jusqu'aux pieds du Lycae. Emma n'en crut pas ses yeux quand la « maladroite » se pencha juste sous le nez de Lachlain... en guettant sa réaction.

Ça m'est égal. En ce moment, je regarde exactement *qui je veux*, semblaient dire les prunelles brûlantes du garou. Emma frissonna.

Dépitées par leur échec retentissant, les deux actrices renoncèrent et s'éloignèrent, non sans jeter à Emma un coup d'œil venimeux. Comme si Lachlain lui appartenait! Comme si elle l'empêchait de leur courir après! Alors qu'elle était prisonnière... plus ou moins.

— Pas de chance, les filles, siffla-t-elle pour les seules oreilles des blondes.

Elles blêmirent et pressèrent le pas. Emma était peut-être une froussarde quand elle avait affaire aux créatures du Mythos, mais en ce qui concernait les humains, elle se sentait capable de se défendre.

Restait à savoir comment elle allait se débrouiller, en voyage avec un loup...

Lachlain avait regardé la vampire s'avancer dans le vestibule avec trop de grâce pour avoir l'air réellement humaine. Elle paraissait incroyablement calme et sûre d'elle – une véritable aristocrate. À la voir drapée dans son assurance, jamais on n'aurait cru qu'elle était peureuse.

Puis elle avait changé.

Il n'aurait su dire pourquoi, mais son regard s'était fait brûlant. Comme si elle était à la recherche d'un partenaire... et il avait réagi. La moindre *parcelle* de son être avait réagi. Il n'avait d'ailleurs pas été le seul. Emmaline n'en avait manifestement pas conscience, mais sa démarche et ses mouvements langoureux avaient attiré tous les regards masculins. Les hommes s'interrompaient en pleine discussion pour se tourner vers elle, hypnotisés. Les femmes n'y coupaient pas non plus. Lachlain avait repéré sans difficulté les points sur lesquels se concentrait l'attention générale : les vêtements et la chevelure, côté femmes ; les seins, les lèvres et les yeux, côté hommes.

Une explosion de rage avait secoué Lachlain. Emmaline lui avait dit en le regardant droit dans les yeux qu'au fond, il était un monstre. Elle avait raison... en partie. À présent, la bête en lui mourait d'envie de massacrer les mâles qui osaient regarder sa femelle, alors qu'il ne l'avait pas faite sienne. Il était trop vulnérable. L'instinct lui hurlait d'emmener immédiatement sa promise...

Alors il comprit. Les vampires étaient naturellement belles – caractéristique utile à ces chasseresses, qui s'en servaient pour manipuler puis tuer leurs proies, mais aussi pour se défendre. Et il réagissait exactement de la manière prévue.

Lorsqu'elle le rejoignit, il lui jeta un regard noir. Elle fronça les sourcils, surprise, et déglutit nerveusement.

— Je pars avec vous. Je n'essaierai pas de m'échapper. (Sa voix, soyeuse et séductrice, évoquait les murmures fous qui s'échangent au lit.) Je vous aiderai, mais je vous demande de ne pas me faire de mal.

— Je t'ai dit que je te protégerai.

— La nuit d'avant, vous avez dit que vous me tueriez peut-être. (Le mécontentement de Lachlain ne fit que croître.) Alors s'il vous plaît, est-ce que vous pourriez... euh... essayer de vous retenir ?

Elle fixait sur lui ses grands yeux bleus candides.

S'imaginait-elle que ses ruses lui permettraient de le contrôler ? D'apaiser la bête en lui ? Alors qu'il n'arrivait pas lui-même à la maîtriser...

Une étrange bourrasque se leva, glacée, jetant une boucle blonde contre la joue d'Emmaline. Ses yeux se plissèrent puis s'écarquillèrent, tandis que ses mains se posaient sur la poitrine de Lachlain. Il baissa les yeux : les griffes roses s'étaient tendues telles de petites dagues.

Le danger rôdait, elle venait d'en prendre conscience. Il parcourut les alentours du regard. Lui aussi, il sentait quelque chose, mais l'impression s'avéra d'autant plus fugace que ses sens n'avaient pas l'acuité habituelle. Pas encore. De toute manière, il n'était pas étonnant que le danger rôde autour d'elle. En tant que vampire, elle avait des tas d'ennemis... qu'il aurait autrefois applaudis, alors que maintenant il était décidé à les éliminer – comme tous ceux qui chercheraient à s'en prendre à elle.

Au lieu de le lui expliquer, pourtant, il repoussa ses petites mains d'un air dégoûté.

— Je suis prêt à parier que tu te sens mieux en ma compagnie que toute seule, dehors.

Elle acquiesça.

— On y va ?

Il répondit d'un petit hochement de tête puis s'approcha de la portière passager, pendant qu'un employé de l'hôtel ouvrait celle d'Emmaline et l'aidait à s'installer. Lachlain se crispa en songeant qu'il ne l'avait pas fait, lui.

Après s'être brièvement battu avec la poignée de sa portière, il rejoignit sa compagne dans la voiture, où il prit possession d'un siège confortable. L'habitacle était luxueux, quoique étrange : le revêtement intérieur n'avait pas une odeur organique, alors qu'on l'aurait cru en bois.

Emmaline jeta un coup d'œil sur la banquette arrière, couverte des magazines qu'il avait fait acheter par le réceptionniste, mais se retourna vers l'avant sans même interroger Lachlain du regard.

— Je peux nous emmener jusqu'à Londres... (Elle pressa un bouton.) Après, il me faudra de l'aide.

Il acquiesça, tandis qu'elle réglait rapidement son siège en l'avançant, puis tirait devant son torse une sorte de harnais.

— C'est une ceinture de sécurité, expliqua-t-elle. Très utile.

Après quoi, elle attrapa un levier, qu'elle mit en position «C».

Bon sang! Si ce «C» signifiait «Conduite» et qu'il n'en fallait pas davantage pour démarrer, Lachlain n'allait pas tarder à s'y connaître. Comme la vampire fixait du regard sa ceinture de sécurité à lui, il plissa le front en lâchant, laconique:

— Immortel.

Ce mot eut le don d'agacer la demoiselle, il s'en aperçut aussitôt. Elle écrasa brusquement une des pédales disposées devant elle sur le plancher de la voiture, qui fonça dans la circulation parisienne. Après quoi, elle lui jeta un coup d'œil en coin. Sans doute espérait-elle lui avoir fait peur, mais c'était tout bonnement impossible: il savait déjà qu'il allait adorer les voitures.

— Moi aussi, je suis immortelle, en principe. (Elle était visiblement sur la défensive.) Mais si j'ai un accident et que je me retrouve assommée jusqu'au matin, la carte d'allergique au soleil que ma famille m'oblige à balader partout ne me sera d'aucune utilité, vous comprenez?

— J'ai compris cinquante pour cent de ce que tu viens de dire, annonça-t-il avec calme.

— Je ne peux pas m'offrir une voiture pareille, marmonna-t-elle en contournant d'autres véhicules.

Pourquoi s'inquiéter de l'argent? Qui oserait lui couper les vivres? Non seulement les vampires avaient toujours été riches, mais en plus, au moment où ils avaient capturé Lachlain, ils commençaient à investir dans le pétrole. Un marché qui avait manifestement prospéré. Rien que de très normal, car tout ce que touchait Demestriu, le roi de la Horde, se transformait en or.

L'évocation de Demestriu alluma en Lachlain une rage qui faillit l'étouffer. Une douleur atroce irradia à travers sa jambe. La poignée fixée au-dessus de sa tête s'écrasa dans son poing.

Une petite exclamation étouffée échappa à la conductrice.

— Combien ça coûte, une poignée ? murmura-t-elle pour elle-même, le regard fixé devant elle. Franchement.

Cette inquiétude futile pour quelque chose qui n'avait aucune importance acheva d'exaspérer-Lachlain. Sa fortune… *leur* fortune l'attendait… *les* attendait à la maison. Il leur suffisait d'y aller.

À la maison. Il rentrait à Kinevane, sa demeure ancestrale des Highlands, en compagnie de son âme sœur. Enfin. Si elle n'avait pas été une vampire, il se serait réjoui.

Au lieu de broyer du noir.

Comment le clan réagirait-il à l'insulte inouïe que représenterait la présence en son sein d'une créature pareille ?

7

— À quelle vitesse on va ?

— Quatre-vingts kilomètres à l'heure, annonça distraitement Emma.

Depuis une demi-heure que Lachlain l'interrogeait à n'en plus finir, elle se sentait souvent idiote et, pour une raison qui lui échappait, mettait un point d'honneur à éviter d'en avoir l'air.

Les questions s'enchaînaient tandis que défilaient les magazines, achetés par « le type du rez-de-chaussée » qui avait organisé le voyage. Lachlain les feuilletait sans marquer de pause, mais sans doute les lisait-il bel et bien à toute allure, car il demandait régulièrement des éclaircissements. Sur les acronymes, par exemple. Si NASA, ONU et code PIN n'avaient posé aucun problème à Emma, elle avait dû s'avouer vaincue par MP3.

Après avoir parcouru les revues d'un bout à l'autre, son compagnon était passé au manuel de la voiture, qui avait suscité d'autres questions. Comme si elle était capable de donner une définition de la « transmission ».

Malgré l'aide limitée qu'elle lui apportait, il apprenait, elle n'en doutait pas, car elle percevait son extrême intelligence.

L'exemplaire du code de la route mis à la disposition des utilisateurs de la voiture suivit le manuel, mais Lachlain se contenta de le parcourir négligemment avant de le lâcher dans la boîte à gants.

— Il y a des choses qui n'ont pas changé et qui ne changeront jamais, expliqua-t-il devant la surprise d'Emma. Il faut toujours mettre le frein à main quand on est en côte, qu'on se fasse ou non tirer par des chevaux.

Son arrogance et sa faculté d'écarter négligemment tout ce qui aurait dû l'effarer alimentaient la rancœur de la conductrice. Il était trop imbu de sa personne. Trop bien installé dans son siège en cuir, trop intéressé par les commandes de sa vitre et de l'aération, qu'il tripotait sans arrêt – monter, descendre, déclencher, couper –, malmenant de ses grosses pattes le produit de la technologie allemande. S'il était resté prisonnier plus d'un siècle, n'aurait-il pas dû se sentir complètement perdu ?

Génial, il a trouvé la commande du toit ouvrant... La patience d'Emma s'effilochait. Ouvert... fermé. Ouvert... fermé. Ouvert...

Sa nervosité croissait à chaque minute... car l'aube approchait à chaque minute. Elle qui avait toujours été si prudente. Jamais elle n'avait mené une existence indépendante, sauf lors de ce voyage en Europe, et encore ne l'avait-elle entrepris que parce que ses tantes l'avaient entouré de précautions. N'empêche qu'elle avait réussi à manquer de sang, à se faire enlever et à être forcée d'affronter le vaste monde, en route pour elle ne savait où, avec pour seule protection contre le soleil un coffre de voiture...

Malgré ces problèmes non négligeables, accompagner le Lycae n'était pas forcément une mauvaise idée. Elle avait senti quelque chose, à l'hôtel. Peut-être des vampires...

Aussitôt dans la voiture, elle s'était demandé si elle n'aurait pas dû prévenir son passager du danger qui la menaçait, mais deux raisons l'en avaient empêchée. D'abord, elle n'aurait pas supporté qu'il hausse les épaules en lui adressant un de ces regards qui disaient : « Et pourquoi devrais-je m'occuper d'une chose pareille ? » Ensuite, il aurait fallu qu'elle lui explique qui elle était.

Les Valkyries ne s'entendaient pas mieux avec les Lycae qu'avec les vampires, et il n'était pas question qu'elle serve d'arme contre sa propre famille. Elle ne voulait donc pas que Lachlain apprenne la moindre information susceptible de se retourner contre elle. Heureusement, elle ne pensait pas avoir dévoilé ses faiblesses pendant sa conversation avec Regina – son besoin urgent de se nourrir, par exemple. Elle imaginait parfaitement son compagnon affirmer « Mais je vais t'en trouver du sang, moi… » en se frottant les mains. De toute manière, elle tiendrait les trois jours nécessaires pour gagner l'Écosse. Probablement.

Emma ferma les yeux, une seconde. J'ai faim… Jamais, de toute sa vie, elle n'avait été tentée de boire aux veines de quelqu'un, mais maintenant qu'elle n'avait plus le choix, Lachlain en personne commençait à lui paraître tentant. Elle savait exactement où s'abreuver à son cou… Il lui suffirait de planter les griffes dans le dos du Lycae pour se cramponner à lui, puis lui administrer un petit shoot inversé…

— Tu conduis bien.

Elle sursauta et se mit à tousser, en se demandant s'il avait surpris la manière dont elle passait et repassait sa langue sur ses crocs. Puis elle fit la grimace.

— Mmm… Qu'est-ce que vous en savez ?

— Tu as de l'assurance. Tu ne te sens pas obligée de surveiller la route en permanence.

Dans le mille…

— Pour votre information, je ne suis pas très bonne conductrice.

Ses amis se plaignaient de son indécision et du fait qu'elle laissait toujours la priorité à autrui, au point parfois de se retrouver immobilisée un bon moment.

— Si tu n'es pas très bonne conductrice, qu'est-ce que tu sais vraiment bien faire ?

Elle fixa un long moment le ruban d'asphalte qui s'étirait devant elle. Que répondre à cette question ? Faire vraiment bien quelque chose, quoi que ce soit, constituait une notion toute relative. Elle aimait chanter, mais sa voix ne pouvait se comparer à celle d'une sirène. Elle jouait du piano, mais des démons à douze doigts lui servaient de professeurs...

— Je ne peux pas dire que je sois particulièrement bonne à quelque chose, déclara-t-elle enfin, avec franchise.

— Tu ne peux pas mentir.

— Non, en effet.

Elle détestait ça. Pourquoi les vampires n'avaient-ils pas évolué de manière à être capables de raconter n'importe quoi sans en souffrir ? Les humains l'avaient bien fait, eux. De nos jours, le rouge leur montait aux joues et ils se sentaient gênés, voilà tout.

Quelques manipulations de la commande du toit suivirent, puis Lachlain tira plusieurs petits papiers de la poche de sa veste.

— Qui sont Regina... Lucia... et Nïx ?

Elle lui jeta un coup d'œil, sidérée.

— Vous êtes passé à la réception prendre les messages personnels qui m'étaient destinés ?

— Et tes vêtements, qui sortaient du pressing, ajouta-t-il d'un air blasé.

— Évidemment.

— Qui est-ce ? répéta-t-il. Ils te disent tous de les rappeler, sauf ce... ce Nïx. Son message n'a aucun sens.

Normal, Nïx était folle. L'aînée de toutes les Valkyries se qualifiait elle-même de « proto-Valkyrie ». D'une beauté surnaturelle, elle voyait malheureusement mieux l'avenir que le présent. Quant à ce qu'elle avait bien pu raconter...

— Montrez-moi ça.

Emma arracha le papier à Lachlain, l'étala sur le volant :

Toc, toc, toc…
— Qui est là ?
— Emma.
— Quelle Emma ? Quellemma ? Quellemma ? Quellemma ?

Pendant qu'elle préparait son voyage, Nïx lui avait dit que ce périple européen lui permettrait de « découvrir ce pour quoi elle était faite et de le faire ».

Apparemment, elle était faite pour être kidnappée par un loup-garou à moitié dingue. Pas de chance.

Le message n'était là que pour lui rappeler cette prédiction. Nïx savait qu'elle mourait d'envie de se forger une véritable identité.

— Qu'est-ce que ça veut dire ? s'obstina Lachlain quand elle écarta le papier, qui tomba à ses pieds.

Elle était furieuse qu'il ait lu le billet, qu'il ait obtenu ne serait-ce qu'un détail pour se faire une idée de l'existence qu'elle menait. Vu la manière dont il observait et apprenait, il saurait tout d'elle avant même qu'ils aient traversé la Manche.

— Lucia t'appelle Emma. C'est ton surnom ?

Assez. Trop de questions.

— Écoutez, monsieur, euh… monsieur Lachlain, je me trouve dans une… situation particulière. Avec vous. Pour en sortir, j'ai accepté de vous emmener en Écosse…

La faim la rendait irritable, et l'irritation lui faisait oublier les conséquences de ses actes – une insouciance qui pouvait passer pour du courage.

— … Je n'ai *en aucun cas* accepté d'être votre amie, ni de… de partager votre lit ou de récompenser vos manières intrusives par des confidences sur ma vie privée.

— Je répondrai à tes questions, si tu réponds aux miennes.

— Je n'ai rien à vous demander. Est-ce que je sais pourquoi vous avez été emprisonné pendant… combien, déjà ? cent cinquante ans, c'est ça ? Non, et franchement, je ne veux pas le savoir. Est-ce que je vous demande d'où vous sortiez, l'autre nuit ? Je ne veux pas le savoir.

— Tu n'es pas curieuse ? Tu n'as pas envie de connaître les tenants et les aboutissants de toute cette histoire ?

— J'essaierai d'oublier *toute cette histoire* dès que je vous aurai déposé en Écosse, alors pourquoi essaierais-je d'en apprendre davantage ? Ma devise a toujours été de ne pas me faire remarquer et de ne pas poser trop de questions.

— Alors tu crois qu'on va rester là ensemble, dans ce petit espace clos, à écouter le bruit du moteur ?

— Bien sûr que non.

Emma alluma la radio.

Lachlain finit par renoncer à dissimuler son intérêt et se mit à examiner ouvertement sa compagne. Une occupation trop agréable pour qu'il n'en éprouve pas un certain malaise. Même s'il ne s'y consacrait que parce qu'il n'avait rien d'autre à faire : il n'avait plus de lecture et n'écoutait la radio que d'une oreille.

La musique lui semblait aussi bizarre, aussi incompréhensible que l'ensemble de cette époque, mais quelques chansons l'agaçaient moins que les autres. Lorsqu'il signala ses préférées à voix haute, Emma parut stupéfaite.

— Les loups-garous aiment le blues, marmonna-t-elle. Qui l'eût cru ?

Sans doute avait-elle conscience du regard qu'il fixait sur elle, car elle lui lançait parfois un de ses coups d'œil timides, avant de revenir à la route en se mordillant la lèvre. Il s'aperçut avec exaspération que, dans ces cas-là, son pouls s'accélérait, comme celui de ces idiots d'humains à l'hôtel.

Étant donné la manière dont les mâles réagissaient à la présence d'Emma et la rareté des femelles vampires, elle devait être mariée. Lachlain n'y avait pas beaucoup pensé, jusqu'ici. Tout ce que lui avait inspiré cet éventuel conjoint, c'était un « Tant pis pour lui » lapidaire. N'empêche qu'il se demandait à présent si elle aimait ce type.

Dans le monde des Lycae, elle ne pouvait être son âme sœur que si la réciproque était vraie. Seulement, elle n'appartenait pas à ce monde-là. Peut-être détesterait-elle Lachlain à jamais… Peut-être devrait-il la garder prisonnière à jamais… Surtout après s'être vengé.

Car il était bien décidé à exterminer jusqu'à la dernière les immondes sangsues… c'est-à-dire la famille de sa compagne.

Une fois de plus, il s'interrogea sur le destin et sur l'instinct. Emma et lui ne pourraient pas former un couple stable, ce n'était pas possible.

Pourtant, alors même que cette pensée lui traversait l'esprit, sa main le démangeait, tellement il avait envie de toucher la chevelure de la conductrice. Il se demandait à quoi ressemblerait son sourire. Il regardait les cuisses fines moulées par son pantalon comme un jeune en rut, suivant des yeux la couture qui remontait entre ses jambes.

Il changea de nouveau de position. Que n'aurait-il donné pour jeter Emma sur la banquette arrière, l'explorer des lèvres afin de la préparer à le recevoir, lui remonter les genoux jusqu'aux épaules, puis la pénétrer. C'était ce qu'il était censé faire, bon sang !

Le souvenir du moment où il avait glissé le doigt en elle lui revint. Il secoua la tête à l'évocation de l'étroitesse du fourreau exploré. Elle n'avait pas connu d'homme depuis longtemps. À la pleine lune, il l'écartèlerait. Sauf s'il la prenait régulièrement avant...

Elle exhala dans un sifflement, car ils croisaient une voiture aux phares puissants, se frotta les yeux puis battit des paupières, visiblement fatiguée.

Peut-être avait-elle faim ? Quoique ce fût peu probable : les vampires qu'il avait torturés par le passé étaient capables de tenir des semaines sans se nourrir... comme les serpents.

Mais il voulait être sûr.

— Tu as faim ? (Pas de réponse.) Eh, tu as faim, oui ou non ?

— Ça ne vous regarde pas.

Malheureusement si, ça le regardait. Il était de son devoir de satisfaire les besoins de son âme sœur. Mais que se passerait-il si elle avait *besoin* de tuer ? Pour les Lycae, il était impératif de trouver l'âme sœur. Pour les goules, de se reproduire par contagion. La nature vampirique d'Emma exigeait-elle des morts au point d'en être incontrôlable ? Et, si oui, que ferait Lachlain ? L'aiderait-il ? La protégerait-il, pendant qu'elle assassinait des humains sans méfiance ?

Mon Dieu, ce n'était pas possible...

— Comment t'y prends-tu pour boire ?

— Le liquide me coule dans la bouche, et je l'avale, marmonna-t-elle.

— C'était quand, la dernière fois ? s'obstina-t-il d'un ton sec.

Elle soupira, comme s'il lui arrachait la réponse.

— Lundi, puisque ça vous intéresse.

— Pas plus tard que lundi ?

Il ne cherchait même pas à dissimuler son dégoût. Emma lui jeta un coup d'œil, apparemment consciente de sa réaction, mais ils croisèrent d'autres phares aveuglants. Elle grimaça tandis que la Mercedes faisait un écart, avant de se stabiliser.

— Il faut que je me concentre sur la route.

Si elle ne voulait pas parler de la manière dont elle se nourrissait, il n'insisterait pas. Pas cette nuit.

Après avoir échappé aux rues de Paris engorgées, ils avaient pris de la vitesse sur une voie rapide à la chaussée parfaitement lisse. Lachlain regardait défiler les champs ; il lui semblait presque être en train de courir. Le pur plaisir de cette expérience nouvelle calmait la fureur qui couvait en permanence au fond de son être. Bientôt, il serait de nouveau capable de courir, puisqu'il était libre.

Il avait bien droit à une nuit tranquille, où il n'aurait pas à se préoccuper de sang, d'agression, de mort. Mais était-ce possible, en compagnie d'une vampire ?

Une vampire aux allures d'ange.

Demain. Demain, il exigerait les réponses redoutées.

Manoir de Val-Hall, banlieue de La Nouvelle-Orléans

— Myst est là ? appela Annika d'une voix tonnante en s'engouffrant dans le vestibule. Ou Daniela ?

Sans refermer la lourde porte de bois, elle s'y appuya et scruta la nuit extérieure. La lumière des lampes faisait danser les chênes dans l'obscurité. Lorsqu'elle se retourna, ce fut pour découvrir dans la grande salle de séjour Regina et Lucia, très occupées à se vernir mutuellement les ongles des pieds tout en regardant *Survivor* à la télé.

— Elles sont de retour ?

— On croyait qu'elles t'accompagnaient, répondit Regina.

— Et Nïx ?

— Elle hiberne dans sa chambre.

— Nïx ! Viens voir ici ! brailla Annika en claquant la porte et en la fermant à clé.

Avant d'ajouter, à l'adresse de Regina et Lucia :

— Emma est rentrée ?

Hors d'haleine, elle se posa les mains sur les genoux.

Les deux autres échangèrent un coup d'œil.

— Elle, euh… elle ne rentre pas tout de suite.

— *Quoi* ? hurla Annika, pourtant soulagée en l'occurrence que sa nièce ne soit pas de retour.

— Elle a fait la connaissance d'un garçon, là-bas…

Annika leva la main pour les interrompre.

— Allez-vous-en.

Lucia fronça les sourcils.

— Comment ça, « allez-vous-en » ? Tu nous fiches dehors ?

— Un avion va s'écraser sur le manoir ? s'enquit Regina, perplexe. (Ses yeux ambrés brillaient de curiosité.) Ça, ça ferait *vraiment* mal.

Le front de Lucia se plissa.

— Je prendrais peut-être mes jambes à mon cou, si un avion devait s'écraser…

— Allez-vous-en… Ils ne vont pas tarder… (Elles ne comprenaient pas : le concept de fuite leur était trop étranger.) Allez…

Annika était revenue du centre-ville en courant.

— Je suis sûre qu'on est plus en sécurité ici, protesta Regina en contemplant ses orteils. Le sortilège empêche tout le monde d'entrer… (Elle releva brusquement les yeux, puis un sourire penaud lui monta aux lèvres.) Quoique… je me demande si, euh… si je l'ai bien rafraîchi, avec les sorciers…

— Je croyais que ça se faisait automatiquement, intervint Lucia. Après tout, ils débitent systématiquement notre compte…

— Par Freyja, j'ai dit *allez-vous-en* ! explosa Annika, enfin capable de se redresser de toute sa taille.

Elle n'aurait pas prononcé à la légère le nom de Freyja, leur « presque-mère » ! Les yeux écarquillés, ses deux interlocutrices se remirent sur leurs pieds pour se précipiter vers leurs armes.

La porte d'entrée vola en éclats.

Le vampire cornu posté sur le seuil examina de ses yeux rouges Regina et Lucia. C'était celui-là même qu'Annika n'avait pas réussi à battre un peu plus tôt. Seule sa connaissance des ruelles labyrinthiques du centre-ville l'avait sauvée. Et voilà que le monstre pénétrait chez elles.

— Qu'est-ce que c'est que ça, chef? demanda Regina en dégainant une des dagues accrochées à ses bras. Un démon transformé?

— Ce n'est pas possible, protesta Lucia. Ce genre de truc, c'est censé être un mythe.

— Je ne vois pas ce que ça pourrait être d'autre. (Annika avait eu le plus grand mal à résister au monstre, elle qui tuait les vampires à la chaîne.) Je n'avais encore jamais vu une sangsue aussi puissante.

La Valkyrie n'était rentrée que pour vérifier si certaines de ses sœurs les plus âgées se trouvaient au manoir. Peut-être viendraient-elles à bout de la créature. Regina et Lucia faisaient malheureusement partie des plus jeunes.

— C'est l'un des mignons d'Ivo?

— Oui, Ivo lui donnait des ordres, je l'ai vu. Ils cherchent quelqu'un...

Deux autres vampires apparurent derrière l'hybride, à l'instant précis où Lucia se saisissait de l'arc qui constituait une véritable extension de son être.

— Allez-vous-en, siffla Annika. Toutes les deux...

Ivo se matérialisa une seconde plus tard, ses yeux rouges flamboyants, le crâne rasé. Les creux et les bosses de sa tête étaient aussi distincts que les traits de son visage.

— Bonsoir, Ivo.

— Valkyrie, soupira-t-il à l'intention d'Annika, en se laissant tomber sur le canapé et en posant fort impoliment ses bottes sur la table de salon.

— Tu as l'arrogance d'un roi, mais tu n'en es pas un, déclara-t-elle d'un ton grave. Tu ne le seras jamais.

— Juste un petit chien-chien, renchérit Regina, la tête inclinée vers lui. Le petit roquet de Demestriu.

Annika donna une tape sur l'arrière du crâne de la Radieuse, tandis que Lucia laissait échapper un ricanement.

— Qu'est-ce que j'ai dit !

— C'est ça, allez-y avec vos langues de vipère, lança Ivo d'un ton léger. Profitez-en, c'est la dernière fois.

Il ajouta, pour le démon :

— Elle n'est pas là.

— Qui ça ? demanda Annika, s'attirant un regard amusé.

— Celle que je cherche.

Elle repéra un mouvement du coin de l'œil. Lothaire, autre ennemi de toujours des Valkyries, venait de se matérialiser dans les ombres de la pièce, derrière Ivo. Le vieux Lothaire était effrayant avec ses cheveux blancs, ses yeux délavés, plus roses que rouges, et son impassibilité.

Annika se tendit ; ils étaient plus nombreux qu'elle ne l'avait craint. Toutefois, le nouveau venu posa un doigt sur ses lèvres. Il ne veut pas que les autres s'aperçoivent de sa présence ? songea-t-elle.

Ivo se retourna brusquement pour voir ce qui avait attiré l'attention de son interlocutrice, mais déjà, Lothaire avait disparu. Le Cruel se secoua avant d'ordonner au démon :

— Allez, tue-moi ces trois femelles.

Les deux autres vampires se jetèrent aussitôt sur Regina et Lucia, tandis que le monstre glissait derrière Annika *avant même que son image ait disparu du seuil*. Elle pivota à l'instant précis où il tendait la main vers son cou, esquiva en le frappant au bras si vite que le mouvement devint flou, puis lui brisa d'une gifle la pommette et le nez. Il émit un rugissement noyé dans des éclaboussures sanglantes, pendant qu'elle lui donnait entre les jambes un coup de pied assez violent pour lui briser le coccyx et l'envoyer se cogner au plafond.

Il ne l'en empoigna pas moins à la gorge, aussi rapide, aussi fort que s'il n'avait pas été blessé. Quand elle se contorsionna afin de se libérer, il la projeta dans la cheminée, tête la première, avec une violence telle que l'impact réduisit en miettes la première épaisseur du mur de brique. Elle tomba sur le dos, incapable de bouger, car la deuxième épaisseur s'abattait en torrent sur son ventre. Toutefois, son immobilité ne l'empêchait pas de voir ce qui se passait à travers le nuage de poussière.

Regina s'éloigna du vampire avec lequel elle se battait pour se placer, protectrice, devant Annika. Lucia la rejoignit en courant, ce qui lui donna enfin la place de tirer.

— Le grand, Lucia, haleta Regina. Autant de flèches que tu peux. Je vais lui arracher la tête.

Sa sœur acquiesça, puis encocha quatre traits à une vitesse surnaturelle. L'archer légendaire, invincible – à condition de se tenir assez loin… Ses flèches déchireraient la chair et les os, avant de traverser le mur.

La corde de son arc produisait une musique aussi délicieuse que celle de la foudre…

Ivo se mit à rire sans se lever du canapé. Les muscles du démon se contractèrent. Il écarta d'un simple geste les trois premières flèches, puis attrapa la quatrième.

Annika comprit qu'elles allaient toutes mourir.

8

Lachlain guida Emma jusqu'à l'hôtel londonien de luxe où le réceptionniste leur avait réservé une chambre, puis la regarda avec attention s'occuper de leur inscription. Elle trouva visiblement contrariant d'avoir à lui demander sa carte de crédit, et encore plus de le voir la récupérer, mais le prix de la nuitée la laissa de marbre.

Pourtant, elle ne s'imaginait manifestement pas qu'il allait la rembourser. Non, elle en avait juste assez de conduire et voulait s'arrêter, point. Le voyage l'avait épuisée.

C'était lui qui aurait dû tenir le volant jusqu'à Kinevane, mais il était bien obligé de laisser sa compagne s'en charger.

Lorsqu'elle demanda deux chambres, il abattit la main sur le comptoir sans se donner la peine de rétracter ses griffes noirâtres.

— Une seule.

Elle ne ferait pas d'esclandre devant les humains, il l'avait compris – peu de créatures du Mythos osaient en faire. Et, en effet, elle ne discuta pas. Mais, pendant que le groom les entraînait à leur étage, elle se frotta le front en disant tout bas :

— Il n'était pas question de ça dans notre accord.

Sans doute était-elle encore bouleversée à cause de la nuit précédente.

Lachlain fronça les sourcils quand il s'aperçut qu'il allait lui caresser les cheveux et retira brusquement sa main.

Le temps qu'il donne un pourboire au groom, elle entra en titubant dans la vaste chambre. Lorsqu'il en referma la porte, elle s'était déjà effondrée à plat ventre sur le lit, à moitié endormie.

Il savait qu'elle était fatiguée, il en avait déduit que conduire était difficile, mais comment se faisait-il qu'elle soit aussi mal en point ? Les immortels étaient en principe des créatures puissantes, quasi insensibles à l'épuisement. Se pouvait-il qu'elle soit malade ? Elle s'était nourrie lundi, elle n'avait visiblement pas été blessée dernièrement, alors que lui arrivait-il ?

Fallait-il accuser les traumatismes qu'il lui avait infligés ? Peut-être était-elle aussi fragile que le suggérait son apparence…

Lachlain lui ôta sa veste en l'empoignant par le col – sans difficulté, vu ses bras ballants. Elle avait les muscles du cou et des épaules noués. Sans doute la conduite.

S'apercevant qu'elle avait la peau froide, il alla ouvrir le robinet de la baignoire puis revint dans la chambre, où il fit rouler Emma sur elle-même afin de lui retirer son corsage.

Elle lui tapa sur les mains, sans force.

— Je te fais couler un bain. Il ne faut pas t'endormir dans cet état, c'est mauvais pour la santé.

— Alors laissez-moi me débrouiller toute seule. (Lorsqu'il lui ôta une de ses bottes, ses yeux s'ouvrirent pour plonger dans ceux de Lachlain.) S'il vous plaît. Je ne veux pas que vous me voyiez nue.

— Mais pourquoi ? s'enquit-il en s'allongeant près d'elle.

Il attrapa l'extrémité d'une de ses mèches blondes, puis la promena autour de son menton en la regardant avec attention. Elle avait les paupières aussi pâles que le reste du visage et que le blanc des yeux, dont seul les séparait le liseré des cils fournis, au battement léger. Fascinant.

Et curieusement familier.

— Pourquoi ? répéta Emma, les sourcils froncés. Parce que ce genre de choses me gêne, évidemment.

— Bon, je vais te laisser ta culotte.

Elle avait désespérément envie de prendre un bain. C'était la seule chose qui parviendrait peut-être à la réchauffer.

Quand elle ferma les yeux, frissonnante, son compagnon décida à sa place. Elle n'avait pas fini de marmonner une vague protestation qu'il l'avait dévêtue, sauf la culotte, puis s'était lui-même complètement déshabillé. Il la souleva sans difficulté avant d'aller se plonger dans l'immense baignoire fumante, où il l'installa entre ses jambes.

Sous l'eau, sa cuisse abîmée frôla le bras d'Emma, qui se raidit. Il était nu, en érection, et la lingerie fine qu'elle portait ne représentait pas de réel obstacle, puisqu'il avait bien sûr choisi un string. Il lui posa sur l'épaule une main lourde, avant de suivre de l'autre la fine lanière du slip.

— J'aime, gronda-t-il.

Elle se tendit, prête à bondir hors de l'eau, mais il repoussa ses cheveux par-dessus son épaule, appliqua les deux mains sur sa nuque puis enfonça les pouces dans ses muscles.

À sa grande honte, elle s'entendit gémir.

— Détends-toi.

Il l'attira de nouveau contre lui, malgré ses gesticulations. Lorsqu'elle se retrouva plaquée sur son érection, il frissonna en poussant une sorte de sifflement, réaction qui emplit Emma d'une grande vague de chaleur. Elle ne s'en redressa pas moins brusquement, de crainte qu'il ne veuille lui faire l'amour. Nul besoin d'être anatomiste pour savoir qu'ils ne s'emboîteraient pas dans une position pareille.

— Là, là...

Il lui massait la nuque avec une habileté d'expert. Enfin, il l'obligea à se détendre totalement contre lui, abandonnée.

Nul ne savait à quel point elle aimait toucher quelqu'un d'autre. Elle adorait cela. D'autant que c'était très rare.

Ses tantes avaient beau être affectueuses – d'une manière assez spartiate –, elles avaient toujours cherché à l'endurcir. La seule à comprendre plus ou moins ce qu'elle ressentait, Daniela, la Vierge de Glace, ne pouvait toucher personne sans en souffrir atrocement, à cause de sa peau glacée. Daniela comprenait, mais, curieusement, le contact ne lui manquait pas. Elle n'en éprouvait pas le besoin, tandis qu'Emma avait l'impression de mourir à petit feu dans son isolement.

Les créatures du Mythos qu'elle aurait pu prendre pour amants, les démons de bonne réputation, par exemple, ne couraient pas les rues de La Nouvelle-Orléans. Et la plupart traînaient autour du manoir depuis sa jeunesse. Elle les considérait comme des grands frères. Cornus.

Quant aux rares visiteurs étrangers, on ne pouvait pas dire qu'ils faisaient la queue à la porte du manoir. Val-Hall avait quelque chose de terrifiant pour eux : une grande bâtisse construite en plein bayou, voilée de brume et menacée par la foudre en permanence, emplie de hurlements assourdissants.

Quelques années plus tôt, Emma avait compris qu'elle resterait toute sa vie célibataire. Un humain charmant, fort à son goût – un de plus –, un jeune homme qu'elle croisait aux cours du soir, l'avait invitée... à boire un café le lendemain *après-midi*.

À ce moment-là, elle avait réalisé qu'il lui était impossible de nouer une relation avec un partenaire de son espèce, mais aussi de presque toutes les autres. Tôt ou tard, il découvrirait ce qu'il en était d'elle.

Un autre soir, elle s'était cognée « par mégarde » à l'humain qui l'avait invitée, juste pour voir ce qu'elle ratait. Chaleur, délicieuse odeur masculine... Elle avait parfaitement eu conscience de tout ce qui lui était refusé.

Elle en avait souffert.

Et voilà qu'elle avait rencontré un Lycae cruel, mais divinement beau, qui passait son temps à la toucher sans pouvoir s'en empêcher. Elle avait peur d'en arriver à être avide de son contact, malgré la haine qu'il lui inspirait.

D'aller jusqu'à mendier ce contact, s'il l'y obligeait.

— Et si je m'endors ?

L'accent légèrement traînant de sa compagne était un peu plus prononcé que d'habitude.

— Pas de problème, répondit-il, sans cesser de lui pétrir le cou et les épaules.

Elle gémit de nouveau, puis sa tête retomba mollement en arrière. À l'entendre, on aurait cru que personne ne lui avait jamais rien fait de pareil. Son abandon absolu n'était pas d'ordre sexuel, même si Lachlain avait la nette impression qu'elle aurait donné n'importe quoi pour qu'il continue à la masser. Apparemment, elle mourait d'envie de sentir ses mains sur elle.

Il songea à la vie de son clan. Tout le monde chahutait, les hommes serraient leur promise de près au moindre prétexte, et il suffisait de réussir quelque chose, n'importe quoi, pour recevoir une grêle de claques dans le dos.

Il se représenta Emma en fillette timide à Helvita, la place forte russe des vampires. Malgré tout l'or qu'on y trouvait, il y faisait sombre et humide – il le savait parfaitement, vu le temps qu'il avait passé dans ses cachots. En fait, peut-être vivait-elle là-bas à l'époque où il y était prisonnier.

Les occupants des lieux étaient aussi froids que leur royaume. Ils ne dispensaient sans doute pas aux enfants de marques d'affection – jamais il n'avait vu un vampire en dispenser. Si elle en avait besoin à ce point, comment avait-elle supporté de vivre sans ?

Il se doutait déjà qu'elle n'avait pas eu d'amant depuis longtemps, mais il savait à présent que le dernier en date ne lui avait pas consacré assez d'attention. Il valait mieux pour elle en être débarrassée. Sous la douche, Lachlain s'était même demandé si elle avait déjà pris un amant, tellement elle était étroite et anxieuse, mais il semblait improbable qu'elle soit vierge : rares étaient les immortels qui traversaient les siècles en abstinents. Non, elle était juste petite en tout et, comme elle le disait si bien, ce genre de choses la gênait.

Au souvenir de son fourreau humide, le sexe de Lachlain durcit à en devenir douloureux. Il la souleva pour la faire pivoter et l'installer de profil contre son torse. Elle se raidit, sans doute à cause de la verge qui palpitait sous ses fesses.

Des pulsions irrésistibles le secouaient. Le chiffon de soie que portait Emma se réduisait presque à une ficelle, dont la seule vision était encore plus saisissante qu'il ne l'avait imaginée. Il ouvrit la bouche pour informer – ni plus ni moins – sa compagne qu'il allait la caresser puis la pénétrer, mais il n'en eut pas le temps. Les mains délicates de la petite vampire se posèrent sur son torse, où leur pâleur lui parut plus frappante que jamais. Elle attendit un peu, puis, devant son absence de réaction, appuya le visage contre lui, prête à s'endormir.

Il rejeta la tête en arrière afin de l'examiner, sidéré. Cela signifiait-il qu'elle lui faisait confiance ? Qu'elle ne doutait pas qu'il la respecte pendant son sommeil ? Mais pourquoi cela, mon Dieu ?

Il poussa un juron retentissant en la sortant de l'eau, ce qui n'empêcha pas les petites mains de rester contre sa poitrine, quasi fermées. Après avoir essuyé la jeune femme, Lachlain l'allongea sur le lit, ses cheveux blonds humides déployés en éventail. Leur parfum exquis était enivrant. Tremblant, il la débarrassa des dessous aguichants – grognant en son for intérieur à la vision de cette nudité parfaite.

— Je peux mettre une de vos chemises ? demanda-t-elle d'une voix endormie.

Il recula, les poings serrés. Pourquoi avait-elle envie de porter ses vêtements à lui ? Pourquoi avait-il envie qu'elle les porte ? Il avait besoin d'être en elle à en avoir mal, mais il s'approcha de son sac. À ce train-là, il allait retourner sous la douche se soulager. Sinon, il n'arriverait pas à passer la journée près d'elle, bien sagement.

Il lui enfila une de ses nouvelles chemises, dans laquelle elle disparut complètement, puis l'allongea entre les draps. Au moment où il allait la couvrir jusqu'au menton, elle se réveilla et s'assit. Elle le considéra, les yeux plissés, regarda la fenêtre, rassembla couvertures et oreiller puis s'installa par terre, le long du lit.

À l'écart de la fenêtre.

Il se baissa pour la soulever dans ses bras.

— Non, murmura-t-elle. Je veux rester là. C'est là que je suis bien.

Évidemment. Les vampires adoraient les endroits plus bas que la normale ; ils dormaient dans les coins sombres, sous les lits… Lachlain avait toujours parfaitement su où les trouver pour leur couper la tête avant qu'ils ne se réveillent.

La colère l'envahit.

— Plus maintenant. Je ne laisserai plus jamais le soleil te toucher, mais tu perdras cette sale habitude.

Le corps brisé d'Annika gisait, emprisonné sous les briques. Impuissante, elle regarda le démon-vampire écarter les flèches magiques comme s'il s'agissait de simples mouches.

Lucia avait visiblement peine à en croire ses yeux, elle aussi. La malédiction qui pesait sur elle depuis bien longtemps la condamnait à endurer une indicible souffrance chaque fois qu'elle ratait sa cible. Soudain, elle se mit à hurler, lâcha son arc et s'effondra, avant de se tordre de douleur par terre, les mains crispées. Ses cris ne tardèrent pas à réduire en miettes toutes les fenêtres et les lampes du manoir.

L'obscurité s'installa, rompue par la foudre qui s'abattait alentour et une lampe à pétrole à la clarté vacillante, dehors.

Les yeux rouges d'Ivo brûlaient d'amusement dans la nuit. Lothaire apparut derrière lui, une fois de plus, mais se garda d'intervenir. Lucia hurlait toujours. Un Lycae rugit en réponse… Allait-il faire irruption à Val-Hall, lui aussi ? La Radieuse était déjà seule contre trois.

— Va-t'en, Regina, cracha Annika.

Alors… une ombre bougea dans le vestibule. Une ombre aux dents blanches, aux yeux bleu pâle luisants… qui se glissa jusqu'à la silhouette frénétique de Lucia. Annika n'y pouvait rien. Dans les brefs intervalles de calme qui séparaient les éclairs, le garou avait l'air humain, mais la lumière argentée de la foudre montrait une bête… un homme à l'ombre de bête.

Le loup porta la patte au visage de Lucia. Ce n'était pas possible, il allait…

Il la souleva, l'emporta à l'écart puis la reposa sous une table.

Pourquoi ne l'égorgeait-il pas ?

Lorsqu'il se redressa, en proie à une rage terrible, il se jeta sur les vampires, allié inattendu de Regina. Malgré sa stupeur, la Radieuse s'adapta très vite à la nouvelle donne. Les deux séides d'Ivo ne tardèrent pas à être décapités, tandis que leur maître et le démon s'enfuyaient en glissant. L'énigmatique Lothaire disparut également, après un petit hochement de tête.

Le Lycae rejoignit Lucia d'un bond et s'accroupit près d'elle, tandis qu'elle levait vers lui un regard aussi stupéfait qu'horrifié. Annika ferma les yeux puis les rouvrit très vite. Il avait disparu ; Lucia tremblait.

— Mais qu'est-ce que c'est que ce bordel ? s'écria Regina en commençant à tourner en rond, comme sous le choc d'une explosion.

Ce fut l'instant que choisit Kaderin la Sans-Cœur pour arriver au petit trot sur le porche couvert d'éclats de verre. Grâces en soient rendues à Freyja, nulle émotion violente ne l'effleurait jamais.

— Surveille un peu ton langage, lança-t-elle à sa sœur.

Elle tira tranquillement ses épées des longs fourreaux accrochés dans son dos.

— Annika ! s'écria Regina, qui se mit aussitôt à creuser dans la cheminée.

La chef de maisonnée voulut répondre, mais s'en découvrit incapable. Jamais elle ne s'était sentie aussi impuissante ; jamais elle n'avait été aussi grièvement blessée.

— Que s'est-il passé ? demanda Kaderin en cherchant des yeux une cible à abattre.

Elle tenait ses armes avec une nonchalance trompeuse, le poignet souple, pour les faire tourner en petits cercles. Lucia sortit en rampant de derrière la table.

— On a été attaquées par les vampires. Et pour couronner le tout, tu as raté le Lycae, bredouilla Regina, qui détruisait frénétiquement le tas de briques. Annika ?

La blessée parvint à dégager une main des débris. Regina l'attrapa puis tira dessus.

Annika entrevit vaguement en se redressant une silhouette perchée sur la rampe de l'escalier, à l'étage.

— Vous pourriez au moins me réveiller quand on a du monde ! lança Nïx, visiblement vexée.

Emma se réveilla au coucher du soleil, les sourcils froncés car le souvenir du petit matin lui revenait. Elle se rappelait les grandes mains chaudes de Lachlain malaxant ses muscles contractés, lui frottant le cou et le dos, pendant qu'elle gémissait tout bas.

Peut-être se trompait-elle : le Lycae n'était pas une bête d'une brutalité démentielle. Il avait envie d'elle, c'était net – elle avait perçu à quel point –, mais il s'était maîtrisé. Lorsqu'il l'avait attirée contre sa poitrine, elle s'était sentie… à l'abri.

Chaque fois qu'elle pensait le connaître, il s'arrangeait pour la surprendre.

Elle ouvrit les yeux, s'assit puis battit des paupières, incrédule : le spectacle qu'elle découvrait ne pouvait correspondre à la réalité. Lachlain resta assis dans le noir à la fixer de son regard de braise. Emma voulut allumer la lampe de chevet… dont elle découvrit les débris, éparpillés à côté du lit.

Sa vision ne l'avait pas trompée. La pièce était… un champ de ruines.

Que s'était-il passé ? Pourquoi avait-il fait une chose pareille ?

— Habille-toi. On part dans vingt minutes.

Il se leva, visiblement fatigué, faillit trébucher car sa jambe le trahit, puis boitilla jusqu'à la porte.

— Mais…

Qui se referma derrière lui.

Emma contempla, sidérée, les marques de griffes imprimées dans les murs, le sol, les meubles. Tout avait été réduit en miettes.

Elle baissa les yeux. Non, pas tout. Ses affaires à elle attendaient près du fauteuil déchiqueté comme si Lachlain les avait rangées à l'écart, sachant ce qui allait arriver. La couverture à l'aide de laquelle il avait doublé les rideaux, à un moment quelconque de la journée, était toujours en place pour protéger la pièce du soleil. Quant au lit... Emma était environnée de bois lacéré, de morceaux de mousse arrachés au matelas et de plumes.

Mais il ne l'avait pas touchée.

9

Si Lachlain ne voulait pas lui dire pourquoi il avait
pété un câble et ravagé la chambre d'hôtel, ma foi,
tant pis. Emma enfila une jupe, un corsage et des
bottes, elle se noua un foulard plié en bandeau sur
les oreilles, puis tira son iPod de ses bagages et se le
fixa au bras.

Myst l'appelait le CIP, ou « calmant informatique
de la puce », car chaque fois qu'Emma commençait
à s'énerver, elle écoutait de la musique pour « éviter
le conflit », suivant la formule de sa tante. Ce n'était
tout de même pas un défaut !

Bref, le CIP était fait précisément pour des moments
pareils...

Car Emma était furieuse. Elle en arrivait juste à se
dire que le Lycae penchait peut-être du bon côté de la
balance question folie/santé mentale, et voilà qu'il lui
faisait son numéro de grand méchant loup ! Mais le
petit cochon est capable de compartimenter, se dit-
elle. Lachlain n'allait pas tarder à se retrouver à jamais
rangé et étiqueté dans une des cases de son esprit.

Il changeait de personnalité à une vitesse folle.
Avec lui, elle avait déjà connu une étreinte boulever-
sante sous la pluie, des agressions rugissantes, puis
une pause tendresse à fort potentiel sexuel, la veille,
dans la baignoire. Elle devait se tenir sur ses gardes
en permanence, et elle n'aimait pas cela.

Ce soir, c'était vraiment la cerise sur le gâteau. Il venait de la planter là sans la moindre explication, dans une chambre ravagée. Elle aurait très bien pu finir la journée dans le même état que le fauteuil.

Emma souffla sur la boucle qui lui tombait devant les yeux et s'aperçut qu'un petit morceau de rembourrage s'était pris dans ses cheveux. Quand elle s'en débarrassa d'une chiquenaude, elle comprit qu'elle était aussi furieuse contre elle-même que contre Lachlain.

Leur première nuit ensemble, il avait laissé le soleil la brûler. Et aujourd'hui, poussé par une crise de rage, il s'était déchaîné à coups de griffes – des griffes capables de déchiqueter une carrosserie de voiture – pendant qu'elle dormait avec lui.

Pourquoi avait-elle pris tellement de précautions sa vie durant, pourquoi s'était-elle épuisée à toujours se mettre à l'abri, s'il suffisait ensuite d'un beau garou pour lui faire jeter sa prudence aux orties ? Et pourquoi sa famille s'était-elle échinée à assurer sa sécurité en déménageant à La Nouvelle-Orléans – où cohabitaient tant de créatures du Mythos parmi lesquelles cacher une petite vampire – et en plongeant le manoir dans les ténèbres, si c'était pour la laisser mourir maintenant ?

Plonger le manoir dans les ténèbres… Quelle drôle d'idée. Elle ne se levait jamais avant le crépuscule ni ne se couchait après l'aube. Les volets de sa chambre ne laissaient pas filtrer la moindre lueur et, de toute manière, elle couchait sous le lit. Alors d'où venaient les souvenirs où elle courait, de jour, dans Val-Hall obscur ?

Quand son regard se posa sur le dos de sa main, elle se mit à trembler. Pour la première fois depuis qu'elle s'était figée dans l'immortalité, le souvenir de la « leçon » envahit son esprit, d'une clarté parfaite…

Une sorcière jouait les baby-sitters. Elle tenait Emma dans ses bras, lorsque Annika était rentrée au manoir après une semaine d'absence. La fillette s'était débattue pour faire lâcher prise à la magicienne, puis elle s'était précipitée vers l'arrivante en criant son nom.

Regina s'était jetée en travers du chemin d'Emma juste avant qu'elle ne se rue dans le carré de soleil découpé par la porte ouverte.

La Radieuse, tremblante, avait serré l'enfant contre elle.

— Mais qu'est-ce qui t'a pris ? (Son étreinte s'était encore resserrée.) Têtue comme une mule, cette petite sangsue.

À ce moment-là, tout le monde se trouvait déjà au rez-de-chaussée. La sorcière avait présenté ses plus humbles excuses, mais :

— Elle a sifflé et craché, et cherché à me mordre. J'ai eu peur, je l'ai lâchée.

Annika avait grondé Emma, puis Furie avait élevé la voix à l'extérieur du cercle. Le groupe s'était scindé pour la laisser passer. Son nom ne devait rien au hasard : la reine des Valkyries était bel et bien une Furie. Terrifiante.

— Il faut exposer sa main au soleil.

Annika était devenue plus pâle encore que de coutume.

— Elle n'est pas comme nous. Elle est fragile...

— Elle a craché et s'est battue pour obtenir ce qu'elle voulait. Elle est exactement comme nous. Et, comme à nous, la douleur lui servira de leçon.

— Elle a raison, avait renchéri Cara, la jumelle de Furie. (Elles se soutenaient toujours mutuellement.) Ce n'est pas la première fois que nous frôlons la catastrophe. Sa main aujourd'hui ou, plus tard, son visage... voire sa vie. Peu importe que la nuit règne au manoir, si vous n'arrivez pas à l'y garder enfermée.

— Je ne veux pas. Je ne peux pas ! avait protesté Annika.

— Alors je le ferai, avait tranché Regina en tirant Emma à travers le vestibule.

Annika était restée figée, stoïque, le visage de marbre, quoique mouillé de larmes incongrues, pendant que la Radieuse forçait la fillette à tendre la main dans le carré de soleil. Emma avait hurlé de douleur, appelé sa mère adoptive, demandé pourquoi, encore et encore, jusqu'à ce que sa peau prenne feu.

Quand elle s'était réveillée, Furie la contemplait de ses yeux lavande, la tête inclinée de côté, comme surprise par ce qui venait de se produire.

— Il faut que tu comprennes, mon enfant. Chaque jour, la Terre entière est baignée de quelque chose de mortel pour toi, à quoi tu n'échapperas que si tu te tiens sur tes gardes. N'oublie pas cette leçon, car si jamais elle doit se répéter, elle te fera souffrir bien plus encore.

Emma tomba à genoux. Elle étouffait. Les fines cicatrices de sa main la démangeaient. Pas étonnant qu'elle soit aussi froussarde. Non, pas étonnant...

Les Valkyries lui avaient sauvé la vie, d'accord, mais elles la lui avaient aussi rendue impossible. Elle se releva et gagna la salle de bains en titubant pour se passer de l'eau sur le visage. Ressaisis-toi, s'ordonna-t-elle, cramponnée au bord du lavabo.

Lorsque Lachlain revint chercher les bagages, l'émotion d'Emma s'était muée en colère bouillante, qu'elle passa sur la cible qui la méritait tant. D'abord, elle balaya à grands gestes exagérés les morceaux de rembourrage qui avaient atterri sur sa valise, un regard menaçant fixé sur l'arrivant. Il fronça les sourcils.

Ensuite, quand elle lui emboîta le pas pour gagner la voiture, elle dut retenir les sifflements de rage et les coups de pied dans les jambes qui la démangeaient. Il lui ouvrit sa portière.

Aussitôt dans la Mercedes, elle démarra.

— Tu as entendu ? s'enquit-il.

— Quand vous avez pété un câble et fait votre petit numéro de ninja ?

Devant l'incompréhension manifeste de son passager, elle ajouta :

— Non, je n'ai rien entendu.

Elle ne lui demanda pas d'explications, car c'était sans doute ce qu'il voulait, vu qu'il abordait le sujet. Toutefois, comme il ne détournait pas les yeux, elle conclut :

— La balle n'est pas dans mon camp.

— Tu ne veux pas en parler ? (Emma se cramponna au volant.) Tu es fâchée… Je ne m'attendais pas à ça.

Elle se tourna brusquement vers lui.

— Je suis furieuse, parce que vous m'avez laissé une marge de deux ou trois centimètres, pas plus, avec vos griffes de tueur. Et la prochaine fois, je n'aurai peut-être même pas ça. Je suis totalement vulnérable dans mon sommeil… sans défense. Vous m'avez placée de force dans cette situation, et je vous en veux.

Il la regarda un moment puis expira longuement, avant de dire quelque chose à quoi elle ne s'attendait absolument pas :

— C'est exact. Ce genre de choses arrive quand je dors… Je ne dormirai plus près de toi.

Le souvenir du corps brûlant serré contre le sien traversa l'esprit d'Emma. Elle regrettait de devoir renoncer à ça… Constatation qui ne fit qu'accroître sa colère.

Lachlain resta assis très droit, tendu, pendant qu'elle cherchait sur son iPod sa liste des « Dures à cuire du rock ».

— Qu'est-ce que c'est ? demanda-t-il cependant, comme s'il ne pouvait pas s'en empêcher.

— Un appareil qui joue de la musique.

Il montra la radio du doigt.

— Ça aussi.

— Celui-ci joue ma musique à moi.

— Tu composes ? s'étonna-t-il.

— Je programme.

Elle s'enfonça les écouteurs dans les oreilles, le réduisant au silence avec une satisfaction infinie.

Au bout d'environ deux heures de route, Lachlain lui fit prendre la sortie Shrewsbury.

— Pourquoi là ? questionna-t-elle en retirant ses écouteurs et en s'engageant sur la bretelle.

— Je n'ai pas mangé aujourd'hui, avoua-t-il, visiblement embarrassé.

— Qu'est-ce que vous voulez ? Un fast-food ou quelque chose de ce genre ?

— J'en ai déjà vu, je connais leur odeur. Il n'y a rien qui puisse me donner des forces dans des endroits pareils.

— Je ne suis pas vraiment compétente en la matière.

— Je m'en doute. Quand je sentirai un endroit qui me convient, je te le dirai.

Il lui fit emprunter la grand-rue jusqu'à un marché de plein air, composé de stands et d'échoppes variés.

— Voilà. Il devrait y avoir ce qu'il me faut.

Emma repéra l'entrée d'un parking souterrain – elle adorait tout ce qui était souterrain – où elle s'engagea.

— Vous allez prendre quelque chose à emporter ? s'enquit-elle, une fois la voiture garée. Parce qu'il fait froid, vous comprenez.

Et parce qu'il pouvait y avoir des vampires aux alentours, si elle attendait devant un restaurant.

— Tu m'accompagnes.

— Pour quoi faire ?

— Tu ne t'éloignes pas de moi.

Lorsqu'il vint lui ouvrir sa portière, elle remarqua avec une pointe de malaise qu'il parcourait tout le parking d'un regard aigu.

Ce fut quand il la prit par le bras pour l'entraîner qu'elle protesta :

— Mais je ne vais jamais au restaurant !

— Cette nuit, si.

— Non, non, non. (Elle le fixa, implorante.) Ne m'obligez pas. S'il vous plaît. Je vous attendrai juste devant, je vous le promets.

— Il n'est pas question que je te laisse seule. Et puis, il faut t'habituer à ce genre de choses.

À présent, elle traînait les pieds... ce qui ne servait à rien, étant donné la force de son compagnon.

— Mais non! Je n'ai aucun besoin d'aller au restaurant! Pourquoi faudrait-il que je m'y habitue?

Il s'arrêta et se tourna vers elle.

— De quoi as-tu peur? (Sans répondre, elle baissa les yeux.) Bon. On y va.

— Non, attendez! Je sais que personne ne fera attention à moi, mais je... je ne peux pas m'empêcher de me dire que tout le monde va me regarder et voir que je ne mange pas.

— Personne ne fera attention à toi? répéta-t-il, les sourcils en accents circonflexes. À part les hommes de sept à soixante-dix-sept ans, je suppose.

Cette remarque ne l'empêcha pas de continuer à traîner Emma en direction de la rue.

— C'est de la cruauté, voilà ce que c'est. Je m'en souviendrai, vous savez.

Il lui jeta un coup d'œil; elle avait *vraiment* peur, c'était indéniable.

— Tu n'as aucune raison de t'inquiéter. Tu ne peux donc pas me faire confiance?

— Vous faites *exprès* de me martyriser?

— Tu as besoin de bouger un peu.

Elle ouvrait la bouche pour protester, mais il l'en empêcha d'une voix dure:

— Un quart d'heure. Si tu te sens toujours aussi mal, on s'en va.

De toute manière, elle était bien obligée de suivre.

— Je viens, à condition de choisir moi-même le restaurant, proposa-t-elle, prête à tout pour reprendre un minimum le contrôle de la situation.

— D'accord. Mais j'ai droit à un refus.

À l'instant même où ils débouchèrent sur le trot-toir, parmi la foule des humains, elle lui retira brutale-ment sa main, redressa les épaules et releva le menton.

— Ça t'aide à tenir les gens à l'écart ? interrogea Lachlain. Je veux dire, l'arrogance que tu affectes à l'extérieur…

Elle le considéra, les yeux plissés.

— Si seulement ça marchait avec tout le monde…

À vrai dire, ça marchait bel et bien avec tout le monde, sauf lui. C'était Myst qui avait appris le truc à Emma. Les humains étaient si occupés à prendre sa tante pour une snobinarde nombriliste aux mœurs de chat de gouttière, qu'ils ne voyaient jamais en elle une immortelle païenne de deux mille ans.

Un coup d'œil le long du trottoir apprit à Emma qu'elle n'avait que l'embarras du choix. Avec un plai-sir sadique, elle montra du doigt le japonais spécia-lisé dans les sushis.

Lachlain huma discrètement l'air alentour, puis lui jeta un regard mécontent.

— Non. Un autre.

— D'accord.

Cette fois, elle sélectionna un restaurant rattaché à un club privé sélect qui ressemblait fort à un bar français. Elle avait déjà fréquenté ce type d'établisse-ment. Après tout, elle vivait à La Nouvelle-Orléans.

Lachlain avait manifestement envie de refuser, une fois de plus, mais comme elle le dévisageait d'un air interrogateur, il se renfrogna, l'attrapa par la main et l'entraîna en direction du club.

Le maître d'hôtel les salua chaleureusement, puis aida Emma à se débarrasser de sa veste. Il se passa alors dans son dos quelque chose qu'elle ne vit pas, mais qui poussa l'homme à s'éloigner aussitôt, livide. Lachlain demeura seul derrière elle.

Tendue, elle en eut parfaitement conscience.

— Mais où est le reste de ton corsage, bordel ? demanda-t-il à voix basse.

Le dos du chemisier se limitait au nœud qui en reliait les deux pans. Emma n'avait pas pensé une seule seconde qu'elle ôterait sa veste cette nuit... et si elle y avait pensé, elle se serait dit qu'elle aurait immédiatement le dos collé au cuir marron de son siège.

Elle jeta par-dessus son épaule un coup d'œil d'une parfaite candeur.

— Ma foi, je n'en sais rien ! Vous devriez m'envoyer attendre dehors.

Lachlain considéra en effet la porte. Il hésitait si visiblement à repartir qu'elle ne put empêcher la satisfaction de s'inscrire sur ses traits.

— Tout ça pour qu'on te regarde, lui glissa-t-il à l'oreille, les yeux plissés, avant de lui passer une griffe le long de la colonne vertébrale.

10

— Dites, c'est un corsage Azzedine Alaïa ? demanda la serveuse à Emma en les guidant jusqu'à leur table.

— Non, mais c'est une authentique antiquité.

Lachlain, quant à lui, se fichait pas mal de savoir ce que c'était ; de toute manière, elle ne porterait jamais plus ce truc en public.

Le nœud qui se balançait dans son dos tandis qu'elle s'avançait d'un pas souple attirait les regards masculins comme un aimant la limaille de fer. Tous les hommes s'imaginaient le défaire, évidemment. C'était exactement ce qu'il s'imaginait, lui. Malgré son air menaçant, il y eut plus d'un dîneur pour donner un petit coup de coude discret à un ami en lui chuchotant qu'elle était « super sexy ».

Les hommes n'étaient d'ailleurs pas les seuls à tomber en admiration. Les femmes examinaient les vêtements d'Emma avec envie.

Après quoi, elles fixaient souvent Lachlain d'une manière ouvertement aguichante.

Autrefois, peut-être aurait-il apprécié leur intérêt ou même accepté une ou deux invitations informulées. Aujourd'hui, il trouvait leur attention vaguement insultante. Il n'allait pas préférer l'une d'elles à la merveille qu'il suivait de près !

N'empêche... Il était content que sa compagne remarque la manière dont elles le regardaient.

Arrivée à leur table, elle resta un instant immobile. Il l'attrapa par le coude et l'aida à s'installer dans le box.

La serveuse s'éloigna. Emma était assise très droite, les bras contre la poitrine, évitant de le regarder. Un garçon passa, chargé d'un plat de viande grésillante. Elle leva les yeux au ciel.

— Tu pourrais en manger ? s'enquit Lachlain. Si nécessaire ?

Il se demandait si c'était possible et priait de toutes ses forces que la réponse soit positive.

— Oui.

— Mais alors, pourquoi tu ne le fais pas ? s'étonna-t-il.

Elle le considéra, les sourcils en accents circonflexes.

— Vous pourriez boire du sang ?

— Je vois, déclara-t-il d'un ton égal, malgré sa déception.

Il adorait manger, mais aussi participer aux rituels des repas en commun. Or il ne pourrait jamais partager un dîner avec Emma, ils ne boiraient jamais une bonne bouteille ensemble. Que ferait-elle, lors des réceptions données par le clan… ?

Il interrompit aussitôt le cours de ses pensées. Que lui arrivait-il ? Jamais il n'insulterait les siens en invitant une vampire à leurs réunions !

Elle accueillit avec une expression polie le garçon qui venait leur servir de l'eau.

La tête inclinée vers la table, comme si elle se demandait de quelle manière utiliser son verre, elle finit par exhaler un long soupir las.

— Je ne comprends pas pourquoi tu es toujours tellement fatiguée… ?

— Je ne comprends pas pourquoi vous posez toujours tellement de questions… ?

Tiens, tiens, elle se montrait plus courageuse en public. S'imaginait-elle que des humains pouvaient empêcher un Lycae de faire ce qu'il voulait ?

— Tu t'es nourrie pas plus tard que lundi, tu n'as pas été blessée récemment… j'aurais vu les cicatrices. Alors, de quoi souffres-tu ?

— Encore une question…

Elle tambourinait sur la table avec les ongles.

Sa réponse ne parvint cependant à Lachlain que de très loin, car une pensée venait de le frapper, si détestable qu'il chercha à la repousser. Les yeux clos, les dents serrées, secouant la tête sous le choc.

Mon Dieu, pourvu que ce ne soit pas ça ! Si elle attendait un enfant… Non, ce n'était pas possible. Il avait entendu dire que les femelles de la Horde étaient stériles, il s'en souvenait parfaitement. Bien sûr, il avait aussi entendu dire qu'il n'en existait plus une seule au monde… et Emma était là, devant lui.

Si elle était enceinte, il se retrouverait obligé de protéger non pas un mais *deux* vampires, sous son propre toit, engeance logée parmi les siens. Sans oublier qu'une sangsue quelconque chercherait forcément à récupérer sa progéniture.

— Dis-moi, tu at…

Le serveur apparut à cet instant précis. Lachlain donna ses ordres à toute allure, sans avoir jeté un coup d'œil au menu, qu'il fourra dans les mains de l'homme en le renvoyant.

— Je n'arrive pas à croire que vous m'avez commandé à manger ! s'exclama Emma.

Il écarta la protestation d'un geste négligent.

— Tu attends un enfant, c'est ça ?

Elle se raidit quand le garçon réapparut pour lui resservir de l'eau.

— Vous avez interverti nos verres ? chuchota-t-elle dès que celui-ci eut de nouveau tourné les talons. C'est dingue, je ne m'en suis même pas rendu compte !

— Je ferai pareil avec nos assiettes, mais…

— Alors, je n'ai pas besoin de manger ? Super, gavez-vous au maximum à ma place, d'accord ? Parce que j'ai vraiment faim, maintenant…

— Est-ce que tu es *enceinte* ?

Elle inspira brusquement, comme si la question la scandalisait, avant de débiter d'une traite :

— Non, je n'ai même pas... euh, je n'ai pas de copain.

— De copain ? Tu veux dire, d'amant ?

Elle rougit.

— Il n'est pas question que je vous parle de ma vie sentimentale.

Un soulagement intense envahit Lachlain.

— Donc tu n'en as pas.

Elle laissa échapper un petit grognement de frustration qu'il trouva très satisfaisant – d'autant qu'aucune contradiction ne suivit. Pas d'amant, pas de bébé vampire. Juste elle et lui. De toute manière, quand il la prendrait, il se montrerait si ardent, pendant si longtemps, qu'elle serait bien incapable de se rappeler ceux qui l'avaient précédé.

— Il me semble que je viens de refuser de vous en parler, non ? Vous avez vraiment le don de fermer les oreilles à ce que je vous demande...

Elle ajouta dans un marmonnement, presque pour elle-même :

— Il y a des moments où j'ai carrément l'impression de ne pas exister.

— N'empêche que tu as envie de prendre un amant, hein ? Ton joli petit corps est prêt à en accueillir un.

Ses lèvres s'écartèrent, mais elle était si gênée qu'il n'en sortit pas un son.

— Vous ne racontez ce genre d'horreurs que pour me choquer, riposta-t-elle lorsque enfin elle retrouva sa voix. Ça vous plaît, hein ?

Son regard soupesait littéralement Lachlain. Sans doute prenait-elle mentalement note de toutes les fois où il l'avait choquée.

— Je pourrais te satisfaire.

À l'abri de la table, il glissa la main sous la jupe de sa compagne pour lui toucher l'intérieur de la cuisse.

Elle sursauta violemment sur sa chaise. Il ne pouvait pas s'empêcher de trouver ça drôle : elle était si facile à prendre par surprise et à embarrasser, alors que la plupart des immortels se montraient tellement blasés. Sans doute avait-elle raison : il aimait bien la choquer.

— Retirez votre main de là, ordonna-t-elle entre ses dents.

Quand il monta vers le haut de sa cuisse en frottant du pouce sa peau soyeuse, une vague brûlante traversa Lachlain de part en part. Son sexe durcit, pour la centième fois de la nuit au moins. Emma fouilla la salle du regard.

— Est-ce que tu as envie d'un amant, oui ou non ? Tu es incapable de mentir, je le sais. Alors, si tu me dis que tu n'en as pas envie, j'enlève ma main.

— Arrêtez...

Elle s'empourprait littéralement. Une immortelle qui rougissait à tout bout de champ. Incroyable !

— As-tu envie de mettre un homme dans ton lit ? murmura-t-il.

Sa main montait toujours, jusqu'à rencontrer la soie des dessous.

Il exhala un soupir sifflant.

— Bon ! lâcha sa compagne d'une voix étranglée. Je vais vous dire. J'en ai envie, oui. Mais ce ne sera pas vous.

— Ah bon ? Pourquoi ça ?

— Je... j'ai entendu parler de votre espèce. Je sais comment vous faites. Vous perdez l'esprit, vous devenez de vraies bêtes, vous griffez, vous mordez...

— Et alors ? Quel mal y a-t-il à ça ? (Seul un petit grognement de frustration répondit à Lachlain.) De toute manière, ce sont les femelles qui griffent et qui mordent le plus. Tu devrais le savoir, vampire.

À cette réplique, les traits d'Emma se figèrent.

— Je n'ouvrirai mon lit qu'à un homme qui m'acceptera telle que je suis et ne prendra pas l'air dégoûté à cause de la manière dont je me nourris, par la force des choses. Un homme qui se donnera du mal pour me mettre à l'aise et faire mon bonheur. En tant que prétendant, vous êtes disqualifié depuis la première nuit.

Elle ne comprenait pas, songea-t-il en retirant lentement sa main. Le destin avait choisi pour eux. Ils étaient liés. Il n'y aurait plus jamais d'autres « prétendants », ni pour elle ni pour lui.

Lachlain arrêta de la tripoter sous la table, on les servit, puis il entama un long rendez-vous amoureux, très sensuel, avec sa nourriture. Chaque bouchée lui apportait visiblement un tel plaisir qu'il donnait presque envie de manger à Emma, laquelle se contentait de faire semblant.

Finalement, elle dut admettre que ce dîner, avec assiettes mobiles et débris volants – elle ne savait pas se servir de ses couverts – n'était pas désagréable.

Lorsque le serveur eut débarrassé la table, la cliente installée dans le box voisin se leva, après manger. Les humaines faisaient cela. Le repas terminé, elles prenaient leur sac à main sur leurs genoux, le caressaient un instant puis allaient aux toilettes se remettre du rouge à lèvres et vérifier leur dentition. Du moment qu'Emma jouait la comédie…

Elle n'avait malheureusement plus de sac à main, puisque le sien avait été réduit à l'état de serpillière quand le Lycae l'avait jetée dans la boue. Malgré cette pensée contrariante, elle se prépara à se lever en annonçant :

— Je vais aux toilettes.

— Non.

Il l'attrapa par les jambes ; elle rua sous la table.

— Pardon ?

— Pourquoi ferais-tu une chose pareille ? Tu n'as pas ce genre de besoins.

— V... vous n'en savez rien! s'exclama-t-elle, bégayant d'embarras. Et je veillerai à ce que ça continue.

Il se radossa, les mains croisées derrière la tête, l'air serein, comme s'ils ne discutaient pas de quelque chose d'extrêmement personnel.

— Tu as ce genre de besoins, oui ou non?

Emma avait les joues en feu. La réponse était négative... pour tous les vampires, autant qu'elle le sache. Et pour les Valkyries, puisqu'elles ne mangeaient pas.

— Tu rougis, observa son interlocuteur. Je sais ce que je voulais savoir: c'est non.

Il n'éprouvait donc jamais la moindre gêne? Le fait qu'il soit passé en mode analytique inquiéta Emma: il lui semblait être un insecte épinglé sous la lentille d'un microscope.

— Je suppose que tu présentes d'autres différences avec les humaines... Tes larmes sont roses, ça, je le sais. Tu transpires?

Évidemment qu'elle transpirait.

— Pas plus d'une heure et demie par semaine, suivant les recommandations de la faculté.

Génial, il n'avait pas compris... Mais sa perplexité ne dura pas.

— Ta sueur aussi est rose?

— Non! Mes larmes constituent une anomalie, compris? Pour le reste... les choses dont vous parlez avec votre sans-gêne habituel... je suis comme toutes les autres femmes.

— Certainement pas. J'ai regardé des publicités à la télé. Dans la journée, elles ne parlent que de femmes. Tu ne te rases pas, mais tu n'as pas de poils aux endroits où elles en ont. Et puis j'ai fouillé tes affaires, je sais que tu n'as pas non plus de tampons.

Les yeux d'Emma s'écarquillèrent. Elle se raidit, prête à bondir du box, mais il tendit la jambe pour laisser tomber sa lourde botte à côté d'elle afin de l'emprisonner.

— J'avais entendu dire que les vampires femelles devenaient peu à peu stériles. Or vos mâles sont parfaitement fidèles, une fois qu'ils ont trouvé leur fiancée. Du coup, votre espèce ne se multipliait plus. J'imagine que c'est ce qui a convaincu Demestriu d'éliminer toutes les femelles de la Horde. Je me trompe ?

Emma n'était au courant de rien. Les yeux baissés, elle regardait la table, qui semblait se balancer sur des flots invisibles. Le serveur avait fait une courageuse tentative de nettoyage, mais il restait devant elle des tas de débris. Des débris d'elle. Du monstre. Elle n'était pas seulement incapable de se servir de ses couverts, mais aussi d'avoir des enfants.

Si elle n'avait jamais eu de cycle menstruel, c'était le signe de sa stérilité, ni plus ni moins.

— Je me trompe ? insista Lachlain.

— Qui sait à quoi pensait Demestriu ? murmura-t-elle.

— Tu vois bien que tu n'es pas comme toutes les autres, conclut-il d'un ton moins dur.

— Peut-être pas. (Elle se redressa, le dos très droit.) N'empêche que je veux jeter un œil à mes cheveux. Je vais donc aux toilettes.

— Reviens dès que tu as fini.

C'était un ordre, littéralement craché.

Elle eut l'audace de lancer un regard noir à son interlocuteur avant de s'éloigner.

Le restaurant et le bar faisant toilettes communes, Emma dut contourner en chemin les hommes qui traînaient dans les parages. On aurait dit un labyrinthe de jeu vidéo peuplé d'adversaires – tous des vampires potentiels –, mais elle était prête à prendre des risques pour échapper un instant au garou.

À l'abri des toilettes des dames, elle se lava les mains dans un des lavabos alignés le long du mur. Le reflet que lui renvoya le miroir la surprit désagréablement : une frêle blonde livide, aux pommettes trop saillantes. Elle avait perdu du poids en quelques jours, car elle était tout simplement trop jeune et trop fragile pour ne pas subir aussitôt les conséquences du manque de sang. Seigneur…

Emma avait toujours eu conscience de sa faiblesse. Elle s'y était résignée. Y compris à son incapacité à se défendre en maniant une arme. C'était tout juste si elle parvenait à soulever une épée, ses talents d'archer prêtaient à rire – la preuve : tout le monde riait à gorge déployée lorsqu'elle s'entraînait. Quant à ses prouesses au combat… disons qu'on ne risquait pas de la prendre pour une super-héroïne.

N'empêche. Elle ignorait qu'elle ne pouvait pas avoir d'enfant…

Quand elle regagna le box, Lachlain se leva pour l'aider à se rasseoir. Elle remarqua alors qu'en son absence, il avait plongé les griffes dans le plateau de la table. Rien de comparable avec ce qu'il avait fait à l'hôtel : juste cinq estafilades profondes.

Il se laissa retomber sur sa chaise, les sourcils froncés, visiblement plongé dans de profondes réflexions, puis ouvrit la bouche… avant de se raviser.

Comme elle ne quittait pas les griffures des yeux, il posa la main dessus. Apparemment, il n'aimait pas qu'elle les regarde.

Emma se demanda ce qui avait bien pu se passer en son absence pour le pousser à abîmer la table de cette manière. Peut-être avait-il remarqué la gamine, là, au corsage transparent et aux mamelons percés. La bête s'était réveillée…

Mais peut-être aussi regrettait-il de lui avoir posé, à elle, des questions humiliantes. Au point de griffer sans même en avoir conscience ce qui se trouvait sous sa main… Elle secoua la tête.

Il ne regrettait certainement pas de l'avoir humiliée… Non, visiblement, il adorait cela.

— Bon, lança Annika, récapitulons. Que savons-nous exactement ?

Lorsqu'elle inspira à fond, ses côtes abîmées se rappelèrent à son souvenir. Elle fit la grimace en englobant d'un coup d'œil les Valkyries qui l'entouraient. Lucia, Regina, Kaderin et quelques autres attendaient l'heure de l'action ; les ordres qu'elle devrait donner.

Nïx brillait par son absence. Sans doute était-elle une fois de plus en train de traîner dans la propriété du voisin. Regina s'escrimait sur l'ordinateur pour accéder aux données relatives à la maisonnée, mais aussi faire des recherches sur Ivo et autres vampires associés. Son visage radieux éclairait l'écran davantage que l'inverse.

— Mmm… On n'a que deux petites certitudes de rien du tout, annonça-t-elle. Ivo le Cruel est à la recherche de quelqu'un qui se cache chez les Valkyries. Ou, plutôt, de quelqu'*une*. Quoi qu'il en soit, il ne l'a toujours pas trouvée, puisque les bagarres se multiplient. Nos sœurs de Nouvelle-Zélande nous écrivent qu'elles ont des vampires «jusque sous les lits». Vous imaginez ? Franchement…

Annika ne prêta aucune attention aux derniers mots. Elle en voulait toujours à Regina d'avoir donné sa bénédiction à Emma. C'était la faute de la Radieuse si la petite parcourait en ce moment l'Europe en compagnie de… comment Regina avait-elle formulé la chose ? d'un *beau mâle*. Puis, cerise sur le gâteau, elle avait accusé la chef de maisonnée de «couver» Emma. En réalité, Annika n'aurait certainement pas empêché sa pupille d'entretenir une relation avec un homme, mais la puce était tellement jeune… Et puis personne ne savait rien de ce type, sauf qu'il était soi-disant assez fort pour battre un vampire.

Annika se secoua en son for intérieur, décidée à se concentrer sur la discussion.

— Il faut savoir ce que mijote Ivo.

— Il n'y a pas cinq ans que Myst s'est échappée de son cachot. Il veut peut-être la récupérer, intervint Kaderin.

— Tu crois qu'il remuerait ciel et terre pour la capturer une seconde fois ? répliqua Annika.

Myst la Convoitée, la plus belle des Valkyries, était tombée entre les mains d'Ivo, mais elle avait réussi à s'échapper quand les vampires rebelles avaient pris le château où elle était emprisonnée. Rien que d'y penser, Annika enrageait, car Myst et Wroth, un des généraux rebelles, avaient eu des relations intimes.

Deux jours plus tôt, Annika s'imaginait encore que sa sœur avait tourné la page en ce qui concernait ce... ce type et les choses répugnantes auxquelles il l'avait contrainte, mais les occupantes du manoir avaient parfaitement entendu le pouls de Myst s'accélérer à la seule mention d'une présence vampirique dans le Nouveau Monde. Elle avait coiffé et recoiffé sa chevelure de flamme, avant de se joindre à un groupe qui partait les traquer.

Non, Myst en était restée au général. Ivo s'était-il découvert incapable d'oublier sa belle captive ?

— Peut-être aussi qu'il cherche Emma, suggéra Regina.

Annika lui jeta un regard aigu.

— Il ne sait même pas qu'elle existe.

— En principe.

Elle se massa le front.

— Où est passée Nïx, bordel ? (L'heure n'était pas aux conjectures. Elles avaient besoin de prédictions fiables.) Retourne voir ce qu'il en est de la carte de crédit d'Emma. Elle a fait d'autres achats ?

Regina se lança dans l'exploration des comptes correspondant aux cartes de la maisonnée. Quelques minutes plus tard, les renseignements relatifs à celui d'Emma apparaissaient à l'écran.

— Les données ne sont visibles qu'au bout de vingt-quatre heures. Il y a eu quelques achats... des fringues… Ça m'étonnerait qu'elle ait des ennuis, si elle s'offre des fringues… Et une note de *restaurant* du Crillon. Le fauché a intérêt à la rembourser.

— Pourquoi Ivo s'intéresserait-il à Emma, de toute manière ? interrogea Lucia. (Comme toujours quand elle réfléchissait, elle pinça la corde de son arc.) C'est peut-être la dernière des vampires de son sexe, mais elle n'est pas de race pure.

— Il me semblerait plus logique qu'il en ait après Myst, renchérit Kaderin.

Annika était d'accord. Vu la beauté effarante de Myst, Ivo ne pouvait que chercher à la récupérer.

— Il ne faut pas oublier qu'en plus, elle n'est pas rentrée de la traque et elle n'a pas appelé, ajouta Kaderin.

L'affaire était donc entendue. Pour l'instant.

— Essaie de suivre les déplacements d'Emma, Regina. Nous, on va se lancer à la recherche de Myst, conclut Annika.

La Radieuse parcourut du regard le champ de ruines environnant.

— Tu veux que je renouvelle le sortilège, avec les sorciers ?

— Il n'existe pas de protection magique à toute épreuve, on le sait pertinemment. La seule garde infranchissable… (Annika poussa un soupir las.) … c'est l'Antique Fléau. On va y faire appel, tant pis.

Il allait donc falloir payer aux spectres le prix qu'ils exigeaient.

— Et merde, soupira Regina. Je commençais à m'habituer aux cheveux longs…

11

Le crépuscule qui tombait sur le sud de l'Écosse enveloppait l'auberge de ses dernières lueurs. Emma dormait. Assis à côté d'elle dans le lit, Lachlain buvait un café – un de plus.

Il avait passé la majeure partie de la journée à s'activer – à dessein, pour éviter de s'endormir, lui aussi, mais l'heure de la paresse avait sonné. Vêtu en tout et pour tout d'un jean confortable, au tissu déchiré dès l'achat, il lisait un des rares romans contemporains de la bibliothèque de l'hôtel tout en écoutant les informations d'une oreille. Il se serait peut-être senti satisfait de son sort s'il avait fait l'amour avec Emma la nuit précédente. Et s'il avait eu la certitude de le refaire bientôt.

Malheureusement, rien de tel n'était arrivé. Sa compagne n'avait pas tremblé d'émotion pendant tout le trajet, après la débâcle de l'interrogatoire auquel il l'avait soumise au restaurant. Lui qui avait espéré la mettre assez en colère pour lui arracher une réponse, pour l'exaspérer comme le soir précédent, quand elle avait découvert l'état de la chambre… Mais non, elle s'était contentée de pencher la tête de côté, l'air si malheureux qu'il en avait eu mal.

En arrivant à l'auberge, ivre de fatigue, elle n'avait même pas protesté quand il l'avait déshabillée, sauf la culotte, avant de se plonger avec elle dans la baignoire. Évidemment, il avait aussitôt dû combattre un désir insupportable, mais au lieu d'en vouloir à Emma, il était resté stupéfait, les yeux rivés au plafond, lorsqu'elle s'était abandonnée entre ses bras.

Après le bain, il l'avait essuyée, revêtue d'une de ses chemises de nuit – cette fois-ci, elle ne lui avait pas demandé une de ses chemises à lui – puis mise au lit. Elle l'avait regardé, solennelle, en s'inquiétant tout haut qu'il puisse de nouveau « péter un câble ». À quoi il avait répondu qu'il ne dormirait pas.

À présent, les plis des rideaux ne laissaient plus filtrer la moindre lueur. Les nuits précédentes, sitôt le soleil couché, elle s'était réveillée... ouvrant les yeux puis se levant d'une manière très particulière, à croire qu'elle flottait dans l'air. Instantanément consciente, telle une ressuscitée. Lachlain devait bien admettre qu'il trouvait cela... bizarre. Il n'avait jamais assisté à rien de pareil, bien sûr – autrefois, un vampire qui dormait en sa présence ne se réveillait plus, point final.

Emma allait ouvrir les yeux d'une seconde à l'autre. Il posa son livre pour ne pas rater cet instant.

Le soleil se coucha. Quelques minutes s'écoulèrent. Elle ne se réveilla pas.

— Hé, tu te lèves ?

Il la secoua par les épaules. Aucune réaction. Plus fort. Il fallait repartir tôt, s'ils voulaient arriver à Kinevane cette nuit même. Or il avait hâte de retrouver son foyer.

Sa compagne se recroquevilla sous les couvertures.

— Laissez-moi... dormir...

— Si tu ne sors pas de ce lit, je me déshabille et je te rejoins.

Aucune réaction. Inquiet, il lui toucha le front. Glacé.

Quand il l'assit de force, la tête d'Emma roula sur sa poitrine.

— Qu'est-ce que tu as ? Dis-moi !

— Fichez-moi la paix. Une heure.

Il la recoucha.

— Si tu es malade, il faut te nourrir.

Au bout d'un moment, elle parvint à entrouvrir les yeux.

Le choc de la compréhension le frappa de plein fouet ; il se raidit.

— Tu meurs de faim, c'est ça ? (Ce rugissement la fit tressaillir.) Je croyais que tu avais bu lundi... Il te faut du sang souvent ?

Comme elle ne répondait pas, il la secoua par les épaules.

— Tous les jours, d'accord ? marmonna-t-elle.

Il la lâcha, juste avant que ses poings ne se crispent. Elle avait *faim*. Son âme sœur mourait de faim, alors qu'elle se trouvait sous sa protection. Il ne savait pas ce qu'il faisait...

Ce n'était pas possible. Non seulement il l'avait affamée pendant plusieurs jours – en l'empêchant de partir à la chasse – mais elle avait besoin d'une victime par nuit. Cette scène-là se reproduirait chaque soir.

Tuait-elle toutes ses proies, comme les autres vampires ?

— Pourquoi ne pas me l'avoir dit ?

— Pour que vous m'obligiez à *toper là*, encore une fois ?

Et s'il la laissait se nourrir de son sang à lui ? Aux yeux du clan, ceux qui avaient abreuvé un vampire étaient souillés, salis. Ils en éprouvaient une honte abominable, même si la chose s'était produite à leur corps défendant. Le problème, c'était que Lachlain n'avait pas le choix. Il soupira, le cœur lourd.

— À partir de maintenant, tu vas boire à mes veines.

Jamais il n'avait été mordu par un vampire. Demestriu avait évoqué la chose, il s'était d'ailleurs disputé à ce sujet avec les anciens de la Horde, mais finalement, pour une raison ou pour une autre, il avait renoncé à se nourrir de son prisonnier. Il avait préféré le torturer.

— Je ne peux pas, murmura Emma. Pas aux veines.

— Comment ça ? Je croyais que ceux de ton espèce y prenaient plaisir.

— Je ne l'ai jamais fait.

Impossible.

— Tu n'as jamais tiré le sang à personne ? Ni tué ?

Elle lui jeta un regard angoissé, visiblement blessée par la question.

— Bien sûr que non.

Ce n'était donc pas une prédatrice ? On racontait qu'il existait une petite faction de vampires rebelles qui ne tuaient pas... mais jamais il n'avait cru à ces histoires. Comment étaient-ils censés s'appeler, déjà ? Les Abstinents... Se pouvait-il qu'elle en fasse partie ? Lachlain fronça les sourcils, méfiant.

— Mais alors, où te procures-tu à boire ?

— Dans des banques du sang, chuchota-t-elle.

S'agissait-il d'une plaisanterie ?

— Qu'est-ce que c'est que ça, nom de Dieu ? Il y en a une dans le coin ? (Elle secoua la tête.) Alors, il va falloir te débrouiller avec moi. Je viens d'accepter le poste de petit déjeuner de mademoiselle.

Comme elle semblait trop affaiblie pour le mordre, il se coupa le doigt d'un coup de griffe. Elle détourna le visage.

— Dans un verre. *Je vous en prie.*

— Tu as peur que je te transforme en Lycae ? (Jamais il ne tenterait de la soumettre à ce rituel monstrueux.) Ou de me transformer, moi, en vampire ?

Elle ne se faisait quand même pas des idées pareilles ? La seule manière de se métamorphoser en vampire était de mourir avec le sang de l'un d'eux dans le corps. Il fallait être humain pour croire que la morsure des sangsues servait à cela ; les créatures du Mythos savaient pertinemment qu'elles avaient plus de chances de rejoindre les rangs de la Horde en mordant un de ses membres.

— Non, ce n'est pas ça. Un verre…

Il ne voyait pas quelle différence cela ferait… puis ses yeux se plissèrent. Répugnait-elle à se nourrir à ses veines à *lui* ? Elle ignorait quel sacrifice il consentait.

— Ça suffit. Bois, maintenant, ordonna-t-il d'un ton cassant, avant de lui laisser couler quelques gouttes de sang sur la bouche.

Elle finit par se toucher la lèvre du bout de la langue, puis par la lécher. Ses yeux virèrent à l'argenté. Lachlain s'aperçut avec un choc qu'il entrait instantanément en érection.

Les petits crocs d'Emma s'allongèrent brusquement, et elle les lui planta dans le bras.

Lorsqu'elle aspira la première gorgée, ses paupières se fermèrent, frémissantes, tandis qu'un gémissement lui échappait. Quant à lui, il en éprouva un tel plaisir qu'il faillit jouir. Tout étourdi, il tira en grognant sur la chemise de nuit de sa compagne pour lui dévoiler les seins, puis en prit un d'une main, plus rudement qu'il ne l'aurait voulu. À peine avait-il relâché sa poigne, cependant, qu'elle souleva le buste afin de se rapprocher de lui en ondulant des hanches, sans ralentir sa succion.

Lachlain poussa un autre grognement et lui embrassa un mamelon, qu'il se mit à lécher avidement, en promenant la langue autour du petit pic palpitant. Quand il le happa entre ses lèvres puis se mit à téter, la langue d'Emma joua simultanément contre sa peau.

Sa main se posa sur la cuisse de sa compagne puis monta vers la taille. Emma dégagea les crocs et se rejeta en arrière, sur le flanc. Immobile, stupéfait, il s'efforça de reprendre ses esprits : pourquoi réagissait-elle de cette manière ?

— Emmaline, balbutia-t-il d'une voix brisée, en l'empoignant par l'épaule pour l'allonger sur le dos.

Il vit avec stupeur ses crocs rétrécir et ses yeux argentés repasser au bleu en roulant dans leurs orbites, extatiques. Elle s'étira, ondulante ; ses mamelons pointèrent agressivement. Puis son regard se posa sur lui, tandis que ses lèvres pleines s'étiraient en un sourire tel qu'il n'en avait jamais vu...

L'euphorie, voilà ce qu'il contemplait. L'érection de Lachlain devenait insupportable. La seule vision de cette peau rosissant, en train de se réchauffer, était incroyablement érotique. Le moindre détail de l'acte sordide qu'ils venaient de perpétrer ensemble était érotique. Le visage d'Emma gagnait en douceur, son corps en étoffe – en rondeurs ! –, ses cheveux en éclat... si possible.

Il se jura qu'à partir de maintenant, elle boirait à ses veines à lui – exclusivement.

Et, merveille des merveilles, elle en aurait besoin chaque nuit.

Elle se redressa à genoux, penchée vers lui, visiblement affamée, avide... de tout autre chose. Ses seins nus semblaient s'offrir, ronds et tendres.

— Lachlain...

Voilà plus d'un millénaire qu'il rêvait d'entendre son nom ronronné de cette manière.

Tremblant, le sexe palpitant, il se jeta sur elle avec un grognement :

— Emma...

Elle le cueillit en plein visage, du dos de la main, le projetant jusque de l'autre côté de la pièce.

Quand il tenta de se relever – pour la seconde fois –, il s'aperçut qu'elle lui avait déboîté la mâchoire.

12

Sans quitter Emma des yeux une seconde, Lachlain se donna un coup de poing dans le menton. Sa mâchoire se remit en place avec un petit craquement pendant qu'il s'approchait, imposant, menaçant.

Les muscles de son torse se dessinaient sous sa peau à chaque contraction. Torse nu, il paraissait encore plus grand... Emma n'avait pourtant pas peur. À vrai dire, Emma l'Agneau examinait Lachlain le Loup dans l'espoir de trouver autre chose à déboîter. Les vampires étaient redoutables, et elle était une vampire.

Surexcitée par le sang exquis d'un Lycae.

Elle n'eut pas le temps de réagir : déjà il était sur elle, lui tenant les bras au-dessus de la tête, lui écartant les jambes avec un genou. Elle cracha, se débattit, lutta mieux que jamais, mais elle n'était pas de taille.

— Mon sang t'a donné de la force, lança-t-il en logeant les hanches entre ses jambes.

— Boire m'a donné de la force, corrigea-t-elle. (C'était la pure vérité, mais sans doute le sang d'un loup-garou constituait-il un véritable supercarburant.) Je mourais de faim.

Il lui jeta un regard condescendant.

— J'ai bon goût, reconnais-le.

Elle avait goûté à la force. Elle l'avait goûté, *lui*, et elle mourait d'envie d'en avoir davantage.

— Va te faire foutre.

Il changea de position, frottant de sa poitrine les seins nus de la jeune femme. Lorsqu'il s'appuya contre elle, elle sentit entre eux une érection dure comme fer.

— Pourquoi m'avoir frappé ?

Emma releva la tête – le seul mouvement qui lui soit permis.

— À cause de tout ce que tu m'as fait. Tu as mis ma vie en danger, tu ne tiens jamais compte de ce que je veux...

Sa voix lui semblait différente, plus rauque... le genre de voix sexy du téléphone rose.

— J'en ai eu envie je ne sais combien de fois, ajouta-t-elle, mais je n'ai jamais pu...

Il l'examina avec attention, visiblement perplexe. Puis les mains qui la maintenaient solidement s'arrondirent au-dessus de sa tête. À la manière des pattes de loup.

— C'était ton droit.

Alors ça... Elle en resta bouche bée.

— Tu te sens mieux, maintenant ? s'enquit-il.

— Oui, admit-elle franchement.

Pour la première fois de sa vie, elle s'était sentie forte, ne serait-ce qu'une seconde, emplie d'une vigueur bouillonnante. S'il l'obligeait de nouveau à aller au restaurant, s'il se la jouait rock star dans leur chambre d'hôtel ou s'il la réveillait en l'embrassant là, en bas, elle recommencerait, elle aussi.

— Mais ne t'avise pas de recommencer, prévint-il.

Décidément, il lisait dans ses pensées !

— Tu n'as qu'à tenir tes promesses.

La perplexité de son interlocuteur l'incita à préciser :

— Tu avais promis de ne plus me toucher, mais tu... tu m'as caressé les seins.

144

— J'avais promis de ne plus te toucher si tu n'en avais pas envie.

Il se souleva pour promener les doigts sur sa hanche. Elle dut lutter contre l'envie d'onduler et de s'étirer comme un chat.

— Vas-y, murmura-t-il, dis-moi que tu n'en avais pas envie.

Emma détourna les yeux, bouleversée de le trouver aussi attirant. Et de s'apercevoir qu'elle avait failli laisser échapper une plainte en perdant la chaleur de la grande main qui avait enveloppé un de ses seins tout entier, la bouche brûlante qui avait sucé son mamelon... Elle se sentait mouillée pour accueillir l'érection logée entre eux, pressée contre elle.

— Prends bonne note que je n'en aurai pas envie, à l'avenir.

Un sourire pervers étira les lèvres de Lachlain. Elle en eut le souffle coupé.

— Alors la prochaine fois, il te suffira de retirer tes petits crocs de mon bras le temps de me dire non. Juste le temps de prononcer une syllabe.

Saisie d'une folle envie de le gifler, elle tira sur sa chemise de nuit pour la remettre en place. Ce salopard savait très bien que, cinq minutes plus tôt, elle aurait été aussi incapable d'arrêter de boire que de respirer.

— Tu penses donc que je boirai de nouveau à tes veines ?

— Je me permettrai d'insister, répliqua-t-il d'une voix grondante.

Elle se détourna de lui, frappée à retardement par les implications de ce qu'elle venait de faire. En se nourrissant de sang pris directement à un être vivant, elle avait gagné le titre officiel de sangsue. Et son sang à *lui*, en plus ! Elle avait eu l'impression de rentrer enfin chez elle, de sentir quelque chose se mettre en place au fond de son être. Serait-elle capable de repasser aux froides poches plastique ? Quelle saloperie avait-elle bue, avant ?

— D'ailleurs, je ne comprends pas pourquoi tu n'avais encore jamais essayé.

Parce que c'était interdit. Seulement voilà, ça ne l'avait pas empêchée de faire exactement ce que ses tantes redoutaient le plus...

Or le sang de Lachlain était une véritable drogue, dont elle risquait de devenir dépendante. Oui, elle risquait de devenir dépendante de *lui*. Cela n'avait rien d'impossible.

Non ! La prochaine fois, elle n'aurait pas aussi faim. Elle se maîtriserait mieux ; elle maîtriserait ses envies.

En théorie.

— Pousse-toi de là, espèce de brute.

Il ne bougea pas. Elle leva la main, mais il l'attrapa par le poignet.

— Non, Emmaline, ça suffit. On ne frappe pas son promis.

— Qu'est-ce que ça veut dire, ça ? interrogea-t-elle d'une voix lente.

Après s'être évanouie, la peur revenait en force. Une note de désespoir vibrait dans la question, elle en était parfaitement consciente.

— C'est quoi, un « promis » ? L'équivalent d'un camarade communiste ?

Lachlain se demandait visiblement que répondre, ce qui déclencha une alarme dans l'esprit d'Emma.

— Tu ne veux quand même pas parler des âmes sœurs lycae ?

L'idée lui était brièvement venue, mais elle l'avait écartée sans problème, tellement c'était ridicule.

— Ah... Qu'est-ce que tu sais de ce genre de choses ?

La colère s'emparait de nouveau de lui.

Lucia avait prévenu Emma de ne jamais s'interposer entre un garou et sa compagne, non sans ajouter :

— Et si tu vois un autre mâle accoster sa femelle ou chercher à les séparer... tire-toi en vitesse !

Pires que les vampires avec leurs fiancées.

— Je sais que les Lycae n'ont qu'une… âme sœur et qu'ils ne s'en séparent jamais, répliqua-t-elle.

Elle savait aussi que si l'un des membres du couple était blessé ou en danger, la bête se réveillait en l'autre, qui cessait d'être une créature de raison. Emma avait vu Lachlain cesser d'être une créature de raison… elle ne voulait pas revoir une chose pareille de toute sa vie.

— Qu'y a-t-il de mal à ça ?

— Ce n'est pas… On ne va pas tarder à se séparer, hein ?

— Et si je ne voulais pas ?

— Oh, mon Dieu…

Elle se tortilla contre lui jusqu'à ce qu'il la laisse s'éloigner. Il se rallongea, le bras plié derrière la tête.

— Ce serait si terrible que ça de rester avec moi ?

Ne se montrait-il pas d'une nonchalance trompeuse ?

Emma en avait bien peur…

— Et comment ! Non seulement tu ne sais toujours pas si tu as envie d'être sympa avec moi ou si tu me détestes, mais en plus, on est… disons, différents. Tu es une grosse brute, tu ne te maîtrises pas, tu te fiches pas mal de ce que je ressens, tu ne tiens pas tes promesses, quoi que tu prétendes, et…

— Ne te gêne surtout pas pour me montrer ce que tu ressens, coupa-t-il.

Comme elle lui jetait un regard noir, il ajouta d'un ton suave :

— Je suis ravi que tu aies autant réfléchi à notre relation. Sous tous les angles.

Elle serra les poings, rageuse.

— Alors dis-moi que je ne suis pas ta promise.

— Tu ne l'es pas. Je te rappelle que tu es une vampire. Réfléchis deux secondes. Mon clan aurait instantanément envie de te réduire en charpie.

Elle pencha la tête de côté pour l'examiner, dans l'espoir de le percer à jour.

— Cela dit, je dois bien admettre qu'avec tes courbes toutes neuves… (Lachlain l'étudia de la tête aux pieds puis secoua la tête d'une manière typiquement masculine, l'air résigné.) …ça ne me déplairait pas de te prendre pour maîtresse. Mais une promise, une âme sœur… ça, c'est du sérieux.

Pourquoi ce commentaire la blessait-il aussi profondément ?

— Tu ne me mentirais pas, hein ?

— Ne t'en fais pas. Tu m'intéresses, mais pas pour ça. (Il se leva.) Bon, à moins que tu ne veuilles terminer la soirée en beauté, sur le lit et sous moi, il va falloir t'habiller.

Elle laissa échapper un petit cri en pivotant brusquement pour aller s'enfermer à clé dans la salle de bains, le dos et les mains pressés contre la porte, tremblante. Le sang de son compagnon l'affectait toujours.

Immobile, elle fronça les sourcils. La peinture brillante du battant était très lisse, sauf au milieu, où elle avait cloqué. Fascinant.

Lorsque Emma fit couler l'eau dans la douche pour en vérifier la température, une sensation inouïe s'imposa à elle. La paume la picotait. Nue sous le jet, c'était encore mieux : il lui semblait avoir conscience de la moindre gouttelette dévalant son corps. Et passer les doigts dans ses cheveux humides, quel délice !

Apparemment, le sang de Lachlain était un véritable cocktail de Ritaline et de Prozac. Elle aurait dû être dévastée après avoir commis une transgression pareille, angoissée par l'avenir, mais elle ne réussissait à éprouver ni regrets ni inquiétude. Sans doute les aspects «pharmaceutiques» du fluide vital absorbé étaient-ils responsables de son bien-être… Rien à voir avec l'impression inhabituelle de *communion* qui lui avait tellement plu pendant qu'elle buvait.

Après la douche, elle s'essuya, en prenant mentalement note de recommander l'établissement pour

148

l'incroyable douceur de ses serviettes. Quand elle en enroula une autour de son corps, le tissu lui frotta les mamelons. Elle frissonna, rougissante, au souvenir de la bouche brûlante qui lui avait croqué le sein.

Puis elle secoua violemment la tête pour en déloger la scène et alla se poster devant la glace, dont elle essuya la buée.

Tu m'intéresses, mais pas pour ça. Plantée devant son reflet, elle se demanda pour quoi elle intéressait Lachlain. Comment la voyait-il, lui ?

Ma foi, elle était assez… jolie, depuis qu'elle avait retrouvé ses couleurs et ses courbes habituelles – ainsi qu'il le lui avait grossièrement signalé. Mais tout était relatif. On pouvait peut-être la trouver jolie, oui… tant qu'aucune de ses tantes ne traînait dans les parages. Les tentatrices, les femmes fatales. Par comparaison, elle avait l'air… mignonne.

N'empêche… Les Valkyries n'étaient pas là, et si elle plaisait à Lachlain habillée BCBG, sagement coiffée, qu'en penserait-il si elle portait une de ses tenues habituelles ?

Elle se sentait quasi libérée depuis qu'il l'avait persuadée qu'elle n'était pas son âme sœur, même si elle avait aussi envie de le lui faire regretter par sa beauté.

Son choix se porta sur sa minijupe et ses sandales à talons préférées. Elle se sécha les cheveux, mais les laissa ensuite flotter librement sur ses épaules. Si jamais le vent les rejetait en arrière, dévoilant ses oreilles aux humains, son compagnon trouverait quelque chose à dire ou à faire. Visiblement, il aimait les voir pointer. Enhardie, elle alla jusqu'à mettre des boucles d'oreilles…

Quand elle le rejoignit à la Mercedes, il resta en effet bouche bée, mais elle était aussi stupéfaite que lui.

Parce qu'il était au volant.

Il sortit d'un bond de la voiture, la contourna à toute allure et y jeta littéralement Emma. Sans doute sa petite culotte apparut-elle brièvement dans la mêlée, car il examina les alentours en grognant tout bas pour vérifier que personne d'autre ne l'avait vue.

Lorsqu'il reprit la place du conducteur, il claqua sa portière si fort que le véhicule tangua.

— Dis-moi, à quoi tu joues ? demanda-t-il rageusement. (Emma le fixa, sidérée.) Ça t'amuse de t'habiller comme ça, alors que j'ai déjà du mal à me retenir de te sauter dessus ?

Elle secoua la tête.

— C'est comme ça que je m'habille d'habitude. Et puis je ne peux pas être ta promise, tu l'as dit toi-même, alors je suis en sécurité.

— Ça n'a rien à voir. Je suis un mâle. Qui n'a pas connu de femme depuis longtemps.

Le cœur d'Emma se serra. C'était pour cela qu'elle lui plaisait : parce qu'il n'avait pas fait l'amour depuis une éternité. Au point où il en était, il aurait sans doute craqué sur une pierre bien tournée, à condition qu'elle soit parfumée.

— Alors laisse-moi m'en aller. Tu n'as plus besoin de moi, puisque tu sais conduire. Tu n'as qu'à trouver une femme qui ait envie de toi.

— Tu as accepté de m'accompagner jusqu'à la pleine lune.

— Je vais te gêner, c'est tout. Et je suis sûre qu'il y a dans le coin des tas de filles qui seraient enchantées de t'accompagner.

— Mais toi, tu n'en fais pas partie ? Même après ce soir ?

Elle se mordilla la lèvre au souvenir du sang exquis qu'elle avait bu, de la peau douce bronzée qu'elle avait léchée... et en perdit le fil de ses pensées.

— Je ne comprends pas pourquoi tu tiens à ce que je reste, parvint-elle tout de même à lancer. Tu avais besoin d'un chauffeur. Ce n'est plus le cas.

— Je peux conduire, c'est vrai, mais on a des choses à régler ensemble, toi et moi. *Deux* choses.

Avec un soupir, elle se déplaça légèrement pour s'adosser à sa portière. Lorsqu'elle croisa les jambes, il les fixa, fasciné, jusqu'à ce qu'elle claque des doigts sous son nez.

— Je peux savoir quoi ?

Il s'arracha à la contemplation de ses cuisses pour remonter jusqu'à ses yeux.

— D'abord, il faut que tu m'accompagnes à Kinevane, où je te payerai ma dette. Tu m'as aidé. Je te dois des remerciements. La conduite t'a épuisée… d'autant que la faim rendait les choses encore plus pénibles que je ne le croyais.

— Et comment comptes-tu me remercier ?

Elle se méfiait et ne cherchait pas à le cacher.

— En te donnant de l'argent. De l'or. Des joyaux. J'en ai fait collection toute ma vie. (Il avait appuyé sur les derniers mots en la regardant droit dans les yeux, elle se demandait bien pourquoi.) Tu prendras ce que tu voudras.

Emma arqua le sourcil.

— Tu m'offrirais des bijoux anciens ? Tu piocherais dans ton coffre au trésor, si j'ose dire ?

— Exactement. (Lachlain hocha la tête, d'un sérieux à toute épreuve.) Des joyaux sans prix. Autant que tu peux en porter.

— Et ils seraient à moi ? Vraiment à moi ? (Posséderait-elle *enfin* en propre quelque chose d'irremplaçable ?) Comme ça, j'aurais des souvenirs de mon petit voyage avec un authentique Lycae, garanti satisfaite ou remboursée…

Elle lui adressa sur ces derniers mots un sourire trop suave pour être honnête, mais il ne comprit pas la plaisanterie.

— Oui, oui, à toi. Mais je doute que tu les ranges parmi les souvenirs.

Elle secoua la tête.

— Tout ça, ce sont des paroles en l'air. Tu as disparu depuis cent cinquante ans... Tu n'as plus de château ni de trésor, si sympa que ça paraisse quand on en cause.

— Comment ça ?

— Tu as déjà entendu parler de Wal-Mart ? Non ? Eh bien, il y a sans doute maintenant quelque chose de ce genre à la place de ton domaine.

Il fronça les sourcils.

— Non, ce n'est pas possible. Kinevane représente les racines de notre espèce. Il est protégé. Nul danger n'en a jamais pénétré les murailles. Les vampires mêmes ne sauraient le trouver. (Une indéniable suffisance perçait dans sa voix.) Je peux te promettre qu'il n'y a absolument rien d'autre à la place.

— En admettant que tu aies raison, soyons clairs, reprit Emma, toujours aussi méfiante. Quand un homme vous offre des bijoux, c'est qu'il s'attend à vous sauter en échange.

— C'est la deuxième chose.

Lachlain ajouta, un ton plus bas, en lui posant la main sur la joue :

— Je t'accueillerai dans mon lit.

Elle en resta bouche bée.

— Je... je n'arrive pas à croire que tu avoues ça carrément, balbutia-t-elle enfin, en s'écartant de lui jusqu'à ce qu'il laisse retomber sa main. Du moment que je sais ce que tu as derrière la tête, il n'est évidemment pas question que je t'accompagne.

— Je vois, acquiesça-t-il, solennel. Tu dois avoir très peur que je parvienne à mes fins.

Elle lui adressa un coup d'œil agacé.

— Oh, le beau loup... Je sens que je vais me jeter droit dans sa gueule.

Quelques secondes s'écoulèrent, puis les lèvres de Lachlain frémirent.

— N'empêche que j'ai raison, insista-t-il. Si tu es sûre que je n'y parviendrai pas, ce que j'ai derrière la tête n'a aucune importance. C'est juste une rêverie sans conséquence, ni plus ni moins.

— Alors on joue à qui touche au but le premier.

— Je suppose qu'on peut le dire comme ça. À ton avis, tu obtiendras ce qui t'intéresse avant que je ne jouisse de toi?

Elle étouffa une exclamation choquée et croisa les bras. Son compagnon lui devait effectivement quelque chose pour tout ce qu'il lui avait fait subir. Elle avait bien gagné ces bijoux!

— Tu sais quoi? Je vais t'accompagner, oui. D'abord parce que, de toute manière, tu ne me délierais pas de ma promesse, ensuite parce que je vais te mettre sur la paille. Et tu ne pourras pas dire que je ne t'aurai pas prévenu.

Il se pencha vers elle, bien trop près pour qu'elle se sente à l'aise, le visage presque contre le sien.

— Moi, murmura-t-il, j'aurai tes jambes enroulées autour de la taille et tes cris dans l'oreille avant la fin de la semaine. Tu es prévenue aussi.

Elle s'écarta brusquement, les joues en feu, à la recherche d'une riposte.

— Bon… voyons ce que tu vaux comme conduc-teur!

Il recula lentement, jeta un dernier regard à ses jambes, puis passa une vitesse. Lorsqu'il s'engagea dans la rue, elle se prépara à s'amuser et mit sa ceinture en attendant qu'il s'emmêle les crayons.

Mais il conduisait à la perfection – bien sûr.

Il passait son temps à analyser tout ce qu'elle faisait… Comment pouvait-elle s'imaginer une seule seconde qu'il n'avait pas disséqué ses faits et gestes pendant qu'elle était au volant?

— Je suis sûre que tu as travaillé la pratique… mais quand? questionna-t-elle d'un ton sec.

— Je suis allé m'exercer sur le parking au moment où tu as pris ta douche. Mais ne t'inquiète pas, je n'ai pas perdu de vue l'entrée de l'hôtel.

— Je t'avais dit que je ne m'en irais pas.

— Ce n'était pas pour ça que je surveillais. Tu n'as pas l'air contente. Si tu préfères conduire…

— La plupart des gens mettent plus longtemps à apprendre.

— La plupart des *humains*, oui. (Il lui tapota le genou, condescendant.) N'oublie pas que je possède une force et une intelligence surnaturelles.

Elle chassa d'une tape la main qui remontait sur sa cuisse.

— Je n'oublie pas que tu possèdes une arrogance surnaturelle.

Elle était sortie de l'hôtel, aussi onduleuse qu'une sirène, vêtue d'une jupe monstrueusement courte, les cheveux éclatants. Le cœur de Lachlain s'était mis à lui marteler les côtes, tandis qu'il imaginait les talons des petites chaussures sexy s'enfoncer dans son dos pendant que leur propriétaire le serrait entre ses jambes. Elle avait les yeux étincelants, la peau rosée.

Il avait réalisé, stupéfait, que la lune même ne l'avait jamais autant fasciné.

Et elle l'accompagnait de son plein gré, appâtée par des bijoux… qui lui appartenaient déjà.

Il avait passé sa vie entière à les acheter pour les lui donner plus tard, sans jamais penser à une âme sœur comme elle.

Installé au volant, il se sentait enclin à l'optimisme pour la première fois depuis sa capture, une quinzaine de décennies plus tôt. Peu importait ce qui s'était passé : il avait échappé à ses ennemis, et il était libre de recommencer sa vie. Avec Emmaline… qui n'avait rien d'une tueuse, contrairement à ce qu'il avait cru. Qui était unique, parmi les innombrables vampires qu'il avait croisés durant sa longue existence.

Parmi les femelles qu'il avait croisées.

Il n'arrivait pas à décider si elle ressemblait davantage à une elfe ou à une sirène. Ses poignets, ses mains et ses épaules d'une extrême finesse lui donnaient l'air fragile ; la pâle colonne de son cou était d'une surprenante délicatesse ; son visage exquis avait quelque chose d'éthéré... Mais, surtout depuis qu'elle s'était nourrie, elle s'avérait par ailleurs totalement femme avec ses seins généreux, aux mamelons hypersensibles, et ses hanches harmonieuses.

Et elle avait des fesses à damner un saint.

Lachlain jeta un coup d'œil à son propre bras. Un lent sourire lui monta aux lèvres devant la marque des crocs minuscules. Sa réaction à la morsure le surprenait vraiment. Compte tenu de ses croyances et de l'horreur qu'aurait éprouvée son clan, il en déduisait qu'il était dépravé... parce qu'il avait adoré cela.

Emma lui avait apparemment ouvert des perspectives sexuelles qu'il n'avait jamais imaginées. Un peu comme s'il n'avait connu auparavant que le sexe le plus basique et qu'elle avait surgi de nulle part en disant : « Et si je te prenais dans ma bouche pour te sucer ? » Il frissonna ; son érection palpitait.

La marque de la morsure aurait dû être le symbole de sa honte, il aurait dû la cacher, mais il aimait la regarder parce qu'elle lui rappelait le plaisir étranger, secret qu'il avait expérimenté... Et parce qu'elle symbolisait le fait qu'Emma n'avait jamais bu aux veines de personne d'autre. Il était le seul être auquel elle ait donné son baiser de nuit.

Qui lui avait appris à n'en rien faire ? Sa famille ? S'agissait-il réellement d'Abstinents, différents des autres vampires, forcés de vivre en Louisiane parce qu'ils avaient quitté la Horde ? Les réponses à ces questions se faisaient attendre. Emma était la moins bavarde des femmes que Lachlain ait connues, et après la débâcle par laquelle s'était soldé l'interrogatoire brutal du restaurant, il avait décidé de contenir un moment sa curiosité.

N'empêche qu'il était le premier et qu'il serait le seul, ce dont il tirait une immense fierté. Lorsqu'il pensait à la prochaine fois... les fantasmes se multipliaient dans son esprit. Elle boirait à son cou, c'était décidé, pour qu'il ait les deux mains libres... afin de débarrasser la demoiselle des dessous de dentelle qui défendaient son intimité moite. Puis, lorsqu'elle serait prête, il se glisserait en elle de toute sa longueur...

Il réprima un frisson en se tournant vers elle, prêt à lui demander pour la dixième fois si elle avait faim, mais elle s'était blottie sur son siège, somnolente, détendue sous le manteau de cuir qu'il avait déployé peu de temps auparavant – en partie pour son confort à elle, en partie pour le sien, car les cuisses dénudées le fascinaient. La tête appuyée à la vitre, elle regardait dehors ; ses boucles d'oreilles se balançaient ; elle fredonnait tout bas, machinalement. Il ne voulait pas l'interrompre, elle avait une si belle voix. Apaisante.

À l'en croire, elle n'était douée pour rien. Étant donné son incapacité à mentir, elle pensait donc réellement qu'elle ne chantait pas bien. Pourquoi manquait-elle à ce point d'assurance ? Elle avait l'esprit agile, elle était ravissante et au fond, tout au fond, passionnée. Non, pas tout au fond. Il ne fallait pas oublier qu'elle lui avait déboîté la mâchoire dès qu'elle en avait eu l'occasion.

Peut-être ses parents l'avaient-ils trouvée trop sensible, et s'étaient-ils montrés cruels avec elle. À cette pensée, la rage envahit Lachlain ; il aurait volontiers tué quiconque l'avait maltraitée.

Ce qui arrivait ne le surprenait pas. Il passait dans le camp d'Emma ; il commençait à penser au pluriel. Curieusement, le lien censé l'unir à son âme sœur était né d'une morsure.

Quand est-ce qu'on arrive ? avait envie de gémir Emma.

Maintenant qu'elle avait retrouvé ses forces, elle en avait assez de la voiture. Du moins se disait-elle que c'était pour cela qu'elle se tortillait sur son siège. Pas parce qu'elle était tellement bien sous le manteau de cuir, encore pénétré de chaleur masculine, qui l'enveloppait de la délicieuse odeur de Lachlain.

Elle s'étira en retirant ses écouteurs, ce qui signifiait apparemment en lycae : « Vas-y, pose-moi tes questions », car les questions fusèrent aussitôt.

— Tout à l'heure, tu m'as dit que tu n'avais jamais tué ni bu aux veines d'un être vivant. Ça veut dire que tu n'as jamais mordu personne, même en faisant l'amour ? Même sans le vouloir, au moment de jouir ?

Elle expira longuement en se frottant le front, déçue. Cette nuit, elle se sentait *presque* bien avec lui, mais voilà qu'il l'interrogeait de nouveau sur ses mœurs sexuelles ; que les insinuations reprenaient.

— À quoi ça rime de me demander des choses pareilles ?

— Je conduis. Je n'ai rien d'autre à faire que réfléchir. Alors ?

— Non, je n'ai jamais mordu personne d'autre. Ça va, tu es content ? Je n'ai jamais planté les crocs dans aucun bras, sauf le tien.

Comme il ouvrait la bouche, prêt à reprendre l'interrogatoire, elle ajouta, cinglante :

— Ni dans un bras ni dans rien d'autre.

Il se détendit légèrement.

— Je voulais être sûr.

— Mais pourquoi ? s'exclama-t-elle, exaspérée.

— Je suis content d'être le premier.

Ce type était *trop*. Se pouvait-il vraiment qu'il lui pose des questions pareilles non pour la mettre mal à l'aise, mais parce qu'il était... eh bien, un mâle, tout simplement ?

— Le sang te fait toujours cet effet-là? reprit-il. Ou est-ce que c'est de le boire de cette manière qui t'a rendue aussi impudique?

Non, il voulait juste la mettre mal à l'aise.

— Qu'est-ce que ça peut bien te faire?

— Je veux savoir si tu te conduirais aussi comme ça, au cas où tu en boirais un verre… en public.

— Tu ne peux pas me laisser quelques heures tranquille? Il faut que tu me pourrisses la vie en permanence…

— Je ne veux pas te pourrir la vie. Il faut que je sache.

Elle finissait par détester discuter avec lui. Puis, soudain, elle fronça les sourcils. À quoi pensait-il? Quand était-elle censée se nourrir en public? Cela lui arrivait chez elle: elle versait le sang dans une tasse ou un verre à cocktail, lors des fêtes. Pas au lit, à moitié nue, pendant qu'un mâle lui suçait le sein. Son pouls s'accéléra sous l'effet d'une bouffée d'angoisse. Lachlain ne l'emmènerait jamais chez des amis ou dans sa famille, elle qui buvait du sang, pas du vin. Alors pourquoi ces questions?

Avait-il de sordides projets, auxquels il comptait l'associer? Secouée par cette pensée, elle songea une fois de plus qu'elle ne savait presque rien de lui.

— J'ai entendu dire que les Lycae ont des appétits impérieux et sont, euh… très libérés sexuellement… (Elle déglutit.) Mais je n'aimerais pas que d'autres me voient dans cet état.

Il fronça brièvement les sourcils, puis un muscle se contracta dans sa joue. La colère l'envahissait, elle le perçut aussitôt.

— Je pensais à une situation d'ordre social, où la plupart des gens boiraient un verre. Il ne me viendrait même pas à l'idée de faire ce dont tu parles.

Emma rougit. Son esprit à elle roulait dans le caniveau, pas celui de son compagnon.

— Ça ne me fait pas plus d'effet qu'à toi un verre d'eau.

Le regard qu'il plongea dans ses yeux était si primitif qu'elle frissonna.

— Je ne sais pas comment tu as vécu par le passé, Emmaline, mais sache que quand une femme entre dans mon lit, il n'est pas question que je la partage.

13

— Ça n'a pas l'air de te tracasser qu'on ait été obligés de s'arrêter, lança Lachlain par-dessus son épaule, en vérifiant pour la troisième fois les couvertures qu'il venait d'accrocher devant la fenêtre de la chambre.

Passé minuit, les vannes célestes s'étaient ouvertes, déversant une pluie diluvienne qui avait ralenti les voyageurs. Il avait dit à Emma que Kinevane se trouvait encore à deux heures de route ; or le jour se lèverait dans trois.

Elle pencha la tête de côté, consciente de la profonde déception de son compagnon.

— Moi, j'étais d'accord pour continuer, lui rappela-t-elle.

Elle en était d'ailleurs la première surprise. D'habitude, quand il était question du soleil, elle ne prenait pas les choses comme elles venaient.

Satisfait de son écran improvisé, Lachlain se laissa tomber dans un fauteuil. Décidée à ne pas le regarder, Emma s'assit au bord du lit, la télécommande à la main, pour passer en revue les chaînes cinéma.

— Tu sais très bien que je ne prendrais pas le risque à cette heure-là, déclara-t-il.

Lorsqu'il avait affirmé qu'il veillerait dorénavant à lui éviter de se brûler, il ne s'agissait visiblement pas de paroles en l'air. N'empêche. Elle ne comprenait pas qu'il ait réussi à se retenir de tenter le coup, cette nuit. Si elle avait été emprisonnée à l'étranger pendant cent cinquante ans et qu'il lui était resté deux heures de route pour rentrer chez elle, elle aurait traîné jusque-là n'importe quel vampire récalcitrant.

Lachlain, lui, s'y était refusé. Il avait préféré dénicher une auberge, moins chic que les précédentes, avait-il prévenu, mais où ils seraient en sécurité. Il s'était même senti assez à l'aise pour demander deux chambres communicantes, parce qu'il comptait dormir et qu'il avait promis à Emma de ne plus le faire en sa compagnie. Un rapide calcul avait appris à celle-ci qu'il venait de passer près de quarante heures sans fermer l'œil.

Pourtant, il répugnait visiblement à admettre qu'il avait besoin de sommeil. Il n'en avait même parlé que par distraction, en promenant autour d'eux un regard aigu – ce qu'il faisait de plus en plus souvent. Avant d'ajouter d'un air absent qu'il aurait pu s'en passer, si sa blessure avait guéri normalement.

Il voulait parler de sa jambe. On aurait dit qu'elle avait été plâtrée pendant des années. Emma ne pouvait s'empêcher d'imaginer ce qui s'était passé pour qu'il en arrive là.

Il avait dû la perdre, ce n'était pas possible autrement. La marque de crocs imprimée dans son bras, cette petite cicatrice qu'il regardait parfois avec une sorte de *tendresse* – au point qu'Emma se demandait si elle ne préférait pas cette expression à un câlin – disparaissait presque à vue d'œil, alors qu'il boitait toujours. Sans doute sa jambe se régénérait-elle totalement.

Emma releva brusquement les yeux. Bon, elle avait regardé sa jambe, d'accord… mais il en faisait autant avec les siennes, les yeux rivés à ses cuisses, l'air… animal. Elle empoigna sa jupe par l'ourlet, puis se mit à rebondir au bord du lit en se tortillant et en tirant sur le tissu. Lachlain demeura suspendu au moindre de ses gestes, un grondement à peine audible au fond de la gorge. Ce bruit rauque la fit frissonner et lui donna l'envie irrationnelle d'accentuer ses mouvements pour qu'il en profite davantage.

Lorsque Emma la Raisonnable rougit à ces pensées et rabattit sur ses jambes le coin de la couverture, il lui jeta un regard où se lisait une franche déception.

Elle détourna les yeux puis reprit la télécommande, dans l'espoir de gérer au mieux leur curieuse situation. Il n'était vraiment pas nécessaire qu'elle partage une chambre d'hôtel avec un Lycae, alors qu'ils étaient tous les deux lucides et qu'elle prenait l'habitude de s'endormir chaque nuit dans ses bras – et dans un bain –, lui nu, elle en petite culotte...

— Je vais regarder un film, annonça-t-elle en se tournant vers Lachlain après s'être éclairci la gorge. À ce soir, hein?

— Tu me mets dehors?

— En résumé, oui.

Il secoua la tête.

— Je reste avec toi jusqu'à l'aube.

— J'aime bien être seule de temps en temps, et ça ne m'est pas arrivé depuis trois jours. Ça te ferait vraiment mal de sortir de ma chambre?

À le voir aussi déconcerté, on aurait juré que l'envie de passer un moment sans lui était un signe de folie indiscutable.

— Tu ne veux pas partager ce... ce film avec moi? (La manière dont il posait la question faillit arracher un sourire à Emma.) Après, tu pourrais de nouveau boire un peu...

L'amusement de la jeune femme s'évanouit à cette proposition sensuelle, énoncée d'une voix gutturale, mais elle ne détourna pas les yeux, trop fascinée par l'intensité avec laquelle il l'examinait.

Il lui demandait de boire parce qu'il y avait pris autant de plaisir qu'elle, elle n'en doutait pas. Si stupé-

fiant que cela puisse paraître, elle avait senti son érection à ce moment-là – elle n'aurait pu la rater – et elle
avait lu le désir dans ses yeux. Comme en ce moment...

Le silence fut brisé par des cris d'extase féminins.
Emma pivota en sursaut vers la télé. Elle avait sans
y penser pressé les boutons de la télécommande, jusqu'à tomber sur Cinemax. Qui, à cette heure tardive,
devenait purement et simplement Cinesex.

Le feu aux joues, elle pianota frénétiquement sur
la télécommande, mais les chaînes normales se plai-
saient apparemment à diffuser *Infidèle* ou *Eyes Wide
Shut*. Heureusement, elle finit quand même par tomber sur un film où on ne baisait pas...

Et merde. *Le Loup-garou de Paris*.

En pleine scène gore.

Lachlain bondit sur ses pieds sans lui laisser le
temps de changer de chaîne.

— C'est comme ça... c'est comme ça que nous
voient les humains ?

Il semblait horrifié.

Elle songea à d'autres films de loups-garous – *Dog
Soldiers*, *Les Entrailles de l'enfer*, *Hurlements*, *Le Mystère de la bête humaine* – et hocha la tête. Tôt ou tard,
il les verrait, et il apprendrait la vérité.

— Eh oui.

— Toutes les créatures du Mythos ?

— Euh, hmm... non, pas vraiment.

— Pourquoi ?

Elle se mordit la lèvre.

— Ma foi, d'après ce que j'ai entendu dire, les Lycae
ne se sont jamais occupés de relations publiques,
alors que les vampires et les sorciers, par exemple, y
consacrent un certain budget.

— Et ça marche, ces *relations publiques* ?

Il regardait toujours la télé, l'air dégoûté.

— Disons que les sorciers passent pour des fêlés
qui n'ont aucun pouvoir et les vampires pour un... un
mythe, un vrai. Séduisant.

— Mon Dieu.

Il se laissa tomber sur le lit en expirant profondément.

La violence de sa réaction incitait Emma à approfondir le sujet.

— Le loup-garou qu'on voit là… tu veux dire qu'il n'a rien à voir avec un vrai, c'est ça ? questionnat-elle.

Il se frotta la jambe. Fatigué, visiblement.

— Bordel, Emma, tu ne peux pas me demander franchement à quoi je ressemble quand je me transforme ?

Elle pencha la tête de côté. De toute évidence, il avait mal à la jambe. Or elle détestait voir souffrir quelque créature que ce soit… y compris un Lycae mal élevé. Elle décida de le distraire en continuant à l'interroger.

— Bon. À quoi tu ressembles quand tu te transformes ?

La surprise qu'il éprouva d'abord se mua en incertitude, avant qu'il ne réponde enfin :

— Tu as déjà vu un fantôme masquer un être humain ?

— Bien sûr, acquiesça-t-elle.

Après tout, elle vivait dans la ville du monde la plus saturée de Mythos.

— Alors tu sais ce que c'est. On voit toujours l'humain, mais le fantôme est bien là aussi. Quand je me métamorphose, c'est pareil. On me voit toujours, mais quelque chose de plus animal, de plus fort m'accompagne.

Elle se tourna vers lui, s'allongea à plat ventre puis s'appuya sur les coudes pour placer le menton dans ses mains, attentive.

Lorsqu'elle lui fit signe de continuer, il s'adossa à la tête de lit, ses longues jambes tendues.

— Pose-moi des questions.

Elle émit un soupir exagéré.

164

— Il te pousse des crocs ? (Il hocha la tête.) Et du poil ?

Cette fois, il ouvrit des yeux ronds.

— Grand Dieu, non.

Emma, qui avait pas mal d'amis velus, trouva le ton vexant, mais décida de ne pas s'occuper de cela – pour l'instant.

— Je sais que tes yeux virent au bleu.

— Oui, et puis je gagne en robustesse et mon visage change.

Elle fit la grimace.

— Il te pousse un museau ?

Il lâcha un petit rire.

— Non, pas comme tu le crois.

— Ma foi, ça n'a pas l'air très différent de toi tel que tu es là.

— Oh, si. (Il reprit son sérieux.) Nous, on appelle ça *saorachadh ainmhidh bho a cliabhan*... laisser la bête sortir de sa cage.

— Tu crois que j'aurais peur ?

— Les vampires les plus vieux, les plus puissants, prennent la fuite dans ces cas-là.

Elle se mordilla la lèvre en réfléchissant à ce qu'il venait de lui apprendre. Elle avait beau faire, elle n'arrivait à l'imaginer que *passionné*.

Il se passa la main sur la bouche.

— Il se fait tard. Tu n'aimerais pas boire avant l'aube ?

Elle aurait aimé boire à ses veines à un point carrément gênant, aussi haussa-t-elle les épaules et baissa-t-elle les yeux vers le doigt qu'elle promenait sur le motif de cachemire du couvre-lit.

— On y pense tous les deux, ajouta Lachlain. Et on en a tous les deux envie.

— C'est vrai, murmura-t-elle, mais je n'ai pas envie de ce qui va avec.

— Et si je promets de ne pas te toucher ?

— Oui, mais... (Elle s'interrompit, rougissante.) Si nous... nous laissons... emporter ?

S'il se mettait à l'embrasser et à la caresser, une fois de plus, elle savait pertinemment qu'elle ne tarderait pas à le supplier d'entrer dans son lit, comme il disait.

— Je poserai les mains sur les couvertures et je ne les bougerai plus de là.

Elle considéra lesdites mains, les sourcils froncés, en se mordillant la lèvre.

— Mets-les derrière ton dos.

La requête déplut visiblement à son compagnon.

— Je les poserai... (Il regarda autour de lui, puis leva les bras au-dessus de la tête, paumes tournées vers l'extérieur.) ...là, et je ne les bougerai plus, quoi qu'il arrive.

— Promis ?

— Promis juré.

Elle pouvait bien chercher à se convaincre que la faim seule l'incitait à s'approcher de lui à quatre pattes, ce n'était pas vrai, elle le savait. Il y avait aussi le besoin de retrouver la sensualité de l'acte, la chaleur et le goût de Lachlain sur sa langue... le pouls qu'elle sentait accélérer en lui, comme si elle lui donnait du plaisir en buvant avidement.

Lorsqu'elle s'agenouilla devant lui, il rejeta la tête en arrière pour exposer son cou.

Son érection la rendit nerveuse.

— Tu ne bouges pas les mains ?

— Non.

Incapable de s'en empêcher, elle se pencha vers lui en l'attrapant par la chemise et lui planta les crocs dans la peau. Une chaleur et un plaisir indescriptibles explosèrent en elle. Un gémissement lui échappa, dont Lachlain lui renvoya l'écho. Les sensations étaient si violentes qu'elle faillit basculer.

— Mets-toi... à cheval sur moi, râla le Lycae.

166

Elle obéit avec plaisir : c'était plus facile pour elle dans cette position. Elle se sentait plus détendue, elle jouissait mieux du goût du sang et des impressions associées. Sans lâcher la tête de lit, Lachlain donna un coup de hanches dans sa direction... puis, avec un autre gémissement, il se força à cesser – à grand-peine.

Mais elle aimait les bruits qu'il produisait, elle aimait les *sentir,* elle en voulait davantage. Elle se laissa aller complètement contre lui, indifférente à sa jupe qui remontait sur ses cuisses. Une chaleur brûlante l'accueillit, faisant naître entre ses jambes une douloureuse palpitation. Ses pensées s'obscurcirent.

Il est tellement dur...

Dans une quasi-inconscience, elle se mit à se frotter contre son compagnon pour se soulager.

14

— Délie-moi de ma promesse, Emmaline...

Elle ne répondit pas. Manifestement, elle ne voulait pas oublier le serment qu'il venait de lui faire... et, de son côté, Lachlain ne voulait pas manquer à sa parole. La seule réaction de sa promise consista à écarter davantage les jambes au-dessus de lui, puis à se frotter lentement, sensuellement sur toute la longueur de son érection, dont seuls la séparaient sa petite culotte à elle et son pantalon à lui.

— Oh, mon Dieu, oui... râla-t-il, tremblant d'un désir fou, incapable de croire qu'elle faisait réellement une chose pareille.

Il s'en servirait pour la réduire à sa merci, se disait-il vaguement. Si goûter son sang déclenchait en Emma des réactions pareilles, il l'obligerait à boire à ses veines jusqu'à ce qu'elle se livre tout entière...

Obliger une vampire à boire à ses veines... Mais que lui arrivait-il ?

Elle se plaqua contre lui, l'obligeant à pencher davantage encore la tête en arrière. Le parfum des cheveux blonds qui tombaient juste devant son visage, la sensation de la morsure et le plaisir évident que ressentait sa compagne le mettaient sur le fil du rasoir.

— Tu vas me faire jouir, si tu continues...

Elle continua. Se pressant contre lui comme si elle était purement et simplement incapable d'arrêter.

Jamais il n'avait connu une frustration pareille. Ne pouvoir ni la caresser ni embrasser sa chair... Elle se frotta les seins sur lui, puis recula légèrement. Le bois de la tête de lit grinça sous les doigts de Lachlain.

Une pression palpitante croissait en lui. Il haletait à présent, tandis qu'elle bougeait de plus en plus vite le long de son sexe.

— Je pourrais te boire éternellement, lui chuchotat-elle à l'oreille, à l'instant même où il prit conscience qu'elle avait cessé. C'est tellement bon...

— Tu me rends *dingue*!

Il rejeta violemment la tête en arrière. Un hurlement lui échappa, tandis que la jouissance l'empoignait sous l'effet des mouvements d'Emma, dont les hanches allaient et venaient avec ardeur au-dessus de lui. Le bois du lit se réduisit sous ses mains à l'état d'échardes et de sciure.

Lorsque enfin ses frissons s'apaisèrent, il serra ses poings en sang derrière les jambes de son âme sœur. Elle bascula contre son torse, cramponnée à lui, tremblant comme une feuille.

— Regarde-moi, ma belle.

Elle releva la tête; ses yeux argentés le fascinèrent. Il la connaissait si bien, elle lui semblait si familière, alors qu'il n'avait jamais rien vu qui lui ressemble – rien qui ressemble à cette créature époustouflante. La tête inclinée de côté, elle le considéra d'un air indécis.

— Je veux te caresser. T'amener au bord du plaisir. Et te déguster. Écarte ta culotte et viens t'agenouiller là, juste là. (Elle secoua lentement la tête.) Mais pourquoi?

— Parce que, avec ce genre de choses, c'est toujours l'escalade, murmura-t-elle.

— J'ai tenu ma promesse.

Sans desserrer les poings, il ajouta, un ton plus bas:

— Je souffre. J'ai tellement envie de te donner du plaisir.

Les yeux d'Emma s'adoucirent, juste avant qu'elle pose le front contre le sien. Puis, sans doute incapable de s'en empêcher, elle se pencha davantage pour lui lécher les lèvres et les agacer de la langue. Ses longs cheveux tombèrent devant son visage, effleurant le cou de Lachlain. Son odeur exquise l'enveloppa tout entier. Il se sentit durcir aussitôt.

— Pourquoi ne pas aller plus loin ? demanda-t-il d'une voix rauque, entre deux baisers.

— Je ne suis pas moi-même, chuchota-t-elle. Je ne suis pas comme ça. Je ne te connais pratiquement pas.

Une frustration intense croissait en lui sous l'effet de ces assertions ridicules. Il avait la nette impression qu'Emma avait des scrupules parce qu'elle était censée en avoir, ni plus ni moins.

— N'empêche que tu as bu mon sang à mes veines. Je ne vois pas ce qu'on pourrait faire de plus intime...

Elle se raidit en se rejetant en arrière.

— C'est vrai, et je le regrette. Moi, je ne pourrais jamais m'offrir aussi complètement à quelqu'un en qui je n'ai pas confiance. (Elle se leva pour aller se blottir dans le fauteuil.) Quelqu'un qui s'est montré tellement cruel...

— Je...

— Parce que tu as été cruel, c'est un fait. Il y a seulement trois nuits, tu m'as fait la peur la plus terrible de ma vie. Et voilà que maintenant, tu me demandes quelque chose ? (Elle tremblait.) Va-t'en. S'il te plaît... Pour une fois...

Il lâcha un grognement de frustration, mais s'éloigna en boitillant. Avant de se retourner, au moment de s'engager dans le couloir qui reliait les deux chambres :

— Tu n'as gagné que quelques heures, j'espère que tu en es consciente. La prochaine fois que tu boiras, tu seras mienne, tu le sais aussi bien que moi.

La porte claqua derrière lui.

Emma se tournait et se retournait dans le nid de couvertures qu'elle s'était aménagé par terre. Depuis quand le tissu de ses sous-vêtements était-il aussi rêche ? Il lui semblait sentir le moindre fil contre la peau sensible de ses seins et de son bas-ventre.

Alors qu'elle portait de la soie.

À la seule pensée de ce qu'elle avait fait à Lachlain, ses hanches se mettaient à onduler comme si elle le sentait toujours sous elle. Elle l'avait amené à l'orgasme en le chevauchant.

Le feu aux joues, elle se demanda si elle n'était pas en train de se transformer en Emma la Licencieuse.

D'autant qu'elle avait failli avoir un orgasme, elle aussi. Pendant son bain, elle s'était même aperçue qu'elle était plus moite que jamais. Ce qui soulevait une question importante : le désir éveillé en elle par le sang était-il d'ordre sexuel ? Après tout, cela ne ressemblait pas vraiment à une envie incontrôlable de boire…

Lachlain avait raison. La prochaine fois qu'elle se nourrirait de lui, il pourrait la posséder, car cette nuit, elle avait momentanément perdu l'esprit jusqu'à oublier pourquoi ils ne devaient pas coucher ensemble. Malheureusement, elle n'était pas femme à se donner sans créer un lien affectif, même si elle aurait désespérément voulu se persuader du contraire.

Pourtant, question sexe, elle n'avait pas l'impression d'être vieux jeu. Après tout, elle connaissait Cinesex. Franchement, elle avait des idées très saines sur le sujet en général, bien qu'elle n'ait jamais connu l'orgasme. Seulement elle savait au fond, tout au fond, qu'il lui fallait une histoire au long cours… ce qui serait absolument impossible avec Lachlain.

Non seulement c'était un Lycae, fruste et dangereux, qui adorait la mettre mal à l'aise, mais elle ne
s'imaginait pas le présenter à ses amis. Il ne s'entendrait jamais avec ses proches, parce que ça les ren-
drait malades de voir un « animal » la toucher.

Sans parler du fait qu'il existait quelque part dans
le vaste monde une autre femelle, dont le destin était
lié à lui par les forces cosmiques.

Emma n'avait rien contre une saine émulation,
mais essayer de concurrencer l'âme sœur d'un
Lycae...

On frappa à la porte de communication, qui s'ouvrit aussitôt. Heureusement, elle n'avait plus le corps
en feu et avait cessé de se tripoter les seins.

Lachlain s'appuya au chambranle, les cheveux
encore humides, vêtu en tout et pour tout d'un jean
qui lui arrivait sous la taille, ajusté mais pas trop –
parfait. Il avait un morceau de tissu noué autour de
la main. Emma déglutit. Il s'était blessé en brisant la
tête de lit, au moment de l'orgasme...

Il croisa les bras sur la poitrine musclée qu'elle
admirait au point d'en devenir idolâtre. Elle aurait
adoré lui dire oui...

— Dis-moi quelque chose de neuf sur toi, exigea-
t-il.

Lorsque enfin elle parvint à lever les yeux jusqu'à son visage, elle hésita, avant de se décider à
répondre :

— Je suis allée à l'université. Je suis diplômée en
culture populaire.

Il en fut visiblement impressionné, mais bien sûr,
il ignorait que la plupart des gens considéraient la
culture populaire comme un sujet d'études ridicule.
Un hochement de tête, et il fit demi-tour. Alors, parce
qu'il ne s'y attendait pas, Emma ajouta :

— Dis-moi quelque chose, toi aussi.

Quand il pivota de nouveau vers elle, il avait effectivement l'air surpris.

— Tu es la plus belle créature que j'aie jamais vue, déclara-t-il néanmoins d'une voix rauque.

Une petite exclamation échappa à la jeune femme. Puis la porte se referma derrière lui.

Il avait dit qu'elle était *belle* !

Jusqu'ici, Emma n'avait éprouvé qu'une sorte de résignation attristée, mais maintenant la tête lui tournait. Elle était dans un état terrible. Ses émotions évoquaient l'aiguille d'un compas dément, au tournoiement ininterrompu...

Elle plissa les yeux en comprenant ce qui se passait. Le syndrome de Stockholm. Forcément. Voyons, est-ce qu'elle s'identifiait à son méchant kidnappeur ? Bingo. Est-ce qu'elle s'attachait à lui ? Bingo.

Mais, pour être honnête, y avait-il beaucoup de kidnappeurs en activité qui ressemblaient à des dieux de haute taille, à la délicieuse peau bronzée, à l'accent génial et au corps de rêve, brûlant et musclé ? Dotés, qui plus était, d'une prédilection à coller ledit corps contre le sien... et la trouvant belle...

Sans oublier que Lachlain était visiblement plus que désireux de lui donner son sang succulent.

Allait-elle devenir la Patty Hearst de ce Lycae ?

Peu importait. Ce qui comptait, c'était qu'elle ne soit pas sa promise : même s'il la séduisait, même s'ils avaient une petite aventure, il ne ferait que s'amuser un peu avec elle en attendant de rencontrer l'âme sœur. Parce que, si elle se retrouvait pieds et poings liés avec un homme tel que lui, elle risquait de se transformer en une de ces femelles pleurnichardes comme on en voyait tant, et ça, c'était hors de question.

Heureusement, elle n'était pas sa promise. Heureusement, oui. Sinon, elle aurait été condamnée à perpétuité. Il ne l'aurait jamais laissée s'en aller, il l'aurait rudoyée et rendue abominablement malheureuse... et si jamais elle avait réussi à s'enfuir, il se serait lancé à ses trousses et ses tantes auraient fini par le tuer.

Elles auraient adoré. Si elles apprenaient un jour qu'il l'avait embrassée et caressée de manière aussi intime, elles se déchaîneraient contre lui et ses frères de race. Pour ce qu'en savait Emma, personne d'autre qu'elle dans la maisonnée n'avait jamais eu de contact avec un Lycae.

Et personne d'autre que sa mère n'avait jamais succombé à un vampire.

À son réveil, au crépuscule, quelque chose clochait.

Elle parcourut la pièce obscure du regard. Rien à signaler. Bien sûr. Il n'y avait effectivement rien, voilà ce qu'elle se dit en se dépêchant de s'habiller puis de plier bagage, avant de se précipiter dans la chambre de Lachlain.

Il dormait, toujours vêtu de son seul jean, sans couverture, car il s'en était servi pour occulter sa fenêtre à elle. Lorsqu'il se mit à trembler, elle en déduisit qu'il faisait un cauchemar. D'ailleurs, il marmonnait en gaélique, sa peau se couvrait de sueur et tous ses muscles se contractaient, comme s'il souffrait affreusement.

— Lachlain? appela tout bas Emma.

Sans réfléchir, elle s'approcha pour lui caresser la joue, puis les cheveux, dans l'espoir de l'apaiser. Il se figea.

— Emmaline... murmura-t-il.

Il ne s'était pourtant pas réveillé. Figurait-elle dans son rêve?

Elle en avait fait un extraordinaire, elle aussi, le plus réaliste de toute sa vie.

À ce souvenir, elle passa machinalement la main sur le front du dormeur. Le songe se déroulait de son point de vue à lui – elle voyait ce qu'il voyait, respirait les odeurs qu'il respirait, expérimentait le contact de ce qu'il touchait.

Il se trouvait dans une échoppe, sous une tente, devant un étalage de joyaux. Accompagné d'une femme d'une extrême beauté, aux longs cheveux couleur café zébrés de soleil, et aux yeux verts étincelants.

Il choisit un lourd collier en or et saphir puis le paya. La forme du bijou et la monnaie utilisée prouvaient que la scène se passait bien longtemps auparavant.

La femme soupira.

— Encore des cadeaux.

— Oui.

Lachlain lui en voulait déjà de ce qu'elle allait ajouter, il n'en doutait pas une seconde. Et en effet, Cassandra reprit – son interlocutrice s'appelait Cassandra, Emma le savait, si surprenant cela soit-il :

— Il y a neuf cents ans que tu attends. Moi aussi, ou peu s'en faut. Tu ne crois pas qu'on pourrait...

— Non, coupa-t-il sèchement.

Combien de fois va-t-elle encore m'en parler ? songea-t-il.

Cassandra n'y croyait peut-être pas, mais lui si.

— J'aimerais passer une nuit avec toi.

— Je te considère comme une de mes plus vieilles amies, mais les choses peuvent changer, ne l'oublie pas. (La colère de Lachlain enflait.) Tu appartiens au clan. Tu feras forcément la connaissance de mon âme sœur. Il est hors de question que je la place dans une situation aussi inconfortable...

Emma secoua la tête, encore déconcertée par le réalisme de ce rêve bizarre. Il avait suffi que son compagnon lui parle de bijoux pour qu'elle invente des histoires tordues.

Elle baissa les yeux. Le rouge lui monta aux joues quand elle s'aperçut qu'elle caressait le torse du dormeur. Au lieu de cesser, pourtant, elle s'émerveilla de la beauté de ce corps viril, du désir qu'elle ressentait...

Soudain, la main de Lachlain l'empoigna par le cou, si brutale qu'elle n'eut même pas le temps de crier.

Lorsqu'il ouvrit les yeux, ils étaient entièrement bleus.

15

Emmaline le caressait avec douceur en chuchotant son nom. Le cauchemar, encore et toujours : jamais elle ne ferait une chose pareille, jamais elle ne chercherait à le réconforter. Il ne voyait qu'une brume rouge ; il ne sentait que les flammes qui venaient mourir sur sa peau. Depuis trois jours, il avait conscience de la présence de l'ennemi ; et voilà que l'ennemi se trouvait près de sa promise. Alors il attaqua.

Quand la brume se dissipa, il ne comprit rien à la scène qui lui apparut. Sa grande main se crispait peu à peu autour du cou d'Emma. Hoquetant, elle se débattait pour échapper à l'étranglement. Il n'eut pas le temps de réagir ; déjà, un vaisseau sanguin éclatait dans l'œil droit de sa promise.

Il la lâcha avec un cri et se jeta de l'autre côté du lit.

Elle tomba à genoux en toussant et en cherchant à reprendre haleine. Dès qu'il se précipita à la rescousse, elle recula, la main tendue pour l'empêcher d'approcher.

— Oh, mon Dieu, Emma, je ne voulais pas… J'ai senti quelque chose… Je t'ai prise pour un vampire.

— Je… je *suis* un vampire, balbutia-t-elle d'une voix rauque après une quinte de toux.

— Non, je croyais qu'il y en avait… un autre, un de ceux qui m'ont emprisonné. (Sans doute la morsure et le sang avaient-ils réveillé le cauchemar dans toute son horreur.) J'étais persuadé que c'était lui.

— Qui ?

— Demestriu, lâcha-t-il. (Il la serra contre lui, sans tenir compte de ses protestations.) Je n'ai jamais voulu te faire de mal. (Un frisson le secoua.) C'était un accident.

Mais il parlait dans le vide. Elle tremblait violemment, toujours aussi terrifiée.

Elle ne lui faisait pas confiance – elle ne lui avait *jamais* fait confiance –, et il venait de lui rappeler pourquoi.

Emma, qui surveillait Lachlain du coin de l'œil, le vit lâcher le volant pour tendre la main vers elle, une fois de plus… mais il serra le poing et le recula avant de l'avoir touchée. Ce n'était jamais que la énième fois depuis le départ.

Elle soupira, le visage pressé contre le verre froid, le regard tourné vers l'extérieur, même si, en fait, elle ne voyait rien.

Des émotions conflictuelles la déchiraient au point qu'elle se demandait comment prendre ce qui s'était passé.

L'incident proprement dit ne l'avait pas mise en colère. Elle avait eu la bêtise de toucher un Lycae endormi, en plein cauchemar, et elle l'avait payé. Elle regrettait juste d'avoir mal à la gorge, d'autant qu'il lui était impossible de prendre un cachet pour arranger les choses. Mais surtout, elle regrettait ce qu'elle venait d'apprendre sur Lachlain.

À un moment, elle s'était demandé s'il avait été capturé par la Horde, mais elle avait écarté cette hypothèse parce qu'il était impossible à un prisonnier d'échapper à la Horde, point. Ce n'était jamais arrivé ; pas une seule fois. La tante d'Emma, Myst, avait passé un certain temps dans les geôles d'une place forte vampirique, d'où elle s'était évadée, certes, mais uniquement quand les rebelles avaient pris le château… et qu'un de leurs généraux l'avait libérée pour lui faire la cour.

Lachlain dirigeant le clan des Lycae, Emma en avait déduit qu'il avait été victime d'un complot politique fomenté par les siens.

Alors qu'en réalité, il avait été mis aux fers par Demestriu, le plus puissant, le plus cruel des vampires. Et s'il fallait en croire ce qu'on racontait sur Furie, si elle subissait bel et bien la torture au fond de l'océan, qui savait ce que Demestriu avait infligé à Lachlain ? L'avait-il également noyé à répétition ? Ou peut-être enchaîné sous terre et enseveli vivant ?

Les vampires l'avaient torturé cent cinquante ans durant, avant qu'il ne réussisse l'impossible : s'évader.

Sans doute avait-il perdu la jambe dans l'aventure.

Emma n'imaginait même pas ses souffrances, tourments ininterrompus qui avaient culminé par une amputation…

Il n'était pas responsable de ce qui s'était produit cette nuit, bien qu'il se le reproche, à en juger par sa tristesse. Mais, sachant ce qu'elle savait à présent, elle lui en voulait de la retenir prisonnière. À quoi pensait-il, par Freyja ? Compte tenu de ce qu'il avait vécu, l'incident était inévitable. De toute manière, il aurait fini par piquer une crise de rage contre elle. D'ailleurs, peut-être recommencerait-il.

Sauf qu'il n'en était pas question, car rien ne prouvait qu'elle y survivrait. Et si elle y survivait, elle n'avait pas l'intention de raconter à ses amis qu'elle avait des bleus à la gorge et une étoile de sang autour de la pupille parce qu'elle s'était cognée dans une porte. *Pourquoi* la retenait-il prisonnière, hein ?

Pour se venger en la faisant souffrir.

Il la traitait comme un monstre. La méprisait comme tel. S'il continuait, elle finirait par se conduire comme tel… pour se défendre.

Ils arriveraient cette nuit même à Kinevane. Le lendemain, au crépuscule, elle s'en irait.

Appuyée contre la vitre, ses drôles de petits écouteurs dans les oreilles, Emma ne fredonnait pas cette nuit.

Lachlain avait envie de lui ôter ces machins pour lui présenter des excuses. Une honte brûlante le tenaillait – jamais il n'avait eu aussi honte – mais il avait peur qu'elle ne craque s'il lui retirait sa musique. Depuis qu'il s'était emparé d'elle, il l'avait mise à mal et terrorisée. Là, elle avait atteint ses limites.

Les réverbères éclairaient son visage… et les meurtrissures de sa gorge pâle. Il fit la grimace.

S'il ne s'était pas réveillé à ce moment-là, il aurait pu… il aurait pu la tuer. Le problème, c'était qu'il ne comprenait pas pourquoi il avait fait une chose pareille. Il ne pouvait donc garantir que cela ne se reproduirait pas… ni jurer qu'elle était en sécurité avec lui.

Un tintement de clochette le fit sursauter.

Emma se pencha vers le tableau de bord puis hocha la tête en regardant la jauge d'essence, où brillait maintenant une lumière rouge. Sans mot dire, elle montra du doigt la sortie suivante. Sans mot dire, car parler la faisait souffrir, évidemment.

Cramponné au volant, bouleversé, il se tortilla sur son siège. La voiture lui semblait à présent nettement trop petite pour lui. Il avait connu l'enfer, d'accord, mais comment avait-il pu essayer d'étrangler sa promise, quoi qu'il soit arrivé ? Alors qu'il avait passé sa vie à la chercher…

Alors qu'elle incarnait son salut…

Peu importait qu'il ne l'ait pas faite sienne. S'il ne l'avait pas trouvée, s'il n'avait pas été près d'elle, si elle ne l'avait pas apaisé de sa voix douce et de ses petites mains, il traînerait en cet instant même dans une ruelle sordide, fou à lier.

Et, pour la remercier, il avait fait de sa vie à elle un enfer.

Au bout de la bretelle de décélération apparut l'enseigne d'une station-service. Lachlain s'y engagea puis se gara devant la pompe que lui indiquait sa compagne. À l'instant où il coupa le contact, elle retira les écouteurs de ses oreilles. Il ouvrit la bouche mais, sans lui laisser le temps de dire un mot, elle leva les yeux en soupirant, la main tendue, la paume en l'air. Sa carte de crédit. Il la lui donna, puis descendit de voiture avec elle afin d'apprendre à mettre de l'essence dans la voiture.

— Il faut qu'on discute de ce qui s'est passé, commença-t-il pendant qu'ils attendaient.

Elle agita la main.

— Oublié.

Sa voix contredisait cette affirmation ridicule. Son œil droit paraissait baigné de rouge à la lumière crue de la station. Il ne pouvait que se remettre en colère… et ne tenait pas spécialement à le cacher.

— Tu t'obstines à ne pas m'affronter… à ne pas me faire de reproches. Alors que tu as parfaitement le droit de me hurler après. Je ne comprends pas !

— Tu me demandes pourquoi je cherche à éviter le conflit, c'est ça ? s'enquit-elle tout bas.

— Exactement.

L'expression menaçante de son interlocutrice lui fit regretter ce qu'il venait de dire.

— J'en ai assez que tout le monde me reproche toujours la même chose ! Et voilà que quelqu'un qui ne me connaît même pas me le balance aussi ! (La voix cassée d'Emma gagnait en force sous l'effet de la colère.) La bonne question, c'est : pourquoi ne chercherais-je pas à éviter le conflit ? Tu en ferais autant si tu…

Elle s'interrompit et détourna les yeux.

Il lui posa la main sur l'épaule.

— Si quoi?

Lorsque enfin elle se décida à le regarder en face, l'angoisse se reflétait sur son visage.

— Si tu perdais toujours. (Le front de Lachlain se plissa.) Tu sais ce que ça fait?

— Non…

— Est-ce que j'ai gagné une seule fois contre toi? (Elle haussa les épaules sous sa main.) Quand tu m'as enlevée? Quand tu m'as obligée à accepter ce truc de dingues? Quand tu m'as fait boire à tes veines? Tu as été emprisonné par des vampires, et tu venais juste de t'échapper lorsque tu m'as rencontrée. Pourquoi, mais pourquoi tiens-tu tellement à ce que je t'accompagne? Tu détestes les vampires… Tu m'as témoigné plus de répugnance en moins d'une semaine que je n'ai eu à en subir de toute ma vie, mais tu veux absolument que je reste avec toi. (Un rire amer lui échappa.) Tu as dû adorer les petites vengeances que tu t'es permises. Ça t'a excité de me rendre malade d'humiliation? Ça t'a fait bander de m'insulter et de me fourrer la main sous la jupe la seconde d'après? Et chaque fois que j'aurais pu m'en aller, tu as exigé ma présence, en sachant parfaitement que j'étais en danger. À cause de toi.

C'était vrai, Lachlain ne pouvait le nier. Il se passa la main sur le visage, le temps de tout assimiler. Les sentiments qu'elle lui inspirait avaient fini par se préciser, pendant que ceux qu'il lui inspirait étaient arrivés à ébullition. Il avait envie de lui dire qu'elle était son âme sœur, qu'il ne tenait pas à rester en sa compagnie dans le but de la faire souffrir… mais ce n'était pas possible, il ne pouvait le lui avouer maintenant.

— Tu fais comme tout le monde, tu me piétines allègrement, et après, tu ne jettes même pas un coup d'œil pour voir si je me relève. (La voix d'Emma se brisa sur les derniers mots, emplissant Lachlain de regrets ravageurs.) Bon, ben, je vais la fermer avant de trop m'énerver. Je ne voudrais pas t'offenser en versant des larmes répugnantes !

— Non, attends…

Elle claqua sa portière, visiblement surprise de sa propre force, puis s'éloigna de la voiture. Il la laissa partir, mais se déplaça légèrement pour ne pas la perdre de vue.

Après s'être effondrée sur un banc, près du magasin de la station, elle y resta assise un long moment, le front dans la main. Comme il finissait de remplir le réservoir, une curieuse bourrasque froide balaya les lieux, chargée d'une bruine fine. Une fleur s'écrasa contre le genou d'Emma. Elle s'en empara, la porta à ses narines, puis la jeta rageusement par terre.

Lachlain réalisa alors qu'elle n'en avait jamais vu s'épanouir au soleil. Son cœur se serra sous l'effet d'une émotion si étrangère qu'il se sentit bouleversé.

Leurs problèmes n'avaient rien à voir avec le fait que la vie se soit trompée d'âme sœur en ce qui le concernait ; l'ennui, c'était qu'il ne parvenait pas à s'adapter, *lui*.

Trois vampires apparurent à côté d'Emma, surgis de nulle part.

Ils allaient la lui enlever à jamais !

En un éclair, il comprit qu'il lui fallait la laisser rejoindre sa famille, la libérer de la haine et de la douleur qui le taraudaient. Tout à l'heure, à l'hôtel, quand il l'avait attrapée par le cou, elle l'avait fixé d'un regard suppliant. Elle s'était dit qu'il allait la tuer. Il l'aurait pu si facilement.

Elle considéra les nouveaux venus, bouche bée, visiblement saisie. Pourtant, les vampires se déplaçaient toujours de cette manière…

Quelque chose clochait ! Voilà pourquoi Lachlain bondit par-dessus la voiture. Les arrivants se tournèrent vers lui. Le plus imposant était… un démon ?… Un démon transformé en vampire ?

— N'approche pas, Lycae, ou tu es mort, prévint l'un des deux autres.

Lorsque Lachlain se rua vers Emma, il se produisit quelque chose de franchement bizarre.

Elle s'élança vers lui en criant son nom.

16

Ils n'eurent pas le temps de se rejoindre, car l'un des vampires la projeta à terre, si violemment qu'elle en eut le souffle coupé. Lachlain poussa un rugissement de colère. S'il n'allait pas assez vite... si elle ne se débattait pas assez fort... le salaud n'aurait aucun mal à l'emmener en glissant. Les deux autres se matérialisèrent entre la voiture et le banc, les crocs découverts par un rictus menaçant. Emma planta les griffes dans la terre afin de se libérer. La bête s'agita en Lachlain, qui ouvrit la cage. Il ne voulait pas que sa compagne voie cela, mais...

La transformation s'accompagna d'un déferlement de force. *NON. Protéger.*

— C'est sa promise ! siffla le plus petit de leurs agresseurs.

Le loup se jeta sur lui et le réduisit en pièces à coups de griffes et de crocs.

La bruine se transforma en pluie violente, accompagnée d'un déchaînement de foudre. Lachlain tira sur le cou de son adversaire jusqu'à lui arracher la tête, puis se tourna vers le démon. Un combattant redoutable, mais affaibli par des blessures mal cicatrisées. Les griffes du Lycae trouvèrent sans hésiter les points sensibles du monstre, qui cherchait quant à lui sa jambe affaiblie. Pendant ce temps, Emma se débattait comme un beau diable. Elle réussit à rouler sur le dos puis à donner à l'ennemi un coup de tête sonore.

Il émit un hurlement de douleur en la frappant au torse, qu'il laboura d'entailles profondes, d'où le sang se mit à couler dans la boue. Lachlain se jeta en rugissant sur le démon qui s'interposait entre eux. Un seul coup de griffes suffit à séparer du corps la tête cornue, qui s'envola de son côté.

Accroupi au-dessus de sa victime, le dernier des vampires contemplait la scène, horrifié, figé, apparemment trop choqué pour glisser. Lorsque le Lycae leva le bras afin de lui porter le coup fatal, il s'aperçut qu'Emma avait fermé les yeux.

Débarrassé de l'ennemi au complet, Lachlain tomba à genoux près d'elle. Elle rouvrit les yeux, les paupières papillotantes, saisie par la vision qui s'offrait à elle, épouvantée par son aspect à lui plus que par l'agression dont ils avaient été victimes ou par ses propres plaies. Il lutta pour contrôler la bête pendant qu'elle luttait pour parler, malgré le sang et la pluie battante qui l'étouffaient. Elle s'éloignait aussi de lui, centimètre par centimètre. Un instant plus tôt, elle se précipitait vers lui ; maintenant qu'elle avait vu ce qu'il était, elle le fuyait.

Malgré la faible résistance de la jeune femme, il la prit dans ses bras. Puis il secoua violemment la tête et respira à fond.

— Je ne te ferai pas de mal.

Sa voix basse, cassée, était méconnaissable, il le savait.

D'une main tremblante, il déchira ce qui restait du corsage de la blessée. La pluie emporta le sang et la boue qui dissimulaient le torse délicat. Ouvert jusqu'à l'os. Lachlain serra son âme sœur contre lui en hurlant, saisi du *besoin* absolu de tuer de nouveau ceux qui avaient fait une chose pareille. Ce cri de rage arracha un geignement à Emma. Des larmes roses roulèrent sur ses joues, parmi les gouttes de pluie.

Sa détresse donna au Lycae la force de reprendre le contrôle de lui-même.

De retour à la voiture, il allongea son précieux fardeau sur la banquette arrière, écarta les longs cheveux blonds avec douceur pour ne pas les coincer en refermant la portière, puis s'installa le plus vite possible au volant. Ensuite, il roula à tombeau ouvert sur les routes glissantes, non sans regarder régulièrement derrière lui. Au bout d'une demi-heure, l'angoisse l'envahit, car Emma ne montrait aucun signe de régénération. Ses blessures continuaient à saigner au lieu de se refermer peu à peu, comme elles l'auraient dû.

Sans ralentir, il s'ouvrit le poignet d'un coup de dents puis le lui pressa contre les lèvres.

— Bois !

Elle se déroba. Il recommença, mais elle s'obstina à refuser l'offrande en serrant les dents. Elle risquait de mourir, faute de sang.

Il avait été si occupé à détester la vampire en elle qu'il n'avait même pas pensé à se demander comment elle voyait la bête en lui.

Sitôt qu'il eut garé la voiture sur le bas-côté, il se retourna, enfonça les doigts dans la bouche de sa compagne et lui desserra les dents. Lorsqu'il lui fit couler le sang directement sur la langue, elle ne put se retenir de se jeter sur lui, les yeux clos, pour boire à longues gorgées. Jusqu'au moment où elle perdit conscience. Alors il repartit à toute allure.

Le reste du trajet le plongea dans un nouvel enfer. Il se passait et se repassait le bras sur le front, mouillé de sueur, en se demandant s'il fallait s'attendre à une autre attaque et d'où sortaient les trois vampires ; si Emma était assez robuste pour supporter des blessures pareilles ; comment elle avait deviné qu'elle devait fuir ses frères de race…

Quatre jours après l'avoir trouvée, il avait failli la perdre.

Non, il avait failli renoncer à elle en laissant leurs assaillants l'emmener à Helvita… la place forte qu'il n'avait jamais localisée. Il avait parcouru la Russie à la recherche du château royal de la Horde, et peut-être en était-il tout proche quand l'ennemi lui avait tendu une embuscade – la dernière.

Oui, il avait failli perdre Emma… Maintenant, il savait qu'il était prêt à tout pour la garder.

Il viendrait à bout de la souffrance et des souvenirs qui le torturaient. Cette nuit, il avait vu de ses yeux à quel point elle était différente des autres vampires. Son aspect, ses gestes, tout en elle était différent. Elle n'avait pas une nature de brute ni de tueuse. Simplement, elle avait besoin de sang.

Ses blessures avaient commencé à guérir dès qu'il l'avait obligée à boire. Il pouvait donc la nourrir.

C'était même le moins qu'il pouvait faire, puisqu'elle avait enfin donné un sens à sa vie.

Un rugissement tira Emma du sommeil. Elle entrouvrit les yeux.

Les phares éclairaient Lachlain, arc-bouté contre un portail massif, orné d'un écusson dans lequel deux loups sculptés se faisaient face. Les animaux étaient représentés à l'antique, têtes et pattes en avant, crocs et griffes découverts, oreilles dressées. Le pays des Lycae. Génial. Fini, le manège enchanté…

Le métal ne pliait pas, malgré la force de Lachlain. Protection magique? Bien sûr. Heureusement, il avait eu assez de jugeote pour ne pas essayer de défoncer les lourds battants avec la voiture.

Emma le regarda, les paupières lourdes, faire les cent pas sous la bruine en se passant la main dans les cheveux et en examinant l'obstacle.

— Mais comment on entre, bordel?

Une fois de plus, il chercha à ouvrir de force, et une fois de plus, un rugissement à glacer les entrailles résonna alentour – dans une vallée encaissée, à en juger au son.

Fallait-il lui parler de l'interphone ? Emma était-elle en état de le faire ? Elle se posait la question quand le portail s'ouvrit de lui-même.

Lachlain s'empressa de remonter en voiture.

— On y est, tu vois !

Malgré le chauffage poussé à fond et la banquette chauffante, elle frissonnait dans ses vêtements mouillés, plus frigorifiée qu'elle ne l'avait jamais été. Lorsque les battants de métal se refermèrent derrière eux en claquant, elle laissa ses paupières retomber devant ses yeux, avec l'impression d'être enfin en sécurité. Du moins, en ce qui concernait les vampires.

Ensuite, elle eut vaguement conscience qu'ils roulaient, dans une propriété qui devait faire des kilomètres. Lachlain finit pourtant par se garer, bondit de son siège, ouvrit la portière arrière et la tira hors de la Mercedes. Il la serra contre lui en pénétrant dans un vestibule baigné d'une lumière éclatante, qu'elle trouva pénible, avant de monter un escalier à toute allure, non sans donner des ordres au jeune homme qui le suivait pas à pas.

— Des bandages, Hermann. Et de l'eau chaude.

— Bien, mon seigneur.

Ledit Hermann claqua des doigts. Quelqu'un s'éloigna en courant, sans doute pour aller chercher le nécessaire.

— Mon frère est là ?

— Non, il est à l'étranger. Il... Tout le monde vous a cru mort, vous comprenez. Vous ne reveniez pas, ceux qui partaient à votre recherche rentraient bredouilles...

— Il faut que je lui parle le plus vite possible. N'avertissez pas les anciens de mon retour. Pas encore.

Emma toussa, un bruit horrible, grelottant. Elle s'apercevait enfin que jamais elle n'avait connu la

189

douleur. Il était hors de question qu'elle regarde son torse.

— Qui est-ce ? s'enquit le jeune homme.

Lachlain la serra plus fort contre lui.

— C'est *elle*.

Qu'est-ce que cela pouvait bien signifier ?

Il ajouta, à son intention :

— Tu es en lieu sûr, maintenant. Ça va aller…

— Mais ce n'est pas… elle n'est pas des vôtres, reprit le jeune homme.

— C'est une vampire.

Une exclamation étranglée, puis :

— V… vous êtes sûr ? Pour elle ?

— Je n'ai jamais été plus sûr de toute ma vie.

Les pensées d'Emma se brouillèrent. L'obscurité lui ouvrit les bras.

Lachlain porta sa compagne jusqu'à sa chambre, où il la coucha dans son lit ; c'était la première femme qu'il y ait jamais emmenée.

L'intendant le suivit puis entreprit de faire du feu dans la cheminée. Être aussi près des flammes ne lui plaisait pas, mais Emma avait besoin de chaleur.

Une servante ne tarda pas à se présenter, munie d'eau chaude, de bandages et de tissu, tandis que deux autres montaient les bagages des voyageurs. Elles se retirèrent peu après, visiblement pensives, en compagnie d'Hermann. Lachlain resta seul pour s'occuper d'Emma.

Elle était si affaiblie qu'il lui arrivait de perdre conscience, pendant qu'il la dépouillait de ses vête-ments mouillés et nettoyait ses plaies. Les blessures se refermaient à présent, cela se voyait, mais la peau fragile était toujours lacérée entre les seins et jus-qu'au bas de la cage thoracique. Les mains de Lachlain tremblaient.

— J'ai mal, protesta Emma en sursautant, quand il inspecta les entailles une dernière fois avant de les panser.

— Si seulement je pouvais avoir mal à ta place, répondit-il, soulagé qu'elle réussisse à parler.

Il n'avait pas été touché moins gravement, mais il ne sentait absolument rien. Si ses mains tremblaient alors qu'il la soignait, c'était à l'idée qu'elle souffre, elle.

— Dis-moi, pourquoi t'es-tu enfuie en les voyant?

— J'ai eu peur, murmura-t-elle, sans ouvrir les yeux.

— Mais pourquoi?

Elle bougea, à peine, comme si elle voulait hausser les épaules mais n'y parvenait pas.

— Je n'avais jamais vu de vampire.

Il termina le pansement et se força à nouer le bandage correctement, tressaillant en même temps qu'elle.

— Je ne comprends pas. Tu *es* une vampire.

Cette fois, les yeux d'Emma s'ouvrirent.

— Appelle Annika. Le numéro est sur ma carte médicale. Dis-lui de venir me chercher.

Elle attrapa Lachlain par le poignet, avant d'ajouter:

— Laisse-moi rentrer chez moi, s'il te plaît... Je veux rentrer à la maison...

Puis elle perdit conscience.

Il la borda en serrant les dents, exaspéré, incapable d'imaginer pourquoi ses frères de race lui avaient fait autant de mal. Ni pourquoi elle affirmait ne jamais avoir vu de vampire.

Elle voulait qu'il appelle sa famille. Il ne la laisserait pas partir, évidemment, mais après tout, il pouvait bien en informer ses proches... et obtenir d'eux quelques explications. Il fouilla dans les bagages d'Emma, trouva le numéro de la fameuse Annika, puis sonna Hermann.

Quelques minutes plus tard, posté près du lit, un téléphone *sans fil* à la main, il appelait les États-Unis.

— Allô, Emma ? fit une voix de femme.

— Emma est avec moi.

— Qui est à l'appareil ?

— Lachlain. Et vous, qui êtes-vous ?

— Je suis la mère adoptive qui va te désintégrer si tu ne la renvoies pas à la maison tout de suite !

— Jamais. À partir de maintenant, elle vit avec moi.

Il y eut un grand bruit, comme si quelque chose explosait au bout du fil, mais la voix demeura calme.

— Il me semble reconnaître l'accent… écossais. J'espère que tu n'es pas un Lycae.

— Je suis le roi des Lycae.

— Je n'aurais pas cru que ton clan commettrait une agression pareille à notre égard. Si tu voulais déclencher une nouvelle guerre, c'est réussi. (Une *nouvelle* guerre ? Lycae et vampires n'avaient jamais signé la moindre trêve !) Sache que si tu ne la libères pas, je trouverai ta famille, j'aiguiserai mes griffes, et je dépècerai les tiens. Tu comprends ce que je te dis, espèce de chien ?

Non. Non, en fait, il ne comprenait pas.

— Tu n'as pas idée de la fureur que je déchaînerai sur tes frères, si tu touches à un seul de ses cheveux. Elle n'a jamais fait de mal à ton clan. Pas comme *moi*.

Annika – si c'était bien elle – avait hurlé le dernier mot.

— Demande à parler à Emma, intervint une autre voix de femme, plus douce.

— Elle dort, annonça Lachlain avant que son interlocutrice ne lui pose la question.

— Il fait nuit là-bas… s'étonna Annika.

— Essaie de le raisonner, conseilla l'autre voix. Il faudrait vraiment être un monstre pour s'en prendre à notre petite puce.

Il était bel et bien un monstre.

— Si tu en as après nous, viens te battre ici, lança la plus coléreuse des deux. Emma ne ferait pas de mal à une mouche. Laisse-la regagner sa maisonnée.

Sa maisonnée ?

— Pourquoi a-t-elle peur des vampires ?

— Tu ne les as pas tenus à distance !

Le hurlement obligea Lachlain à écarter le téléphone de son oreille. Annika avait l'air encore plus furieuse d'apprendre que des vampires avaient approché Emma que de savoir qu'elle se trouvait en compagnie d'un Lycae.

— Demande-lui s'il lui veut du mal, reprit la voix raisonnable.

— Alors ?

— Non. Jamais de la vie. (Il pouvait maintenant l'affirmer avec aplomb.) Mais vous avez parlé de « les tenir à distance ». C'est pourtant des vôtres qu'il s'agit.

— Quoi, qu'est-ce que tu racontes ?

— Vous avez quitté la Horde en masse ? J'ai entendu dire qu'une faction…

— Tu me prends pour une vampire !

Ce hurlement-ci l'obligea à écarter le téléphone de son oreille encore plus vite que la fois précédente.

— Si vous n'en êtes pas une, qu'est-ce que vous êtes ?

— Une Valkyrie, espèce d'animal sans cervelle.

— Une Valkyrie, répéta-t-il bêtement, sidéré.

Sa jambe abîmée céda sous lui. Il tomba assis sur le lit. Sa main trouva la hanche de sa compagne, la serra.

Les pièces du puzzle se mettaient en place. Le côté elfique d'Emma, ses cris à faire exploser les tympans…

— Alors Emma est en partie… C'est pour ça qu'elle a les oreilles…

Mon Dieu. C'était en partie une vierge guerrière…

À l'autre bout du fil, le téléphone changea de main.

— Bonjour, je suis Lucia, une de ses tantes… lança la voix raisonnable.

— Son père est un vampire, c'est ça? coupa-t-il. Mais qui?

— Nous n'en savons absolument rien. Sa mère ne nous en a jamais parlé, et elle est morte. Ils ont attaqué?

— Oui.

— Combien?

— Trois.

— Ils feront leur rapport. À moins que vous ne les ayez tous tués?

La voix contenait une note d'espoir.

— Évidemment.

Lucia soupira, soulagée.

— Elle est… blessée?

Il hésita avant de répondre:

— Oui. (Un concert de hurlements se déchaîna aussitôt en arrière-fond.) Mais elle guérit.

Le téléphone changea de main, une fois de plus.

— Ici Regina. Je suppose que c'est toi l'*homme* dont elle a fait la connaissance. Il paraît que tu lui avais promis de la protéger. C'est plus facile à dire qu'à faire, hein, gros malin…

Il y eut des bruits de bousculade, puis de gifles, avant que Lucia reprenne:

— Elle ne se connaît pas d'autre famille que nous, et c'était la première fois qu'elle partait en voyage sans la protection de la maisonnée. Elle est très douce, très prudente. Elle doit avoir peur, loin de nous. Nous vous implorons de bien la traiter.

— Je la traiterai bien.

Il était parfaitement sincère. Jamais plus il ne ferait de mal à Emma. Il avait vu son œil s'ensanglanter à cause de lui, mais quand elle avait eu besoin de protection, elle en avait appelé à lui… Ces deux souvenirs étaient gravés au fer rouge dans l'esprit de Lachlain.

— Mais pourquoi les vampires ont-ils attaqué de cette manière ? s'inquiéta-t-il. Vous croyez que son père la cherche ?

— Je n'en sais rien. Ils traquent les Valkyries du monde entier. Nous leur avons caché Emma depuis le début. Elle n'en a jamais vu. Ni de Lycae, d'ailleurs. Vous devez lui faire une peur bleue… (Évidemment qu'il lui faisait une peur bleue.) S'ils mijotent quelque chose en ce qui la concerne, ils ne vont pas arrêter les recherches. Il faut qu'elle rentre à la maison, elle sera en sécurité.

— Je m'occupe de sa sécurité.

— Tu ne l'as pas assurée.

Annika avait récupéré le téléphone.

— Elle est en vie, eux non.

— Et toi, qu'est-ce que tu mijotes, hein ? Tu prétends que tu ne lui veux pas de mal, mais tu nous déclares la guerre ?

— Non, je ne veux pas d'une guerre.

— Alors qu'est-ce que tu lui veux, à elle ?

— C'est mon âme sœur.

Elle eut un haut-le-cœur ; il sentit ses poils se hérisser.

— Par Freyja… (Nouveau haut-le-cœur.) Si tu as posé tes sales pattes sur elle…

— De quoi a-t-elle besoin ?

Il s'efforçait de maîtriser sa colère.

— Laisse-la rentrer chez elle, nous la guérirons de ce que tu lui as fait.

— Je vous ai déjà dit qu'il n'en était pas question. Vous voulez que je la protège en votre absence, oui ou non ?

Il y eut des murmures au bout du fil, puis Lucia reprit le combiné :

— Il faut lui éviter le soleil. Elle n'a que soixante-dix ans, elle y est incroyablement vulnérable.

Soixante-dix ans ? Les doigts de Lachlain se crispèrent de nouveau sur la hanche d'Emma. Dieu du ciel. Il l'avait traitée comme…

— Elle n'avait jamais vu de Lycae, j'insiste sur ce point, alors elle doit avoir affreusement peur de vous. Si vous avez un minimum de conscience morale, soyez gentil avec elle. Il faut qu'elle se nourrisse tous les jours, mais jamais en buvant à même un être vivant…

— Pourquoi ça ? coupa-t-il.

Un silence, puis Annika de nouveau :

— C'est trop tard, hein ? Tu l'y as obligée. (Il ne répondit pas.) À quoi d'autre l'as-tu contrainte ? (La voix de la Valkyrie était glacée.) Elle était pure avant que tu ne l'enlèves. Qu'en est-il maintenant ?

Pure.

Ce qu'il lui avait dit par moments… ce qu'il lui avait fait… Il se passa sur le visage une main tremblante.

Ce qu'il l'avait obligée à faire avec lui…

Comment avait-il pu se tromper à ce point, en ce qui la concernait ? J'ai passé plus d'un siècle à brûler vif… je le lui ai fait payer.

— Je vous l'ai déjà dit… elle est mienne…

— Laisse-la partir !

C'était un hurlement de rage, auquel il rétorqua dans un rugissement :

— Jamais !

— Tu ne veux peut-être pas la guerre, mais tu l'auras. (Annika s'était calmée.) Mes sœurs et moi allons partir à la chasse aux fourrures.

La communication fut coupée.

17

— Votre frère se trouve en Louisiane, mon seigneur.

Les doigts de Lachlain se figèrent sur le dernier bouton de sa chemise.

— En Louisiane ? Mais qu'est-ce qu'il fiche là-bas ?

Après une douche rapide pour se débarrasser des traces du combat, il avait appelé Hermann dans sa chambre, car l'heure était venue de demander des nouvelles de Garreth. Sacrée coïncidence...

— Des tas de créatures du Mythos y vivent, notamment des Lycae. À mon avis, la moitié de votre clan s'est installée au Canada ou aux États-Unis. Surtout en Nouvelle-Écosse, mais aussi plus au sud.

— Pourquoi les miens ont-ils quitté leurs terres ? s'enquit Lachlain, déçu, en s'asseyant dans un fauteuil près du balcon.

La brise qui lui parvenait embaumait la forêt et la mer, dont les flots baignaient son pays, à des kilomètres et des kilomètres de là. Il se trouvait dans les Highlands, au cœur du domaine de Kinevane, près de son âme sœur endormie dans leur lit.

Hermann approcha un fauteuil du sien en reprenant sa forme normale, celle d'un démon cornu aux grandes oreilles, de la famille Ostrander.

— Le clan était persuadé que la Horde vous avait tué, voilà pourquoi nombre de vos sujets ont décidé de s'éloigner du royaume des vampires. Votre frère a aidé les émigrants à organiser leur départ, puis s'est attardé à La Nouvelle-Orléans pour participer à leur transplantation – dans la mesure où elle était possible.

— À La Nouvelle-Orléans ? (De mieux en mieux.) Vous ne pouvez pas le contacter ? Figurez-vous qu'il se trouve là-bas une maisonnée de Valkyries bien décidée à tanner les peaux de ma famille.

Or Lachlain n'avait plus de famille proche, à l'exception de Garreth. Demestriu y avait veillé. Le père des deux Lycae avait été tué durant l'Accession précédente, leur mère était morte peu après, minée par le chagrin, puis leur frère cadet, Heath, était parti en quête de vengeance...

— Des Valkyries ? (Hermann fronça les sourcils.) Oserai-je vous poser une question ? (Son interlocuteur acquiesça.) Garreth m'a fait jurer de le contacter immédiatement si j'avais de vos nouvelles. Il était... Ah, il n'a pas réagi comme nous l'espérions à l'annonce de votre mort probable, surtout après avoir perdu ses... vos... (Le démon s'interrompit.) Alors j'ai cherché à le joindre sitôt le portail refermé derrière vous, mais on m'a appris qu'il faisait cavalier seul depuis quelques jours.

Lachlain ne put se défendre de s'inquiéter brièvement pour son frère, seul et mal informé. *La chasse aux fourrures*. Non. Jamais les Valkyries n'arriveraient à l'attraper. Garreth était aussi rusé que fort.

— Il faut absolument le trouver. Continuez à appeler. (À qui d'autre confier en toute tranquillité la protection d'Emma, lorsque sonnerait l'heure de la vengeance contre la Horde ?) Faites-moi aussi parvenir les informations recueillies sur les vampires depuis ma disparition et ce dont nous disposons sur les Valkyries. Ainsi que les documents susceptibles de m'aider à m'acclimater à cette époque. Ah, oui, n'informez pas les anciens de mon retour pour l'instant. Seul mon frère doit savoir.

— Bien, mais puis-je me permettre de vous demander ce que vous entendez par vous « acclimater à cette époque » ? Où avez-vous passé toutes ces années ?

— Dans les flammes, admit Lachlain après un instant d'hésitation.

Inutile de chercher à décrire les Catacombes. Jamais il ne parviendrait à en rendre l'horreur.

Les oreilles d'Hermann s'aplatirent contre son crâne, tandis que la dernière forme adoptée reprenait brièvement ses droits, comme toujours quand il était bouleversé. Une seconde, le jeune homme qu'avait vu Emma se matérialisa devant Lachlain, puis la silhouette osseuse du démon le remplaça de nouveau.

— M… mais c'est ce qu'ils racontent, eux. Ce ne sont que des histoires !

— Non, c'est vrai. Enfin bon, je vous en parlerai une autre fois. Je ne peux pas me permettre d'y penser maintenant. Je ne dispose que de quatre jours – non, quatre *nuits* – pour persuader Emma de rester.

— Elle veut s'en aller ?

— Oh, oui.

Un vague souvenir de la jeune femme tremblant comme une feuille sous la douche, les yeux fermés de toutes ses forces pour ne pas voir ce qu'il lui faisait, traversa l'esprit de Lachlain.

— J'ai été… Je n'ai pas été tendre avec elle.

— Elle sait combien de temps vous avez attendu ?

— Elle ne sait même pas qu'elle est mon âme sœur.

Il aurait tellement besoin d'elle, dans quatre jours. La pleine lune exerçait son plein effet sur les Lycae qui avaient trouvé l'âme sœur. Si elle ne s'était pas enfuie à ce moment-là, sans doute le ferait-elle alors, terrifiée, à moins de s'être davantage habituée à lui.

Et de ne plus être vierge. Jamais il n'aurait cru que la virginité de sa promise puisse le consterner à ce point. Emma était si douce, si tendre, que la pensée de répandre le sang de son hymen alors qu'elle n'était pas entièrement guérie et qu'il était soumis à l'influence de la lune, horrifiait Lachlain.

Les anciens ne tarderaient pas à s'abattre sur Kinevane, sans chercher à dissimuler la haine qu'elle leur inspirerait. Il fallait qu'ils se lient auparavant, elle et lui. Qu'elle porte sa marque, pour les avertir qu'ils n'avaient pas le droit de lui faire du mal.

Mais comment pourrait-elle affronter des événements pareils, alors qu'il ne lui avait même pas présenté les excuses qu'il lui devait ?

— Il me faut tout ce dont une jeune femme de vingt et quelques années peut rêver... tout ce qui a une chance de lui plaire.

Si elle était en partie valkyrie, et si les Valkyries aimaient autant le luxe qu'on le prétendait, peut-être parviendrait-il à l'amadouer avec des cadeaux. Après tout, elle avait adoré l'idée de mettre la main sur les bijoux. Or il pouvait lui en offrir tous les jours pendant des décennies.

Hermann sortit d'une de ses poches le carnet et le stylo qui ne le quittaient jamais.

— Examinez ses vêtements, ordonna Lachlain. Achetez-en de taille et de style similaires. Remplacez ce qui a été abîmé. (Il se passa la main sur la nuque.) Il faut la protéger du soleil aussi.

— J'y ai pensé. Les rideaux de votre chambre sont très épais, ils devraient suffire pour l'instant, mais peut-être des volets... qui s'ouvrent et se ferment automatiquement, au crépuscule et à l'aube ?

— Occupez-vous-en... (Lachlain s'interrompit, surpris, avec un temps de retard.) Automatiquement ? (Hermann hocha la tête.) Parfait, le plus vite possible. À toutes les fenêtres de Kinevane. Et des portiques au-dessus de toutes les portes exposées.

— Le travail commencera demain matin.

— Il y a aussi son appareil à musique, le... l'iPod ? Les vampires l'ont cassé. Il lui en faut un neuf... il le lui faut absolument. Elle a l'air de beaucoup aimer ce qui se fait à cette époque, les gadgets, l'électronique. J'ai vu que mes appartements avaient été modernisés. Le reste du château...

— Tout a été modernisé. Le personnel est toujours au grand complet, de la cuisinière aux femmes de chambre et aux gardes. Nous voulions que Kinevane soit prêt pour votre retour ou celui de votre frère.

— Ne mettez au courant que les serviteurs les plus fiables. Prévenez-les de sa nature... en les informant de ce qui leur arrivera s'ils lui font le moindre mal...

Sans doute Lachlain commença-t-il à se transformer à l'idée que quelqu'un fasse du mal à Emma, car Hermann le considéra d'un œil fixe puis toussota, la main devant la bouche.

— B... bien sûr.

Le maître des lieux se secoua en son for intérieur.

— Y a-t-il le moindre problème dont je doive être informé ? En ce qui concerne nos finances ou nos droits de propriété ?

— Vous êtes plus riche que vous ne l'avez jamais été. Votre fortune a connu une croissance exponentielle. Et le domaine est toujours protégé. Caché.

Il exhala bruyamment, soulagé. Il n'aurait pu trouver meilleur intendant qu'Hermann. Le démon était d'une honnêteté à toute épreuve et très intelligent, surtout avec les humains, car il se servait de ses capacités de changeforme pour leur faire croire qu'il vieillissait, lui aussi.

— Je vous suis reconnaissant de tout ce que vous avez fait en mon absence, assura Lachlain. Je vous dois beaucoup.

Il était même plus que reconnaissant, car son interlocuteur avait préservé sa demeure et sa richesse. C'était vraiment ridicule de faire aux changeformes une réputation de malhonnêteté et de les traiter à tout bout de champ de « faux frères » – insulte employée depuis si longtemps à leur égard qu'elle avait fini par migrer jusqu'aux humains.

— Vous m'avez donné des indices d'augmentation très généreux, répondit Hermann, souriant. (Il pencha la tête vers la dormeuse.) Cette petite… c'est vraiment une vampire ?

Lachlain s'approcha du lit, écarta une boucle blonde de la joue d'Emma puis la lui repoussa derrière l'oreille.

— Moitié valkyrie.

Le démon plissa le front devant cette oreille pointue.

— Vous n'avez jamais aimé la facilité.

Les alarmes des voitures résonnaient toujours à des kilomètres à la ronde.

Annika avait fini par se calmer, la foudre qui risquait de s'abattre sur le manoir par s'apaiser, mais Emma était toujours prisonnière de la *chose*.

La Valkyrie s'efforça de se libérer des griffes de la fureur. Non seulement il ne servait à rien de dépenser autant d'énergie de cette manière, mais en plus cela nuisait à toute la maisonnée, dont les membres partageaient leurs forces. Une douzaine de ses sœurs, installées dans la vaste pièce, attendaient d'ailleurs des éclaircissements de sa part.

Regina s'était installée devant l'ordinateur pour accéder à la base de données de la communauté, une fois de plus, afin de se renseigner sur le dénommé Lachlain.

Annika faisait les cent pas avec impatience, en évoquant le jour où Emma avait intégré la maisonnée. Il avait neigé si dru que les fenêtres disparaissaient à moitié derrière les congères, ce qui n'avait rien d'inhabituel, dans la mère patrie. Annika berçait le bébé près du feu, plus folle à chaque seconde qui passait de cette blondinette aux minuscules oreilles pointues.

— Mais enfin, comment veux-tu qu'on s'en occupe ? avait chuchoté Lucia.

Regina avait bondi du manteau de la cheminée, sur lequel elle était assise.

— Et comment peux-tu amener une de ces créatures parmi nous, alors qu'elles ont massacré tous les miens ? avait-elle renchéri, cinglante.

Daniela s'était agenouillée près d'Annika, les yeux levés vers son visage, puis lui avait touché le bras – lui accordant la morsure glacée de sa main pâle, ce qu'elle faisait rarement.

— Il faut qu'elle partage l'existence de ses frères de race, je le sais mieux que personne.

Annika avait secoué la tête avec détermination.

— Regardez ses oreilles. Ses yeux. C'est une elfe. Une Valkyrie.

— Elle deviendra méchante ! avait insisté Regina. Elle a essayé de me mordre, avec ses crocs minuscules. Par Freyja... c'est déjà une buveuse de sang !

— Aucune importance, était intervenue Myst d'une voix tranquille. On se nourrit bien d'électricité, nous.

Le bébé avait attrapé la longue tresse d'Annika, comme pour dire qu'il voulait rester avec elle.

— C'est l'enfant d'Hélène, que j'aimais tendrement. Et qui me suppliait dans sa lettre d'éloigner Emmaline des vampires. Je vais donc l'élever... quitte à être exclue de la maisonnée, si tel est votre vœu collectif. Mais comprenez-moi bien : à partir de maintenant, c'est ma fille, tout simplement.

Elle se rappelait la tristesse qui perçait dans ses mots quand elle avait continué :

— Je l'éduquerai de manière à faire croître en elle tout ce qu'il y avait de bon et de noble chez les Valkyries, avant l'érosion du temps. Jamais elle ne verra les horreurs dont nous souffrons à présent. Je l'en protégerai. (Les autres s'étaient tues, pensives.) Emmaline Troie...

Elle avait frotté le nez contre celui du bébé.

— Ça y est, je l'ai ! s'exclama Regina, ramenant Annika au présent. Lachlain, le roi des Lycae, a disparu pendant près de deux cents ans. Je vais mettre les données à jour, puisqu'il semblerait qu'il soit de retour à son poste. (Elle fit défiler la page.) Courageux, mais aussi violent sur le champ de bataille. On dirait d'ailleurs qu'il a participé à *toutes* les batailles de son clan. Qu'est-ce qu'il voulait ? Être médaillé ? Oh, oh… Attention, mesdemoiselles, le grand méchant loup ne se bat pas suivant les règles. Il est parfaitement capable de laisser tomber l'épée pour en finir à coups de griffes ou de crocs.

— Et sa famille ? s'enquit Annika.

— Il ne lui reste pas grand-chose de ce côté-là. Demestriu a fait un massacre.

Regina se tut, mais continua sa lecture. Annika lui fit signe de poursuivre et elle finit par reprendre, indignée :

— Oh, mais quelles salopes, à la maisonnée de Nouvelle-Zélande ! Elles disent qu'elles ne l'ont jamais affronté, mais qu'elles l'ont vu se battre contre des vampires et qu'il suffit de se moquer de sa famille pour lui faire voir rouge. Quelqu'un de dégourdi aurait alors plus de chances de le tuer.

Kaderin posa une de ses épées à plat sur ses genoux, sa pierre à aiguiser enfin au repos.

— Il lui a forcément fait du mal, s'il l'a prise pour un membre de la Horde.

— Il ne savait pas que c'était une Valkyrie, renchérit Regina. Elle voulait nous protéger. Têtue comme une mule, cette petite sangsue.

— Par Freyja, elle doit être terrifiée… murmura Lucia.

Nïx soupira.

— Les saints arrivent rarement en finale.

Emma, la craintive Emma, enlevée par un animal… Annika serra les poings. Deux des lampes les plus proches – un entrepreneur du Mythos les avait toutes réparées le jour même, ainsi que la cheminée – explosèrent, projetant des éclats de verre jusqu'à quatre mètres de haut. Les Valkyries alentour s'écartèrent de quelques pas ou baissèrent distraitement la tête, avant de secouer leur chevelure et d'en revenir à ce qui les préoccupait.

— Tout ça, c'est le signe que l'Accession approche, affirma Regina sans quitter l'écran des yeux. Forcément.

Elle avait raison, Annika le savait. L'emprisonnement prolongé du roi des Lycae venait de prendre fin. Kristoff, le chef des rebelles vampires, avait conquis cinq ans plus tôt une place forte de la Horde et envoyait à présent ses soldats en Amérique. Quant aux goules, sous l'autorité d'un chef déterminé, à qui il arrivait même d'être lucide, elles étaient entrées dans le jeu du pouvoir en infectant le plus de gens possible pour constituer leur armée.

Annika s'approcha de la fenêtre, d'où elle contempla la nuit.

— Tu disais que ce Lachlain n'avait presque plus de famille... Qui lui reste-t-il, au juste ?

Regina se coinça un stylo derrière l'oreille.

— Un petit frère. Garreth.

— Où est-il ?

Nïx claqua des mains.

— On le connaît, celui-là ! Demandez donc à... notre archer !

Lucia lui adressa un regard noir en poussant une sorte de sifflement, mais sans véritable agressivité.

— C'est le Lycae qui nous a sauvé la vie il y a deux jours, expliqua-t-elle d'une voix neutre.

Annika se détourna de la fenêtre.

— Alors je regrette vraiment que nous soyons obligées d'en arriver là. (Lucia la considéra, interrogatrice.) Nous allons le piéger.

— Mais comment ? Il est drôlement fort, et il a l'air malin.

— Il va falloir manquer ta cible, encore une fois...

18

Lachlain passa toute la journée avec Emma, à empêcher le soleil de s'infiltrer dans les moindres interstices laissés par les épais rideaux de leur chambre et à vérifier que ses blessures guérissaient bien.

Il ne voulait prendre aucun risque, même allongé près d'elle, quand il se coupa le cou pour la faire boire.

Elle lécha doucement la plaie en soupirant dans son sommeil. Sans doute l'avait-elle ensorcelé, car il sembla à Lachlain que c'était la chose la plus naturelle du monde.

Dans l'après-midi, il lui retira ses bandages ; les plaies, molles et gonflées, s'étaient complètement refermées.

La folle inquiétude qui le rongeait s'apaisa, et il put enfin réfléchir à ce qu'il avait appris.

Maintenant qu'il connaissait la vérité, il voyait Emma différemment, mais ses sentiments n'avaient pas changé pour autant. Il l'avait acceptée comme âme sœur alors qu'il la croyait membre de la Horde, avant de découvrir qu'il s'était trompé. En fait, ce n'était même pas exactement une vampire.

Au fil de ses longues années de solitude, il s'était représenté sa promise de bien des manières, en souhaitant de toutes ses forces qu'elle soit intelligente,

séduisante… et sensible. Emma, mi-vampire, mi-val-
kyrie, faisait pâlir jusqu'à ses fantasmes les plus fous.

La famille d'Emma, en revanche… Il poussa un soupir las. Jamais il ne s'était battu contre des Valkyries.
Il n'en avait donc vu que de loin. De petites créatures
bizarres, des sortes d'elfes, vives et robustes, toujours
environnées d'éclairs… qui d'ailleurs les traversaient
parfois. On disait qu'elles se nourrissaient d'électricité.
Comme Emma, elles étaient extrêmement intelli-
gentes. Contrairement à Emma, elles étaient presque
aussi violentes et belliqueuses que les vampires.

On leur connaissait peu de faiblesses, mais on
racontait qu'elles se laissaient hypnotiser par tout ce
qui brillait… et que, seules parmi les créatures du
Mythos, il leur arrivait de mourir de chagrin, littéralement.

Un rapide survol des informations dont le clan disposait à leur sujet avait livré à Lachlain l'histoire de
leurs origines. Des millénaires plus tôt, Wotan et
Freyja avaient été tirés d'un long sommeil par le cri
d'agonie d'une jeune guerrière, tuée en pleine bataille.
Le courage de la vierge avait tellement impressionné
Freyja qu'elle avait décidé de le préserver. Wotan et
elle avaient donc éliminé les humains environnants
grâce à la foudre. La jeune fille s'était réveillée dans
leur grand-salle, guérie mais inchangée – toujours
mortelle –, quoique enceinte d'une fille, une Valkyrie
immortelle.

Au fil des ans, le couple divin avait frappé de ses
éclairs des guerrières mourantes de toutes les espèces
du Mythos – les Valkyries comme Furie étaient bel et
bien en partie Furies. Freyja et Wotan donnaient aux
filles de ces braves la beauté et l'intelligence de la
déesse, combinées au courage de leur mère et aux
caractéristiques de leur lignée individuelle. Elles
étaient toutes uniques, même si, d'après le Mythos,
on reconnaissait une Valkyrie à ses yeux, qui devenaient argentés en cas de vive émotion.

Ceux d'Emma changeaient aussi de couleur quand elle buvait le sang de Lachlain.

S'il fallait en croire la légende –et il y croyait –, sa promise était donc la petite-fille de… deux dieux.

Et dire qu'il s'était estimé supérieur à elle. Un puissant roi lycae, affligé du fardeau d'une compagne imparfaite.

Il se frotta le front, bourrelé de remords, mais se contraignit à poursuivre sa lecture. Suivaient de courtes descriptions de Valkyries directement liées à Emma, il le savait. Nïx, la plus âgée, la « Diseuse de vérité ». Lucia la Raisonnable, excellent archer, qu'une malédiction condamnait à une souffrance abominable chaque fois qu'elle manquait sa cible.

Furie, leur reine, avait vécu sous le même toit que la douce Emma, enfant. D'après ses sœurs, Demestriu l'avait depuis emprisonnée au fond de l'océan pour une éternité de torture. L'expérience de Lachlain lui donnait en effet à penser que la malheureuse s'étouffait dans l'eau salée en cet instant même, au cœur d'une obscurité glaciale.

Ce qu'il apprit de Regina et d'Annika le troubla plus encore. Les frères de race de Regina avaient été exterminés jusqu'au dernier par la Horde. Quant à Annika, brillante stratège et guerrière intrépide, elle s'était vouée à la destruction des vampires.

Quand les tantes d'Emma exprimaient leur haine envers ces vampires, quand elles célébraient leur mise à mort, comment Emma ne se serait-elle pas sentie exclue ? Comment aurait-elle pu se retenir de tressaillir, en son for intérieur ? Premièrement, les Valkyries avaient toutes plusieurs siècles, alors qu'elle était née quelques décennies plus tôt. Deuxièmement, les créatures du Mythos dans leur ensemble ne pouvaient que la qualifier d'« autre », car elle appartenait forcément en ce qui les concernait à une espèce différente. Emma était « autre » par rapport à tout ce qui existait sur cette Terre.

Fallait-il y voir la racine de sa souffrance? Ses tantes faisaient-elles la différence entre elle et les membres de la Horde? Lachlain devrait prendre garde, lui aussi. Il était parfaitement capable de dire pis que pendre des vampires, sans penser une seule seconde qu'elle en était une.

La seule qualité des Valkyries, de son point de vue à lui, c'était qu'elles partageaient depuis toujours avec les Lycae une trêve inconfortable, en partant du principe que «l'ennemi de mon ennemi est mon ami». Sauf durant les Accessions, lorsque tous les immortels étaient obligés de se battre pour survivre dans le Mythos.

Ça, c'était une bonne nouvelle. Cela valait mille fois mieux que si Emma avait fait partie de la Horde. Même s'il en découlait certains problèmes.

Presque toutes les créatures du Mythos avaient, d'une manière ou d'une autre, un(e) promis(e) à laquelle elles étaient liées pour l'éternité. Les vampires un(e) fiancé(e), les démons un(e) amant(e), les fantômes un(e) conjoint(e)… Une goule même ne quittait jamais celle qui l'avait contaminée.

Les Valkyries seules ne formaient pas ce genre de lien.

Elles puisaient des forces dans leur maisonnée, mais bénéficiaient d'une parfaite indépendance lorsqu'elles s'en éloignaient. La liberté était censée représenter leur trésor le plus précieux.

— Nul ne peut empêcher une Valkyrie de conquérir sa liberté, avait dit un jour le père de Lachlain à son fils.

Or c'était exactement ce qu'il allait tenter.

Alors qu'Emma avait «affreusement peur» de lui. Et ses tantes ne savaient même pas qu'il l'avait attaquée. Elles se demandaient juste s'il ne lui avait pas infligé des avances malvenues.

Mais il l'avait bel et bien attaquée. Et il ferait pire à la pleine lune. Comme tous les Lycae qui avaient trouvé l'âme sœur, il aurait alors trop besoin d'elle, il se maîtriserait trop peu. De mémoire de lycanthrope, quand un roi occupait Kinevane avec sa dame, tout le monde quittait le château la nuit de la pleine lune – mais aussi celles d'avant et d'après – afin que le couple cède à son influence et en jouisse sans entrave.

Si seulement Emma avait éprouvé les mêmes besoins, la même agressivité que Lachlain, il lui aurait fait moins peur. Il se jura de l'enfermer à l'abri... mais il savait qu'il la rejoindrait malgré tout. Rien ne pourrait l'en empêcher.

Cela aurait été tellement plus simple si son âme sœur avait fait partie du clan.

Mais il n'aurait pas connu Emma...

À l'approche du crépuscule, deux servantes vinrent déballer et ranger les affaires de la nouvelle venue.

— Prenez-en grand soin, leur dit Lachlain, assis à son chevet. (Il se leva). Et ne la touchez pas.

Les yeux ronds, elles le regardèrent se faufiler entre les rideaux fermés pour gagner le balcon. De là, il contempla le soleil couchant et les terres environnantes, les collines, la forêt... tout ce qu'elle apprendrait à aimer, il l'espérait.

Enfin, lorsque le soleil disparut à l'horizon, il rentra. Ses sourcils se froncèrent car les servantes, postées près du lit, regardaient la dormeuse en discutant tout bas. Mais elles n'auraient pas osé la toucher... D'ailleurs, c'étaient de jeunes Lycae qui n'avaient sans doute encore jamais vu de vampire.

Au moment où il allait leur ordonner de se retirer, Emma ouvrit les yeux puis se leva à sa manière habituelle, comme si elle flottait au-dessus du lit. Les deux filles poussèrent un cri de terreur et prirent leurs jambes à leur cou, tandis qu'elle montrait les dents, sifflait et crachait en se réfugiant maladroitement contre la tête de lit.

Cela n'allait pas être facile.

— Du calme, Emma, dit-il en s'approchant. Elles ont eu aussi peur que toi, tu sais.

Pour toute réponse, elle fixa la porte un long moment, avant de poser enfin les yeux sur lui. Et de se détourner aussitôt, livide.

— Tes blessures cicatrisent bien, continua-t-il. (Sans mot dire, elle s'effleura le torse du bout des doigts.) La prochaine fois que tu boiras, je crois qu'elles finiront de guérir.

Il s'assit près d'elle en remontant sa manche, mais elle battit en retraite.

— Où suis-je ?

Son regard erra follement à travers la pièce, puis finit par s'arrêter sur le pied du lit en acajou, aux ornementations complexes. Au bout d'un moment, elle se contorsionna pour en examiner la tête, gravée des mêmes symboles. L'obscurité s'épaississait, car la pièce n'était éclairée que par le feu. Les motifs du bois semblaient se tordre dans les ombres mouvantes.

Le meuble était une véritable antiquité. Il était censé y dormir, oui, mais son âme sœur aussi. Lachlain avait souvent occupé l'endroit où Emma se blottissait à présent afin d'examiner, fasciné, les mêmes ornementations, en cherchant à se représenter sa promise.

— Tu es à Kinevane, annonça-t-il. En sécurité. Rien ni personne ne peut te faire de mal, ici.

— Tu les as tous tués ?

— Oui.

Elle hocha la tête, visiblement satisfaite de la réponse.

— Tu sais pourquoi ils nous ont attaqués ? ajouta-t-il.

— Tu me demandes ça, à moi ?

Elle chercha à se lever.

— Pas question, protesta-t-il en l'obligeant à se rallonger.

— Je dois appeler chez moi.

— Je l'ai fait la nuit dernière.

Les yeux d'Emma s'écarquillèrent.

— C'est vrai, tu me le jures ? Quand viennent-elles me chercher ?

L'idée de s'en aller lui faisait tellement plaisir qu'il en fut déçu… mais il ne pouvait vraiment pas le lui reprocher.

— J'ai eu Annika au téléphone. Je sais ce que sont tes tantes, maintenant. Et ce que tu es, toi.

La nouvelle la consterna.

— Et toi, tu leur as dit ce que tu es ?

Lorsqu'il hocha la tête, elle se détourna, rougissante… de honte, il le comprit.

Il s'efforça cependant de dompter sa colère.

— Tu as honte parce que je suis un Lycae ?

— Bien sûr.

— Du fait que tu me considères comme un animal ?

— Du fait que tu es l'ennemi.

— Je n'ai pas de différend avec ta famille.

Elle joua les perplexes.

— Les Lycae ne se sont jamais battus avec mes tantes ?

— Seulement lors des Accessions.

La dernière remontait à cinq cents ans.

— Tu en as tué ?

— Je n'ai jamais tué une Valkyrie de toute ma vie.

C'était vrai, mais il devait admettre qu'il n'avait jamais rencontré une Valkyrie de toute sa vie. Ceci expliquait sans doute cela.

Sa compagne releva la tête.

— Et cette *chose* en toi ? Qu'est-ce qu'elle mijote ?

19

Quand elle repensait à ce qu'elle avait vu pendant le combat contre les vampires, Emma en frissonnait encore.

Malheureusement pour elle, elle savait maintenant à quoi ressemblait Lachlain lorsqu'il se transformait. On aurait dit que l'image tremblotante d'un projecteur instable se posait droit sur lui, illuminant quelque chose de meurtrier, de brutal, qui la regardait, elle, avec une *avidité* absolue.

Et elle se trouvait à présent dans son lit.

— Ce que tu as vu la nuit dernière... ce n'est pas *moi*, Emma. (La lumière changeante du feu faisait danser les ombres sur le visage de Lachlain, rappel malvenu de la scène de la veille.) Juste une petite part de moi. Que je suis capable de contrôler.

— De contrôler ? (Elle hocha lentement la tête.) Alors, si tu m'as attaquée près de l'aéroport à Paris, et plus tard à l'hôtel, c'est que tu avais décidé de t'en prendre à moi ? Tu voulais vraiment m'étrangler ?

Il lui sembla qu'il retenait une grimace.

— Il faut que je t'explique. Tu sais que j'ai été capturé par la Horde, mais pas que j'ai été... torturé. Je... Mon comportement et mon esprit en ont été affectés.

En fait, elle savait qu'il avait été torturé ; elle ignorait juste de quelle manière.

— Qu'est-ce qu'ils t'ont fait?

— Il est hors de question que je t'inflige le récit de ces horreurs, répondit-il prudemment. Mais pourquoi ne pas m'avoir dit que tu étais à moitié valkyrie?

— Qu'est-ce que ça aurait changé? Je suis toujours une vampire, et mes tantes sont toujours tes ennemies.

— Pas du tout, s'obstina-t-il. Je ne considère pas comme des ennemies de faibles femmes installées sur un autre continent.

Emma trouva son ton méprisant presque aussi insupportable que l'idée de le voir batailler contre ses tantes.

— Quand Annika vient-elle me chercher?

Les yeux de Lachlain se plissèrent.

— Tu m'as promis de rester jusqu'à la pleine lune.

— Tu n'as pas… Elle ne vient pas?

— Pas maintenant.

Elle en demeura bouche bée.

— Je n'y crois pas! s'exclama-t-elle enfin. Mais comme tu arrives tout droit du passé, je veux bien t'apprendre les règles du jeu. (Elle leva le pouce.) D'abord, quand Emma manque se faire tuer par des vampires, elle a droit à une carte «Vous êtes libéré de prison» qui s'applique à ses petits camarades lycae. (L'index suivit.) Ensuite, maintenant que mes tantes connaissent ta nature, elles te tueront si tu ne me renvoies pas immédiatement à la maison. Tu ferais mieux de me relâcher le plus tôt possible.

— Si elles parviennent à trouver Kinevane, elles auront bien gagné le droit d'essayer.

Il était tellement déterminé… La lèvre inférieure d'Emma se mit à trembler.

— Tu m'empêcherais de rejoindre ma famille, alors que j'ai tellement besoin de mes proches?

Une larme brûlante roula sur sa joue. Jusqu'ici, ses pleurs avaient dégoûté Lachlain. Cette fois, il en parut... bouleversé. Il s'empressa d'effacer la goutte rose.

— Tu veux rentrer chez toi, et tu le feras, mais pas avant quelques jours.

— Qu'est-ce que ça change, quelques jours de plus ou de moins ? demanda-t-elle, sans chercher à dissimuler sa frustration.

— Je te retourne la question.

Elle serra les dents, luttant contre l'indignation et les sanglots inutiles.

Il lui prit délicatement le visage d'une main en lui caressant la joue avec le pouce.

— Écoute, reprit-il d'une voix rauque. Tu ne vas rester que peu de temps, alors je ne veux pas me disputer avec toi. Juste te montrer Kinevane.

Il se leva, s'approcha des épais rideaux et les ouvrit en grand, avant de regagner le chevet d'Emma. Elle eut beau se pencher en arrière en se raidissant de tout son corps, il la souleva dans ses bras pour la porter jusque sur le balcon.

— Ça va t'étonner, mais le domaine m'appartient toujours. Il n'y a pas de Wal-Mart.

La lune se levait sur un château majestueux, dont elle éclairait l'antique façade et les pelouses magnifiques. Le brouillard qui se refermait peu à peu sur la bâtisse avait un vague parfum de sel.

Lachlain montra quelque chose, au loin.

— D'ici, on ne voit pas les murs de la propriété, mais sache qu'en leur enceinte, tu es parfaitement à l'abri.

Lorsqu'il l'assit sur la balustrade, les jambes d'Emma se glissèrent aussitôt entre les piliers de marbre, quoiqu'il la tienne toujours par les hanches.

Il s'en aperçut, fronça les sourcils, mais ne fit aucun commentaire.

— Qu'est-ce que tu en penses ? s'enquit-il seulement.

Sa fierté manifeste se comprenait parfaitement. La façade en pierre du château était percée de fenêtres entourées de motifs en brique, assortis aux allées et au fond de l'énorme cheminée de la chambre. Les jardins semblaient immaculés, et s'il fallait en croire les appartements du maître des lieux, Kinevane était sans conteste un monument de luxe. Avec sa sensibilité de Valkyrie, Emma ne pouvait que l'admirer.

— Alors ?

Il attendait, visiblement plein d'espoir – celui qu'elle aime sa demeure.

— Au moins, dans quelques jours, ce sera la pleine lune, répondit-elle en levant les yeux au ciel.

Quand elle se retourna vers lui, il serrait les dents. Elle rejeta en arrière sa chevelure emmêlée, qui lui parut pleine de débris sablonneux.

— Bon, je vais me doucher.

Emma se baissa pour jeter un coup d'œil dans la chambre, derrière son compagnon, puis se tortilla jusqu'à ce qu'il la lâche.

— Je vais t'aider... Tu es encore affaiblie...

— Une douche. Seule ! cracha-t-elle en pénétrant dans la salle de bains luxueuse – et moderne – dont elle s'empressa de fermer la porte à double tour.

À sa grande horreur, elle s'était aperçue qu'elle avait les ongles sales ! Ôtant la chemise dont Lachlain l'avait revêtue – une de ses chemises à lui –, elle examina les marques hideuses qui descendaient sur son torse en longs bourrelets. Un gémissement lui échappa, tandis qu'elle vacillait. Jamais, de toute sa vie, elle n'oublierait le regard du vampire juste avant qu'il ne la blesse. À ce moment-là, elle avait amèrement regretté son coup de tête. Ça va être ma fête, s'était-elle dit alors qu'il levait la main. Mais pourquoi l'avait-elle provoqué ?

Elle fit couler la douche et attendit que la vapeur s'en élève pour se glisser sous le jet d'eau. Une cataracte rouge dégringola autour d'elle, emportant le sang séché pris dans ses cheveux. Frissonnante, elle se concentra sur le torrent coloré. Pourquoi, mais pourquoi l'ai-je provoqué ?

Sauf que… qui s'en était sorti, hein ?

Elle aurait dû être morte. Elle ne l'était pas. Elle avait survécu à ses agresseurs.

Emma fronça les sourcils. Elle avait survécu à des vampires. Au soleil. À l'attaque d'un Lycae. Tout cela en une semaine. Les pires peurs de sa vie étaient complètement… dépassées.

— Il vaudrait quand même mieux que je t'aide.

Elle se retourna en sursaut.

— Tu devrais t'acheter des actions dans une usine de serrures ! J'ai dit *seule* !

Il acquiesça.

— Oui, c'est ce que tu dis toujours, et je reste toujours. On fonctionne comme ça.

Il exprimait avec calme, d'un air très raisonnable, une idée complètement délirante.

Ton intimité ? Tu n'en as plus… La main d'Emma se referma sur un flacon de shampoing, *son* flacon de shampoing, déballé en prévision de son séjour. Il fila comme une flèche vers sa cible, mais Lachlain l'esquiva sans difficulté. La bouteille disparut dans la chambre, où s'éleva un bruit de verre brisé qu'Emma trouva profondément satisfaisant. Mais pourquoi provoquait-elle son hôte ?

Parce que ça fait du bien.

Il haussa le sourcil.

— Tu vas encore te faire mal.

Elle attrapa le démêlant à l'aveuglette.

— Pas avant de te faire mal, à toi.

En voyant partir le deuxième flacon, Lachlain eut un petit hochement de tête.

— Bon, très bien.

Quand il sortit et referma la porte derrière lui, il admit en son for intérieur qu'il allait lui falloir un peu de temps pour s'habituer à ne pas régner en maître chez lui.

Son regard se posa alors sur le miroir qui n'avait pas de prix que venait de casser la bouteille, un miroir qui se trouvait là depuis des siècles, le plus vieux du monde, peut-être. Il haussa les épaules. Au moins, Emma guérissait.

Il passa ensuite un quart d'heure à rôder dans le couloir, l'oreille tendue, au cas bien improbable où elle l'appellerait. Comment la persuader de se nourrir ? Si elle gagnait en force grâce au sang qu'elle lui prenait, il fallait qu'elle recommence. D'ailleurs, il y veillerait.

Elle était furieuse parce qu'elle aurait voulu retrouver sa famille. Il la comprenait parfaitement, mais il ne pouvait la laisser partir. Ce n'était tout simplement pas possible. À moins de l'accompagner, peut-être ? Soumis à l'interdiction absolue de faire du mal à la moindre Valkyrie, même pour se défendre...

Il regrettait de devoir se montrer aussi dur avec elle, après tout ce qu'elle avait subi, mais ils n'avaient pas le temps de faire des histoires.

Lorsqu'il regagna leur chambre, elle s'était douchée... et habillée comme pour sortir.

— Non mais, qu'est-ce que tu crois ? s'exclama-t-il, agacé. Tu as besoin de repos. Au lit !

— Je sors. Tu m'as bien dit que j'étais en sécurité.

— Évidemment. Je vais t'emmener...

— Je sors pour m'éloigner de toi. Tu peux m'obliger à rester à Kinevane quatre nuits de plus, d'accord, mais ça ne veut pas dire que je dois les passer avec toi.

— Alors bois avant, dit-il en la prenant par le coude.

Elle jeta à sa main un regard meurtrier.

— Lâche-moi.

— Il faut que tu boives, nom de Dieu ! rugit-il.

— Va te faire foutre ! riposta-t-elle sur le même ton en se dégageant violemment.

Quand il l'attrapa de nouveau par le bras, elle réagit si vite que le geste en devint flou. Lachlain lui saisit le poignet juste à temps pour éviter une gifle monumentale.

Il émit un grognement bas, menaçant, contraignit Emma à s'adosser au mur et lui posa la main derrière la tête.

— Je t'ai déjà dit de ne plus me frapper. Je te préviens : la prochaine fois que tu essaieras, il y aura des représailles.

Elle garda la tête haute... en espérant que son regard n'était pas trop révélateur.

— Un seul de tes coups de griffes risque de me tuer.

— Jamais je ne t'infligerai le moindre coup de griffes, protesta-t-il d'une voix rauque. (Il se pencha pour lui effleurer les lèvres d'un baiser.) Je considérerai à chaque fois que tu m'as donné le droit de t'embrasser.

Elle sentit ses mamelons durcir et la colère l'envahir, à cause de la trahison de son corps. Apparemment, il était plus soumis à Lachlain qu'à elle. Malgré la panique et les déchirements des dernières nuits, il suffisait que le Lycae la frôle de manière sensuelle pour qu'elle ait envie de lui. Alors qu'elle était terrifiée par la bête tapie au fond de son être. Que se passerait-il s'il se transformait pendant qu'ils faisaient l'amour ? Cette pensée l'aida à s'écarter de lui.

— Je sais que tu veux davantage qu'un baiser. C'est bien pour ça que tu m'obliges à rester jusqu'à la pleine lune, non ? Pour coucher avec moi ?

— Je ne nie pas que je te désire.

— Et si je te proposais d'en finir ? Cette nuit même ? Et de me relâcher demain ?

Elle eut parfaitement conscience que Lachlain réfléchissait, avant de répondre :

— Tu coucherais avec moi pour me quitter quelques jours plus tôt ? (L'idée paraissait presque le choquer.) Ton corps en échange de ta liberté ?

— Pourquoi pas ? (Elle baissa la voix.) Songe à tout ce que j'ai fait sous la douche, à Paris, pour un simple coup de fil…

Il tressaillit, lui tourna le dos, s'approcha de la cheminée en boitant puis considéra les flammes, la tête basse. Jamais elle n'avait vu personne regarder le feu de cette manière. Concentrée. La plupart des gens semblaient se perdre dans une contemplation hypnotique ; Lachlain, non. Attentif, les prunelles mobiles, il paraissait suivre dans le foyer le dessin mouvant de chaque flamme.

— Je tiens à te dire que je regrette la manière dont je me suis conduit avec toi, mais je ne te laisserai pas partir maintenant. Tu es libre de te promener dans la propriété, si tu veux. Il y aura des gardes pour te protéger.

Libre de se promener dans la propriété… Emma mourait d'envie d'explorer les environs, depuis qu'elle avait senti l'odeur du sel. Sans un regard en arrière, elle regagna le balcon, grimpa sur la balustrade puis se laissa tomber dans la nuit.

— Je sais que tu me reviendras avant l'aube.

Tels furent les derniers mots qui lui parvinrent.

20

Dès qu'Emma se mit en route dans la brume, elle sentit qu'elle était suivie.

Lachlain lui avait donc bien envoyé des gardes. Quoique... Vu sa propension à se mêler de ce qui ne le regardait pas, il s'agissait sans doute davantage d'espions. Une femme indépendante, dotée d'un minimum de fierté, n'aurait sans doute pas apprécié une ingérence pareille. Quant à Emma... Si jamais Kinevane n'était pas aussi sûr que le lui avait affirmé son ravisseur et si les vampires attaquaient de nouveau, ma foi, c'était peut-être une bonne chose...

Elle passa un moment à explorer le parc, avant de découvrir une maisonnette luxueuse. Les fleurs sauvages qui l'entouraient s'étaient épanouies pendant la journée, mais avaient pris en se flétrissant quelque chose de lugubre.

L'endroit n'en était pas moins agréable, d'où on avait vue sur le lac... ou le loch... voilé de brume. Cela lui rappelait le manoir de Louisiane... plus ou moins.

Emma ferma les yeux à cette évocation. Que n'aurait-elle donné pour être de retour là-bas ! La veille, elle avait raté la soirée Xbox ; cette nuit, elle aurait dû faire du cheval dans le bayou...

Elle bondit sur la balustrade puis se mit à faire les cent pas, tournant sans fin autour de la maisonnette.

Il lui était arrivé tellement de choses. Avant de partir en voyage, elle aspirait désespérément à une existence *différente*… mais à présent, elle s'apercevait qu'elle avait eu la belle vie. Elle s'était sentie seule, d'accord, elle avait regretté de ne pas avoir d'amant… mais maintenant qu'elle se trouvait chaque nuit confrontée à un mâle buté et autoritaire, qui de surcroît la retenait prisonnière, il lui semblait qu'un amant était une chose incroyablement surévaluée.

En Louisiane, il lui arrivait aussi de se sentir totalement étrangère à la maisonnée – elle ne savait pas quoi faire quand ses tantes crachaient sur les vampires, par exemple – mais c'était très rare. Les Valkyries ne se gênaient pas non plus pour la taquiner, mais si elle y réfléchissait une minute, elles taquinaient tout le monde. Myst, par exemple. Des années plus tôt, après l'histoire du général vampire, les autres l'avaient surnommée Mysty l'Allumeuse de vampires.

Comment fait-on pour séparer Mysty d'un vampire ? On y va au pied-de-biche.

Cette pensée surprit tellement Emma que sa bouche s'entrouvrit. Ses tantes la traitaient peut-être différemment, admettons, mais *pas* en étrangère. Son insécurité avait-elle influencé la manière dont elle les voyait ? Cette fois, lorsqu'elle évoqua le jour où on lui avait brûlé la main, la scène lui apparut sous un jour différent. Au moment où elle en avait retrouvé le souvenir, il l'avait blessée, bouleversée. À présent, elle y découvrait deux détails importants. Regina s'était jetée sur elle, tremblante à l'idée de ce qui avait failli se passer. Et Furie avait dit qu'Emma était comme elles toutes.

Elle sentit ses lèvres se retrousser. Furie l'avait dit. Leur *reine*.

L'excitation l'envahit. Elle avait hâte de rentrer chez elle, pour regarder sa maisonnée avec des yeux neufs. Elle mourait d'envie d'apprécier à sa juste valeur tout ce qu'elle avait tenu pour acquis – ou dont elle n'avait même pas eu conscience. Il lui tardait de s'endormir environnée des bruits rassurants des insectes du bayou et des cris de sa famille. De se coucher dans ses propres couvertures, entassées sous le lit immense de sa chambre... pas dans le lit massif de Lachlain. Il lui semblait que les symboles qui y étaient gravés racontaient une antique histoire, où elle avait un rôle à jouer – Freyja l'en garde...

À un moment, en tournant autour d'une colonne, elle se planta une grosse écharde dans la paume. Quelques jours plus tôt, elle aurait poussé un cri de douleur. Là, elle se contenta de soupirer. Tout est relatif. Quand on s'était fait labourer la poitrine comme un carré de légumes, qu'est-ce que c'était qu'une écharde? Un petit ennui de rien du tout...

La tête inclinée de côté, elle contempla l'éclat de bois. Ses sourcils se froncèrent, tandis que les souvenirs l'envahissaient. Elle avait de nouveau rêvé de Lachlain, aujourd'hui.

Dans son sommeil, elle avait revu leur dernier... intermède sexuel, de son point de vue à *lui*.

Les yeux fixés sur le mince filet de sang qui entourait le bout de bois, elle se laissa emporter par le rêve. Les échardes de la tête de lit s'enfonçaient dans les paumes de ses grandes mains, qui la réduisaient en miettes. Peu lui importait la douleur. Il fallait qu'il laisse les mains où elles étaient. Il le *fallait*.

Le besoin ardent de caresser Emma luttait en lui contre l'envie de gagner sa confiance. Il mourait d'envie de la toucher... le désir croissait, le poussait à se coller à elle...

Il rejetait la tête en arrière en se retenant de toutes ses forces de jouir.

Mais la longue chevelure d'Emma coulait sur lui, les hanches d'Emma allaient et venaient sur lui, ses seins se pressaient contre lui. Il la sentait boire avidement à son cou. Ce n'était plus possible...

Elle vacilla en échappant brusquement à la vision. Cligna des paupières.

Il s'était conduit en homme d'honneur. Il avait tenu parole, malgré les assauts du désir. Elle aurait voulu retourner à cette nuit-là et lui donner ce dont il avait si désespérément besoin, mais elle ne le pouvait pas ; ce n'était qu'un rêve. Ou un souvenir. Lorsqu'elle tomba de la balustrade, l'instinct la fit atterrir accroupie, mais elle s'effondra aussitôt par terre.

Il y avait eu aussi le rêve du collier...

Elle devenait folle. À la manière de Nïx, qui voyait des choses qu'elle n'aurait pas dû voir.

Qu'est-ce que tu m'as fait, Lachlain ?

Assise dans l'herbe humide, en terre étrangère, Emma n'avait personne à qui confier ses interrogations.

À l'aube, elle n'était toujours pas de retour dans leur chambre.

Les gardes l'avaient vue rentrer au château, ils avaient apposé les sceaux protecteurs adéquats sur les issues de la bâtisse, mais Lachlain dut mener une heure de recherches frénétiques avant de la trouver recroquevillée sous un escalier, endormie dans un placard à balais. S'était-elle doutée que les détergents et les produits d'entretien couvriraient son odeur ?

Il grinça des dents en la regardant roulée en boule, tremblante, couverte de poussière. L'inquiétude qui le taraudait se mua instantanément en colère.

— Nom de Dieu, Emma ! s'exclama-t-il en la soulevant dans ses bras.

À quoi pensait-elle en faisant une chose pareille ? Il allait lui fixer des règles, et elle aurait intérêt à...

Le soleil envahit le vestibule. Lachlain se réfugia dans un coin, couvrant son fardeau de son corps.

— La *porte* !

— Toutes mes excuses, lança derrière lui une voix traînante familière, tandis que la porte se refermait. Je ne savais pas qu'il y avait des vampires parmi nous. Tu devrais mettre une pancarte.

Dans la pénombre revenue, il se tourna vers Bowen, son plus vieil ami. La joie que lui inspiraient les retrouvailles s'affaiblit, quand il constata d'un coup d'œil que le visiteur avait perdu énormément de poids. Lui qui pouvait autrefois se targuer de posséder la même carrure que son suzerain avait beaucoup maigri.

— J'étais déjà surpris de te voir sain et sauf… mais on dirait qu'il y a encore plus surprenant ! (Bowen s'approcha pour examiner fort impoliment Emma, toujours endormie, lui souleva les cheveux puis lui tapota le menton.) Ravissante… mais pas très propre, si je puis me permettre.

— Ce matin, elle s'est couchée sous l'escalier. (Lachlain secoua la tête.) Enfin… je te présente Emmaline Troie. Ta reine.

Bowen haussa le sourcil, trahissant l'émotion la plus vive que son ami lui ait vue depuis que son âme sœur l'avait quitté.

— Une reine *vampire* ? Le destin est vraiment contre toi. (Il poursuivit son examen, sous le regard mécontent de Lachlain.) Et aux oreilles pointues ?

— Elle est à moitié valkyrie. Ses tantes l'ont élevée dans leur maisonnée, à l'écart de la Horde.

— Ma foi, on dirait qu'il se passe des choses intéressantes, dans le coin.

Bowen n'avait pourtant pas l'air tellement intéressé.

Emma, frissonnant, enfouit le visage contre la poitrine de Lachlain.

— Je crois que je ne t'ai jamais vu aussi épuisé, reprit l'arrivant en le soumettant lui aussi à un regard scrutateur. Va faire couler un bain à ta petite... elfe, et mets-toi au lit. Moi, je vais me prendre un whisky.

Il n'était pas huit heures du matin...

Dans l'après-midi, Bowen en arriva à la conclusion que son roi était devenu fou.

Il se versa un scotch, un de plus, qu'il sirota en réfléchissant. Bon, il aurait dû être le dernier des lycanthropes à douter d'un frère persuadé d'avoir trouvé l'âme sœur, mais cela, c'était tout simplement trop tiré par les cheveux. Lachlain voulait faire sa reine d'une vampire – enfin, d'une métisse – alors qu'il n'existait pas pires ennemis que vampires et Lycae...

Où qu'il ait passé les cent cinquante dernières années, le séjour lui avait visiblement fait perdre l'esprit...

Bowen releva la tête, tiré de ses pensées par les odeurs qui s'échappaient de la cuisine. Les serviteurs anticipaient la pleine lune en faisant le grand ménage et en préparant toutes sortes de délices avant de quitter le château. Les fours dégageaient exactement les arômes de son enfance. À vrai dire, la cuisine avait toujours été sa pièce préférée. Ses sourcils se froncèrent, tandis qu'il cherchait à se rappeler quand il avait mangé pour la dernière fois. Peut-être devrait-il réquisitionner la part de la vampire. Après tout, elle n'en avait pas besoin...

Lorsque enfin Lachlain arriva dans son bureau, il considéra Bowen d'un air réprobateur.

— Mon Dieu, ne me dis pas que tu bois depuis ce matin ?

— Que veux-tu que j'y fasse ? Il y a toujours eu à Kinevane le meilleur des whiskys.

Le visiteur servit d'autorité un verre bien tassé au maître des lieux, qui le prit puis se laissa tomber dans son fauteuil. Il semblait encore plus épuisé qu'à l'aube.

Pourtant, vu ses vêtements froissés, on aurait juré qu'il se réveillait tout juste. Il avait aussi le cou éraflé… Non, ce n'est pas possible… À la réflexion, Bowen poussa le carafon vers son hôte. Lequel arqua le sourcil.

— Il me semble que tu vas en avoir besoin, quand tu vas m'expliquer où tu étais passé et pourquoi on n'a pas réussi à te mettre la main dessus pendant des dizaines et des dizaines d'années.

Le visiteur s'aperçut avec étonnement qu'une note de colère s'était glissée dans sa voix, comme s'il reprochait à son ami d'avoir disparu.

— Vous ne m'auriez jamais trouvé. Pas plus que je n'ai trouvé Heath.

Lachlain s'était exprimé du ton froid qu'il employait toujours pour parler de son plus jeune frère.

Bowen secoua la tête au souvenir de Heath. Il était tellement coléreux qu'il avait décidé de partir venger son père, sans comprendre que ceux qui se mettaient en tête de tuer Demestriu disparaissaient à jamais.

— Tu étais à Helvita ?

— Un moment, oui.

— Tu ne l'as pas vu ?

L'expression de Lachlain était éloquente : pure souffrance.

— La Horde… ne l'a pas pris vivant.

— Je suis désolé. Vraiment. (Un long silence suivit, que Bowen rompit enfin, les sourcils froncés.) Tu as dit « un moment »…

— Par la suite, Demestriu a préféré me faire emprisonner dans les Catacombes.

— Les Catacombes ?

On racontait parmi les créatures du Mythos que les vampires disposaient dans les profondeurs de Paris d'un feu éternel, qu'ils entretenaient afin de torturer les immortels capables de survivre à sa brûlure sans fin. L'estomac de Bowen se noua.

Comme Lachlain ne répondait pas, mais sirotait son whisky, il s'enquit :

— C'est vrai, pour le feu ? Combien de temps ?

— Le cachot, une décennie. Après… le feu.

Bowen vida son verre cul sec, puis se saisit du carafon.

— Comment se fait-il que tu n'aies pas perdu l'esprit, nom de Dieu ?

— Tu n'as jamais mâché tes mots. (Lachlain se pencha en avant, les traits crispés.) Je l'avais perdu, quand je me suis échappé. J'enchaînais les crises de rage, je détruisais tout ce qui m'étonnait… je n'avais que de rares instants de lucidité. Lorsque j'ai fini par trouver Emma, j'en étais encore à essayer de venir à bout de la folie.

— Comment as-tu fait pour t'échapper ?

Lachlain hésita, avant de remonter sa jambe de pantalon.

Bowen se pencha pour regarder sa jambe, puis exhala un sifflement.

— Tu as été amputé ?

Lachlain fit redescendre le tissu d'une chiquenaude.

— Je n'avais pas beaucoup de temps. Les flammes s'étaient calmées, et je la sentais, elle, à la surface. (Il reprit son verre pour s'octroyer une lampée de whisky.) J'avais peur de la perdre, après tout ce temps.

— Tu t'es… coupé la jambe ?

— Oui.

Il était sur le point de réduire son verre en miettes dans son poing. Bowen s'en aperçut et changea de sujet.

— Comment ça se passe avec elle ?

— Au début, elle était terrorisée. Je perdais sans arrêt la maîtrise de moi-même. Mais ç'aurait sans doute été encore pire si elle n'avait pas été là. À mon avis, je ne m'en serais tout simplement jamais remis. Elle m'apaise, et elle occupe tellement mes pensées que je n'ai pas le temps de m'attarder sur le passé.

La belle calme donc la bête ? songea Bowen.

— Et où l'as-tu trouvée, ton Emmaline Troie, toi qui l'avais cherchée si longtemps ? Où se cachait ta jolie petite reine ?

— Elle n'a que soixante-dix ans.

Le front de Bowen se plissa.

— Si jeune... A-t-elle comblé tes espoirs ?

— Elle a fait bien davantage. (Lachlain se passa la main dans les cheveux.) Jamais je n'aurais imaginé une âme sœur pareille. Elle est très intelligente, avec un esprit si subtil, si complexe que je n'aurai pas trop de l'éternité pour en faire le tour. Et puis elle est tellement belle, tellement secrète... ça, c'est carrément frustrant... tellement différente des autres femmes. (Il but une gorgée de whisky, qu'il apprécia réellement, cette fois-ci.) Plus je m'habitue à son accent, plus j'admire son sens de la repartie.

Ses lèvres s'étirèrent sans qu'il en ait conscience, au souvenir d'une réplique malicieuse de sa bien-aimée. Lorsque son regard se reposa sur son interlocuteur, il ajouta :

— Je ne m'attendais pas à ce qu'elle ait de l'humour, mais j'en suis enchanté.

Quelque chose d'extraordinaire était à l'œuvre, car jamais, autrement, il n'aurait ébauché un sourire si peu de temps après avoir évoqué les tortures dont il avait été victime. Bowen en était arrivé un peu plus tôt à la conclusion que son ami nageait en plein délire, mais il venait de changer d'avis. Lachlain était fou, oui... de cette Emmaline. De toute évidence, elle était sienne.

— Comment vas-tu faire en pratique, pour la vie commune ? Son rythme circadien et son alimentation sont très importants.

— Elle boit à mes veines. Elle n'avait jamais bu à un autre être vivant.

Malgré l'éraflure qu'il avait remarquée, le visiteur ne put que s'étonner.

— Tu veux dire qu'elle ne tue pas ?

— Jamais, répliqua fièrement Lachlain. Je me posais des questions, moi aussi, mais elle est très douce... elle ne ferait pas de mal à une mouche. Il a fallu que je l'oblige à prendre mon sang.

— Voilà pourquoi ta jambe ne guérit pas aussi vite qu'elle le devrait.

— Ce n'est pas cher payer.

— Et que se passe-t-il, quand elle boit ? (Bowen enchaîna, sans laisser à son interlocuteur le temps de répondre.) L'expression que tu essaies de me dissimuler est révélatrice.

Seigneur. Lachlain *aimait* cela.

— C'est extrêmement... agréable, mais surtout, je crois que ça nous lie l'un à l'autre. Ça nous unit. De mon côté, en tout cas... Je me demande si maintenant, je n'ai pas encore plus besoin qu'elle.

Fou d'elle. Vampire ou non, Bowen enviait Lachlain.

— Et comment une aussi jeune immortelle affronte-t-elle le destin qui a fait d'elle ta reine ?

— Elle ne le sait pas encore.

Devant l'expression du visiteur, Lachlain continua :

— Et elle le prendrait mal. Je te l'ai dit tout à l'heure, j'étais... je ne l'ai pas traitée avec le respect qui lui est dû. Je n'ai même pas fait l'effort de dissimuler les sentiments que m'inspirait sa nature de vampire. Tout ce qu'elle veut, c'est rentrer chez elle, et je ne peux vraiment pas le lui reprocher.

— Je me demandais aussi pourquoi tu ne l'avais pas marquée. Nous vivons une époque dangereuse.

— Je sais. Crois-moi, je sais. J'ai passé des siècles à m'imaginer en train de dorloter mon âme sœur, mais finalement, j'ai fait de sa vie un enfer.

— Alors pourquoi lui en voulais-tu, ce matin ?

— Je me suis énervé parce que j'étais inquiet. Maintenant, ça va, j'ai repris mon calme.

Bowen plissa les yeux.

— Tu ne l'as pas faite tienne. Tu risques de la perdre...

— C'est ce qui s'est passé avec Mariah?

Lachlain savait qu'il n'aurait pas dû évoquer Mariah : la promise de son ami d'enfance, une elfe, était morte en cherchant à lui échapper. Bowen lui jeta un regard terrible, et il ajouta :

— Je sais que tu n'as aucune envie d'en parler, mais dans mon cas, y a-t-il quelque chose de particulier à savoir ?

— Oui. Ton Emma est *différente,* et elle le restera. Ne te bute pas ; ne sois pas stupide ; n'essaie pas de l'obliger à nous imiter... ou alors, ton histoire se terminera comme la mienne, conclut Bowen tout bas. (Lachlain ouvrit la bouche, hésita.) Oui ? Vas-y, ça ne me dérange pas que tu me poses des questions.

— Comment peux-tu ? Comment peux-tu continuer à vivre, si longtemps après ? Maintenant que je comprends vraiment ce que tu as perdu, je ne crois pas que je pourrais.

Le visiteur arqua le sourcil.

— Moi, je ne crois pas que je supporterais que la chair me cuise sur les os en permanence, pendant des dizaines et des dizaines d'années, sans devenir fou à lier. (Il haussa les épaules.) Nous avons tous nos petits problèmes.

Il n'y avait cependant pas de comparaison possible, ils le savaient tous les deux. Bowen serait allé en enfer avec plaisir, s'il avait eu une chance d'y retrouver Mariah.

— Tu crois qu'elle... (Lachlain s'interrompit, les sourcils froncés.) Tu étais là quand elle est morte ?

Son ami se détourna, livide.

— Je l'ai... enterrée de mes mains, murmura-t-il d'une voix quasi inaudible.

Elle était bel et bien morte, il le savait, mais il savait aussi que le Mythos avait un côté imprévisible, car les lois qui le régissaient étaient dans une certaine mesure fluctuantes. Il passait à présent sa vie à chercher un moyen de ramener Mariah.

Que lui restait-il d'autre ?

Lachlain l'examinait avec attention.

— Rien ni personne ne peut la ramener.

— Nul n'échappe à la Horde, riposta Bowen. Un Lycae ne peut avoir une promise vampire. Une métisse valkyrie-vampire, ça n'existe pas. Je ne vois pas ce qui te permet de distinguer le possible de l'impossible...

Son hôte ne lui répondit pas, visiblement persuadé qu'il s'illusionnait – mais se demandant sans doute s'il fallait le lui dire.

— Tu as raison, acquiesça-t-il enfin, à la grande surprise de Bowen. Il arrive des choses tellement bizarres. Si tu m'avais dit il y a deux semaines que mon âme sœur était une vampire, je t'aurais traité de malade.

— Exactement. Alors ne t'occupe pas de moi. Tu as assez de pain sur la planche. Hermann m'a raconté que tu avais été attaqué par trois vampires, la nuit dernière ?

— Oui, mais ces temps-ci, la Horde s'en prend aux Valkyries du monde entier. Je me demande si elle n'est pas à la recherche d'Emma.

— Peut-être. C'est la première femelle vampire dont j'ai entendu parler depuis des siècles.

— Raison de plus pour détruire la Horde. Il est hors de question qu'elle s'empare de ma promise.

— Tu as des projets ?

— Je retrouverai sans problème les Catacombes. Nous y tendrons une embuscade en attendant le retour des gardes, et nous les obligerons à nous révéler où se trouve Helvita.

— Nous avons déjà torturé des vampires sans jamais réussir à leur arracher l'information.

Une expression meurtrière figea les traits de Lachlain.

— Ils m'ont beaucoup appris sur la torture.

Ses blessures extérieures guérissaient, mais ses souffrances intérieures subsistaient. Il avait raison : s'il n'avait pas trouvé son âme sœur à ce moment-là... Alors que lui arriverait-il, quand il la quitterait dans l'espoir de se venger ?

— Tu es prêt pour la guerre ? ajouta-t-il.

Bowen lui jeta un coup d'œil ennuyé.

— Évidemment. Comme toujours. Mais je m'étonne que tu sois si pressé. Tu as vraiment envie de te séparer de ta promise ?

— Je n'ai guère de temps à consacrer au passé, je te l'ai dit, mais lorsque je l'aurai faite mienne et convaincue de vivre avec moi, il faudra bien que je me mette en quête de vengeance.

— Je comprends.

— Je n'en suis pas sûr. Chaque jour de cet enfer, je me jurais de me venger. Je ne puis oublier des serments pareils.

Le verre de Lachlain vola en éclats dans sa main. Il baissa les yeux vers les débris luisants, avant de conclure d'une voix rauque :

— Il ne me restait rien d'autre.

— Tu sais pertinemment que je me battrai à ton côté. Garreth et les autres aussi. Ils en seront ravis. Mais je ne crois pas que nous puissions vaincre. Du moment qu'ils glissent, peu importe que nous soyons plus forts et plus nombreux. Nous sommes condamnés à perdre.

— Nous sommes plus nombreux ?

— Oh, oui, nous sommes des centaines de milliers, maintenant.

Devant l'incrédulité de son interlocuteur, Bowen poursuivit :

— Le clan a pu prendre ses aises, loin de la Horde. Nous en sommes revenus aux traditions, avec des familles de sept ou huit enfants... parfois même dix. Le seul problème de l'Amérique, c'est qu'il s'y trouve deux maisonnées de Valkyries. (Il eut un sourire exagéré.) Or tes parentes par alliance ont un sens aigu du territoire...

— Inutile de me le rappeler, riposta Lachlain, maussade.

— À propos, si moi, qui ai une vie sociale limitée, j'ai entendu dire qu'il se passait des choses au château, je ne doute pas que d'autres soient également au courant. Le temps va te manquer. Tu ne pourrais pas faire du charme à la demoiselle, par hasard?

— Il y a deux nuits, je... j'ai failli l'étrangler dans mon sommeil, admit-il d'un air sombre.

Bowen fit la grimace, autant à l'évocation de l'incident que devant la honte palpable de son ami. Lequel précisa:

— Et puis, quand les vampires ont attaqué, je me suis transformé.

— Mon Dieu. Quel effet ça lui a fait?

— Elle a eu une peur bleue, évidemment. Maintenant, elle se méfie encore plus de moi.

Lachlain se frotta la nuque.

— Tu pourrais lui raconter ce qui t'est arrivé... suggéra Bowen.

— Jamais de la vie. Elle parviendra à m'aimer, j'en suis sûr, j'ai besoin d'y croire. Et là, ça lui ferait trop mal de savoir ce que j'ai enduré. Non, il me faut juste un peu de temps. Si seulement je pouvais accélérer l'évolution de ses sentiments...

Le visiteur vida son verre, puis en contempla le fond.

— Tu n'as qu'à la saouler. Les humains se servent souvent de ce moyen-là. Ça affaiblit les inhibitions – momentanément, en tout cas...

Lachlain faillit s'amuser de la suggestion, avant de s'apercevoir qu'elle était parfaitement sérieuse.

Il secoua la tête.

— Non. Pas tant qu'il me reste une chance.

Il jetait à présent des coups d'œil répétés vers la fenêtre, sans doute conscient que le crépuscule approchait.

— Vas-y, lui dit Bowen. Il vaut mieux que tu sois là à son réveil.

Lachlain acquiesça en se levant.

— Je préfère être là avant son réveil. Ma promise aime dormir par terre, mais j'y ai mis le holà. Je ne veux pas…

— *Espèce de salope de mes deux !* hurla alors une femme, dans la galerie du rez-de-chaussée.

21

Le maître des lieux se précipita vers la balustrade pour voir ce qui se passait en contrebas.

— Cassandra est là, murmura son ami dans son dos, énonçant l'évidence.

En effet, Cassandra avait plaqué Emma à terre, où elle cherchait à l'étrangler. Lachlain attrapa la balustrade à deux mains, prêt à bondir, mais Bowen le tira en arrière.

— Ne te mêle pas de ça! protesta son suzerain. Cass est en train de lui faire du mal. Je vais la tuer!

Comme la poigne qui le retenait ne faiblissait pas, il assena un coup de poing – de la main gauche, la plus faible, par habitude. Bowen, qui s'y attendait, l'attrapa par le poignet et lui tordit le bras dans le dos.

— Tu te sens toujours coupable de m'avoir assommé quand on était gamins, hein? Je te l'ai dit et répété cent fois: j'ai fini par me réveiller, d'accord? Maintenant, regarde, et tâche de faire un peu plus confiance que ça à ton âme sœur.

Lachlain regarda donc de tous ses yeux – en se préparant à balancer son coude libre en pleine figure à son ami d'enfance – Emma assener un grand coup de tête dans le nez de Cassandra. Il hésita.

— Ton Emmaline n'est même pas essoufflée. Et si elle ne règle pas la question maintenant, les autres passeront leur temps à la provoquer. Tu oublies que nous sommes une race de brutes qui ne révèrent que la force.

Bowen avait craché les derniers mots, comme s'il ne faisait que citer quelqu'un d'autre.

— Je m'en fiche, bordel. Elle est petite, elle a été blessée la nuit dernière...

— Elle est maligne... et entraînée, affirma Bowen avec calme en lâchant enfin prise.

Emma venait en effet d'écarter son adversaire, qu'elle frappa aussitôt à la poitrine, des deux pieds — un mouvement si rapide qu'il en fut invisible. Cassandra s'envola littéralement. Lachlain secoua la tête, incrédule.

Pendant ce temps, Bowen s'était servi un scotch et avait approché des fauteuils de la balustrade.

La Lycae écarta les cheveux qui lui tombaient dans la figure.

— Tu vas me le payer, espèce de sangsue !

Emma la gratifia d'un coup d'œil ennuyé en se remettant sur ses pieds avec grâce, mais ses yeux avaient viré à l'argenté.

— Vas-y, tente ta chance.

Bowen avait raison : elle n'était même pas essouf-flée.

Cassandra releva le défi en se jetant sur elle et profita de sa haute taille pour la plaquer à terre, avant de lui assener un bon coup de poing sur la bouche.

Lachlain poussa un rugissement de fureur, bondit par-dessus la balustrade, mais n'eut pas le temps d'intervenir : déjà, Emma balafrait de ses griffes le ventre de son assaillante, se dégageait violemment, se redressait puis frappait de toutes ses forces, du dos de la main.

Ce coup-ci, il le connaissait.

Cassandra s'écrasa contre le mur du fond. Une tapisserie se détacha et lui tomba dessus. Elle ne se releva pas.

— Il ne manquait qu'une chose à ce match : un ring plein de boue ! lança Bowen, qui venait d'atterrir derrière son ami.

Lorsque Lachlain s'approcha d'Emma et la prit par les épaules, elle s'écarta brusquement en lui envoyant par réflexe un coup de poing qui le cueillit à l'œil droit. Il serra les dents, s'ébroua, puis l'examina des pieds à la tête, de crainte qu'elle n'ait été blessée. Oui... elle avait la lèvre inférieure fendue. Il fit la grimace et tira sa chemise de son pantalon pour tapoter la plaie, mais la jeune femme émit un long sifflement bas.

— Ça fait mal ? s'inquiéta-t-il.

De son côté, Bowen aidait Cassandra à se relever.

— Qu'est-ce que c'est que ce bordel ? rugit Lachlain en se tournant vers elle, avant de revenir aussitôt à Emma. Je te présente toutes mes excuses.

Cette déclaration lui valut un regard noir.

— C'est ça, oui, mets donc un dollar dans la tirelire à gros mots. Ou l'équivalent local.

Elle pressa prudemment le dos de sa main contre sa lèvre en sang.

— Lachlain, tu es de retour ! s'écria Cassandra en se précipitant vers lui. (Le coup d'œil qu'il lui adressa la fit ralentir, visiblement déconcertée, puis enfin s'arrêter.) Qu'est-ce qui se passe ? Et qui est cette vampire, qui fait comme chez elle à Kinevane ?

Emma considéra Lachlain d'un air interrogateur : visiblement, elle avait hâte de savoir ce qu'il allait pouvoir répondre à une question pareille.

— C'est une honorable invitée, et j'entends qu'elle soit traitée avec tous les égards qui lui sont dus.

Cassandra en demeura bouche bée, tandis que Bowen s'approchait d'Emma.

— Je me présente : Bowen, un ami d'enfance de Lachlain. Il m'a parlé de vous tout l'après-midi. Ravi de faire votre connaissance.

Elle l'examina d'un œil circonspect, la tête inclinée de côté.

— Et depuis quand les sangsues sont-elles d'honorables invitées ? réussit enfin à lâcher Cassandra.

Son souverain l'attrapa par le coude.

— Je t'interdis de la traiter de sangsue !

Sous l'insulte, les yeux d'Emma avaient de nouveau viré à l'argenté.

— Allez tous vous faire foutre, marmonna-t-elle en se dirigeant vers la porte. Je rentre chez moi.

Après un dernier regard menaçant à Cassandra, Lachlain emboîta le pas à sa promise, juste à temps pour la voir sursauter en découvrant dans un miroir son propre reflet.

Elle se rejeta en arrière.

Sa chevelure ébouriffée dominait des yeux d'argent tournoyant, aussi scintillants que le mercure. Un filet de sang lui coulait sur le menton. Ses crocs semblaient dangereusement aiguisés, malgré leur taille réduite. Une larme avait coulé au coin de son œil, dessinant sur sa joue une traînée rose. Elle se toucha le visage, l'air incrédule, puis laissa échapper un petit rire amer. Son regard croisa celui de Lachlain.

Il savait très bien ce qu'elle pensait et s'en désolait, même s'il y trouvait son avantage.

Elle se disait qu'elle était un monstre. Comme lui.

— Je n'en ai pas terminé avec toi, vampire, lança Cassandra.

Emma fit volte-face, si menaçante qu'il se sentit glacé.

— Certainement pas, en effet, siffla-t-elle avant de s'éloigner d'un pas décidé.

Il fallut un moment à Lachlain pour être capable de s'exprimer.

— Règle les choses avec Cass, Bowen, demanda-t-il en suivant sa promise.

Elle avait une tête à faire peur !

En se lavant les mains et la figure devant le miroir de la salle de bains, Emma remarqua que, si ses crocs s'étaient rétractés, ses yeux ne reprenaient pas leur teinte normale et ses lèvres restaient plus rouges que d'habitude.

À faire peur... Comme la chose qu'elle avait vue dans la glace, au rez-de-chaussée, un monstre sorti tout droit d'un film d'horreur. Lorsqu'elle s'était palpé le visage, elle s'était aperçue qu'elle avait du sang sur les ongles, à cause du coup de griffes qu'elle avait assené à la Lycae.

Les crocs et les griffes rouges... Me voilà telle qu'en moi-même...

Elle évoqua Lachlain transformé, mais, cette fois, l'image ne la fit pas frissonner. Tout n'était-il pas relatif ?

On frappa. Il l'avait suivie, bien sûr. Elle aurait aimé qu'il prenne au moins le temps de donner quelques explications aux deux autres, mais il les avait visiblement laissés tomber pour venir lui parler à elle.

Néanmoins...

— Va-t'en !

— Je sais que tu as envie d'intimité, mais...

— Va-t'en ! Je ne veux pas que tu me voies dans cet état-là...

La porte s'ouvrit aussitôt en grand. Évidemment. Emma ferma les yeux.

— Qu'est-ce que je viens de dire ?

— Je comprends que tu aies besoin d'intimité, mais ça n'arrangera rien de me cacher ton visage.

Lachlain la fit pivoter vers lui.

Elle se sentait d'autant plus mortifiée qu'il avait conscience de sa honte. Les yeux de ses tantes changeaient de couleur de la même manière, mais chez elles, cela avait l'air parfaitement normal : cela allait de soi en cas d'émotion violente.

— Ouvre les yeux. (Elle se garda bien d'obéir.) Ce n'est pas la première fois que je les vois comme ça.

Cette fois, elle les ouvrit. Écarquillés.

— Ce n'est pas vrai! Quand…? (L'expression de Lachlain lui apprit aussitôt qu'ils étaient toujours de cette couleur monstrueuse.) Tu ne te rends pas compte de la manière dont tu me regardes! Voilà ce que je voulais éviter! Quand est-ce que tu les as vus dans cet état-là?

— Chaque fois que tu bois à mes veines. Et là, je te regarde de cette manière parce que, lorsque tes yeux prennent cette teinte-là, j'ai envie de toi.

— Je ne te crois pas…

Il lui posa la main sur son érection.

Le souvenir de la nuit où elle l'avait chevauché, à l'hôtel, s'épanouit dans l'esprit d'Emma, dont les doigts s'incurvèrent autour de la hampe rigide, prêts à la caresser… Elle retira violemment la main.

— Mais ils sont bizarres, insista-t-elle, incapable de le regarder en face. Et je n'ai aucun contrôle là-dessus.

— Moi, je les trouve beaux.

Ah, le salaud! Pourquoi fallait-il qu'il soit aussi indulgent?

— Eh bien moi, je n'ai pas trouvé ton changement à toi séduisant du tout.

— Je sais. Je peux vivre avec si tu le peux, toi.

— Génial. Non seulement tu as réussi à venir à bout de tes a priori à mon sujet, mais en plus, maintenant, tu acceptes que je ne t'accepte pas. Tu veux vraiment que je me sente comme la dernière des crétines?

— Jamais de la vie. Je veux juste te dire que je suis désolé de ce qui s'est produit.

— Moi aussi.

Elle avait fait sa fête à cette Lycae, d'accord, mais cela ne signifiait pas qu'elle avait pris son pied. D'ailleurs, elle n'était pas sûre d'en vouloir à Cassandra de l'avoir attaquée. Si elle avait elle-même surpris une vampire en train de se balader dans le manoir du bayou en admirant les tableaux, elle lui serait tombée dessus aussi. Enfin bon, ça n'empêchait pas Cassandra d'être une salope.

L'incident avait secoué Emma. On aurait dit que l'entraînement auquel ses tantes l'avaient contrainte était brutalement passé au premier plan pour s'intégrer – enfin – à sa personnalité. Et elle avait *gagné* ! Face à une terrifiante Lycae !

N'empêche... elle n'oubliait pas la première pensée à lui avoir traversé l'esprit, quand elle s'était soudain retrouvée au tapis, devant une adversaire redoutable.

Elle avait souhaité la présence de Lachlain.

Il volerait toujours à son secours, elle le *savait*.

À cet instant précis, il repoussa en arrière une de ses longues mèches bouclées.

— Oh, tu t'es coupé ta pauvre petite oreille. (Lorsqu'il se pencha pour embrasser l'oreille en question, Emma frissonna.) Et la lèvre. (Là aussi, il l'embrassa, puis lui caressa la joue ; elle n'arrivait pas à retrouver la conscience impérieuse qu'il ne devait pas la toucher.) Je ne lui pardonnerai jamais de t'avoir blessée.

— Tant mieux, commenta-t-elle, acerbe.

— Tu n'as même pas eu peur.

Visiblement, il était impressionné. Elle dut bien admettre, en son for intérieur, qu'elle trouvait presque aussi agréable de le voir se conduire comme si elle venait d'affronter l'Armageddon que de se faire dorloter et câliner.

— Qu'est-ce qui a bien pu te transformer à ce point ? Mon sang ?

Retour brutal à la réalité. Non mais, quel culot !

— Ça va, les chevilles qui enflent ? C'est juste que j'ai compris certaines choses sur moi-même. Après avoir survécu à des attaques de Lycae ininterrompues... (Il tressaillit.) ... à un bain de soleil et à une tentative de dissection par un vampire, il a bien fallu que je me pose des questions. Genre : « C'est bon, là ? C'est fini ? La vie ne va pas m'en rajouter une couche ? Parce que si c'est réellement le pire et que je ne m'en porte pas plus mal… »

— Je vois. Les épreuves t'aident à trouver ta force.

Exact. Mais pourquoi fallait-il qu'il en ait l'air tellement *fier* ? Quand avait-il commencé à se conduire différemment avec elle ? Elle savait pourquoi elle avait changé, mais pas pourquoi il avait changé, lui.

— Tu t'es réveillée bien avant le crépuscule, tu t'en es rendu compte ? Je venais te voir lorsque Cass s'est mise à hurler.

Emma avait eu tout le temps de se doucher – et de se torturer à cause du curieux coup au cœur qu'elle avait ressenti en s'apercevant que, pour la première fois, il n'était pas là à son réveil.

— Je dors mal… dans ce lit.

— C'est pour ça que tu es allée sous l'escalier ?

Elle rougit. Sombre, étroit, quasi souterrain, le réduit lui avait plu, sur le moment. Il fallait dire qu'elle avait perdu la tête…

— Qui est cette fille ? interrogea-t-elle pour changer de sujet, alors qu'elle connaissait la réponse – depuis le début.

— Cassandra. Une amie, membre du clan.

— Une *amie*, c'est tout ?

— Bien sûr. Et ça ne tient qu'à un fil, depuis qu'elle t'a agressée.

— Tu me donnerais raison, à moi ? Alors que tu me connais depuis si peu de temps ?

Il soutint son regard.

— Je te donnerai toujours raison. Face à n'importe qui.

— Pourquoi ?

— Parce que je saurai que tu auras raison.

— Et l'autre, là ? Bowen ? Qu'est-ce qui lui est arrivé ?

Comme Lachlain fronçait les sourcils, Emma précisa:

— Il a l'air à l'article de la mort.

Avec ses cheveux d'un noir de jais et ses yeux de feu ambré, ce type aurait eu un succès fou... s'il n'avait pas été d'une maigreur de drogué.

— Il a perdu un être très cher.

— Oh, je suis désolée, dit-elle doucement. Quand cela?

— Au début du XVIIIe siècle.

— Et il ne s'en est toujours pas remis?

— Son état a empiré. (Lachlain posa le front contre le sien.) Telle est notre nature, Emma.

Il attendait quelque chose d'elle. Quelque chose de plus.

Il l'avait vue dans un état terrible et la désirait toujours. Cela ne l'avait même pas empêché de la suivre pour lui embrasser l'oreille et compatir à ses malheurs. Maintenant... ce mâle superbe, ce fantasme ambulant voulait quelque chose de plus. *D'elle*. Était-elle prête à le lui donner? Telle qu'elle se sentait, pleine de courage et d'ardeur après sa première victoire, était-elle prête à courir le risque de l'accepter en elle et de voir la bête se réaffirmer en lui?

À cet instant précis... peut-être.

— Dis-moi, Lachlain, si quelqu'un comme toi était... faisait l'amour à quelqu'un comme moi, est-ce qu'il pourrait être... précautionneux? Aller lentement?

Il se figea, tendu.

— Il pourrait même le jurer, Emma.

— Il ne... se transformerait pas?

— Non, pas cette nuit.

Sa voix basse, grondante, la fit frissonner. Elle sentit ses mamelons durcir. Elle avait besoin de lui... envie de lui... alors qu'elle savait très bien ce qu'il était.

Lorsqu'elle leva la main pour lui caresser doucement le visage, il la considéra d'un air incrédule puis ses paupières se fermèrent une seconde, de plaisir.

— Je t'ai frappé, murmura-t-elle.

— C'est vrai, acquiesça-t-il, impassible.

— Tu ne vas pas... te venger?

Il gémit, avant de prendre sa bouche en la soulevant de terre pour la poser sur le meuble du lavabo et se presser entre ses jambes. Déjà, il refermait les mains sur ses fesses afin de la plaquer contre une érection de fer.

Quand elle laissa échapper un petit halètement, la langue de Lachlain chercha la sienne. Elles se rencontrèrent. Emma avait envie qu'il l'embrasse profondément, comme à l'hôtel, la première nuit... sauf que là, c'était encore mieux. Il se montrait à la fois si exigeant et si maître de lui qu'elle en fondait littéralement, avide, les hanches déjà en mouvement contre sa hampe.

Il gronda tout bas puis chuchota, sans s'écarter:

— Je ne supporte pas de te voir souffrir. Je ne laisserai plus personne te faire du mal.

Elle se pencha en avant pour l'embrasser, les mains enfouies dans son épaisse chevelure brune. Sans même s'en rendre compte, elle avait noué les jambes autour de sa taille, pendant qu'il lui palpait le derrière en la serrant dans ses bras à l'écraser.

Lorsqu'elle chercha à lui déboutonner sa chemise, les doigts tremblants, elle ne put retenir un petit gémissement de frustration. Aussitôt, il tira sur le tissu, qu'il déchira pour s'en débarrasser. Emma l'aurait volontiers remercié d'exposer ces muscles qui se contractaient et se détendaient sous ses caresses. De plus en plus excitée, elle glissa sans vergogne la main sous la ceinture de son pantalon pour s'emparer de son érection.

Il rejeta la tête en arrière avec un rugissement, lui remonta brusquement le pull et le soutien-gorge, puis promena le nez sur ses seins. Elle frissonna sous son souffle brûlant. Quand il se mit à lui sucer les mamelons, elle crut mourir de plaisir.

Au diable l'avenir, la peur et tout ce qui s'ensuivait.

— Je te veux, souffla-t-elle en caressant du pouce le gland humide dont elle s'était saisie. (Son compagnon referma doucement les dents sur le mamelon qu'il titillait de la langue.) Tout entier ! ajouta-t-elle dans un cri.

Il gémit puis se redressa pour la regarder, incrédule.

— Tu ne peux pas savoir comme je suis heureux de t'entendre dire une chose pareille.

De sa main libre, elle ouvrit sa propre braguette, se débarrassa de ses bottes puis attrapa le bas de son jean, dont elle se dépouilla d'un seul mouvement fluide.

Alors il la couvrit de baisers – peut-être de peur qu'elle ne perde courage – pendant qu'elle se cambrait en promenant la main sur sa hampe, d'une taille prodigieuse. Frissonnant, il lui souleva les jambes pour lui poser les pieds à plat sur le meuble. Lorsqu'il lui écarta les genoux et tira sa petite culotte de côté, il ne put étouffer le gémissement rauque qui monta en lui à la vue de la chair dévoilée.

Étonnamment, le regard avide posé sur son intimité ne la gêna en rien. Au contraire, elle se mit à trembler, de plus en plus excitée.

— J'ai attendu tellement longtemps, balbutia Lachlain d'une voix brisée. Je n'arrive pas à y croire.

Il embrassa Emma si passionnément qu'elle en resta haletante, à demi évanouie, aspira un de ses mamelons, puis l'autre, les titilla de la langue. Le tremblement de la jeune femme redoubla, tandis que sa poigne se resserrait sur l'énorme verge. Elle avait tout le corps douloureux à force d'attendre le soulagement. Pourquoi ne la caressait-il pas ? Ne la pénétrait-il pas ? Pourquoi lui avait-elle demandé d'aller lentement ?

Elle se sentait sur le fil du rasoir, prête à goûter au plaisir inconnu qu'elle avait si souvent imaginé.

— Caresse-moi, s'il te plaît, implora-t-elle, alors que ses genoux s'écartaient encore plus. Là. Embrasse-moi. Caresse-moi. Tout ce que tu voudras…

— Oui, râla-t-il. Tout, absolument tout. Ce sera aussi bon pour toi que pour moi, tu verras. (Il passa les doigts sur son entrejambe, et elle émit un cri perçant.) Tu es trempée. On dirait de la soie.

Aller, retour… lentement. La chair d'Emma palpitait dans son sillage, de plus en plus mouillée. Puis un doigt plongea en elle, profond, sans faire de quartier comme la fois précédente, obligeant son corps à l'accepter. Un gémissement de plaisir lui échappa, tandis que son poing montait et descendait sur l'érection de fer.

— Pourquoi n'as-tu encore jamais fait l'amour ? lui gronda tout bas Lachlain à l'oreille – avant d'inspirer dans un sifflement lorsqu'elle empoigna ses testicules pesants.

Il savait donc. Cela se sentait ?

— Il n'y a personne… d'adapté à quelqu'un comme moi… personne qui… (Elle chercha ses mots pour dire « personne que ma famille ne tuerait pas ».) Personne…

— Qui ne soit pas disqualifié.

Les lèvres de Lachlain s'incurvèrent. Un sourire malicieux. Accompagné d'une caresse lente, brûlante.

— Mmm, mmm.

— Heureusement que nous nous sommes trouvés. (Il l'attrapa par la nuque pour approcher son visage du sien, tout en enfonçant davantage en elle le doigt de l'autre main, dont le pouce lui massait à présent le clitoris.) Regarde-moi.

Les yeux d'Emma s'ouvrirent, papillotant.

— Tu es mienne, râla-t-il, haletant. Tu comprends ce que ça veut dire ?

Une autre poussée. Cette fois, les hanches d'Emma se soulevèrent en réponse ; son sexe se plaqua contre

la paume de son compagnon. Il fallait que cela cesse…
qu'il aille plus profond.

— Tu comprends ? répéta-t-il. À jamais.

Elle fronça les sourcils.

— Tu as quelqu'un d'autre…

— C'est toi. Depuis toujours.

On aurait dit une promesse, un… un serment.

— Ce n'est pas comme un camarade communiste,
alors ? murmura-t-elle bêtement.

Il secoua la tête, tout en continuant à la caresser.
Voilà qui n'aidait pas la jeune femme à intégrer ce
qu'il racontait.

— M… mais tu m'as dit…

Pourquoi fallait-il qu'il lui annonce cela *maintenant*, en décrivant sans hâte avec le pouce des cercles
parfaits ? Elle comprenait vaguement de quoi il était
question, mais cela ne l'empêchait pas de vouloir qu'il
continue à l'explorer avec les doigts, qu'il la pénètre
jusqu'au bout, entièrement. Pourtant…

— Tu… tu m'as menti ?

Il hésita avant d'admettre :

— Oui, je t'ai menti.

Elle émit un grognement de frustration.

— Pourquoi est-ce que tu m'en parles maintenant ?

— Parce que cette nuit, notre histoire commence.
Avec la vérité entre nous.

— Notre *histoire* ? répéta-t-elle, sidérée. Qu'est-ce
que tu veux dire par là ? Notre vie à deux ou quelque
chose de ce genre ?

Comme il ne la contredisait pas, elle se raidit. *Vivre
à deux*. Pour un Lycae, cela signifiait à jamais – expression qui, dans le cas des immortels, était à prendre au
pied de la lettre. Emma se tortilla pour s'éloigner de
lui en remettant sa culotte en place et en ramenant les
jambes sous elle.

— Tu n'as jamais eu l'intention de me laisser m'en aller.

Elle rabaissa son pull et son soutien-gorge. Le contact du tissu sur ses mamelons la fit frissonner.

— Non, c'est vrai. Il fallait que je te garde avec moi. Je comptais te persuader de rester, d'ici là.

— Il *fallait*.

Son corps lui semblait inconfortable, étranger. Le désir inassouvi le rendait brûlant.

— J'ai attendu des années et des années celle qui m'était destinée, à moi et à nul autre. La seule, l'unique. Cette femme, Emma, c'est toi.

— Mais tu es complètement fou! riposta-t-elle, furieuse de ressentir une véritable détresse physique du seul fait qu'elle s'était écartée de lui. Je ne suis pas une femme. Je n'en suis pas une, un point c'est tout.

— Tu ne vas pas tarder à comprendre que tu m'as été donnée parmi toutes les autres. Que je t'ai cherchée sans répit ma vie durant. (La voix de Lachlain se fit plus basse, plus grave.) Et j'ai vécu très longtemps…

— Je suis une vam… (Elle se tapota la poitrine.) … pire. Une *vampire*. Tu as oublié, peut-être?

— Moi aussi, ça m'a surpris. J'ai eu du mal à l'accepter.

— Sans blague? Je ne m'en serais jamais doutée! Mais si ça se trouve, c'est maintenant que tu te trompes. (Emma était au désespoir.) Comment peux-tu en être sûr?

Il se pencha sur elle.

— J'ai senti ton odeur de… de loin. Une odeur merveilleuse, qui m'a apaisé. Et quand j'ai vu tes yeux pour la première fois, je t'ai reconnue. Ensuite, je t'ai goûtée et… (Il frissonna violemment, tandis que sa voix se faisait gutturale.) C'est quelque chose d'indescriptible, mais je peux te montrer, si tu veux bien me laisser faire.

— Je ne peux pas.

Coincée contre le miroir derrière elle, elle essaya de changer de position, dans l'espoir de se sentir moins vulnérable. Ce fut avec un véritable écœurement qu'elle constata à quel point le frisson de Lachlain l'avait fait fondre, une fois de plus.

L'horreur lui apparaissait dans toute son étendue. Les soupçons qu'elle avait nourris, mais combattus, se révélaient fondés. Comment avait-elle pu être assez idiote... Elle se refréna aussitôt. Non, l'idée avait été facile à écarter, parce que quelqu'un comme elle, en partie vampire, ne pouvait pas être l'âme sœur d'un Lycae. Une vampire et un Lycae, liés par le destin ?

Et puis il lui avait menti d'une manière très convaincante, très humiliante...

— Et qu'est-ce que tu comptais faire de moi ?

Elle feinta sur la droite puis se baissa vers la gauche pour se glisser sous les grands bras musclés en attrapant son jean. Bien sûr, il la laissa faire. Tremblante de rage, elle se tourna vers lui.

— Honnêtement ? Suis-je censée, disons, vivre avec la meute ? La Lycae de tout à l'heure me réduira en pièces.

— Personne ne te fera jamais plus le moindre mal, qu'il soit ou non de mon clan. Mais il n'est pas question que tu vives parmi les miens. Je suis leur roi. Toi et moi, nous sommes ici chez nous, à Kinevane.

— Waouh, j'ai décroché la timbale ! Une famille royale européenne... Vite, que quelqu'un appelle *People* !

Elle sortit en coup de vent de la salle de bains, puis se tortilla pour enfiler au plus vite son pantalon.

Que n'aurait-elle pas donné pour être capable de glisser, de disparaître sans laisser de trace. Elle détestait qu'on lui mente. Parce qu'elle ne pouvait pas en faire autant.

— « Mais non, Emmaline, tu n'es pas mon âme sœur, reprit-elle en imitant l'accent écossais. Rien d'aussi sérieux, même si je te mettrais volontiers dans mon lit. Tu m'intéresses, oui, mais seulement pour *ça*. » Le tout sur un ton d'une condescendance !

Lachlain la suivit et l'attrapa par le bras pour l'obliger à pivoter vers lui.

— Je n'avais pas envie de te mentir, mais ce qui est fait est fait. J'aimerais au moins que tu écoutes ce que j'ai à dire.

— Et moi, j'aimerais rentrer chez moi voir ma famille.

Reprendre mes esprits et demander à mes tantes pourquoi je rêve tes souvenirs, ajouta-t-elle en pensée. Pourquoi je me sens en permanence aussi perdue, aussi bouleversée, comme si quelqu'un m'avait jeté un sortilège.

— Tu ne veux donc même pas envisager que ça puisse être vrai ? Tu me quitterais, en sachant ce que nous pourrions être l'un pour l'autre ?

Elle fronça les sourcils, frappée par une brusque idée.

— Tu as dit avoir vécu très longtemps… mais quel âge as-tu, au fait ? Six cents ans ? Sept cents ?

— Quelle importance ?

Elle se débarrassa de la main qui lui tenait le bras.

— Quel… âge… as-tu ?

— Environ mille deux cents ans.

— Par Freyja ! s'étrangla-t-elle. Tu sais ce que ça veut dire, aimer les jeunettes ? Moi, je vais sur mes soixante et onze ans. Ça me scie !

— Je savais que tu aurais du mal à l'accepter, mais tu t'y feras, avec le temps.

— Je me ferai à quoi ? À la vie à l'étranger, loin de ma famille et de mes amis, avec un Lycae déséquilibré qui n'arrête pas de me mentir ?

— Je ne te mentirai jamais plus, mais ta place est ici, près de moi.

— Ici. Dans le nord de l'Écosse. Où c'est bientôt l'été. Seigneur. Les jours sont longs en été, non ?

— J'y ai déjà pensé. Nous irons où tu voudras pour que tu te sentes bien. En hiver, de toute manière, les nuits rallongent. Tu crois vraiment que ça me dérangerait d'aller à un endroit où je pourrais passer plus de temps avec toi?

— Tu as pensé à tout, c'est sûr. Tu vas m'obliger à dire *oui*, que ça me plaise ou non.

— Oui? (Il fronça les sourcils.) Comme quand on se marie? C'est une histoire bien plus sérieuse qu'un mariage.

— Je ne vois pas trop la différence…

— Lorsqu'on est marié, on peut divorcer.

La réplique la laissa une seconde bouche bée.

— Ma foi, ça ouvre de sacrées perspectives. Pas moyen de changer… pendant toute l'éternité. L'idée ne t'est jamais venue que j'aimerais peut-être prendre les choses comme elles se présentent? Je suis jeune, moi, et cette histoire – pour reprendre ta propre expression –, c'est la totale. Littéralement. Tu me demandes… non, tu exiges de moi tout ce que j'ai à donner, alors qu'on s'est rencontrés la semaine dernière. Toi, tu as peut-être une sorte de certitude cosmique à mon sujet, mais moi, je ne connais pas ce genre de choses, figure-toi.

— Si je te le demande, est-ce que ça y changera quoi que ce soit? Est-ce que tu resteras ici avec moi?

— Non… mais je ne dis pas qu'on ne se reverra pas. Je vais rentrer à la maison, et après, on va y aller lentement, en apprenant à se connaître.

Il ferma les yeux. Quand il les rouvrit, ils brillaient de détresse. Puis ses traits se durcirent.

— Je ne peux pas permettre une chose pareille. Tu vas rester jusqu'à ce que tu répondes différemment à la question.

— Tu vas me séparer de ma famille?

Il l'attrapa de nouveau par le bras, brutalement, cette fois.

— Tu ne peux pas savoir ce que je suis capable de faire pour te garder, Emma. Ça… et bien plus encore. Je ferai tout ce qu'il faudra.

— Tu n'arriveras pas à me retenir prisonnière.

Étonnamment, cette affirmation le mit dans une colère noire. Il se raidit, tandis que ses yeux viraient brièvement au bleu.

— Non, c'est vrai. Tu es libre de partir. Mais tu n'as pas de voiture. Tu ne peux demander à personne de venir te chercher. Tu es à cent cinquante kilomètres de la ville la plus proche, qui n'est pratiquement habitée que par des Lycae, alors je ne te conseille pas de t'en aller à pied.

À la porte, il se retourna :

— Je n'arriverai pas à te retenir prisonnière. Le soleil, si.

22

— Nïx ! cria Emma dans le combiné, dès qu'on décrocha aux États-Unis.

— Bonjour Emma, comment vas-tu ? Tu te plais en Écosse ? s'enquit distraitement l'aînée des Valkyries.

— Passe-moi Annika, vite.

— Elle est souffrante.

Emma inspira à fond en pianotant avec les ongles sur le bureau de la petite pièce qu'elle venait de découvrir.

— Écoute, Nïx, je suis sérieuse. Je ne sais pas quand je pourrai rappeler, et il faut absolument que je lui parle.

— Elle est souffrante.

— Comment ça ? Soit elle est là, soit elle n'y est pas.

— Elle est en train de négocier avec les spectres.

Sidérée, Emma se laissa tomber dans la fraîcheur d'un grand fauteuil en cuir.

— Mais pourquoi ? On n'a pas besoin d'eux !

La maisonnée ne se servait des spectres qu'en tout dernier recours, lorsque le danger était extrême. Ils faisaient payer très cher la protection qu'ils étendaient sur le manoir grâce à leurs pouvoirs particuliers pour tenir les intrus à l'écart.

— Nous avons été attaquées ! annonça Nïx avec délice. Les vampires d'Ivo le Cruel nous ont tendu une embuscade puis poursuivies jusqu'ici – enfin, pas moi, à vrai dire, parce que personne n'a jugé bon de me réveiller, tu comprends, ce qui fait que je suis un peu énervée. Et puis ce n'étaient pas tous des vampires, pas exactement. Il y avait un démon vampire. À partir de maintenant, je vais appeler ça un *dépire*, mais Regina a décidé de faire le contraire, elle en tient pour *vammon*. Ah oui, après, Lucia a raté le dépire avec ses flèches et elle est tombée raide en hurlant à s'en faire péter les cordes vocales – je l'ai entendue –, ce qui a détruit toutes les lampes de la maison. Comme il faisait noir, le Lycae s'est glissé chez nous pour nous aider. A priori, les hurlements de Lucia avaient le don de l'énerver. Mmm… Oui, bon, il s'est glissé chez nous, et à eux deux, Regina et lui, ils ont massacré les vampires. Sauf qu'Ivo et son dépire se sont enfuis. Bref. Des vampires, des Valkyries et des Lycae, rien que ça. Ou, pour reprendre l'expression de Regina, le « super ragoût de monstres ».

Nïx se mit à rire.

Voilà, elle avait fini par perdre complètement l'esprit. Des dépires ? Lucia, manquer sa cible ? Regina, s'allier à un « clébard » ? Emma serra les dents.

— Préviens Annika que je suis au bout du fil.

— Une seconde, je finis ce que j'ai commencé.

Cliquetis de touches.

— Qu'est-ce que tu fais, Nïx ? demanda Emma d'une voix lente.

— Je bloque tous les mails en provenance de tes comptes ou comportant l'extension *uk*, genre ceux qui arrivent d'Écosse. Je suis maligne, tu sais.

— Mais pourquoi, par Freyja ? Pourquoi veux-tu que je reste coincée ici ?

— Tu n'as aucune envie qu'Annika vienne te chercher maintenant, ce n'est pas possible.

— Mais si !

— Il faudrait donc que notre chef de maisonnée vole à ton secours, alors que nous sommes en état de siège, que Myst et Daniela ont disparu, que Lucia souffre le martyre et qu'elle ne pense pas sans frémir à son admirateur des bois ? Si tu m'affirmes que ta vie est en danger, peut-être, mais autrement, il va falloir attendre ton tour.

— Vous avez besoin de moi, Nïx ! Tu ne le croiras peut-être pas, mais je fais des trucs dingues. J'ai battu une Lycae en combat singulier !

— C'est merveilleux, ma puce, mais je vais devoir raccrocher ou ce truc, là, le GPS qu'Annika a fait installer sur le téléphone, va trouver d'où tu appelles.

— Il faut qu'elle sache où…

— Où tu es ? Je sais parfaitement bien où tu es, ne t'inquiète pas. Je ne suis pas folle pour rien.

— Attends, Nïx ! (Emma attrapa le combiné à deux mains.) Est-ce qu'il t'arrive de… de rêver les souvenirs de quelqu'un d'autre ?

— Comment ça ?

— Est-ce qu'il t'est déjà arrivé de rêver du passé de quelqu'un d'autre ? d'événements dont tu ne savais absolument rien ?

— Du passé ? Bien sûr que non, ma puce. C'est complètement dingue, ton truc.

Lachlain regagna son bureau en se frottant le front et en s'appuyant surtout sur sa jambe intacte. Sa blessure l'épuisait, et l'escalade amoureuse qu'il venait de vivre avec Emma l'avait achevé, tellement la conclusion l'avait déçu.

Bowen s'était déjà remis au scotch.

— Ça s'est bien passé ?

— Non. Maintenant, en plus, elle me prend pour un menteur. Sans doute parce que je lui ai effectivement menti. (Lachlain se cala dans son fauteuil en se massant la jambe.) J'aurais dû le lui avouer *après*.

Comme Bowen le fixait d'un air interrogateur, il continua :

256

— Figure-toi qu'il y a deux ou trois jours, j'ai été obligé de la persuader qu'elle n'était pas mon âme sœur. Alors j'ai ironisé. Du coup, elle a fait la même chose aujourd'hui, évidemment.

— Tu as une mine de déterré.

— J'ai l'impression d'en être un.

Parler à son ami de la torture subie dans les Catacombes avait été terrible pour Lachlain. Il ne s'était pas étendu sur le sujet, mais le seul fait de se replonger dans ces souvenirs lui était douloureux. Cette pénible immersion avait été suivie de la vision de son âme sœur prenant un coup de poing en pleine figure et se faisant à moitié étrangler – par une Lycae du clan.

— Je peux te donner quelques mauvaises nouvelles supplémentaires ? s'enquit Bowen.

— Pourquoi pas ?

— La discussion avec Cass n'a pas été tellement fructueuse non plus. Elle n'a pas pris la chose aussi bien qu'on aurait pu l'espérer. Ça ne lui plaît déjà pas que tu ne sois pas à elle, mais l'idée d'être écartée pour une vampire lui est absolument insupportable.

— Je ne peux pas dire que son opinion me tracasse beaucoup…

— Elle a soulevé des problèmes que les anciens évoqueront aussi. Notamment le fait que les vampires femelles sont stériles…

— Eh bien, nous ne pourrons pas avoir d'enfants. J'en suis ravi. Autre chose ?

Lachlain était bel et bien ravi qu'Emma ne puisse pas avoir d'enfants. C'était d'autant plus stupéfiant qu'il avait aspiré à la paternité presque autant qu'à la rencontre de l'âme sœur…

Bowen le considéra d'un air surpris.

— Bon. Tu vois la lumière rouge qui s'est allumée sur le téléphone, là ? Ça veut dire que quelqu'un est en ligne. Je viens de croiser Hermann, et Cass a sans doute un portable. Il semblerait donc que ta reine appelle chez elle.

Lachlain haussa les épaules.

— Elle ne peut pas indiquer à ses tantes le chemin de Kinevane, elle était inconsciente en arrivant.

— Si elle reste assez longtemps au bout du fil, elle n'aura pas à le faire. Sa correspondante pourra remonter jusqu'à l'endroit d'où elle a appelé. Il y a des satellites au-dessus de nos têtes… entre autres.

Lachlain soupira en ajoutant mentalement lesdits « satellites » à la liste de tout ce qui lui était inconnu et dont il devrait s'inquiéter plus tard. Il lui avait semblé que ces choses-là avaient quelque chose à voir avec la télé*vision*, pas avec le télé*phone*.

— Je ne sais pas si elles sont équipées en haute technologie, continua Bowen, mais il se peut que trois minutes leur suffisent. (La lumière s'éteignit.) Elle a raccroché. Parfait. (Se ralluma.) Elle rappelle. Il faudrait vraiment l'en empêcher.

Se ralluma, s'éteignit et ainsi de suite, pendant que les deux hommes fixaient la lumière sans mot dire.

— Peu importe, décida finalement Lachlain. Je ne veux pas l'empêcher de parler à ses tantes.

— Elles s'abattront sur le château comme une nuée de sauterelles.

— Si elles parviennent à le localiser et à passer outre nos défenses, je trouverai bien un moyen de les calmer. Il me semble qu'elles ont l'obsession de tout ce qui brille… Une ou deux babioles feront l'affaire.

— Pas de problème. Après tout, ça marche bien sur toi, ironisa le visiteur.

Lachlain lui jeta un regard noir, puis boitilla jusqu'à la fenêtre pour contempler la nuit. Un instant plus tard, Emma s'avança avec grâce sur la pelouse.

— Ah, elle est sortie, constata Bowen.

— Comment le sais-tu ? demanda son hôte sans se retourner.

— Tu t'es raidi et penché en avant. Ne t'inquiète pas. Bientôt, à une heure pareille, vous serez là-dehors ensemble.

Comme si elle avait eu conscience du regard de Lachlain, Emma se tourna vers le château. Le brouillard qui tournoyait autour d'elle donnait à sa beauté quelque chose de surnaturel. Son visage était aussi pâle, aussi fascinant que la lune qui la dominait. Toutefois, ses yeux semblaient totalement impénétrables.

Lachlain avait d'elle un besoin dévorant, mais il savait parfaitement que plus il essaierait de la retenir, plus elle chercherait à lui échapper. Le vif-argent n'était pas plus insaisissable. La seule chose en elle qui lui réponde positivement, c'était son corps. Cette nuit, par exemple, le désir l'avait enflammée... Il pouvait se servir de cela.

Emma se détourna et s'enfonça dans la nuit. Elle était née pour vivre ici. Avec lui. Il continua à scruter l'obscurité bien après sa disparition.

— Tu devrais peut-être lui expliquer pourquoi le temps presse, suggéra Bowen.

Lachlain soupira.

— Elle n'a jamais connu d'homme...

Il avait beaucoup hésité à dire la vérité à sa promise, mais il aurait fallu lui avouer que, s'il voulait absolument la prendre maintenant, c'était pour éviter de lui faire du mal plus tard.

— Alors comment devrais-je lui présenter les choses, à ton avis ? interrogea-t-il. « Tu comprends, Emma, si tu coopères, ce sera moins douloureux. »

— Mon Dieu, je ne savais pas qu'elle était vierge. Il n'en reste guère, dans le Mythos. Non, évidemment, tu ne peux pas le lui dire. Elle serait terrifiée, en pensant à...

— Nom de Dieu, cracha Lachlain lorsque Cassandra apparut sur la pelouse puis partit dans la même direction qu'Emma.

Bowen alla se poster devant une autre fenêtre.

— Je m'en occupe. Essaie de te reposer un peu.

— Non, j'y vais.

Lachlain pivota vers la porte.

Bowen lui posa la main sur l'épaule.

— Cass n'osera pas s'en prendre à elle, alors que tu viens clairement de le lui interdire. Je vais nous en débarrasser et parler à Emma. Ça ne peut pas nuire.

— Non. Tu risques de lui faire peur.

— Vraiment ? (Bowen affichait un air outrageusement surpris.) Remarque, je me suis bien rendu compte tout à l'heure que ma souveraine était un petit être fragile et délicat. Je ferai attention, au cas où elle voudrait me démonter la mâchoire.

Emma bondit sur le toit de la maisonnette, puis se mit à tourner autour d'un pas rapide. Elle aurait tellement voulu disposer de son iPod qu'elle aurait presque accepté pour le récupérer de coucher avec ce sale menteur !

Les vampires avaient cassé l'appareil... mais cela n'avait pas d'importance, en fin de compte, vu qu'elle aurait trouvé même les « Dures à cuire du rock » insipides, comparées à ses propres délires coléreux.

Comment ce salaud osait-il lui faire des choses pareilles ? Elle venait juste de surmonter l'attaque des vampires, sa métamorphose à lui et, pour couronner le tout, l'agression de Cassandra, quand il lui avait asséné ce... ce mensonge.

Chaque fois qu'elle s'habituait à lui, qu'elle commençait à se sentir plus ou moins à l'aise en sa compagnie, il lui faisait un coup en traître. Les changements qui se succédaient autour d'elle et en elle l'effrayaient.

— Si tu veux, je t'aiderai à t'enfuir.

Elle bondit en arrière – de la girouette jusque sur un pignon – en lâchant un long sifflement. Cassandra se tenait sur le toit de la maisonnette, elle aussi. Emma s'accroupit, prête à se jeter sur elle. La belle et robuste Lycae était amoureuse de Lachlain depuis des siècles… Cette seule pensée l'incitait à vouloir lui arracher les yeux.

— Je peux te procurer une voiture, précisa la lycanthrope.

Il soufflait une petite brise, juste assez forte pour écarter de ses oreilles parfaitement normales ses beaux cheveux aux mèches éclaircies par le soleil.

Son nez était semé de taches de rousseur quasi invisibles, qu'Emma lui enviait jusqu'à la dernière.

— Et pourquoi ça ? rétorqua-t-elle, alors qu'elle connaissait parfaitement la réponse.

Cette salope en avait après Lachlain.

— Il va te garder prisonnière. Bowen m'a dit que tu es en partie valkyrie… et je sais que le sang d'une Valkyrie ne fait qu'un tour à l'idée de la captivité.

La situation devenait carrément gênante. Quelle sagesse, ô mon ennemie ! Le sang d'une Valkyrie exige en effet une liberté absolue.

Telle n'était pas exactement la réplique qu'Emma avait sur le bout de la langue. Ni même sa principale préoccupation. Simplement, elle était furieuse que Lachlain lui ait menti. Et que Nïx se soit débarrassée d'elle en lui raccrochant au nez… une dizaine de fois.

— Et toi, qu'est-ce que tu y gagneras ? interrogea-t-elle.

— Je veux juste empêcher Lachlain de commettre une grossière erreur en s'aliénant un clan qui ne t'acceptera jamais. S'il ne sortait pas à peine de deux siècles de torture, il verrait tout de suite que tu n'es pas son âme sœur.

Emma se tapota le menton d'un air rêveur.

— Il ne sortait pas à peine de deux siècles de torture… (Une pause.) …quand il a vu que tu n'étais *absolument pas* son âme sœur.

Cassandra réussit presque à dissimuler sa grimace.

Emma soupira, consternée de sa propre réaction. Elle n'était pas comme ça – féroce. Elle n'avait jamais le moindre problème avec les créatures du Mythos qui passaient leur temps à aller et venir au manoir, discrètes ou non. Sorciers, démons, elfes... elle s'entendait bien avec tout le monde. Encore un exemple des changements intérieurs qu'elle subissait sans les comprendre.

Pourquoi trouvait-elle cette Lycae parfaitement insupportable ? Pourquoi avait-elle une envie aussi impérieuse de lui sauter dessus ? Comme sur un plateau télé, dans une émission trash, où elle aurait braillé : « C'est *mon* mec, il est à moi ! »

Était-elle jalouse parce que Cassandra avait connu Lachlain bien avant elle ?

— Écoute, reprit-elle, je n'ai pas envie de me disputer avec toi. Je veux m'en aller, oui, mais il faudrait vraiment que ma vie soit en danger pour que je m'en remette à toi.

— Je suis prête à faire le serment de ne pas jouer double jeu. (Cassandra pivota afin de fouiller le parc du regard. On venait dans leur direction.) Tu ne peux pas gagner, ce coup-ci. Jamais tu ne seras notre reine.

— Il semblerait que je le sois déjà.

— Une véritable reine serait capable de se promener au soleil en compagnie de son roi. (La Lycae sourit avec une amabilité exagérée.) Et de lui donner des héritiers.

Emma ne parvint absolument pas à dissimuler sa grimace.

23

Cassandra s'entretenant avec la vampire… voilà qui ne présageait rien de bon.

Bowen bondit sur le toit de la maisonnette pour aller se placer entre elles, un regard menaçant fixé sur sa sœur de clan.

— Vous êtes en grande discussion, à ce que je vois…

— Oh, on parle de trucs de filles, répondit-elle nonchalamment.

Emmaline avait pourtant pâli.

— Je t'ai déjà expliqué de quoi il retournait. Il va falloir que tu l'acceptes, dit Bowen à Cassandra.

Il avait la réputation, justifiée, de ne pas s'embarrasser de subtilités et de détester perdre son temps à répéter les mêmes choses. Il alla se planter juste devant son nez.

— Il est temps que tu partes, Cass. Je veux parler à notre reine. En privé.

L'indésirable se redressa de toute sa taille.

— Non, je ne…

Il grogna tout bas en laissant ses yeux virer au bleu.

— Va-t'en.

— Je n'avais plus rien à faire ici, de toute manière, répliqua Cassandra avec calme, mais en s'éloignant le plus vite possible. Je vais juste rendre une petite visite à Lachlain, pendant que vous papotez tous les deux.

Bowen constata avec soulagement que l'idée déplaisait fort à Emmaline, dont les sourcils se froncèrent et les yeux scintillèrent. Si seulement elle avait protesté, en plus… mais non, elle demeura muette.

— N'oublie pas ma proposition, vampire, lança Cassandra par-dessus son épaule, au moment de sauter du toit.

— De quelle proposition s'agit-il? s'enquit Bowen, dès qu'elle eut disparu.

— Ça ne vous regarde pas.

Il testa son regard menaçant sur Emmaline, mais elle y réagit par un haussement d'épaules.

— Vous ne me faites pas peur. Je sais très bien que vous ne toucherez pas à un seul de mes cheveux, ou Lachlain vous botterait les fesses de la Terre à la Lune. On est bien d'accord?

— Vous vous exprimez bizarrement.

— Si seulement je gagnais un dollar à chaque remarque de ce genre… soupira-t-elle.

Pourquoi Lachlain avait-il décrit cette créature comme timide?

— Si vous ne voulez pas me dire quelle mauvaise graine a plantée Cassandra, me ferez-vous l'honneur de vous promener un moment en ma compagnie?

— Non, merci, je suis occupée.

— À arpenter ce toit par une nuit brumeuse, en vous énervant toute seule?

— Les fées qui se sont penchées sur votre berceau vous ont offert en partage un sens de l'observation admirable!

Elle tourna le dos à Bowen.

— À propos d'offrir… il est arrivé un cadeau pour vous aujourd'hui.

Emmaline se figea puis pivota lentement vers lui, la tête inclinée.

— Un cadeau?

Il eut du mal à dissimuler sa surprise. Les Valkyries aimaient donc réellement les objets de prix autant que le racontait le Mythos…

— Si vous acceptez de faire un tour avec moi en écoutant ce que j'ai à dire, je vous le montrerai.

Elle mordilla sa lèvre inférieure très rouge, ses crocs rappelant à son interlocuteur sa nature vampirique. Il n'avait encore jamais discuté avec une créature pareille, à part lors des séances de torture.

— D'accord. Cinq minutes. Mais c'est bien parce que je veux voir le cadeau.

Il lui tendit la main pour l'aider à descendre du toit, mais elle le quitta de la manière la plus étrange qu'il ait jamais vue, d'un pas tranquille. À croire qu'il y avait cinq centimètres de dénivellation au lieu de cinq mètres.

Bowen se secoua, puis la suivit.

— Je sais que vous en voulez à Lachlain, commença-t-il en prenant la direction de l'écurie, mais je me demande ce qui vous met le plus en colère. Le fait qu'il vous ait menti ou la révélation de ce que vous êtes pour lui ?

— Il ne s'agit pas de ce que je suis, mais de ce que vous, les Lycae, croyez que je suis. Quant à ma colère, disons moitié-moitié… et laissons tomber.

— Il ne vous a pas menti par plaisir. Ce n'est pas quelqu'un de malhonnête. Il serait même plutôt connu pour sa franchise, mais il est prêt à tout pour vous garder. Et vous êtes indéniablement son âme sœur.

— Son âme sœur, son âme sœur… J'en ai assez de m'entendre répéter ça sur tous les tons !

— Je l'ai prévenu, je lui ai dit de ne pas se buter ni faire l'idiot, mais apparemment, il faut que je vous prévienne, vous aussi.

Les yeux de son interlocutrice s'emplirent d'argent sous l'effet de la colère. Sans se laisser impressionner, il la prit par le coude pour l'entraîner dans l'écurie.

— Laissons tomber les détails et allons droit à l'essentiel, enchaîna-t-il. Il n'acceptera pas que vous quittiez Kinevane. Votre famille cherchera à vous récupérer. Il y aura conflit, à moins que vous ne persuadiez vos proches de ne pas se battre.

— Vous ne comprenez pas! riposta-t-elle. Je n'aurai pas ce genre de problème, parce que je ne veux pas de lui! (Elle se dégagea brutalement.) Et la prochaine fois qu'un Lycae m'attrape par le bras pour m'emmener où il veut, je lui coupe la patte!

Elle parcourut d'un pas rapide l'écurie dans sa longueur puis, sans que Bowen lui ait rien dit, s'immobilisa devant la stalle de la jument arrivée le matin même. Quand elle s'approcha du box pour caresser l'encolure de la bête, il fut sidéré de la voir attirée par la monture qui lui appartenait dorénavant. Sacrée Valkyrie.

— Salut beauté, murmura-t-elle en contemplant l'animal. Tu sais que tu es magnifique?

On l'aurait crue amoureuse.

— Il me semblait avoir entendu dire que les vampires possédaient la capacité innée de ne pas se laisser distraire par des détails sans importance, reprit Bowen. Il ne vous laissera pas partir. C'est un homme riche, séduisant, un *roi*, prêt à vous donner tout ce que vous voudrez et à vous protéger votre vie durant. Il vous suffit de lui dire oui.

— Le problème, c'est que je ne suis pas quelqu'un de réaliste. (Elle s'était appuyée au portillon de la stalle, un pied sur une traverse, le bras passé sous le cou de la jument pour lui caresser la joue.) Je peux faire semblant, évidemment. De ne pas avoir été blessée par les mensonges de Lachlain. De me sentir mieux ici que chez moi, dans mon pays à moi. Je peux même négliger le fait qu'il est des dizaines de fois plus vieux que moi. Mais je ne peux pas oublier que son clan tout entier va me détester, ni que les autres Lycae vont s'en prendre à moi en permanence. Je ne peux pas oublier que ma famille ne l'acceptera jamais. Parce que c'est sûr, elle ne l'acceptera jamais. De toute manière, je serais obligée de choisir.

Au fil de ses explications, l'expression d'Emmaline était lentement passée de la colère au désespoir. Elle ne disait pas tout, loin de là. Ses yeux fuyaient ceux de Bowen. Elle avait peur. Très peur.

Comme Mariah, autrefois.

— Mais encore? Je vois bien qu'il y a autre chose qui vous tracasse.

— C'est juste que… tout… oui, tout est tellement… insurmontable…

Le dernier mot avait été quasiment chuchoté.

— Quoi, par exemple?

Elle secoua la tête. Ses traits se durcirent.

— Je suis quelqu'un de discret, et je ne vous connais pas. Sans parler du fait que vous êtes le meilleur ami de Lachlain. Il n'est pas question que je vous raconte quoi que ce soit.

— Vous pouvez me faire confiance, je ne lui dirai rien si vous ne m'en donnez pas la permission.

— Désolée, mais à l'heure actuelle, les Lycae ne figurent pas sur ma liste des gens fiables. Pour cause de mensonges et de tentatives d'étranglement répétés, voyez-vous.

— Vous avez battu Cassandra à plate couture, déclara-t-il, même s'il savait qu'elle faisait aussi référence à Lachlain.

— Je ne veux pas avoir à me battre chez moi. Je ne veux pas vivre quelque part où je risque sans arrêt de me faire agresser.

Il se laissa tomber sur une botte de paille.

— Lachlain n'arrive pas à retrouver son frère. Cassandra lui casse les pieds. Sa jambe le fait souffrir. Il a beaucoup de mal à ne pas se laisser dépasser par l'époque dans laquelle il a été projeté. Mais le pire, c'est qu'il ne vous rend pas heureuse.

Bowen tira de la botte un brin de paille dont il se mit à mâchonner l'extrémité, puis en offrit un à Emma.

Elle lui jeta un regard noir.

— Non, merci, je ne pratique pas la mastication.

Il haussa les épaules.

— Cass, je m'en charge. Sa jambe finira par guérir. Il s'adaptera. Garreth réapparaîtra, à un moment ou à un autre. Mais ça ne servira à rien, s'il ne parvient pas à faire votre bonheur.

Elle se détourna pour poser le front contre celui de la jument, avant de dire d'une voix douce :

— Je suis navrée qu'il souffre et qu'il s'inquiète, mais je ne peux pas me forcer à être heureuse. Ça arrive ou ça n'arrive pas.

— Ça arrivera, si vous voulez bien laisser du temps au temps. Quand il sera venu à bout de ses... problèmes passés, vous découvrirez un homme de bien.

— Il semblerait que je n'aie pas le choix.

— Eh non. Alors en attendant, je peux vous dire comment mieux le gérer, si ça vous intéresse ?

— Le *gérer* ? répéta Emmaline en se retournant vers Bowen.

— Exactement.

Elle cligna des yeux.

— Je suis curieuse d'entendre ça.

— Il faut que vous compreniez une chose : tout ce qu'il fait, absolument tout, ne vise en fin de compte qu'à vous rendre heureuse. (Elle ouvrit la bouche, mais Bowen enchaîna, sans lui laisser le temps de protester.) Donc, si vous êtes mécontente des mesures qu'il prend dans ce but, il vous suffit de lui dire qu'elles vous rendent malheureuse.

Comme elle fronçait les sourcils, il ajouta :

— Quel effet vous a fait son mensonge ?

Elle baissa les yeux vers la pointe de sa botte, qui traçait des cercles dans la terre battue. Il y eut un silence.

— Je me suis sentie trahie. Blessée, marmonna-t-elle enfin.

— Réfléchissez-y un moment. À votre avis, qu'en penserait-il, si vous lui disiez tout simplement qu'il vous a blessée ?

Emmaline releva la tête pour dévisager Bowen un long moment.

Il se leva, épousseta son pantalon puis regagna la porte, où il ne s'arrêta que le temps de lancer par-dessus son épaule :

— Ah, au fait, la jument est à vous.

En sortant, il vit la bête enfouir le nez dans les cheveux de sa nouvelle propriétaire, qui faillit tomber à la renverse.

— Tu n'embrasses pas ta vieille amie ? demanda Cassandra, la bouche en cœur.

— Seulement si elle se satisfait de rester une vieille amie, riposta son hôte, agacé.

Combien de temps allait-il falloir à Bowen ? Lachlain lui aurait confié sa vie les yeux fermés. Il lui aurait même confié son âme sœur – plus précieuse encore – en cas d'impérieuse nécessité... mais l'attente n'en était pas moins insupportable.

— On ne s'est pas vus depuis des siècles, insista Cassandra, les bras ouverts.

— Si Emma arrive et nous trouve en train de nous embrasser, quel effet crois-tu que ça lui fera ?

Ses bras retombèrent, puis elle s'assit brusquement dans un fauteuil, devant le bureau.

— Pas celui que tu crois. Parce qu'elle se fiche pas mal de toi, alors que moi, je t'ai pleuré comme une veuve quand je t'ai cru mort.

— Tu perdais ton temps.

— Bowen m'a expliqué où tu te trouvais et ce qu'elle est. Elle n'a pas sa place ici. Si tu n'étais pas aussi perturbé, tu te rendrais compte que c'est monstrueux.

Lachlain n'eut pas un frémissement de colère, car jamais il n'avait éprouvé une certitude aussi inébranlable que celle qu'il devait à Emma. Mais, de toute évidence, les raisons de son amitié séculaire avec Cassandra n'existaient plus.

Elle lui avait longtemps inspiré de la compassion car, comme lui, elle avait vécu des siècles sans trouver l'âme sœur et, comme lui, elle avait mal réagi à ce manque. Mais, alors qu'il traquait l'ennemi, était de toutes les batailles et se portait volontaire pour toutes les missions dangereuses à l'étranger – dans l'espoir de tomber un jour sur sa promise –, Cassandra s'était focalisée sur lui.

— Qui t'a soutenu à la mort de ton père ? De ta mère ? Qui t'a aidé lorsque tu t'es lancé à la recherche de Heath ?

Il poussa un soupir las.

— L'ensemble du clan.

Elle pinça les lèvres, mais se reprit.

— Nous avons une histoire commune, toi et moi. Nous appartenons à la même *espèce*. Qu'auraient dit tes parents en te voyant prendre une vampire pour compagne, hein ? Et Garreth ? Tu te rends compte à quel point il va avoir honte ?

Franchement, Lachlain ignorait comment ses parents auraient réagi. De leur vivant, ils regrettaient que leurs fils n'aient pas trouvé l'âme sœur au fil des siècles ; ils compatissaient à l'évidente souffrance de leur aîné... mais ils détestaient les vampires. La Horde n'était à leurs yeux qu'un ramassis de parasites, une des plaies de la Terre. La question se posait aussi au sujet de Garreth, évidemment.

— Le jour où tu rencontreras ton promis, je serai vraiment ravi, se contenta de répliquer Lachlain. Là, tu comprendras enfin à quel point ce que tu racontes est ridicule.

Bowen fit son entrée à cet instant précis. Lachlain lui jeta un coup d'œil interrogateur, auquel il répondit par un haussement d'épaules. De toute évidence, sa conversation avec Emma n'avait pas été des plus encourageantes.

Hermann apparut dans son sillage, affairé, en nage, rubicond.

— Le personnel se prépare à s'en aller. Je voulais juste vérifier que vous n'aviez plus besoin de rien avant de partir, moi aussi.

— Tout est parfait.

— Si vous voulez me demander quoi que ce soit, mon numéro est en mémoire dans le téléphone.

— Ça va m'aider, c'est sûr, marmonna Lachlain.

Lui qui avait eu l'impression de se débrouiller magnifiquement en apprenant à se servir des outils de l'époque, devait reconnaître que la simple accumulation des nouveautés technologiques l'impressionnait.

— Ah oui, les paquets qui sont arrivés aujourd'hui pour la reine ont été déballés.

— Vous pouvez y aller, Hermann, assura-t-il.

Le démon, qui semblait prêt à s'évanouir, lui jeta un regard reconnaissant avant de quitter le bureau.

— Ce ne sont pas tes cadeaux qui la feront changer d'avis, affirma Cassandra d'un ton maussade.

— Pas d'accord, intervint Bowen en tirant une pomme rouge d'une des poches de sa veste et en la frottant sur sa chemise. J'ai découvert que la *reine* apprécie fort les cadeaux.

Comme Lachlain l'interrogeait du regard, il continua :

— Je lui ai montré le cheval. Désolé de t'avoir volé ton heure de gloire.

Il n'avait pas l'air désolé du tout.

Cette fois, Lachlain haussa les épaules avec indifférence, même s'il regrettait en réalité de ne pas avoir été témoin de la réaction d'Emma. Peut-être lui aurait-elle manifesté une reconnaissance profitable...

— J'ai une bonne nouvelle, c'est qu'elle n'aime pas te savoir seul avec Cass. Ça l'ennuie, cette petite.

Se pouvait-il qu'Emma soit jalouse? Jamais elle ne connaîtrait la profonde impression de dépendance que Lachlain ressentait vis-à-vis d'elle, mais il était prêt à se contenter de n'importe quoi. Néanmoins... Ses sourcils se froncèrent. Il ne voulait pas lui faire de peine.

— Il faut t'en aller, Cassandra. Pour ne revenir que lorsque Emma en personne t'invitera au château. Ne discute pas, s'il te plaît, ça ne servirait à rien.

La visiteuse écarquilla les yeux, visiblement sidérée, ce qu'il trouva en soi sidérant.

Quand elle bondit sur ses pieds, elle tremblait de tous ses membres.

— Ce n'est peut-être pas moi, ce ne sera peut-être jamais moi, mais dès que tu iras mieux, tu verras que ce ne n'est pas non plus cette vampire, lança-t-elle d'une voix dure, avant de se précipiter vers la porte.

— Je vais vérifier qu'elle s'en va, proposa Bowen. Après un petit détour par la cuisine. Le personnel a fait à manger pour une armée.

Il hésita, avant d'ajouter:

— Bonne chance.

Lachlain hocha la tête, perdu dans ses pensées. Des voitures démarraient à l'extérieur.

Un roi et sa reine occupaient leur château, un Lycae avait trouvé l'âme sœur au bout d'un millénaire, et la lune n'allait pas tarder à être pleine. Tout le monde ici savait ce que cela signifiait. Tout le monde... sauf Emma.

Il n'avait plus le temps. Il n'avait plus le choix. Son regard se posa sur la desserte. Un carafon de cristal scintillait à la lumière.

24

Emma se réveilla dans les bras de Lachlain, le visage contre sa poitrine. Il lui caressait tout doucement les cheveux. Elle allait s'énerver parce qu'il l'avait remise au lit, lorsqu'elle s'aperçut qu'il l'avait rejointe par terre, dans son nid de couvertures.

Puis le rêve l'engloutit de nouveau.

Lachlain guerroyait, il y avait de cela bien longtemps. Et, entre deux batailles, il tuait le temps. Garreth et Heath – ses frères ? – discutaient avec quelques autres Lycae des âmes sœurs qu'ils n'avaient pas encore trouvées : à quoi ressembleraient-elles, en fin de compte ? Ils parlaient gaélique, mais elle comprenait parfaitement ce qu'ils racontaient.

— Il me plairait qu'elle soit bien tournée, déclara un certain Uilleam qui, pour souligner son propos, joignit le geste à la parole en incurvant les deux mains devant sa poitrine.

— Moi, je me contenterais d'un beau derrière à caresser la nuit... dit un de ses camarades.

Ils se turent tous à l'approche de Lachlain. C'était le plus âgé d'entre eux, celui qui attendait depuis le plus longtemps. Neuf cents ans...

Il se dirigeait vers le ruisseau près duquel avait été dressé le campement. Les rochers ne le dérangeaient pas, car il bondissait par-dessus sans difficulté, malgré le poids de sa cotte de mailles. Enfin, il s'agenouilla au bord d'un trou d'eau, sur lequel il se pencha pour se laver la figure.

Une seconde, son reflet se brouilla. Il ne s'était pas rasé depuis plusieurs jours, une balafre imposante serpentait sur son visage, ses cheveux lui tombaient jusqu'aux épaules.

Emma le trouva magnifique, tout simplement. Sa réaction à cette image, sortie tout droit d'un rêve, fut viscérale.

Quand il s'était agenouillé avant de contempler brièvement le ciel bleu, elle avait été sidérée de sentir la chaleur du soleil sur sa peau, à croire qu'elle se trouvait à sa place... puis une vague de tristesse l'avait envahi. *Comment se fait-il que je ne la croise nulle part ?*

Elle ouvrit les yeux. C'était à elle qu'il pensait. C'était elle qu'il avait attendue si longtemps...

Elle avait déjà lu dans ses yeux la rage, l'égarement, la haine, mais jamais encore le désespoir.

— Bien dormi ? demanda-t-il de sa voix grondante.

— Tu as dormi avec moi ? Là, par terre ?

— Oui.

— Pourquoi ?

— Parce que tu préfères dormir là et que je préfère dormir avec toi.

— Je note que je n'ai pas voix au chapitre.

— Je veux te donner quelque chose, annonça-t-il sans répondre.

Il tâtonna d'une main dans son dos, puis brandit... le collier en or dont elle avait rêvé. Emma fut littéralement hypnotisée : le bijou était encore plus beau en réalité.

— Il te plaît ? s'enquit son compagnon. Je ne savais pas ce que tu aimerais, alors j'ai essayé de deviner, encore et encore.

Elle suivit du regard le balancement du superbe objet. Sans doute devenait-elle folle, car elle ne pouvait s'empêcher de se réjouir malicieusement en son for intérieur.

— Je le porterai exprès devant Cassandra, murmura-t-elle pour elle-même.

— Qu'est-ce qui peut bien te faire dire une chose pareille ? s'étonna Lachlain en attrapant adroitement le collier dans sa paume, ce qui brisa le sortilège.

Comme toujours lorsqu'elle avait envie de mentir, elle qui en était incapable, elle répondit par une autre question :

— Tu ne crois pas qu'elle serait jalouse, si elle savait que tu m'offres des bijoux ? Elle aimerait que tu lui appartiennes, c'est évident.

— Tu as raison, oui, acquiesça-t-il avec une franchise qui la surprit. Mais elle est partie. Je l'ai chassée. Elle n'aura le droit de revenir à Kinevane que si tu en décides ainsi... peut-être jamais. Il n'est pas question que tu te sentes mal à l'aise chez toi.

— Je ne suis pas chez moi.

Après cette riposte tranchante, elle voulut le repousser, mais il la prit par l'épaule.

— Tu es ici chez toi, que tu veuilles de moi ou non. Tu l'as toujours été et le seras toujours.

— Je ne veux ni de toi ni de ton chez-toi ! rétorqua-t-elle dans un cri, en se dégageant d'une secousse. Pas après le mal que tu m'as fait !

Il se raidit, l'air sombre, comme s'il venait de subir un terrible échec.

— Qu'est-ce que j'ai fait ? Dis-moi...

— Tu m'as menti. Ça... ça m'a blessée.

— Je ne voulais pas te mentir. (Il lui rejeta les cheveux en arrière.) Simplement, je pensais que tu n'étais pas prête à entendre tout ce que j'avais à te dire. Je percevais vaguement la présence menaçante des vampires, et j'avais peur que tu te sauves.

— Maintenant, tu m'empêches d'aller voir ma famille, et ça me blesse encore plus.

— Je t'emmènerai la voir, promit-il aussitôt. Il faut que je parle à certains membres du clan. Après, je partirai quelques jours, je serai obligé... Mais ensuite, je t'emmènerai là-bas moi-même. Je ne veux pas que tu y ailles seule, c'est tout.

— Mais pourquoi ?

— Je suis inquiet. J'ai besoin que tu tiennes à moi, je sais que ce n'est pas le cas, et j'ai peur de te perdre. Tes tantes se débrouilleront pour réduire à néant le peu de confiance que j'aurai peut-être réussi à t'inspirer. (En fait, Emma savait très bien ce que lui dirait Annika : qu'elle était devenue folle.) À la minute où tu entreras dans cette maison, je serai condamné à faire des pieds et des mains pour te récupérer.

— Parce qu'il *faut* que tu me récupères ?

— Bien sûr. Il n'est pas question de te perdre alors que je viens enfin de te trouver.

Elle se frotta le front.

— Comment peux-tu être aussi sûr de toi de ce point de vue-là ? Pour moi, qui ne suis pas une Lycae, ça paraît franchement excessif. Je veux dire, tu ne me connais que depuis une semaine.

— Je t'ai attendue toute ma vie.

— Ça ne veut pas dire que tu avais raison de le faire. Ni que tu y étais *obligé*.

— Non, mais ça veut dire que ta présence ici est très, très satisfaisante, répondit-il tout bas.

Emma décida de ne pas prêter attention à la chaleur que ces mots immisçaient en elle.

— Tu n'as pas faim, ce soir ? ajouta son compagnon.

Elle fronça le nez.

— Tu sens l'alcool.

— J'ai bu un verre ou deux.

— Alors je vais passer mon tour.

Il resta un instant silencieux, puis lui présenta de nouveau le collier.

— J'aimerais que tu le portes.

Quand il se pencha vers elle pour lui passer le bijou au cou, son propre cou se retrouva juste devant la bouche d'Emma.

Il s'était égratigné.

— Tu t'es coupé, murmura-t-elle, chavirée.

— Ah bon?

Elle se passa la langue sur les lèvres, luttant contre la tentation.

— Tu te… Oh, mon Dieu, *écarte-toi*, balbutia-t-elle, haletante.

Une main l'attrapa par la nuque pour la pousser en avant, lui presser la bouche contre la peau bronzée de Lachlain.

Elle lui martela la poitrine à coups de poing, mais il était tellement fort que cela ne servit à rien. Alors elle succomba, incapable de se retenir de lui lécher le cou, lentement, en savourant son arôme et la manière dont il se raidissait tout entier – de plaisir, elle le savait.

Gémissante, frissonnante, elle plongea les crocs en lui et se mit à boire.

25

Elle buvait. Lachlain la serra dans ses bras et se leva pour s'asseoir au bord du lit, l'installant à califourchon sur ses genoux.

Elle était ailleurs, il le savait, cramponnée à lui d'une manière délicieuse, les coudes sur ses épaules, les bras croisés derrière sa tête. Le collier refroidit sa poitrine quand il l'attira tout contre lui.

Elle buvait avidement.

— Du calme, Emma.

Comme elle ne tenait aucun compte de ce qu'il disait, il fit quelque chose dont il se serait cru incapable : s'écarter d'elle.

Elle vacilla.

— Qu'est-ce qui m'arrive ? s'étonna-t-elle d'une voix pâteuse. (Tu es saoule, songea-t-il, ce qui va me permettre de profiter de toi.) Je me sens... toute drôle.

Lorsqu'il remonta sa chemise de nuit, la jeune femme ne chercha pas à l'en empêcher, alors même qu'il lui glissait la main entre les cuisses... où il la découvrit si mouillée qu'il laissa échapper un grognement. Son érection n'allait pas tarder à crever le tissu de son pantalon.

Le souffle rapide de sa compagne lui brûlait la peau à l'endroit où elle l'avait mordu. Quand il immisça un doigt dans son fourreau étroit, elle lui lécha le cou, toujours au même endroit, puis frotta doucement le visage contre le sien en gémissant tout bas.

— Ça tourne, murmura-t-elle.

Il se sentait coupable, mais il était conscient de leurs besoins à tous les deux et bien décidé à aller jusqu'au bout, quelles qu'en soient les conséquences.

— Écarte les jambes… Appuie-toi sur ma main…

— Ça brûle, balbutia-t-elle d'une voix rauque, terriblement sexy, en faisant ce qu'il lui disait.

Il se pencha pour lui passer la langue sur un mamelon, et elle ne put retenir un couinement.

— Je vais arranger ça.

De sa main libre, il ouvrit sa braguette. Son sexe en jaillit pour se positionner juste en dessous d'elle.

— Il faut… il faut que j'entre en toi, Emma. Je vais t'amener sur moi…

Il la tira par les hanches, de plus en plus bas. *Doucement*. C'est la première fois pour elle. Et elle est toute petite.

— … et puis je vais te faire l'amour jusqu'à ce que ça ne nous brûle plus là, ni toi ni moi.

À l'instant précis où il allait toucher sa moiteur, elle se jeta brusquement de côté, puis chercha à se réfugier à quatre pattes contre la tête de lit.

Il poussa un grognement de frustration en l'obligeant sans ménagement à reprendre position, mais elle se mit à lui marteler les épaules à coups de poing.

— Non ! Ça ne va pas. (Elle porta la main à son front.) Je me sens trop bizarre.

Remets la bête en cage, se dit-il. Il lui avait juré de ne jamais la toucher si elle ne le voulait pas.

Sa chemise de nuit ne la voilait pourtant plus qu'à peine. La soie rouge mettait en valeur ses cuisses blanches, tandis que ses mamelons durcis se dressaient agressivement. Lachlain haletait, malade de désir.

Avec un grognement, il l'attrapa par les hanches et la projeta sur le ventre. Puis, alors qu'elle cherchait à se retourner, il la maintint en position afin de dévoiler ses fesses parfaites, généreuses...

Courbes affolantes sur lesquelles il abattit la main. Ce n'était pas vraiment un coup, plutôt une palpation un peu rude. Depuis leur rencontre, il prenait soin d'éjaculer chaque jour sous la douche. Le nez encore empli de son odeur et les mains de la chaleur de sa peau, il jouissait à chaque fois violemment.

Lorsqu'il lui pétrit le derrière, elle laissa échapper un petit cri. Il allait devoir se contenter de cela.

Allez, mon vieux, à la douche !

Emma sentait toujours la grande main contre sa peau. Il ne l'avait pas vraiment frappée, ni fessée, mais – par Freyja ! – il lui avait envoyé un message exquis.

Qu'est-ce qui n'allait pas chez elle ? Pourquoi pensait-elle une chose pareille ? Elle gémit, frissonnante.

Elle éprouvait une envie folle de se caresser. De supplier Lachlain de se laisser chevaucher. Elle y résistait, oui, mais son corps se tordait sur le matelas.

Le collier dont son compagnon lui avait fait cadeau était orné de chaînettes d'or et de pierres précieuses qui cascadaient sur ses seins. Un bijou pesant, qui lui donnait l'impression d'être une véritable séductrice... non sans une certaine honte. À chacun de ses mouvements, les pendeloques lui titillaient les mamelons.

Quelque chose dans ce joyau, dans la manière dont Lachlain le lui avait passé, semblait signaler une... appartenance.

Que lui avait-il fait, cette nuit ? Le lit tournoyait, elle avait envie de... de rire bêtement, elle ne pouvait s'empêcher de laisser courir ses mains sur son corps... Ses pensées ne manquaient pas de clarté, mais elles lui semblaient lentes, apaisées...

Combien de temps encore supporterait-elle qu'il la caresse sans le supplier de la prendre ? Elle avait les mots sur le bout de la langue en cet instant même : *Je t'en prie...*

Non ! Elle se distinguait déjà des autres membres de sa maisonnée par sa faiblesse et par son sang – pour moitié celui de l'ennemi héréditaire.

Si, en plus, la timide Valkyrie-vampire rentrait chez elle accro à un Lycae...

Ses tantes ne seraient pas seulement déçues, mais aussi écœurées. Affligées... Et puis, si elle craquait, elle n'aurait plus aucune autorité face à Lachlain – un simple « Je t'en prie » suffirait à l'en priver. D'ailleurs, si elle succombait à la tentation, elle ne rentrerait pas chez elle. Jamais.

Le lit tournoyait de plus en plus vite. La compréhension s'imposa brusquement à elle.

Il l'avait saoulée.

Le salaud ! Il avait bu... pour l'obliger à boire, elle aussi, quand elle lui prendrait son sang... Ah, le salaud ! Elle ne savait même pas qu'une chose pareille était possible.

Mais elle se vengerait. La manipuler de cette manière ignoble ! Non, elle ne pouvait pas lui faire confiance. Il avait promis de ne plus lui mentir, mais ce procédé-là ne valait pas mieux.

Deux jours plus tôt, elle se serait résignée ; elle aurait tristement admis de voir encore une fois bafouer ses envies et ses sentiments... mais là, il n'en était pas question. Elle allait donner une leçon à Lachlain. Lui apprendre qu'elle était devenue en une semaine quelqu'un avec qui il fallait compter.

Lorsqu'elle se passa la langue sur les lèvres, pour la trentième fois peut-être depuis qu'il avait quitté le lit, une idée naquit vaguement dans son esprit.

Une idée tordue, pernicieuse. Elle regarda autour d'elle, gênée, comme si quelqu'un risquait de l'entendre penser. Ah, il voulait tricher, il voulait jouer à ça avec elle ? Eh bien, elle allait le prendre à son propre jeu...

Elle en était capable. Oui, elle pouvait se montrer cruelle. Parfaitement !

Un souvenir brumeux de sa jeunesse lui traversa l'esprit. Elle demandait à Myst pourquoi les vampires étaient aussi cruels.

— Parce que c'est dans leur nature, répondait tranquillement sa tante.

Revenant au présent, Emma sourit, du fond de son ivresse.

Ah, le retour à la nature...

La sonnerie du téléphone la tira du sommeil. Jamais, dans toute l'histoire de la téléphonie, une sonnerie n'avait été aussi casse-pieds. Emma aurait volontiers pulvérisé l'appareil d'un coup de marteau.

Elle ouvrit des yeux troubles et se retourna dans son nid de couvertures, à temps pour voir Lachlain s'éloigner en boitillant.

Le matelas gardait la chaleur du grand corps, elle le vérifia à tâtons. Manifestement, il s'était allongé dans le lit, au-dessus d'elle... peut-être pour la regarder dormir.

Il décrocha. Un silence, puis :

— Il n'est toujours pas rentré ? Étendez le périmètre des recherches... Je m'en fiche. Appelez-moi dès que vous l'aurez trouvé.

Après avoir raccroché, il se passa la main dans les cheveux, épuisé. Lorsqu'il poussa un soupir las, Emma s'aperçut qu'il avait les muscles des épaules noués. Il se demandait où était son frère... et elle le plaignait de ne pas le savoir. Malgré les cent cinquante ans écoulés, Lachlain ne pouvait pas annoncer à Garreth qu'il était sain et sauf. Elle le plaignait franchement.

Jusqu'au moment où elle se leva.

Un mal de tête monstrueux se mit aussitôt à lui marteler le crâne, puis elle réalisa, en gagnant la salle de bains d'une démarche titubante, qu'elle avait la bouche plus sèche que le désert. Se laver les dents et se doucher lui firent du bien, mais ses vertiges n'en furent pas adoucis.

Lachlain lui avait donné la gueule de bois du siècle, un échantillon des raisins de la colère. S'il avait juste bu «un verre ou deux», pas davantage, elle n'aurait sans doute pas été aussi ivre sur le coup, ni aussi migraineuse ensuite.

Il avait dû boire comme un trou avant de la rejoindre, oui !

Le salaud.

Elle ressortit de la salle de bains, drapée dans son peignoir, et s'approcha du dressing. Lachlain, qui l'avait suivie, s'appuya au chambranle pendant qu'elle choisissait une tenue. Les vêtements neufs ne manquaient pas, accompagnés de chaussures et de sacs à main.

Emma parcourut la petite pièce en jaugeant ces cadeaux d'un œil exercé. Elle avait toujours éliminé tout ce qui ne correspondait pas vraiment à son style, à la fois branché et original, c'est-à-dire tout ce qui manquait d'exotisme et d'authenticité.

— Ça te plaît ? s'enquit Lachlain.

Elle inclina la tête de côté, traversée par une bouffée de colère devant l'absence criante de ses propres affaires. Sa réponse fut d'une franchise parfaite :

— Oh, j'emporterai tout en rentrant à la maison.

Le doigt tendu dans sa direction, elle dessina un petit cercle en l'air pour lui ordonner de se retourner. Il obéit sans protester, le temps qu'elle enfile des dessous, un jean et un pull tout simples.

Lorsqu'elle lui passa devant pour aller s'asseoir au bord du lit, elle s'aperçut enfin que les fenêtres étaient masquées par des volets. Évidemment. Après

tout, de son point de vue à lui, elle n'irait nulle part…
puisqu'elle ne lui échapperait jamais.

— Ça date de quand?

— D'aujourd'hui. Ils s'ouvrent et se ferment automatiquement, au crépuscule et à l'aube.

— Ils sont fermés.

— Le soleil n'est pas encore complètement couché.

Il la regardait avec attention.

Emma haussa les épaules, alors qu'en réalité, elle
se demandait pourquoi elle s'était réveillée aussi
tôt.

— Tu ne m'as pas demandé de boire, remarqua-
t-elle.

— Tu le ferais?

— Juste après t'avoir obligé à souffler dans le
ballon.

Comme il la fixait sans comprendre, elle précisa:

— Ça sert à voir si les gens sont saouls.

— Je n'ai pas bu ce soir, je veux juste que tu te
nourrisses, assura-t-il, visiblement imperméable aux
remords.

Il s'assit sur le lit, trop près d'elle.

— Je peux savoir pourquoi tu t'es précipité sous la
douche, hier soir? questionna-t-elle. Tu trouves ça
tellement sale, de faire l'amour?

Un rire bref échappa à son compagnon.

— Seigneur… je peux t'assurer que je n'ai jamais
rien fait d'aussi érotique. Si je me suis douché, c'est
pour me masturber, parce que je ne voulais pas
violer ma promesse.

Elle fronça les sourcils.

— Tu veux dire que tu…?

— Eh oui. (Les lèvres de Lachlain s'incurvèrent en
un léger sourire, tandis qu'il plongeait le regard dans
celui d'Emma.) Nuit après nuit. Tu me mets dans
tous mes états, pire qu'un adolescent boutonneux.

Cela ne le dérangeait pas le moins du monde
d'avouer qu'il s'était caressé jusqu'à l'orgasme à

quelques mètres d'elle... pendant qu'elle roulait sur le lit en se retenant de toutes ses forces d'en faire autant. C'était... excitant. Emma rougit, de ses propres pensées plus que de l'aveu de Lachlain. *Je regrette de ne pas avoir été là pour le voir...*

Non, non, non. À force de contempler ce sourire sexy, elle allait oublier ses projets, oublier à quel point elle s'était sentie blessée en comprenant qu'il s'était volontairement égratigné, qu'il l'avait tenue contre lui jusqu'à ce qu'elle craque.

Conséquemment – car contrarier la vampire Emmaline Troie avait maintenant des conséquences...

— J'ai une idée, lança-t-elle dès que les volets s'ouvrirent avec un bourdonnement sourd, dévoilant la nuit.

Aurait-elle vraiment le courage de se venger ? De faire payer le coupable ? À la grande surprise d'Emma, la réponse était indéniablement oui.

— Je crois que je sais comment on pourrait tous les deux trouver l'*apaisement*, pendant que je bois.

— Je t'écoute, répliqua Lachlain avec empressement.

— Je veux dire, grâce à l'acte lui-même.

Elle se laissa glisser du lit, à genoux par terre, puis lui écarta maladroitement les jambes de ses fines mains pâles.

Lorsqu'il comprit de quoi elle voulait parler, il resta un instant bouche bée, avant de lâcher :

— Tu ne vas pas... ?

Il savait qu'il aurait dû protester, renâcler, mais sa verge était aussi raide qu'un piquet.

— Je te veux tout entier. (La ravissante Emmaline aux lèvres pulpeuses ronronnait suavement en le couvant de ses grands yeux bleus suppliants.) Tout ce que tu as à donner.

Il était prêt à lui donner tout, absolument tout ce qu'elle désirait. D'une main tremblante, elle lui déboutonna son pantalon.

Lachlain déglutit difficilement.

Il aurait au moins dû *hésiter*… mais il avait du mal à se retenir d'appuyer sur la tête de sa compagne pour accélérer les choses, tant il craignait qu'elle ne change d'avis. Commencer de cette manière la nuit de la pleine lune… il croyait rêver.

Lentement, elle lui ouvrit sa braguette. Son sexe en jaillit aussitôt, ce qui la déconcerta un peu, mais elle lui adressa malgré tout un sourire séducteur, quoique timide, visiblement enchantée de son érection. Une érection qu'elle empoigna à deux mains, comme si elle ne voulait plus jamais la lâcher.

— *Emma*, balbutia Lachlain d'une voix brisée.

— Retiens-toi le plus longtemps possible, exigea-t-elle en le caressant une fois, sur toute sa longueur.

Ses yeux se fermèrent de plaisir.

D'abord vint un souffle brûlant, qui le fit frissonner. Puis des lèvres douces, suivies d'une langue agile, qui se mit à danser sur sa chair. Ah, la délicieuse petite langue…

Et la *morsure*… Seigneur…

Un gémissement angoissé échappa à Lachlain, qui tomba en arrière sur le lit, mais tendit aussitôt la main pour toucher la joue d'Emma et releva même la tête afin de la regarder s'activer sur son sexe. Un vicieux, voilà ce qu'il était…

— Je… je ne savais pas, grogna-t-il. Comme ça. *Toujours.*

Allait-il jouir immédiatement ou s'évanouir? Les mains d'Emma le palpaient, le caressaient, le titillaient. Il se sentait devenir fou. Elle gémit contre lui, et la succion se fit plus impérieuse. C'était la première fois qu'elle lui prenait autant de sang, mais si elle en avait besoin, il était hors de question qu'il le lui refuse.

Il avait beau s'affaiblir, il ne voulait pas que cela
s'arrête, jamais.
— Emma, je vais...
Ses yeux se révulsèrent. La nuit l'engloutit.

26

Ne regarde pas en arrière. Tu mettras tes chaussures dans la voiture. Va-t'en, va-t'en, *va-t'en...*

Elle s'en alla effectivement. Tout droit jusqu'au grand garage, où elle chercha les clés des nombreuses voitures, en vain – frustration croissante.

Va-t'en, va-t'en, va-t'en...

Elle essayait ! Pas de clés.

Alors elle fit en courant le tour du château, en quête d'une camionnette de maçon, d'un tracteur – n'importe quel véhicule, au point où elle en était.

À un moment elle se figea, les sourcils froncés. Une chaleur se répandait sur elle, depuis l'horizon. Comme en transe, elle leva la tête. La pleine lune montait dans le ciel.

Emma sentait sa lumière. De même que les gens « normaux » sentaient celle du soleil, probablement.

Son ouïe fine l'avertissait qu'on l'appelait dans la forêt, par-delà les pelouses, mais pas une fois elle n'en avait exploré les ténèbres, rebutée malgré son courage tout neuf.

Va-t'en dans la forêt.

Elle dut refouler l'envie de se précipiter sans réfléchir au fond des abysses végétaux. Lachlain l'y attraperait. C'était un chasseur, un traqueur. Il avait l'habitude. Jamais elle ne lui échapperait.

Elle n'en tremblait pas moins sous l'effet de la lutte intérieure. Comme si courir dans la forêt lui manquait horriblement, alors qu'elle n'avait jamais fait une chose pareille. Ces pensées bizarres signifiaient-elles qu'elle devenait folle ?

Va-t'en !

Emma poussa un cri, lâcha ses chaussures et obéit, fuyant le manoir et le Lycae furieux qui ne tarderait pas à se réveiller. Lorsqu'elle s'enfonça dans les bois, elle s'aperçut qu'elle y voyait. Sa vision nocturne avait toujours été bonne, mais s'était encore améliorée.

Pourquoi ? Le sang de Lachlain l'affectait-il à ce point ? Elle avait beaucoup bu, ce soir. Maintenant, elle savait que les Lycae étaient parfaitement nyctalopes.

L'odeur de la forêt lui emplissait les narines. L'humus, la mousse, jusqu'aux rochers emperlés de rosée. Un mélange étourdissant. Pourtant elle ne vacillait pas, ses pieds restaient fermement posés par terre, comme si elle avait parcouru la propriété des centaines de fois.

Les odeurs, son souffle, son pouls, le vent autour d'elle... c'était le paradis.

Elle finit par prendre conscience d'autre chose. La course était un véritable aphrodisiaque, car chacun de ses pas faisait remonter dans tout son corps une longue vibration caressante. Un rugissement de rage s'éleva à des kilomètres de là, au manoir, secouant le monde obscur qui entourait Emma. Le chasseur fonça à travers la forêt en écrasant tout sur son passage. Elle aspirait à l'apaisement. Elle n'avait pas peur de ce qu'il lui ferait quand il la trouverait – au contraire, elle l'attendait avec impatience, l'oreille tendue au martèlement furieux de son pouls à *lui*. Si affaibli soit-il, il se ruait vers elle sans hésiter.

Il la suivrait pour l'éternité.

Elle le savait aussi sûrement que s'il le lui avait dit en pensée. Il la ferait sienne et jamais ne la laisserait s'en aller. Telles étaient les voies de son espèce.

Tu appartiens à son espèce, maintenant, murmura la petite voix intérieure d'Emma. Non! Elle ne céderait pas.

L'âme sœur d'un Lycae se serait laissé prendre. Elle l'aurait attendu nue, couchée dans l'herbe ou adossée à un arbre, cambrée vers lui, les bras levés, heureuse d'être traquée, prête à subir la férocité du mâle…

Elle devenait folle! Comment pouvait-elle savoir des choses pareilles? Jamais elle n'apprécierait la férocité.

Emma venait de pénétrer dans une clairière lorsqu'elle l'entendit bondir. Elle se raidit, prête à s'abattre par terre, mais il se contorsionna pour retomber sur le dos et la poser dans l'herbe, juste à côté de lui. Quand elle rouvrit les yeux, il se tenait au-dessus d'elle. À quatre pattes.

Plus imposant. Les yeux changés. Envahis par moments du bleu extraordinaire qu'elle connaissait déjà. Chacune des expirations du chasseur était un grognement bas et rauque. Malgré son extrême affaiblissement, le désir lui donnait des forces.

— Tourne-toi, cracha-t-il d'une voix distordue, rocailleuse.

Un éclair traversa le ciel au-dessus d'eux. Il n'en eut apparemment pas conscience, mais elle regarda la griffure lumineuse comme les humains une comète. Ça alors… Était-elle davantage valkyrie qu'elle ne le croyait?

— Non, répondit la part rationnelle d'Emma.

La foudre éclairait aussi par intermittence ce qu'était Lachlain au fond de son être. Les crocs, les yeux d'un bleu de glace, le corps d'une puissance inouïe, encore plus musclé qu'à l'ordinaire. Il arracha à la jeune femme son sac et sa veste, ouvrit ses vêtements d'un coup de griffes, puis l'en débarrassa en crachant et en grognant, pendant qu'elle contemplait dans une sorte d'hébétude les lumières qui dansaient au-dessus d'eux.

— Lève… les bras, ordonna-t-il en se dépouillant de son propre jean.

Elle obéit. Il continuait à changer de position au-dessus d'elle, penché d'un côté ou de l'autre pour embrasser ou lécher, déplaçant la main ou le genou. Elle ne comprenait pas ce qui se passait. Les mouvements de Lachlain n'avaient rien d'aléatoire, c'était ..

Un rituel.

Et voilà qu'elle avait irrésistiblement envie de se mettre à quatre pattes, elle aussi. De repousser ses cheveux pour présenter sa nuque. Quand son compagnon passa la langue sur son mamelon, elle se cambra sous lui.

— Tourne-toi.

Là encore, elle obéit, comme si quelqu'un d'autre avait pris possession de son corps, quelqu'un de sensuel et d'agressif à la fois. Elle devina des mouvements derrière elle. Une énorme érection glissa sur ses fesses, puis se pressa contre sa cuisse.

Les odeurs de la nuit… La lune de plus en plus haute qui te baigne tout entière… Elle devenait folle. La certitude s'imposa lorsqu'elle plaqua la poitrine dans l'herbe, les bras tendus devant elle, la croupe en l'air. Lachlain grogna, satisfait sans doute, avant de lui écarter les genoux avec un des siens. Une moiteur brûlante envahit Emma, alors qu'il ne la caressait même pas.

Elle avait mal. Elle se sentait vide. Et elle savait que, s'il la pénétrait, elle arriverait à *toucher* l'odeur de la terre. Elle ondula des hanches comme pour l'attirer en elle.

— Non, siffla-t-il, ne bouge pas. (Sa main se posa brusquement sur le derrière offert, le serra pour l'immobiliser.) La lune… Je ne peux pas… être ce que je devrais. Si tu savais à quoi je pense, là, maintenant...

Elle écarta davantage les jambes malgré le fauve posté derrière elle, prêt à sombrer dans la folie furieuse de cette nuit si particulière, doté d'un sexe capable d'écarteler une femme de sa taille. Alors qu'elle aurait dû se rouler en boule par terre, la tête dans les bras.

— Tu n'as pas besoin de faire ça. Jamais. J'ai du mal à... me retenir de...

Il bougea, puis ses lèvres se posèrent sur le sexe d'Emma, qui en éprouva un saisissement et un plaisir tels qu'elle ne put retenir un cri. Lachlain s'était couché sur le dos, le visage entre ses genoux, les bras serrés sur ses reins pour la maintenir assez bas au-dessus de lui. Même si elle l'avait voulu, elle n'aurait pas pu remuer.

Il grogna contre sa chair en resserrant encore l'étreinte – si possible.

— Je rêvais de ton goût. Presque autant que de te faire l'amour.

Les griffes d'Emma s'enfoncèrent dans l'herbe, dont les brins coupés libérèrent un nuage de parfum. Quand Lachlain aspira doucement son clitoris, elle hurla. La foudre claqua dans le ciel. Il lui était impossible d'onduler des hanches pour se frotter à son compagnon, alors qu'elle en éprouvait le besoin impérieux. Elle ne sentait même pas les éraflures qu'elle se faisait aux genoux. Oui, elle devenait folle.

— Oui, oh oui ! Je t'en prie, Lachlain !

Il retira sa langue pour la remplacer par son doigt.

— Oui, quoi ?

Emma haletait, égarée.

— Je t'en prie... donne-moi...

— Viens, ordonna-t-il en lui claquant la croupe et en plongeant plus profond le doigt en elle.

Avant de se remettre à sucer et lécher. Elle poussa un hurlement, tandis que son corps se raidissait dans le premier orgasme de sa vie, secoué de frissons, soumis à l'explosion du plaisir. Les mains de Lachlain continuaient à lui caresser rudement les fesses, à lui presser le sexe contre sa bouche.

Emma contemplait le ciel, cambrée au maximum, car elle ne pouvait absolument pas bouger par ailleurs. Enfin, elle ne put en supporter davantage. Elle s'effondra en gémissant, épuisée, assommée par une jouissance inconnue.

Le Lycae se redressa. Tremblante, elle leva les yeux vers lui, découpé contre le ciel où la fureur des éclairs s'était légèrement apaisée. On aurait dit un dieu. Qui attendait.

Le rituel. À genoux devant lui, elle le prit de son mieux dans sa bouche, le flattant de la langue comme elle aurait dû le faire plus tôt. Avec un gémissement, il lui encadra doucement le visage de ses mains. Sur ses traits, l'extase le disputait à l'incrédulité. Elle lui promena les griffes sur le torse, de haut en bas, marquant sa chair, lui arrachant un grand frisson. Son gland était déjà tout salé, tout glissant.

— Je ne peux pas… Il faut que je te fasse mienne… ici. Oui. Ici…

Emma résista quand il voulut se retirer de sa bouche, puis elle se lécha les lèvres avec avidité lorsqu'il se plaça derrière elle, à genoux entre ses jambes. Il se pencha pour la caresser de la langue, une fois de plus, avant de chercher à introduire deux doigts en elle. À peine y fut-il parvenu qu'il la lâcha, puis lui appuya sur la tête afin de la faire mettre à quatre pattes. Elle jeta un coup d'œil en arrière : il tenait sa verge gonflée d'une main, prêt à la glisser en elle. Elle se mit à trembler, d'impatience et d'excitation.

Je le veux. Elle essaya de se coller à lui, mais il la maintint immobile en lui ouvrant le sexe et en y appuyant son gland. Une de ses mains lui parcourut rudement le dos. Elle se cambra de plaisir.

— Ce n'est pas un rêve, murmura-t-il, visiblement stupéfait. Emmaline…

Elle haletait, incapable de se retenir de répéter « Je t'en prie… je t'en prie… » encore et encore.

Un bras puissant lui entoura la taille.

— Ça fait tellement longtemps que j'attends d'être en toi…

Son compagnon lui passa l'autre bras sous le corps, caressa sa poitrine puis l'attrapa par l'épaule afin de l'immobiliser fermement.

— Tu es mienne…

Alors il plongea en elle. Elle émit un nouveau hurlement – de douleur, celui-là.

— Oh, Seigneur, râla-t-il. Tu es trop étroite…

Il donna un deuxième coup de hanches. Mais elle était si crispée autour de lui que c'était tout juste s'il pouvait bouger.

Emma hoqueta, les yeux emplis de larmes, fouaillée par une douleur fulgurante. Elle savait bien qu'ils n'étaient pas adaptés l'un à l'autre.

À son grand soulagement, Lachlain renonça au va-et-vient entamé, mais elle ne put s'empêcher de se demander comment il y parvenait, alors qu'elle le sentait trembler de tout son corps. Sa verge énorme palpitait en elle.

Il la redressa en s'agenouillant, l'attira contre sa poitrine, puis lui prit les bras pour les nouer sur sa nuque.

— Tiens-toi à moi.

Elle obéit. Les mains du Lycae lui glissèrent des épaules, caressèrent ses seins puis descendirent explorer son entrejambe. En un clin d'œil, elle se retrouva de nouveau trempée, mais au lieu de reprendre immédiatement les allers-retours, Lachlain se mit à jouer avec ses mamelons érigés et lui titilla la poitrine longtemps, très longtemps. Bientôt, elle commença à haleter, en proie à un désir aussi désespéré que la nuit où il avait cherché à lui faire l'amour dans la salle de bains. Non, pire encore ; parce que, maintenant, elle savait exactement ce qu'elle ratait.

Au souvenir de cette frustration, elle ondula du bassin.

— Encore ? lui demanda-t-il à l'oreille.

— *Oui !*

— Remets-toi à quatre pattes... Laisse-moi m'occuper de tout.

À peine eut-elle obéi qu'il l'attrapa par les hanches, se retira lentement puis s'enfonça plus profond en elle. Elle cria de nouveau, de plaisir cette fois. Lorsqu'elle se cambra en écartant les jambes, il grogna son nom, d'une voix changée. Râpeuse, gutturale. Presque... animale.

Une autre poussée, plus puissante. Gémissements, grondements. N'y reconnaissait-elle pas sa propre voix ?

Ses pensées se brouillaient tandis que le plaisir croissait en elle. Chaque retrait mesuré la faisait geindre, mais elle accueillait par des cris les claquements peau contre peau qui concluaient les avancées. Un sourire lui monta aux lèvres, car l'air se chargeait d'électricité ; le ciel, les parfums alentour, Lachlain logé en elle – tout était également merveilleux. Il s'étira au-dessus d'elle pour l'embrasser sur la nuque – la mordre, mais sans lui percer la peau, pas à la manière des vampires. Elle en tira autant de plaisir que si c'était elle qui l'avait mordu.

— Ça va être violent quand je vais jouir, prévint-il contre son cou. Tu vas être secouée.

Ce fut pourtant elle qui jouit la première, hurlant son extase à la lune, la tête rejetée en arrière. La bouche de Lachlain s'écrasa davantage contre sa nuque.

— Oh oui, mon Dieu, oui ! rugit-il, avant de la mordre une seconde fois.

Et, en effet, elle le sentit éjaculer violemment, répandre en elle une semence brûlante.

Lorsque le jet se tarit, il n'en continua pas moins à aller et venir.

Lachlain avait joui plus intensément que jamais, mais n'en éprouvait nul apaisement. Au contraire, son désir ne lui semblait que plus violent.

— Je ne peux pas m'arrêter...

Il retourna Emma sur le dos, les bras derrière la tête, sans se retirer d'elle. Les cheveux de sa compagne se déployèrent en auréole, et leur parfum lui explosa aux narines, si enivrant qu'il vacilla. Il la faisait sienne. Enfin. Il était en elle. En son âme sœur. *Emmaline.* Les yeux clos, les lèvres luisantes. Elle était si belle qu'il en avait mal.

La lune les baignait à présent de lumière, couvrant d'argent le corps qui ondulait sous lui.

Le peu de contrôle qu'il exerçait encore sur la bête intérieure disparaissait, remplacé par un sentiment de possession animal.

Mienne. Toujours.

Jamais il n'avait à ce point senti le clair de lune sur sa peau ; ses pensées frénétiques battaient la campagne.

Elle s'était enfuie. Elle avait voulu le quitter. Impossible.

Sa maîtrise de soi l'abandonnait peu à peu... Oh, Seigneur, non, il se... transformait, ses crocs s'aiguisaient... pour la marquer. Ses griffes la tiendraient par les hanches pendant qu'il se répandrait en elle, encore et encore.

Il la posséderait complètement.

Elle était sienne. Il l'avait trouvée. Il la *méritait*. Il méritait tout ce qu'il allait prendre.

Le dos tourné à la lune, il plongea dans ce corps si doux, offert. Jamais il n'avait connu un tel plaisir.

Qu'elle se donne tout entière...

Lécher, mordre, sucer, épuiser son désir avec l'âme sœur. Incapable de maîtriser ses cris, ses grognements. Brutal. Trop. Incapable de se retenir.

Il dut rassembler ses derniers lambeaux de volonté pour s'écarter de sa compagne.

Frustrée, elle laboura la terre de ses griffes en ondulant des hanches.

— Mais pourquoi?

— Je ne veux pas te faire de mal.

Il se rendait bien compte que sa voix était méconnaissable.

— Reviens en moi… je t'en prie…

— Tu es sûre que tu veux? Comme je suis?

— Oui… je te veux… exactement comme tu es. *Je t'en prie, Lachlain!* Ça me fait pareil.

La lune l'avait donc prise, elle aussi? Alors il s'y abandonna tout entier.

Sa vision se brouilla. Il ne voyait plus que l'argent des yeux d'Emma rivés aux siens, et le rose vif de ses mamelons et de ses lèvres. Placé au-dessus d'elle, l'emprisonnant sous son propre corps, il se pencha pour lui lécher et lui sucer les seins, puis il l'embrassa sur la bouche, l'attrapa par en dessous et se redressa à genoux sans la lâcher.

— Mienne…

Un coup de reins brutal accompagna ce grondement.

Les sons bas, gutturaux qui émanaient de son torse et les grognements féroces qui accompagnaient chacune de ses poussées lui parvenaient comme de l'extérieur de lui-même. Il regardait tressauter la poitrine de son âme sœur, incapable de quitter des yeux les mamelons durcis, érigés, humides de ses baisers furieux. Les griffes de son âme sœur s'enfonçaient dans sa peau. Sa tête roulait de côté et d'autre.

— *Mienne…*

Elle songeait à le quitter? Il la pénétrait de toutes ses forces.

Et elle l'accueillait, elle s'efforçait de répondre à ses besoins.

Il la prit par la nuque pour la soulever vers lui.

— Donne-toi toute.

Lorsqu'elle jouit de nouveau, ses yeux s'ouvrirent. Égarés. Miroitants. Il la sentit se resserrer autour de sa verge.

Alors il suivit, hurlant, expulsant son sperme en elle. Il n'eut plus conscience que d'une chose : elle se cambrait, les jambes écartées au maximum, comme si elle aimait qu'il se répande en elle.

Quand la lune se coucha, Emma s'abandonna sur le sol, saturée de plaisir. Lachlain s'effondra sur elle dans un dernier grognement, frissonnant, mais elle ne le trouva pas lourd du tout.

Enfin, il posa un genou à terre pour se soulever et la tourner vers lui. À demi allongé sur le flanc, il lui écarta les cheveux du visage. À présent que la frénésie de la nuit retombait, elle se sentait incroyablement heureuse à l'idée qu'il l'ait faite sienne, comme si elle avait attendu cet instant aussi longtemps que lui.

Elle se coucha sur le dos et s'étira, le regard perdu dans le ciel, puis dans les ramures alentour. L'herbe était fraîche sous son corps, l'air aussi, mais peu importait car elle était brûlante. Incapable de détourner plus longtemps les yeux de son compagnon, elle roula de nouveau sur le côté. Elle se sentait liée à son environnement… elle se sentait même *chez elle*, une impression qui lui avait toujours été refusée.

Son intense satisfaction faillit la faire pleurer de soulagement. Heureusement que Lachlain l'avait rattrapée et qu'il la désirait toujours ! Elle ne pouvait se retenir de le toucher – peut-être parce qu'elle craignait de le voir disparaître. Comment avait-elle pu se montrer aussi cruelle avec lui ?

Elle lui en avait voulu et s'était enfuie, elle s'en souvenait, mais elle ne se souvenait pas pourquoi. Comment avait-elle pu en vouloir à un homme qui la regardait de cette manière ?

Avec un tel émerveillement.

— Je ne voulais pas te faire mal, dit-il. J'ai essayé.

— Je n'ai pas eu mal longtemps. Et moi non plus, je ne voulais pas te faire mal.

Il sourit, avant d'interroger :

— Tu as entendu une voix dans ta tête ? Tu savais des choses…

— Oui, acquiesça-t-elle. On aurait dit… un instinct, mais dont j'étais parfaitement consciente. Au début, j'ai eu peur.

— Et après ?

— Après, j'ai compris qu'il… comment dire ? qu'il me guidait… correctement.

— Quel effet t'a fait le clair de lune sur ta peau ?

— C'était presque aussi bon que de courir… Paradisiaque. Tu sais, j'ai eu l'impression de *toucher* les odeurs.

Lachlain se laissa de nouveau glisser à terre, car le bras sur lequel il s'appuyait s'était mis à trembler. Il attira Emma sur lui, contre sa poitrine, à califourchon sur ses hanches.

— Dors, maintenant. (Les paupières lourdes, il l'embrassa.) Je suis fatigué d'avoir rassasié ma jeune âme sœur. Et du tour qu'elle m'a joué.

Elle se raidit au souvenir du début de soirée qui, cette fois, lui revenait clairement.

— Je n'ai fait que me venger du tien.

— Je sais, dit-il dans ses cheveux d'une voix pâteuse. C'est très bien que tu rendes les mauvais coups. Tu m'obliges à apprendre, tu sais.

À ces mots, l'indignation qu'elle aurait voulu ressentir – qu'elle aurait *dû* ressentir, si elle avait eu plus de caractère – s'amenuisa jusqu'à disparaître. Une chiffe molle, voilà ce qu'elle était. Une nuit cataclysmique dans l'herbe, les quinze premiers orgasmes de toute son existence, un ou deux regards émerveillés, et hop, elle était prête à faire des pieds, des mains et des crocs pour se cramponner à cet immense Lycae au grand cœur et ne plus jamais le lâcher.

— Il faut que je dorme, murmura-t-il comme s'il lisait dans ses pensées, mais dès que j'aurai repris des forces, je pourrai de nouveau te donner du plaisir... (Il la pénétra d'un coup de reins, car il était encore presque dur.) ... et tout le sang que tu voudras.

À cette pensée, la chair d'Emma palpita autour de lui.

— Toutes les nuits. Promis. (Il l'embrassa sur le front.) Repose-toi un peu, maintenant.

— Le soleil ne va pas tarder à se lever.

— Je t'aurai couchée dans notre lit bien avant.

Le corps d'Emma reposait sur l'humus, brûlant et détendu, mais son esprit était en proie à la panique. D'un côté, elle aurait aimé rester là, dans la forêt, couchée sur Lachlain, tout près de la terre qu'ils avaient labourée durant leurs étreintes. De l'autre, l'extérieur représentait pour elle un piège mortel. Dormir à la belle étoile ? Il fallait l'éviter à tout prix. Elle mourait d'envie de se précipiter à couvert, le plus loin possible du soleil.

Son autre envie, celle de rester là, était néanmoins assez forte pour lutter contre l'instinct de survie. L'instinct de Lycae dont Lachlain lui avait fait don était magnifique, mais il y avait un problème.

Emma était une vampire.

Il roula de côté dans son sommeil, la coinça contre sa hanche, lui posa le genou dessus puis lui entoura la tête du bras. Protecteur. Pourquoi ne pas se laisser aller, tout simplement ?

— Mienne, grogna-t-il très bas. Tu m'as manqué.

Laisse-toi aller. Fais-lui confiance. Les paupières d'Emma se fermèrent. Je n'ai jamais été fichue de reconnaître le jour de la nuit... Telle fut sa dernière pensée.

27

Ils étaient au lit. Couché sur le flanc, Lachlain caressait du bout des doigts le torse d'Emma, du nombril jusque entre les seins puis retour. Il y avait de l'électricité dans l'air, mais après la nuit précédente, il savait pourquoi.

Ce qu'il ne comprenait pas, en revanche, c'était qu'elle ait encore envie de lui et soit si contente de ce qui s'était passé. Au réveil, il regrettait atrocement ce qu'il avait fait. Elle avait surpassé ses rêves les plus fous : tellement belle, tellement passionnée... et enfin sienne. Encore et encore, elle lui avait donné sous la pleine lune un plaisir inimaginable, délirant – et la sensation profonde que leurs âmes étaient liées.

Elle lui avait offert tout cela, oui, alors qu'il l'avait déflorée par terre, dans les bois, comme la bête qu'elle voyait en lui ; alors qu'il avait labouré sa chair délicate, l'avait fait hurler de douleur.

Puis il l'avait marquée à la nuque, sauvagement. Jamais elle ne verrait cette marque – invisible, sauf aux Lycae – ni ne la sentirait, mais elle porterait pour l'éternité le signe de la frénésie qui s'était emparée de lui. Tous les lycanthropes sauraient en la voyant qu'elle l'avait rendu fou de désir. À moins que cette empreinte ne leur apparaisse comme un avertissement adressé aux autres mâles. Dans les deux cas, ils auraient raison.

Pourtant, elle semblait contente, elle papotait gaiement, elle lui caressait la joue d'un air rêveur.

— Tu n'as pas bu, aujourd'hui. Tu n'as pas soif? s'enquit-il.

— Non. Je ne sais pas pourquoi, mais non. (Elle sourit, joyeuse.) Sans doute parce que je t'ai volé beaucoup de sang, hier.

— Petite chipie! (Il se pencha pour lui taquiner le sein du bout du nez, ce qui la fit sursauter.) Tu sais très bien que tu peux prendre tout ce que tu veux. (Il l'attrapa par le menton afin de la regarder dans les yeux.) Tu le sais, j'espère? Dès que tu as soif, n'importe quand, même si je suis en train de dormir, je veux que tu boives.

— Tu trouves vraiment ça agréable?

— Ce n'est pas le mot que j'emploierais.

— Ta jambe guérirait plus vite, si je ne buvais pas.

— Peut-être, mais ma guérison serait nettement moins délicieuse.

— Par moments, j'ai l'impression d'être un boulet à ta cheville, insista-t-elle.

Sans lui laisser le temps de protester, elle enchaîna:

— La première fois que j'ai bu, tu m'as demandé si j'avais peur que tu me transformes en Lycae. C'est possible?

Lorsqu'il s'aperçut du sérieux de la question, il se raidit.

— Nul être vivant ne peut changer sans mourir auparavant, je suis sûr que tu le sais déjà.

Le catalyseur de la métamorphose, parmi les vampires, les goules ou les spectres – bref, toutes les créatures du Mythos – n'était autre que la mort.

— Il faudrait que je me métamorphose complètement, continua-t-il, que je m'abandonne à la bête et que je te *tue*, dans l'espoir d'avoir réussi à t'infecter pour que tu renaisses. En admettant que tu y survives, il faudrait ensuite t'emprisonner des années, le temps que tu arrives à contrôler la… la possession.

La plupart des gens mettaient une dizaine d'années. Certains n'y parvenaient jamais.

— N'empêche que ça me paraît presque une bonne idée, murmura-t-elle. Je déteste être une vampire. Je déteste qu'on me déteste.

— Être une Lycae ne changerait rien au problème. Tu aurais des ennemis différents, c'est tout. On ne peut pas dire que les autres créatures du Mythos nous aiment beaucoup. Et de toute manière, je ne le ferais pas, même s'il me suffisait de claquer des doigts.

— Tu ne changerais pas ma nature de vampire ? s'étonna-t-elle. Ce serait tellement plus simple !

— Au diable la simplicité. La nature a fait de toi ce que tu es, et il n'y a rien en toi que j'aie envie de changer. D'ailleurs, tu n'es pas une vampire à cent pour cent. (Il s'agenouilla, l'attira contre lui puis caressa du bout du doigt son oreille pointue, avant de la mordiller. Elle frissonna.) Tu crois vraiment que je n'ai pas vu le ciel que tu m'as fait, hier soir ?

Elle rougit, un sourire hésitant aux lèvres, puis enfouit le visage dans le creux de son épaule.

S'il ne l'avait pas vu de ses yeux, jamais il ne l'aurait cru. Pas un nuage, mais un entrelacs d'éclairs, dont la lumière s'évanouissait avec une lenteur surprenante… Il lui avait fallu un moment pour s'apercevoir qu'ils étaient rythmés par les cris d'Emma.

— D'après ce que j'en ai lu, reprit-il, c'est censé être une caractéristique des Valkyries, mais personne n'a de certitude.

— Les hommes qui en sont témoins ne… eh bien, ils n'y survivent pas, s'ils ne savent pas tenir leur langue.

Lachlain haussa le sourcil.

— Tu n'es pas une vampire, trancha-t-il. Tu commandes à la foudre, et tes yeux virent à l'argenté. En fait, tu es unique au monde.

— Bref, je suis un monstre, conclut Emma avec une grimace.

— Non, ne dis pas une chose pareille. Tu es toi-même, un point c'est tout. (Il la reprit dans ses bras, et ses lèvres s'incurvèrent en un sourire malicieux.) Moi, j'aime ça, la foudre. Si un jour tu essaies de faire semblant, je le saurai.

Il l'embrassa, toujours souriant, aussi lui donna-t-elle un coup de poing.

— Tu ne peux pas savoir comme je regrette que tu aies vu ça !

— En plus, si je suis dehors et que je sens de l'électricité dans l'air, je saurai qu'il faut te rejoindre au galop, déclara-t-il avec un sourire lascif. Je vais être entraîné en un clin d'œil. Heureusement qu'on vit en pleine campagne… (Il fronça les sourcils.) Mais toi, avant, tu vivais dans une maisonnée. Quand tu te masturbais en pleine nuit, tout le monde devait le savoir. Pas terrible, question intimité.

Il était tellement direct… tellement exaspérant !

— Je n'avais pas à m'inquiéter pour ça ! riposta-t-elle, le visage caché contre sa poitrine.

— Qu'est-ce que tu racontes ? Ça ne s'est jamais produit, même lorsque tu te caressais ?

Elle couina, soulagée qu'il ne puisse voir son visage, mais il la pencha en arrière, décidé à la regarder en face.

— Non, sérieux, je veux savoir. Il faut que je te comprenne, Emma.

Elle qui était si discrète, si pudique, cette saleté de voix intérieure insistait pour qu'elle se dévoile.

— La foudre tourne en permanence autour du manoir : la moindre émotion forte déclenche des éclairs, et on est tellement nombreuses, là-bas… Mais de toute manière, la nuit dernière, c'était la première fois… euh… je n'avais encore jamais… enfin… (Le mot adéquat sortit difficilement.) …jamais joui, voilà. (Les yeux de Lachlain s'écarquillèrent : manifestement, il était enchanté.) Je le vivais très mal, d'ailleurs.

— Je ne comprends pas.

— D'après ce que j'en sais, les vampires les plus pervers dominent parfaitement leurs pulsions sexuelles. Ils ne connaissent qu'une envie : celle du sang. Ce sont eux qui déciment les villages, parce qu'ils tuent leurs proies en buvant avec une avidité monstrueuse… (Le regard d'Emma s'était perdu au loin.) Alors, ça me terrifiait de ne pas arriver à ressentir de plaisir. J'avais peur de devenir comme eux. J'y pensais sans arrêt.

Lachlain lui écarta les cheveux du visage.

— Je ne savais pas. Je croyais que tu exerçais une sorte de contrôle particulier sur toi-même… un truc de Valkyrie. J'ignorais totalement que c'était involontaire. (Cette nuit, elle dépensait sans doute des litres de sang à rougir.) Mais ça ne m'étonne pas.

Il constata qu'il l'avait blessée et enchaîna aussitôt :

— Non, non, je veux dire que quand tu étais très jeune, tu ne savais pas y faire, ça ne s'est pas produit… et j'imagine que tu es devenue de plus en plus anxieuse.

Elle acquiesça, stupéfaite qu'il la comprenne aussi bien. C'était exactement ce qui s'était passé.

— Mais tu ne seras jamais comme ces vampires-là, Emma. Tu ne leur ressembles absolument pas.

— Qu'est-ce que tu en sais ?

— Tu es douce, gentille, compatissante. Autrement, je ne voudrais pas que tu sois mienne.

— L'instinct t'oblige à le vouloir. Il *faut* que tu me gardes près de toi, tu me l'as déjà dit.

— Tu crois vraiment une chose pareille ? (Il lui posa la main sur la joue.) L'instinct me dirige vers ce que je veux, ce dont j'ai besoin. Il m'a conduit à la seule et unique femme avec laquelle je pouvais passer ma vie. Sans l'instinct, je n'aurais pas vu que tu étais mon âme sœur, parce que tu es *autre*. Je ne nous aurais pas donné notre chance… Je ne t'ai jamais forcée à le faire, d'ailleurs.

— À t'entendre, on croirait que ma décision est prise.

Il devint grave, tandis que son regard s'assombrissait.

— Elle ne l'est pas?

— Peut-être pas. Et alors?

Ses yeux virèrent au bleu. Il la prit par la nuque.

— On ne plaisante pas avec ça.

— Ça s'est déjà produit? s'enquit-elle tout bas.

— Oui. Pour Bowen.

Elle se dégagea, puis se blottit contre la tête de lit.

— Il me semblait t'avoir entendu dire que sa promise était morte.

— C'est exact. En cherchant à lui échapper.

— Mon Dieu. Comment a-t-il réagi?

— Il a perdu la capacité d'éprouver la moindre émotion. C'est devenu un cadavre ambulant, pire que Demestriu. Tu me condamnerais à ça?

— Mais si tu veux passer ta vie avec moi, la mienne implique ma famille. Tu as dit que tu m'emmènerais la voir. Pourquoi pas maintenant, qu'on en finisse?

— J'ai à faire avant.

— Tu veux te venger, c'est ça?

— Oui.

— C'est si important que ça?

— Je ne me sentirai jamais bien autrement.

— Demestriu a dû te faire des choses atroces.

Un muscle se contracta dans la joue de Lachlain.

— Je ne veux pas t'en parler. Pas la peine d'essayer de me tirer les vers du nez.

— Tu veux que je te dise tous mes secrets, mais toi, tu refuses d'en partager un qui nous affecte tous les deux.

306

— Je ne partagerai jamais une chose pareille.

Elle remonta les genoux contre la poitrine, les bras autour des jambes.

— Tu tiens à ta vengeance plus qu'à moi.

— Je ne serai pas l'homme dont tu as besoin tant que je n'aurai pas réglé ça.

— Ceux qui se lancent à la recherche de Demestriu n'en reviennent jamais.

— À part moi.

Il arborait un air suffisant qui trahissait son immense arrogance.

La chance lui sourirait-elle deux fois de suite? Emma ne pouvait tout simplement pas croire qu'il ne reviendrait pas.

— Bon. Et moi, je suis censée t'attendre ici, pendant que tu déchaînes tes foudres sur les méchants?

— Oui. Je te confierai à mon frère, Garreth. Je ne ferai confiance à personne d'autre pour veiller sur toi.

— La charmante damoiselle, enfermée dans son donjon… (Elle se mit à rire – un rire amer.) Tu sais que tu es un véritable anachronisme ambulant? (Il fronça les sourcils, perplexe.) Enfin bon, même si tu arrivais à me persuader de rester plantée ici, il y aurait un problème. La maisonnée de La Nouvelle-Orléans a des ennuis en ce moment, mais mes tantes ne tarderont pas à venir me chercher. Ou pire.

— Comment ça, pire?

— Elles s'arrangeront pour te faire du mal. Elles trouveront ton point faible, et elles l'exploiteront sans merci. Sans répit. Je le sais. Il y a bien un groupe de Lycae qui vit pas loin de chez elles, non? Annika, le sel de ma vie, est capable de l'attaquer avec une férocité qui te surprendrait.

— Tu sais ce qui me gêne le plus, dans ce que tu viens de dire? rétorqua Lachlain, crispé. C'est *moi* qui devrais être le sel de ta vie. Moi et personne d'autre.

La réplique laissa Emma bouche bée, sidérée par l'émotion qui la traversait comme l'éclair, de la tête à la pointe des pieds.

— Mais à part ça, continua son compagnon, si un des membres de mon clan est assez faible pour se faire capturer ou tuer par de jolies petites... elfes, il aurait de toute manière fallu l'éliminer de la meute.

Cette déclaration la ramena brutalement à la conversation.

— Elles sont petites et elles ressemblent à des elfes, c'est vrai, mais elles massacrent régulièrement des vampires, elles aussi. Kaderin en a même éliminé plus de quatre cents.

— Une tatie, c'est fait pour raconter des histoires, ironisa-t-il.

— J'ai des preuves.

— Ils lui ont signé un papier juste avant qu'elle leur coupe la tête ?

Emma soupira. Comme elle ne répondait pas, il se pencha pour lui serrer doucement le pied.

— Chaque fois que Kaderin en tue un, elle lui arrache un croc... qu'elle range avec les autres, expliqua-t-elle. La guirlande fait toute la longueur de sa chambre.

— Ça me la rend plus sympathique. N'oublie pas que je veux les exterminer.

— Comment peux-tu dire une chose pareille, alors que je suis de leur espèce ? En partie. Pas la peine de chipoter ! L'un de ces monstres est mon père.

Lachlain ouvrit la bouche, mais elle continua :

— Et tu ne peux pas l'épargner, parce que je ne sais pas qui c'était... qui c'est. Voilà pourquoi j'étais à Paris. Pour en apprendre davantage sur lui.

— Et ta mère ?

— Elle a habité Paris un moment, avec mon père, mais à part ça... Le seul fait que j'aie insisté pour aller là-bas seule devrait te persuader de l'importance que j'attachais à mon enquête.

— Alors je t'aiderai. À mon retour, après avoir rendu visite à ta famille, on s'occupera de ça. (Il était si sûr que ce serait fait. *Le roi a parlé.*) Comment s'appelait ta mère, au fait ? Je connais le nom d'une vingtaine de Valkyries... plus quelques légendes qu'on se raconte autour du feu. Était-elle aussi sanguinaire que Furie ? Portait-elle un de ces drôles de noms à rallonge, comme Myst la Convoitée ou Daniela la Vierge de Glace ? La Coupeuse de Têtes, peut-être ? Ou la Castratrice ?

Emma soupira. Cette discussion la fatiguait.

— Elle s'appelait Hélène, point final.

— Je n'ai jamais entendu parler d'elle. (Lachlain se tut un instant.) Mais ton nom de famille... Troie... Au moins, tes tantes ont le sens de l'humour. (Elle posa sur lui un regard noir.) Oh, non. Tu ne me feras pas avaler ça. Hélène de Troie était au mieux humaine. Plus probablement mythique... à moins qu'il ne se soit agi d'un personnage de théâtre.

Emma secoua la tête.

— Pas du tout. C'était Hélène de Troie, en Lydie. Elle n'avait rien de mythique. Pas plus qu'Atalante, qui vit en Nouvelle-Zélande, ou Mina, à Seattle – la Mina dont il est question dans *Dracula*. Elles étaient là *avant*. Les histoires bizarres qu'on raconte sur leur vie sont arrivées après.

— Mais... Hélène ? Enfin, ça explique ta beauté, marmonna Lachlain, visiblement sidéré. (Ses sourcils se froncèrent.) Mais nom de Dieu, pourquoi se serait-elle abaissée jusqu'à aimer un vampire ?

Emma tressaillit.

— Tu ne t'entends pas. Le dégoût... Pourquoi se serait-elle abaissée jusqu'à aimer mon *père*, c'est ça que tu veux dire. (Elle se pressa les doigts sur le front.) Et si c'est Demestriu ?

— Lui ? Non, impossible. Je t'aiderai à trouver ton père... tu obtiendras des réponses à tes questions, j'en fais le serment, mais tu ne descends pas de lui.

— Comment peux-tu en être aussi sûr?

— Tu es douce, tu es belle, tu es saine d'esprit. Sa progéniture lui ressemblerait. (Les yeux de Lachlain virèrent au bleu.) Des parasites malfaisants, répugnants, faits pour vivre en enfer.

Un frisson remonta la colonne vertébrale d'Emma. Une haine si profonde ne pouvait que s'étendre à *tous* les vampires.

— On se raconte des histoires, Lachlain. Ça ne marchera pas entre nous.

Elle s'aperçut elle-même de son ton désolé.

Il fronça les sourcils, visiblement surpris, mais comment pouvait-il s'étonner qu'elle se sente abattue?

— Bien sûr que si. Il y aura des épreuves, c'est normal, mais nous les surmonterons.

À entendre sa voix, où ne se glissait nulle trace de doute, elle en venait presque à croire que c'était possible. Presque.

— Seigneur! s'exclama-t-il soudain. Je ne vais pas me disputer avec toi, alors que j'ai mis tellement de temps à te trouver. (Il lui prit le visage à deux mains.) N'en parlons plus. Je veux te montrer quelque chose.

Il la souleva du lit, la posa sur ses pieds puis l'entraîna vers la porte. Alors qu'elle était toute nue!

— Attends, il faut que je mette une chemise de nuit!

— Il n'y a personne au château.

— Lachlain! Il n'est pas question que je me balade dans le plus simple appareil, compris?

Il sourit, comme s'il trouvait sa pudeur adorable.

— D'accord, couvre-toi de soie, je ne tarderai pas à te l'arracher.

Elle lui adressa un regard noir, puis alla choisir une nuisette dans sa commode. Lorsqu'elle se retourna, il avait lui-même enfilé un jean. Emma s'était déjà aperçue qu'il faisait des efforts pour la mettre à l'aise… même si, bien sûr, il insistait encore souvent pour qu'elle « se détende ».

Il l'entraîna au rez-de-chaussée, jusqu'au bout de l'immense bâtisse. Là, il lui posa les mains sur les yeux avant de la pousser doucement dans une pièce où régnait une moiteur à l'odeur luxuriante, quasi charnelle. Quand il ôta ses mains, une exclamation étouffée échappa à Emma. Elle se trouvait dans un ancien solarium, tout entier illuminé par le clair de lune.

— Des fleurs… Des fleurs *épanouies* ! souffla-t-elle, incrédule. Un jardin nocturne.

Lorsqu'elle se tourna vers Lachlain, sa lèvre inférieure tremblait.

— C'est pour moi ?

Toujours. Tout. Il toussa dans son poing.

— Oui, il est à toi.

— Comment as-tu deviné ?

Elle se jeta dans ses bras d'un bond, cramponnée à ses épaules, puis se mit à lui chuchoter sa reconnaissance à l'oreille et à le couvrir de petits baisers sensuels. Le désespoir abyssal, meurtrier qui le tenaillait, s'apaisa un peu. Elle lui avait semblé tellement persuadée que leur histoire ne durerait pas…

Lui qui avait espéré que la nuit précédente avait cimenté leur union ! En ce qui le concernait, il lui appartenait corps et âme… mais elle osait envisager l'avenir sans lui !

Il n'avait pas le choix : il allait se servir de tous les moyens à sa disposition pour la convaincre. Elle errait à présent parmi les plantes, effleurant les feuilles épaisses du bout des doigts. Oui, la convaincre, ici et maintenant… Quand elle porta une corolle à ses lèvres, puis la promena sur sa bouche, les yeux clos, extatique, un désir dévorant noua les entrailles de Lachlain. Il se força à s'installer sur une chaise longue, mais il avait la désagréable impression d'être un voyeur.

Elle s'approcha du comptoir en marbre disposé contre une des parois de verre et se haussa sur la pointe des pieds pour atteindre les vrilles des plantes accrochées au-dessus. Sa courte nuisette remontait à chacun de ses mouvements, dévoilant ses cuisses blanches.

Incapable d'en supporter davantage, Lachlain s'approcha d'elle à pas de loup. Lorsqu'il l'attrapa par les hanches, elle se figea.

— Tu vas encore me faire l'amour ? demanda-t-elle, haletante.

Pour toute réponse, il la souleva de terre, l'assit sur le comptoir, lui arracha sa nuisette puis la pencha, nue, parmi les fleurs.

28

— Alors tu vois, je suis… un genre de reine, maintenant.

— Longue vie à la reine Emma ! s'écria Nïx. C'est le couronnement qui t'a empêchée d'appeler pendant cinq jours ?

— Non, plutôt le fait qu'on m'a raccroché au nez je ne sais combien de fois il y a six jours… (Emma se garda de signaler qu'elle avait aussi essayé de contacter la maisonnée deux jours plus tôt, mais que, à ce moment-là, sa correspondante divaguait.) À part ça, je suis sérieuse.

Elle secoua son vernis à ongles, couleur « En réalité, je ne suis pas une simple serveuse ». Un rouge intéressant.

— Moi aussi. Dis donc, à quoi ressemblent tes sujets ? J'espère qu'il ne s'agit pas de vampires-Valkyries, ou tu n'auras personne pour payer des impôts. Des Lycae, peut-être ?

— Exactement. Je suis la reine des Lycae. (Elle s'assit sur le lit, puis entreprit de se fourrer du coton entre les orteils.) Tu ne me félicites pas d'avoir accompli ma destinée ?

— Mmm… Comment tu te sens ?

La déception fugace qui piqua Emma par surprise lui valut un faux mouvement. Et voilà, une rayure sur l'orteil.

— Je suis passée du statut d'étudiante à celui de reine. Je suis forcément heureuse, non?

— Mmm, mmm, fit Nïx sans se mouiller.

— Bon, Annika est là?

— Non. Elle est sortie s'occuper de... euh... l'animal de compagnie qu'elle veut s'offrir.

— Comment prend-elle la situation?

— Heureusement, elle est surchargée de travail. Tu penses bien qu'autrement, elle serait effondrée de savoir sa petite puce entre les griffes d'un chien.

Emma fit la grimace.

— Tu veux bien lui dire que je reste ici de mon plein gré?

— D'accord. Cette possibilité-là lui plaira nettement plus que les autres. A: tu es devenue folle. B: il t'a soumise par la peur.

Emma soupira.

— Et qu'est-ce qui se passe par chez vous?

Avec un peu de chance, Nïx avait le temps de discuter un moment.

Lachlain devait jouer son rôle de roi – régler des querelles de territoire, punir les membres du clan coupables de ceci ou cela, apporter des améliorations à la région –, tant et si bien qu'Emma avait du temps libre. Y compris en plein jour. Ils s'étaient en effet aperçus que, comme lui, elle n'avait plus besoin que de quatre ou cinq heures de sommeil quotidiennes.

Les nuits n'appartenaient qu'à eux – au crépuscule, ils renvoyaient les serviteurs pour régner sans partage sur Kinevane –, mais il arrivait à Emma de s'ennuyer en attendant le coucher du soleil. Lachlain s'en était inquiété. Il lui avait demandé si elle se satisferait de «s'acheter des choses par ordinateur».

— Tu as raté trop d'épisodes, ma puce, prévint Nïx. Tu ne vas plus rien comprendre au feuilleton.

— Allez, raconte.

Nïx soupira. Emma l'entendit secouer son vernis, au manoir. Les Valkyries adoraient le vernis.

Si Nïx secouait son flacon, c'était le signe qu'elle se préparait à une longue conversation. Cet après-midi, Lachlain avait décidé de suspendre les réunions avec les Lycae et autres créatures du Mythos – qui vivaient apparemment en masse autour de Kinevane et dans la ville la plus proche –, mais il en profitait pour faire des recherches sur ordinateur. Alors qu'il détestait l'informatique. Ses grandes mains, si douées pour se promener sur Emma, se montraient mala-droites sur un clavier. Il en était à son troisième appa-reil.

— Bon. Alors voilà… commença Nïx d'un ton excédé – mais sa nièce savait qu'elle adorait potiner. Myst et Daniela ne sont pas revenues de leur chasse aux vampires. Myst est peut-être partie draguer, pour ce qu'on en sait, mais en ce qui concerne Daniela, c'est le mystère le plus total. Se balader comme ça… ce n'est pas vraiment son genre. Oh, à propos de balade… Kaderin s'entraîne pour la Quête du Talis-man.

La Quête du Talisman était une sorte de course autour du monde, réservée aux immortels, dont le vainqueur remportait du pouvoir pour sa faction du Mythos. Kaderin la Sans-Cœur gagnait toujours.

— Je ne te demande pas si elle est excitée comme une puce, je sais que non, dit Emma.

Des siècles plus tôt, Kaderin avait épargné un jeune vampire, générosité qui avait ensuite coûté la vie à ses deux sœurs. Elle avait alors regretté de ne pas être insensible, afin d'éviter à l'émotion d'enta-cher son jugement. À sa grande surprise, une puis-sance quelconque avait exaucé son vœu – bénédiction ou malédiction éternelle.

— Pas le moindre symptôme d'excitation… mais je l'ai vue regarder la nuit par la fenêtre, le front et les mains pressés contre la vitre. On aurait dit qu'elle éprouvait des sentiments. Que quelqu'un lui *manquait*, peut-être.

— Moi aussi, je faisais ça, murmura Emma.

Elle avait désiré autre chose, ardemment, elle ne savait quoi. Lachlain, dès le départ ?

— Mais tu ne le fais plus, j'imagine ? Tout va bien, avec ton Lycae ?

— Je crois que… que je l'aime… bien.

Quand il ne jouait pas au roi, ils regardaient la télé, lui adossé à la tête de lit, elle assise entre ses jambes, le dos contre son torse. Surtout du foot, parce qu'il adorait.

Il aimait aussi les films d'aventures, surtout de science-fiction. Elle lui avait donc passé tous les *Alien*, dont les scènes les plus sanglantes avaient suscité quelques commentaires :

— Ah, ça manque de… de réalisme, voilà. Ça ne peut pas ressembler à ça, un point, c'est tout.

Elle ajouta pour Nïx :

— Il est un peu buté, un peu agressif, mais je me débrouille. De toute manière, je n'ai pas l'intention de l'inviter à dîner chez nous.

— Bravo. Il y aurait trop de tentatives de meurtre. Et puis, on ne mange pas.

Emma se laissa glisser du lit pour aller chercher le dissolvant, en boitillant sur les talons.

— Je ne comprends pas qu'Annika n'ait encore envoyé personne à ma recherche…

— Allons, allons, ne te vexe pas, je suis sûre que ça ne va pas tarder, mais pour l'instant, c'est surtout Myst qui l'inquiète. D'après elle, si Ivo en a après une Valkyrie, c'est forcément Myst. N'oublie pas qu'il l'avait emprisonnée dans ses cachots, quand elle a eu cette *aventure* avec le général rebelle.

Comme si Emma risquait d'oublier. Myst en personne lui avait confié que les Valkyries n'auraient pas réagi plus mal si elles l'avaient surprise à sniffer en compagnie du fantôme de Ted Bundy.

— Tu vois, reprit Nïx, tu n'es pas la seule à aimer le fruit défendu.

— Peut-être, mais Myst s'est retenue. (Contrairement à ma mère.) Elle a dépassé ça.

— Ce n'est pas parce que tu as couché avec un Lycae que tu dois l'épouser, s'amusa Nïx.

— D'accord, d'accord, tu as gagné.

Emma, rougissante, s'efforçait de prendre un ton léger.

— Alors, tu l'*aimeuh* ?

— Oh, arrête.

— Tu te jetterais dans ses bras ?

Ses tantes étaient persuadées qu'une Valkyrie reconnaissait forcément son grand amour quand il lui tendait les bras, parce qu'elle était toujours prête à s'y jeter en courant. Elle estimait quant à elle qu'il s'agissait d'une légende – démodée.

— On n'est ensemble que depuis deux semaines.

Elle n'était sûre que d'une chose : il lui avait fait découvrir le bonheur. Grâce à lui, elle savait à présent que – outre les pochettes-surprises des distributeurs automatiques et le papier-cadeau –, elle aimait les douches assez grandes pour deux, se déshabiller sous les yeux fascinés de son homme, et les fleurs nocturnes. Ah, oui : recevoir chaque jour des bijoux sans prix, aussi.

— Tu te plais là-bas ?

— C'est un chouette endroit, je dois dire. Même si les servantes arrivent tous les matins avec des crucifix énormes. Elles sursautent à la moindre occasion quand elles sont avec moi, et elles ont les yeux rouges d'avoir pleuré comme des madeleines après avoir tiré à la courte paille pour savoir qui allait être « de vampire ».

La veille, Emma avait eu grande envie de lever au-dessus de sa tête des mains crochues puis de pourchasser une des jeunes Lycae à travers la chambre en grognant : « Je vais te sucer le sang. Je vais te sucer le sang… » Elle s'était retenue.

317

— Si tu n'as pas d'autres problèmes... À moins que tes rêves souvenirs ne te tracassent ? Je suppose que tu me parlais de souvenirs de Lachlain, hein ?

— Oui, je vois les choses par ses yeux, je sens les odeurs qu'il a senties... Dans un de mes rêves, il achetait un magnifique collier en or, et quand il l'a empoigné, j'ai senti le métal se réchauffer contre ma peau à moi. Je sais que c'est dingue.

— Il s'agit toujours de vieux souvenirs, ou ça t'arrive aussi avec ce qu'il a fait depuis que vous êtes ensemble ?

— Ils ont tous l'air de me concerner, d'une manière ou d'une autre... mais, oui, je l'ai parfois entendu penser à moi.

— Des pensées flatteuses, j'espère ?

— Très. Il... il me trouve *belle*.

Aujourd'hui même, dans son rêve, Lachlain la regardait une nuit se glisser sous la douche ; les yeux rivés au ruban accroché à la ceinture de son string, dans le dos. Le ruban se balançait, se balançait...

Elle savait à présent qu'il aimait sa lingerie élaborée, qu'il aimait savoir ce qu'elle portait sous ses vêtements. Le ruban se balançait. Il grognait, si bas qu'elle ne l'entendait pas :

— *Elle a un cul à inspirer les poètes...*

Les orteils d'Emma se contractaient encore à cette pensée.

— Ça doit être agréable, pour quelqu'un d'aussi irrationnellement complexé que toi, remarqua Nïx.

En effet.

— Le seul inconvénient...

— Ce serait de le voir avec une autre dans le passé ?

— Exactement. Je crois que je ne le supporterais pas. Et j'ai peur que ça n'arrive.

Connaître les pensées, le plaisir de Lachlain caressant une autre femme.

— Tu sais, ma puce, je ne vois jamais ce que je n'ai vraiment pas envie de voir.

— La mort d'une Valkyrie, par exemple ?

Nïx n'avait jamais été capable de prédire ce genre de choses. Les combats, oui. Elle savait souvent dans quelles circonstances allaient être blessées ses sœurs, mais pas s'il s'agirait de blessures mortelles. Au grand désespoir de Cara, elle ignorait totalement ce qu'il était advenu de Furie.

— Voilà. Tu ne verras sans doute jamais des scènes pareilles, parce que, quelque part, tu sais que tu ne t'en remettrais pas.

— J'espère que tu as raison. À ton avis, qu'est-ce qui se passe ?

— Et toi, qu'en penses-tu ?

— Je… euh… en fait… Eh bien, j'ai bu directement à ses veines, avoua enfin Emma. Je crains qu'il n'y ait un rapport…

— D'après ce que j'en sais, le sang apporte des souvenirs à tous les vampires, mais rares sont ceux qui arrivent à les interpréter et à les *voir*. On dirait que tu t'es découvert une nouvelle capacité.

— Cool.

— Tu en as parlé à Lachlain ?

— Pas encore. Mais ça ne va pas tarder, s'empressa-t-elle d'ajouter. Je n'ai aucune raison de le lui cacher, hein ?

— Parfait. Maintenant, passons à des choses beaucoup, beaucoup plus sérieuses… Il t'a offert le collier que tu l'as vu acheter ?

29

— Je crois que la reine s'ennuie de sa maisonnée, déclara Hermann, alors qu'Emma se trouvait à Kinevane depuis une quinzaine de jours.

— Je m'en suis rendu compte, admit Lachlain.

Il leva les yeux des papiers étalés sur son bureau. Emma s'ennuyait de sa famille, ce qui ternissait son bonheur, mais il ne tarderait pas à y remédier. Comme il remédierait à la peur qu'elle éprouvait à l'idée de rencontrer d'autres Lycae. Or ils arriveraient tous dans trois jours.

— Mais dites-moi, Hermann, à quoi l'avez-vous remarqué ?

— Elle a traîné une servante dans son salon pour jouer à des jeux vidéo. Ensuite, elles se sont verni mutuellement les ongles de pied. En bleu.

Lachlain se radossa.

— Et qu'en a pensé la servante ?

— Au début, elle a eu peur, mais elle n'a pas tardé à se sentir plus à l'aise. Comme tout le monde. Il est fort possible que la reine finisse par conquérir les cœurs.

— Vous êtes sûr qu'elle dispose de tout, absolument tout ce dont elle a besoin ? s'enquit Lachlain.

Il savait cependant qu'Emma était de plus en plus heureuse. Quand elle se sentait bien, elle fredonnait distraitement... et sa voix chantante s'élevait souvent du «lunarium», comme elle l'appelait, où elle s'occupait de son jardin.

— Oui, oui. Elle est, euh... douée, efficace... et je dirais même *agressive* en tant qu'acheteuse, déclara l'intendant.

Lachlain lui-même avait remarqué les achats de son âme sœur. Depuis qu'elle emplissait le château des choses qu'elle aimait ou estimait nécessaires, il se sentait vaguement rassuré: elle faisait de Kinevane son chez-elle, transformation qu'il trouvait fort satisfaisante. Pourquoi aurait-il prétendu savoir à quoi lui servaient ses centaines de flacons de vernis? Il s'en fichait, mais il aimait embrasser ses minuscules orteils sans jamais savoir à l'avance de quelle couleur seraient ses ongles.

Quant à lui, il guérissait. Ses forces lui revenaient de jour en jour, sa jambe avait presque repris un aspect normal. Quand on pensait à tout ce qui s'était passé, son bonheur était quasi sidérant. Grâce à elle.

Un bonheur que seule ternissait la séparation qui les attendait. Non seulement cette séparation serait en elle-même insupportable, mais en plus, Emma insistait maintenant pour l'accompagner. Elle voulait se battre à son côté au lieu de «gaspiller toute cette bonne énergie teigneuse», comme elle disait. Sinon, elle regagnerait sa maisonnée.

Bref, elle ne resterait pas à Kinevane. Bon, il finirait par la convaincre du ridicule de cet ultimatum. Il parviendrait à lui montrer les choses sous un jour logique. Mais il en doutait un peu plus chaque nuit, en la voyant gagner en force. Si elle persistait, il devrait soit renoncer à la vengeance, soit perdre sa promise lorsqu'elle retrouverait les Valkyries. Deux cas de figure également inadmissibles.

Il régla avec Hermann divers détails matériels, après quoi le démon repartit. Bowen frappa.

— Tu sais où est le whisky, lança Lachlain à son entrée.

L'arrivant venait apparemment tout droit de la cuisine, car il gagna le bar en se léchant le pouce, sur lequel s'étalait une tache aromatique. Il servit deux verres, mais son hôte secoua la tête.

Bowen haussa les épaules et leva le sien.

— Aux créatures *autres*.

— Elles rendent la vie intéressante, c'est sûr. (À la grande surprise de Lachlain, son visiteur n'avait pas l'air trop malheureux.) Tu es content ?

— Oui. Elle est au rez-de-chaussée, elle s'occupe de ses plantes. J'ai vu que tu l'avais faite tienne, heureusement pour toi.

Bowen marqua une pause, avant d'ajouter :

— Tu l'as marquée un peu… rudement, non ? (Son ami fronça les sourcils.) À part ça, tu sais ce que ça veut dire, être « gothique à mort » ? D'après ma souveraine, je devrais me rendre compte que c'est « terriblement démodé ».

Comme Lachlain haussait les épaules, perplexe, il reprit son sérieux.

— Les anciens veulent savoir ce qui t'est arrivé. Ils n'arrêtent pas de me casser les pieds.

— Je comprends. Je leur raconterai, quand ils viendront. Il le faut, de toute manière, pour que le clan passe à l'attaque.

— Tu crois vraiment que c'est une bonne idée de la quitter aussi vite ?

— Tu ne vas pas t'y mettre à ton tour !

— Je tiens juste à te faire remarquer que, personnellement, je ne prendrais pas le risque de la laisser ici. D'autant qu'on n'a pas retrouvé Garreth.

Lachlain se passa la main sur le visage.

— Tu vas aller à La Nouvelle-Orléans. Il se passe quelque chose, ce n'est pas possible autrement.

— Je vais consulter mon agenda.

Devant l'expression de son interlocuteur, Bowen s'empressa de poursuivre :

— Bon, bon, d'accord. Je pars demain matin. En attendant, est-ce que tu veux jeter un œil à nos dernières informations sur les vampires ? (Il lança un dossier sur le bureau.) Le chef-d'œuvre de Uilleam et Munro, qui ont hâte de te revoir.

Les deux frères faisaient partie des meilleurs amis de Lachlain, aussi avait-il appris avec plaisir qu'ils menaient une vie bien remplie, même s'ils n'avaient pas encore trouvé l'âme sœur. Ce n'était d'ailleurs pas plus mal en ce qui concernait Munro, à qui l'un des voyants du clan avait prédit que la sienne serait une mégère.

Lachlain parcourut le dossier, surpris des changements survenus depuis cent cinquante ans au sein de la Horde.

Kristoff, un chef rebelle, avait pris le château du mont Oblak, l'une des cinq places fortes principales de son espèce. Lachlain avait entendu parler de lui, car la rumeur voulait qu'il s'agisse du neveu de Demestriu.

Kristoff était *de droit* le roi de la Horde. Quelques jours seulement après sa naissance, son oncle avait cherché à le faire assassiner, mais ses fidèles l'avaient emmené loin d'Helvita avant de le confier à des protecteurs humains. Il avait vécu dans le monde des hommes des siècles durant, sans connaître sa véritable identité. Sa première rébellion, qui remontait à soixante-dix ans, s'était soldée par un échec.

— La légende des Abstinents n'en est donc pas une ? s'étonna Lachlain.

Les Abstinents ne se contentaient pas de renoncer au sang des vivants : ils constituaient aussi l'armée de Kristoff, qu'il forgeait en secret depuis l'Antiquité.

— Oui. Il les a créés à partir de mortels, en cherchant sur les champs de bataille les guerriers agonisants les plus courageux et en transformant parfois des fratries entières. Imagine que tu sois humain, sur le point de rendre le dernier soupir… Personnellement, je considérerais que je ne suis pas dans un bon

jour… Mais voilà qu'un vampire apparaît et te pro-
met l'immortalité. À ton avis, combien s'en trouve-
t-il pour prêter l'oreille à une offre pareille : la vie
éternelle contre la *fidélité* éternelle ?

— Quelles sont ses intentions ?

— Nul ne le sait.

— Alors nul ne peut dire s'il ne sera pas pire
encore que Demestriu.

Lachlain se radossa, méditatif. Si Kristoff avait
attaqué Oblak, c'était qu'il convoitait le trône d'Helvita. Peut-être pouvait-on compter sur lui pour tuer
Demestriu.

Mais ce n'était pas tout. Oblak appartenait à Ivo le
Cruel, chef en second de la Horde qui avait depuis
des siècles des vues sur la couronne. Or il avait survécu à la prise de son château. Dépouillé de ses biens,
sans doute mourait-il d'envie de s'emparer d'Helvita.
Ferait-il une tentative dans ce sens, sachant que jamais
la Horde n'avait reconnu un souverain qui n'était pas
de sang royal ?

Trois puissances imprévisibles, trois possibilités.
À l'heure actuelle, les vampires à la solde d'Ivo tra-
quaient les Valkyries de par le monde. Ils cherchaient
l'une d'entre elles, mais Ivo obéissait-il en cela aux
ordres de Demestriu ou agissait-il de sa propre initia-
tive ? Kristoff reprendrait-il l'offensive en se concen-
trant lui aussi sur cette cible particulière, visiblement
importante aux yeux des chefs de la Horde ?

Les suppositions allaient bon train, mais en réalité, nul ne connaissait l'identité de leur proie.

Cette nuit-là, il s'endormit le bras posé sur le corps
d'Emma, qu'il tenait dans un véritable étau, comme
s'il rêvait qu'elle le quittait. Alors qu'il allait la quitter, lui. Mal à l'aise, elle lui passa une griffe sur la poitrine avant de lécher doucement la coupure. Il gémit
tout bas.

Après avoir embrassé la plaie superficielle à laquelle elle venait de boire, elle sombra dans un sommeil agité, peuplé de rêves.

Elle voyait le bureau de Lachlain par ses yeux à lui. Hermann se tenait sur le seuil, pensif.

La voix de Lachlain résonna dans la tête d'Emma, à croire qu'elle se tenait tout près de lui :

— *Non, Hermann, ce n'est pas possible. Nous n'aurons pas d'enfants.*

Parce que les femelles vampires étaient stériles.

Le rêve changea. Lachlain se trouvait en un lieu obscur, immonde, à la puanteur de soufre et de fumée. Son corps n'était que souffrance, une souffrance qu'Emma endurait. Il chercha à toiser les deux vampires aux yeux rouges postés devant lui. Celui au crâne rasé n'était autre qu'Ivo le Cruel. Quant au grand blond, la haine de Lachlain apprit à Emma qu'il s'agissait de… Demestriu.

À sa vue, elle se raidit. Pourquoi avait-elle l'impression de le connaître ? Pourquoi regardait-il son prisonnier dans les yeux comme s'il l'y voyait, *elle* ?

Alors vinrent les flammes.

30

Emma offrit son visage à la chaleur de la lune, qui s'élevait dans le ciel derrière les cimes. Lachlain et elle étaient assis face à face, séparés par le petit feu qu'il avait allumé pour la protéger du froid. La brise qui se faufilait à travers la grande forêt de Kinevane était glacée.

Bien des femmes auraient adoré se trouver dans une situation aussi romantique – la solitude à deux, les flammes crépitantes, les Highlands –, mais Emma se sentait nerveuse… et elle n'était visiblement pas la seule. Son compagnon suivait du regard son moindre mouvement, dans l'espoir sans doute d'apprendre quelque chose sur le rêve qu'elle venait de faire.

À l'approche du crépuscule, elle s'était réveillée en sursaut, le visage baigné de larmes brûlantes. Le château tout entier *tremblait* sous l'assaut de la foudre. Lachlain la secouait en criant son nom, les traits tirés par la panique.

Pourtant, elle ne se rappelait pas ce qu'elle avait vu dans son sommeil. Et, d'après Nïx, il était normal de ne pas se rappeler ce qu'on était incapable de supporter. Alors, de quoi Emma avait-elle eu si peur qu'elle avait failli abattre un château à coups d'éclairs, avant de tout oublier ? Depuis le début de la nuit, elle s'efforçait en vain de chasser une angoisse sourde.

— À quoi penses-tu pour avoir l'air aussi sérieuse ? s'enquit Lachlain.

— À l'avenir.

— Tu ferais mieux de te détendre et de jouir du présent.

— Dès que tu cesseras de vivre pour le passé.

Il émit un soupir las en s'adossant à un arbre.

— Tu sais très bien que je ne peux pas. Si on parlait d'autre chose ?

— Je sais que tu ne veux pas parler de... de la manière dont tu as été torturé. Mais comment Demestriu a-t-il réussi à te capturer, au départ ?

— Il s'était battu avec mon père lors de la dernière Accession, et il l'avait tué. Heath, mon plus jeune frère, n'arrivait pas à maîtriser sa colère. L'idée que Demestriu ait éliminé notre père l'obsédait. Il faut dire que Demestriu avait pris la peine de voler sur le cadavre la bague qui se transmettait de génération en génération dans notre famille depuis que nous savons forger le métal. Heath a décidé de partir en Russie pour ne revenir qu'avec la tête de Demestriu et cette saleté de bague. Qu'on l'accompagne, qu'on l'aide ou non.

— Il n'avait pas peur ? D'y aller seul, je veux dire.

— Tu sais, quand on est confronté à l'adversité, on trace parfois une frontière entre sa vie d'avant et celle d'après. Si on franchit cette frontière, on ne peut plus jamais être le même. Heath éprouvait une telle haine qu'il l'a franchie. À partir de là, il lui était impossible de revenir en arrière. Son destin était scellé. De deux choses l'une : soit il tuait Demestriu, soit il perdait la vie dans la tentative.

La voix de Lachlain baissa.

— J'ai remué ciel et terre pour le retrouver, mais Helvita bénéficie de protections magiques qui le dissimulent extrêmement bien. Comme Kinevane, tu vois. Je me suis servi de tout ce que j'avais appris en tant que chasseur. À mon avis, j'y étais presque, lorsque les vampires m'ont tendu une embuscade. (Son regard s'était fait lointain.) Ils ont attaqué à la manière d'un nœud de vipères, en frappant puis en glissant aussitôt pour m'empêcher de riposter. Et ils étaient nombreux… (Il se passa la main sur le visage.) Par la suite, j'ai appris que Heath y avait laissé la vie.

— Oh, Lachlain, je suis désolée!

Emma alla s'agenouiller à côté de lui.

— C'est ça, la guerre, j'en ai peur. (Il lui coinça une mèche derrière l'oreille.) J'avais déjà perdu deux frères, avant.

Il avait tant souffert – à cause de Demestriu, le plus souvent.

— Moi, je n'ai jamais perdu quelqu'un que je connaissais. Sauf Furie. Mais je n'arrive pas à croire qu'elle soit morte. (Il fit la moue.) Quoi? Qu'est-ce que j'ai dit?

— Elle préférerait peut-être, lâcha-t-il enfin. C'est elle qui t'a brûlé la main?

Sidérée, elle baissa les yeux vers la main en question, qu'il tenait dans la sienne.

— Comment sais-tu que quelqu'un l'a brûlée?

Il la caressa du bout des doigts.

— Ça expliquerait le motif des cicatrices.

— Quand j'avais trois ans, j'ai failli me précipiter au soleil.

Sans doute n'avait-elle pas appris la leçon aussi bien qu'elle le croyait. Depuis qu'elle vivait à Kinevane, elle s'exposait chaque jour au rayon de soleil qui s'insinuait dans le château, à l'insu de tous. Elle n'avait pourtant aucune intention de s'offrir une croisière à Saint-Tropez… mais elle supportait la brûlure de plus en plus longtemps. D'ici une centaine d'années, peut-être parviendrait-elle à se promener au crépuscule avec Lachlain.

— Furie a donné l'ordre de me brûler la main, ajouta-t-elle.

Les traits de son amant se durcirent.

— Elle n'aurait pas pu trouver une autre manière de t'apprendre à éviter le soleil ? Si un jour quelqu'un de ce clan fait un mal pareil à un enfant, ça ne se passera pas comme ça.

Emma rougit, gênée.

— Les Valkyries sont... différentes. La violence ne les affecte pas de la même manière, elles n'ont pas les mêmes croyances... Elles révèrent la puissance et la guerre.

Autant éviter de mentionner le lèche-vitrines : cela n'aurait fait que les éloigner du sujet.

— Alors comment se fait-il que tu sois aussi douce ?

Elle se mordit la lèvre. Pourquoi laisser croire à Lachlain qu'elle était toujours telle qu'il la décrivait ? Cette nuit, elle allait lui parler de ses rêves et de sa décision...

— Si jamais tu entreprends ta quête sans moi, sache que je ferai de même de mon côté, annonça-t-elle.

Il se passa une fois de plus la main sur le visage.

— Je croyais que tu voulais aller voir ta famille.

— Je me suis rendu compte que rien ne m'obligeait à choisir entre les Valkyries et toi. Je peux vous garder tous. Mais j'ai entamé des recherches que je veux mener à leur terme.

— Jamais. (Les yeux de Lachlain virèrent brièvement au bleu.) Il n'est pas question que tu retournes à Paris... en quête d'un *vampire*... en mon absence.

Elle arqua le sourcil.

— Tu ne seras pas là pour me donner ton avis.

Il l'attrapa par le bras et l'attira à lui.

— Non, c'est vrai. Mais je ferai ce que les hommes faisaient autrefois avec leur femme. Avant de partir, je t'enfermerai à double tour, et tu ne sortiras de ta prison que lorsque je reviendrai te délivrer.

Emma en demeura bouche bée. Se pouvait-il qu'il soit sérieux ? Mais oui, l'anachronisme ambulant était parfaitement sérieux ! Deux semaines plus tôt, elle lui aurait trouvé des excuses, elle se serait mise à sa place, elle aurait décidé qu'après ce qu'il avait vécu, il avait bien droit à un minimum de compréhension.

Cette nuit, elle se contenta de lui jeter le regard qu'il méritait, dégagea son bras, se leva et s'éloigna.

Lachlain resta un long moment immobile, à se demander s'il devait la suivre. N'était-il pas trop présent, par moments ? peut-être même étouffant ? Autant laisser à Emma un peu de solitude.

Il se retrouvait seul, lui aussi – avec le feu. Son état s'améliorait, mais la proximité des flammes le mettait toujours mal à l'aise. Il ne fallait pas que son âme sœur le sache. Elle ne saurait donc jamais pourquoi la mort de Demestriu était absolument nécessaire.

Un grondement puissant retentit. Lachlain bondit sur ses pieds, les muscles bandés. Le bruit reprit, un bruit étrange, à des kilomètres de là.

La tête inclinée de côté, il chercha à deviner de quoi il s'agissait, puis… il comprit.

Il partit sur le sentier comme une flèche et repéra très vite Emma, devant lui.

— Mais enfin… ! s'écria-t-elle quand il la souleva de terre puis se rua vers le château.

Quelques minutes plus tard, il l'entraînait dans leur chambre.

— Toi, reste ici ! ordonna-t-il, avant d'aller en courant décrocher son épée du mur. Ne sors de cette pièce sous aucun prétexte. Promets-moi !

Des intrus s'étaient introduits sur les terres de Kinevane… en abattant le portail massif dans un concert de grondements métalliques et de hurlements.

— Mais Lachlain…

— Nom de Dieu, Emma, reste ici, je te dis. Tu ne t'es donc jamais dit qu'il y avait des moments où tu avais *raison* d'avoir peur ?

330

Sur ce, il claqua la porte à la figure de sa compagne, sidérée, puis s'empressa de gagner l'immense vestibule. Là, il attendit, l'oreille tendue, l'épée à la main...

Pour la première fois dans l'histoire du clan, la grande porte de Kinevane fut abattue d'un coup de pied.

Le maître des lieux jaugea l'intruse : une petite blonde à la peau luisante et aux oreilles pointues. Il baissa les yeux vers le lourd battant, avant de les relever vers elle.

— Méthode Pilates, expliqua-t-elle avec un haussement d'épaules.

— Laissez-moi deviner... Regina ?

Tandis qu'elle souriait, une autre Valkyrie lui passa devant puis s'approcha de Lachlain en l'examinant de la tête aux pieds.

— Grrr, grrr. (Clin d'œil.) Je vois que la puce s'est déniché un grand méchant loup.

Les yeux de la nouvelle venue se posèrent sur le cou de Lachlain, à l'endroit où Emma avait bu, un peu plus tôt. Elle pencha la tête de côté :

— Dites donc... vous arborez sa morsure comme une vraie décoration de guerre.

— Je suppose que vous êtes la devineresse...

— Je préfère « surnaturellement douée », merci.

Sa main se leva brusquement pour arracher un bouton à la chemise de son hôte, si vite qu'il ne la vit même pas faire. Elle avait pris le plus proche du cœur, et son visage se glaça un instant, significatif : elle aurait aussi bien pu viser le cœur, justement...

Lorsqu'elle rouvrit la main, un petit cri de surprise lui échappa :

— Oh, un bouton ! (Un sourire ravi lui monta aux lèvres.) On n'en a jamais trop...

— Comment avez-vous trouvé Kinevane ? demanda-t-il à Regina.

— Enregistrement téléphonique, imagerie satellite et médium. (Elle fronça les sourcils.) Et vous, comment trouvez-vous les endroits qui vous intéressent ?

— Et la barrière ?

— Il y avait un sortilège de magie celtique assez trapu, mais… (Sans se retourner, elle montra par-dessus son épaule la voiture dans laquelle elles étaient arrivées.) …on a aussi embarqué la sorcière la plus puissante à notre connaissance, au cas où.

La femme parfaitement banale installée à l'avant agita gaiement la main.

— Bon, ça suffit. (Lachlain s'approcha de Regina.) Allez-vous-en de chez nous. Maintenant.

Il levait son épée, quand quelque chose de flou passa près de lui. Un coup d'œil en arrière lui apprit qu'une troisième intruse s'était perchée sur la grande horloge, avec une telle grâce que les chaînes du mécanisme ne frémissaient même pas. Elle bandait un arc, la flèche dirigée droit vers lui. Lucia.

Peu importait. Il fallait mettre ces créatures dehors – car elles n'avaient qu'un but. Il fonça vers la porte. Une flèche lui traversa le bras droit telle une balle, le déchira en ressortant, puis s'enfonça de plus de trente centimètres dans le mur de pierre.

Les tendons et les muscles lésés firent perdre toute force à la main de Lachlain. Son épée tomba dans un tintement. Le sang lui coula sur le poignet. Il pivota. Lucia avait encoché trois flèches à la fois. L'arc à l'horizontale, elle le visait au cou. Prête à le décapiter.

— Vous savez pourquoi nous sommes ici, lança Regina. Ne nous obligez pas à donner dans le gore.

Les sourcils froncés, il suivit son regard – vers le bas. Une épée aussi aiguisée qu'un rasoir lui remontait lentement entre les jambes. Une Valkyrie qu'il n'avait même pas vue entrer la maniait dans l'ombre, derrière lui.

— Pourvu que Kaderin la Sans-Cœur n'éternue pas dans cette position, pouffa Nïx. Tu n'as pas l'impression d'être allergique, Kade ? Il me semble que tu trembles.

Lachlain déglutit, avant de se décider à jeter un coup d'œil par-dessus son épaule. La Kaderin en question avait des yeux froids, où ne se lisait nul sentiment – juste l'obstination pure et simple.

Il savait déjà que les tantes d'Emma étaient des monstres, mais maintenant, il le *voyait*…

Jamais plus elle ne les approcherait.

À cet instant précis, Cassandra s'avança sur la porte abattue en parcourant le vestibule d'un regard circonspect.

— Qu'est-ce que tu fais ici, toi ? demanda-t-il d'une voix rude.

— J'ai entendu dire que ces… créatures avaient traversé le village avec la musique à fond, en sifflant les hommes dans la rue, et qu'elles se dirigeaient vers le château. Et puis j'ai vu le portail en miettes, alors je me suis dit que tu avais peut-être besoin d'aide…

Elle s'interrompit à la vue de l'épée sous lui, les yeux écarquillés.

— Où est-elle, Lachlain ? intervint Regina.

— On ne partira pas sans elle, renchérit Nïx. Alors donnez-la-nous sans faire d'histoires, si vous ne voulez pas vous retrouver avec des invitées du genre destructeur.

— Non. Vous ne la reverrez jamais.

— Il faut être culotté pour dire une chose pareille au moment d'inonder de son sang l'épée de Kaderin, ironisa Regina. (Ses oreilles s'agitèrent brusquement.) Mais que voulez-vous dire par « Vous ne la reverrez jamais » ?

— C'est fini. Je ne sais pas comment elle est devenue ce qu'elle est, après avoir été élevée dans votre maisonnée de monstres, mais vous n'aurez pas une seconde chance de la pervertir.

À ces mots, Regina se détendit visiblement, pendant que Lucia baissait son arc et se dirigeait vers la porte d'un pas tranquille.

— Lachlain ? murmura une voix douce.

Il jeta un coup d'œil en arrière. Emma se tenait dans l'escalier, les sourcils froncés. Voilà pourquoi les intruses avaient poussé leur adversaire à répéter ce qu'il venait de dire : pour qu'elle l'entende.

— Alors en fait, tu voulais m'empêcher de revoir mes tantes ?

— Non, pas avant de les connaître, répondit-il, comme si c'était une excuse.

Elle parcourut le vestibule du regard avant d'examiner tour à tour chacune des Valkyries. Qu'avaient-elles fait au juste, une fois la porte abattue ? Elle l'imaginait assez…

Et que trafiquait Cassandra au château ?

Enfin, Emma s'aperçut que Kaderin se tenait derrière Lachlain, l'épée bien placée.

— Kaderin… C'est Annika qui t'envoie ?

Son imperméabilité aux émotions faisait de la Sans-Cœur un excellent assassin, une parfaite machine à tuer.

— Baisse ton épée, ordonna Emma.

— Descends, ma puce, lança Regina. Comme ça, personne ne sera blessé.

— *Baisse ton épée !*

Regina adressa à contrecœur un signe de tête à Kaderin, qui battit en retraite dans l'obscurité. Lachlain s'empressa de monter rejoindre Emma, mais elle écarta sa main tendue en lui adressant un regard venimeux qui le laissa frappé de stupeur.

— Annika veut juste t'éloigner de lui, ma puce, expliqua Regina, un sourire penaud aux lèvres.

Sa nièce descendit l'escalier pour aller lui pointer sous le nez un doigt accusateur.

— Si je comprends bien, Lachlain veut m'empêcher de vous voir, et Annika veut assassiner l'homme dont je partage le lit sans même me demander mon avis ?

Tout le monde la traitait comme l'Emma d'autrefois : c'était à qui déciderait à sa place, alors qu'une conduite pareille n'avait tout simplement plus lieu d'être.

— Mais dites-moi, est-ce qu'il vous arrive de penser à ce que je veux, *moi* ?

— Oui, vas-y, dis-nous ! s'écria Nïx, haletante.

Emma lui jeta un regard noir. La question était purement rhétorique, car elle n'avait pas la moindre idée de ce qu'elle voulait…

— *Il te cherche*, psalmodia un vampire, matérialisé sur le seuil.

Elle le fixa, bouche bée.

Lachlain bondit sur l'intrus à l'instant même où il en apparaissait d'autres. Cassandra se lança aussitôt dans la bataille, elle aussi. Il sembla à Emma que la scène se déroulait au ralenti. Les yeux rouges du vampire revenaient se poser sur elle, encore et toujours.

Jusqu'à ce qu'elle tombe brusquement à la renverse, projetée à terre par…

Lachlain ?

— Remonte ! rugit-il en la repoussant de toutes ses forces, l'envoyant voler à travers le vestibule au parquet miroitant.

Lorsqu'elle releva la tête vers la bataille, elle s'aperçut que les vampires ne la quittaient pas du regard.

Ils étaient là pour elle. Et si son père avait connaissance de son existence ? S'il les avait envoyés à sa recherche ?

Mais qui… ?

Alors les rêves – les cauchemars – se mêlèrent à la réalité. Les souvenirs de Lachlain.

L'image d'un homme aux cheveux d'or s'imposa à l'esprit d'Emma. Demestriu. Qui contemplait d'un regard tranquille les souffrances de son prisonnier.

Tout le monde m'a toujours dit et répété que je ressemblais à ma mère, songea-t-elle, mais Hélène était brune, très brune, avec des yeux noirs. Le type du rêve est blond, et il porte son épée à droite, ce qui prouve qu'il est gaucher.

Emma elle-même était gauchère.

Non. Impossible.

Un éclair déchira le ciel nocturne. Elle n'aurait absolument rien pu imaginer de pire. C'était son père qui avait torturé Lachlain.

Le souvenir du feu engloutit Emma à la manière d'un bain d'acide. Cette douleur atroce, elle allait la subir à jamais, elle le savait à présent. La fureur du prisonnier bouillonna en elle, et elle s'y abandonna – comme il l'avait fait – pour supporter la souffrance...

Frissonnante, elle ne put étouffer un gémissement. Ses pensées s'évanouissaient au loin... La réalité refusait de se dissocier du cauchemar. Elle savait par exemple qu'au fond, tout au fond de l'esprit de Lachlain, se tapissait un soupçon dont il n'avait absolument pas conscience : il se demandait si elle n'était pas la fille de Demestriu...

Or elle reconnaissait le monstre pour ce qu'il était : son père. Tremblante, bouche bée, elle regarda ses tantes se battre vaillamment, merveilleusement, avec une grâce et une férocité innées. Demestriu les avait privées de leur reine.

Le répugnant parasite.

La foudre s'abattit de nouveau en une véritable grêle d'éclairs.

Les combats faisaient rage autour d'elle, figée, effondrée par terre. Ce n'était pas la peur de mourir qui la paralysait, mais le chagrin et la souffrance. Le chagrin, car le sang qui coulait dans ses veines, qui la démangeait tel un poison, allait la priver de ce qu'elle désirait le plus au monde : vivre avec Lachlain et être aimée de ses tantes.

Voir ces héros se battre pour la protéger sans savoir qui elle était en réalité, lui faisait horriblement mal. Car elle était indigne d'eux.

Un des vampires s'effondra. Un rire joyeux aux lèvres, Nïx bondit par-dessus le corps affaissé, lui plantant au passage ses talons dans le dos, puis l'empoigna par les cheveux pour lui relever la tête et lui exposer la gorge. Prête à porter le coup de grâce. Les yeux du vaincu se posèrent sur Emma ; il lui tendit la main.

Elle était impure.

Mais je pourrais changer les choses. Les arranger un peu.

Nïx croisa son regard. Lui adressa un clin d'œil.

Compréhension.

— Je vais mourir, dis ? murmura Emma.

— Ça t'inquiète vraiment ? répondit la devineresse.

Ces mots résonnèrent aux oreilles de sa nièce comme si elles s'étaient tenues l'une à côté de l'autre.

— *Il te cherche*, haleta le blessé, la main tendue vers elle.

Et moi, je le cherche, lui. Elle voulait attraper cette main, mais elle était trop loin... non, à un mètre ou deux, soudain.

La tête lui tournait. Avait-elle « glissé », en véritable vampire... pour la toute première fois ?

Nïx leva son épée, lentement. Emma se rapprocha en rampant.

Lorsque Lachlain prit une inspiration sifflante, elle comprit qu'il l'avait repérée.

— Emma ! lança-t-il d'une voix rauque en se ruant vers elle. Non... *non, pas ça !*

Trop tard. La frontière avait été tracée, comme dans le cas de Heath. Ou, plutôt, gravée au fer rouge dans l'esprit d'Emma. Un déchaînement de foudre souligna sa décision. Celle pour laquelle elle était née.

Elle tendit la main. Ses yeux croisèrent ceux du vampire.

Tu ne sais pas ce que tu vas ramener chez toi, songea-t-elle.

Lachlain poussa un hurlement de rage lorsque le monstre disparut avec son âme sœur. Il ne comprenait pas. Elle avait tendu la main à cette horreur…

— Pourquoi avez-vous hésité ? s'écria-t-il en attrapant Nïx par les épaules. Je sais que vous avez hésité, je vous ai vue !

Il se mit à la secouer si fort que sa tête ballottait.

— Waouh ! s'écria-t-elle en riant.

— Mais où l'a-t-il emmenée, bordel ? tonna-t-il.

Une des Valkyries lui donna un bon de coup de pied dans la jambe – la mauvaise – ce qui la fit plier sous lui et l'obligea à lâcher Nïx.

— C'est vous qui leur avez ouvert Kinevane ! lança Cassandra à Regina en levant son épée. Vous avez détruit les protections du château, et voilà…

Regina désigna Lachlain du menton.

— Il a enlevé une fille à sa mère adoptive et l'a empêchée de se placer sous la protection de sa famille.

— Sacré retournement de situation, commenta Kaderin, très occupée à arracher les crocs de vampires qui lui servaient de trophées, une fois prélevés sur les têtes coupées.

— La voilà entre leurs mains ! (Lachlain assena un grand coup de poing dans le mur.) Comment pouvez-vous rester aussi calmes ?

— Il m'est impossible d'éprouver la moindre émotion, et les autres ne se laisseront pas aller au chagrin, parce que la communauté tout entière s'en trouverait affaiblie, expliqua Kaderin. Y compris Emma en personne.

Tremblant de rage, il allait faire volte-face, prêt à les tuer toutes… quand un bruit hideux retentit.

Kaderin posa les crocs sanglants pour fouiller dans sa poche, d'où elle tira un téléphone.

— Saleté de Crazy Frog, siffla-t-elle en l'ouvrant. Regina, tu es une salope…

L'accusée haussa les épaules, tandis que Lachlain s'efforçait de se maîtriser et que Nïx bâillait à s'en décrocher la mâchoire.

— Non, dit Kaderin dans l'appareil. Elle est partie de son plein gré avec un vampire.

Le calme qu'elle affichait en transmettant l'information n'aurait pas été plus grand si elle avait récité le bulletin météo. Pourtant, des hurlements de plus en plus puissants s'échappaient de son portable.

Lachlain le lui arracha sans douceur. Au moins, quelqu'un réagissait de manière normale, à l'autre bout du fil.

— *Que lui est-il arrivé ?* brailla une Annika furieuse. Je te ferai implorer la mort, espèce de chien !

— Pourquoi l'a-t-elle accompagnée ? riposta-t-il sur le même ton. Comment voulez-vous qu'on la retrouve maintenant, hein ?

Kaderin considéra Lachlain, leva les pouces à son adresse et articula sans un bruit :

— C'est bon, tu peux le garder.

Après quoi, les quatre Valkyries regagnèrent tranquillement leur voiture sous les yeux stupéfaits des deux Lycae, comme si elles étaient juste passées apporter un panier de gâteaux. Il leur emboîta le pas.

Une flèche vola.

— S'il nous suit, tire-lui dessus, ordonna Nïx.

— Alors elle va me tirer dessus jusqu'à ce que je me transforme en pelote d'épingles, prévint-il.

La devineresse se retourna.

— Nous ne savons rien qui puisse vous aider, mais à mon avis, vous allez avoir besoin de toutes vos forces, d'accord ?

Sur ces bonnes paroles, elle ajouta pour ses trois sœurs :

— Allez, je vous avais dit qu'on ne la ramènerait pas ce coup-ci.

Et voilà. Elles étaient reparties.

— Où cette saleté de vampire l'a-t-il emmenée, bordel ? demanda Lachlain au téléphone.

— Je n'en sais rien ! rétorqua Annika.

— Vos Valkyries ont laissé cette engeance s'introduire chez nous…

— Ce n'est pas chez Emma. *Ici*, oui, elle est chez elle.

— Plus maintenant. Je vous jure que lorsque je l'aurai retrouvée, je ne la laisserai plus jamais vous approcher, espèce de sorcière.

— Parce que tu la retrouveras, hein ? Tu es un chasseur, à la recherche de ce qu'il possède de plus précieux. Je ne pouvais rêver mieux. (Apparemment, Annika avait recouvré son calme. Peut-être même une certaine sérénité. Il *entendait* son sourire mauvais.) Oui, tu la retrouveras, et après, je vais te dire. Quand tu l'auras ramenée ici saine et sauve, je grattouillerai mon nouveau petit chien derrière les oreilles, au lieu de lui arracher la peau.

— Mais qu'est-ce que vous racontez, femelle stupide ?

— Figure-toi que j'ai en ce moment même le pied posé sur le cou de ton frère, annonça-t-elle d'une voix suintante de haine. Garreth en échange d'Emma.

La communication fut coupée.

31

Emma avait la nette impression d'être une offrande sur l'autel d'un dieu maléfique.

Le vampire avait glissé jusque dans un corridor obscur, menant à une lourde porte de bois. Qu'il avait déverrouillée puis ouverte, avant de la pousser dans la pièce avec une telle force qu'elle était tombée sur le dallage glacé. Comme la tête lui tournait encore, après la téléportation, elle était restée où elle se trouvait : au pied d'une immense fenêtre cintrée d'au moins six mètres de haut, si sombre qu'on aurait pu la croire en obsidienne, ornée d'incrustations dorées qui dessinaient des symboles des arts noirs.

— N'essaie pas de t'enfuir. Personne ne peut glisser jusqu'ici ni en repartir de cette manière, à part lui.

Sans un mot de plus, le vampire était ressorti en refermant la porte à clé.

Frissonnante, Emma quitta enfin la fenêtre des yeux puis se mit à genoux, non sans mal, pour examiner la pièce. Un bureau… qui servait toujours – la table de travail était couverte de papiers –, malgré son humidité et ses relents de sang séché.

Quelque part dans les entrailles du château s'élevèrent des hurlements tels que la prisonnière bondit sur ses pieds puis tourna sur elle-même, aux aguets. Qu'est-ce qui lui avait pris, mon Dieu ?

Toutefois, les regrets n'eurent pas le temps de l'envahir : déjà, les souvenirs de l'enfer s'imposaient, une fois de plus. La scène était aussi nette que si elle y avait assisté.

Les poumons de Lachlain s'emplissaient de feu. Jamais, pourtant, il ne faisait à ses tourmenteurs le plaisir de hurler de douleur. Il ne l'avait pas fait la première fois où il était mort, ni la deuxième ni aucune des suivantes, au fil des cent cinquante ans pendant lesquels il s'était consumé puis réveillé encore et encore. La haine seule lui permettait de ne pas perdre totalement la raison, une haine à laquelle il se cramponnait.

Il s'y cramponnait, quand les flammes s'affaiblirent. Il comprit que seule sa jambe l'empêchait de la rejoindre, *elle* ; il se força à en casser l'os…

Emma baissa la tête, en proie à une nausée. Il s'était cramponné à la haine jusqu'au moment où il l'avait trouvée… elle dont il avait perçu la présence à l'extérieur et qui était censée le *sauver*…

Alors il avait combattu la haine pour leur bien à tous les deux.

Comment s'était-il retenu de la tuer, de succomber à l'égarement et à la rage, mêlés au besoin de la faire sienne et de trouver l'oubli ? Comment s'était-il retenu de la violer sauvagement, alors que sa peau brûlait encore ?

Il ne voulait pas lui dévoiler ce qu'il avait subi. Elle comprenait enfin pourquoi. Il fallait qu'elle lui parle de ses rêves souvenirs, mais qu'aurait-elle bien pu dire de ceux-là ? Qu'ils lui étaient insupportables dans leur netteté ? Qu'elle savait enfin de quelle manière il avait été torturé et que personne n'avait sans doute jamais connu pire ?

Comment lui dire que c'était son père à elle, le responsable de cela ?

— *Des parasites malfaisants, répugnants, faits pour vivre en enfer,* avait-il lâché à propos de Demestriu et ses semblables.

Elle faillit vomir, mais parvint à ravaler sa salive. Lachlain n'en viendrait certainement pas à la détester à cause de ces horreurs, mais ce serait comme une brûlure, une gouttelette d'acide qui lui rongerait la peau. À jamais. Demestriu avait massacré presque toute sa famille – tous ceux qui lui étaient chers.

Maintenant qu'Emma savait ce qu'il avait subi, pourquoi il s'était juré de se venger, elle brûlait de honte d'avoir cherché à l'en dissuader.

D'autant plus qu'elle allait l'en empêcher à jamais.

Sa décision était... irrévocable. Quelques minutes plus tôt, elle gisait dans le grand vestibule de Kinevane, au beau milieu du carnage, l'esprit en proie au chaos. À présent, la fierté et le sens de l'honneur des Valkyries s'affirmaient en elle. Emma la Soumise ? Non, plus maintenant.

Même si sa détermination l'effrayait un peu, car l'Emma d'autrefois se tapissait toujours dans les tréfonds de son être. Mais la nouvelle Emma savait qu'elle pouvait s'en sortir. Et, de toute manière, elle avait tellement honte qu'elle n'y attachait pas beaucoup l'importance. Il fallait qu'elle agisse, qu'elle règle les choses avec sa maisonnée et avec Lachlain.

Lachlain. Le roi au grand cœur dont elle était éperdument amoureuse. Pour lui, elle se battrait jusqu'au bout.

Elle était venue tuer son père, Demestriu.

Hermann mit une heure à conduire son patron à l'aérodrome privé. Une heure d'enfer, que Lachlain passa à lutter de toutes ses forces pour éviter de se transformer, sur le fil du rasoir en permanence... incapable de raisonner aussi clairement que nécessaire. Les vampires tenaient Emma, et les Valkyries, Garreth.

La malédiction des Lycae... La force et la férocité qui les servaient au combat les désavantageaient par ailleurs. Et plus quelque chose leur tenait à cœur, plus la bête cherchait à s'exprimer pour le protéger.

Lachlain faisait le pari que le vampire avait emmené Emma à Helvita, chez Demestriu, mais peut-être était-il allé en fait chez Ivo ou le fameux Kristoff. Cass s'était lancée à la recherche de Uilleam, Munro et tous les Lycae qu'elle parviendrait à réunir d'urgence. Ils l'accompagneraient ensuite au château de Kristoff. Lachlain ne doutait pas qu'elle obéisse à ses ordres. Elle avait vu ses yeux après la disparition d'Emma, et elle avait enfin compris.

Mais que se passerait-il s'il se trompait – si son âme sœur ne se trouvait pas où il le croyait ? Ou s'il n'arrivait pas à localiser Helvita, cette fois encore ? Maintenant que toute l'horreur de la situation lui apparaissait, il était quasi incapable de réfléchir.

Garreth aussi était prisonnier. D'une manière ou d'une autre, il avait été capturé. Après avoir bénéficié d'une démonstration grandeur nature du talent de Lucia, de la force de Regina, de la vivacité de Nïx et de la méchanceté butée de Kaderin, Lachlain devait bien admettre qu'il avait sous-estimé l'adversaire.

— Elles tiennent Garreth, avait-il dit à Bowen, qu'il avait appelé de la voiture. Récupère-le.

— Nom de Dieu. Ce n'est pas si facile que ça, figure-toi !

— Libère-le…

Un grognement.

— Je ne peux pas, désolé. Je ne voulais pas t'en parler, mais elles ont des putains de *spectres* qui montent la garde.

Garreth, le tout dernier proche de Lachlain, placé sous la surveillance de l'Antique Fléau, aux mains d'une folle perverse…

Emma, disparue.

Volontairement. Car elle avait fait l'effort conscient de ramper vers la main tendue du vampire.

Brume. Égarement.

Résiste! Encore et encore, lutter pour passer en revue tout ce qu'il savait d'elle, à la recherche du moindre indice susceptible d'expliquer un comportement pareil.

Soixante-dix ans. L'université. Traquée par les vampires. C'était elle qu'ils cherchaient depuis le début. Mais pourquoi? Quelle faction? Annika n'est que sa mère adoptive. Sa mère de sang était d'origine lydienne, elle me l'a dit. Hélène. C'est d'elle qu'elle tient sa beauté...

Ils approchaient de l'aérodrome quand le soleil se leva. Lachlain poussa un rugissement de frustration. Jamais plus il ne voulait voir naître l'aube! Où que se trouve Emma, il n'y était pas pour la protéger. Peut-être était-elle bloquée à l'extérieur en cet instant même. Il avait les mains en sang à force de se labourer les paumes de ses griffes; sa blessure au bras n'était même pas pansée.

Réfléchis! Soixante-dix ans. L'université...

Ses sourcils se froncèrent. Il lui était déjà arrivé de croiser des Lydiennes. Elles avaient le teint très pâle, comme Emma, mais les yeux et les cheveux noirs. Alors que c'était une blonde aux yeux bleus.

Son père aussi, forcément...

Le souffle de Lachlain se bloqua dans sa gorge. Non. Impossible.

— Et si c'est Demestriu mon père? lui avait-elle demandé.

À quoi il avait répondu... oui, il avait répondu que les rejetons de Demestriu seraient des parasites malfaisants, répugnants.

Non.

Lachlain parvenait à admettre qu'Emma soit la fille de Demestriu, mais pas qu'elle se trouve en son pouvoir à cet instant précis... et encore moins qu'elle ait peut-être été poussée à s'y mettre par ses propos irréfléchis...

Poussée à se rendre à Helvita, chez Demestriu, qui était capable de la démembrer lentement sans jamais cligner de ses yeux rouges, pendant qu'elle implorerait une mort rapide.

Si Lachlain ne la rejoignait pas bientôt... Il fallait non seulement qu'il localise Helvita, mais qu'il le localise vite. Il avait déjà passé la région concernée au peigne fin, en vain... Pourtant, peut-être était-il arrivé près du but la fois précédente, juste avant d'être encerclé et transformé en chair à pâté par une dizaine de vampires.

Il allait se rendre en Russie, au même endroit...

Un souvenir s'imposa brusquement. Emma sous lui, la veille, roulant la tête sur l'oreiller, le plongeant dans le parfum exquis de sa chevelure. Jamais il n'oublierait son odeur. Il l'avait enregistrée pour toujours la nuit où il l'avait reconnue comme son âme sœur. Le souvenir lui rappelait à point nommé qu'il pouvait se servir de cela.

Il pouvait la trouver.

— Voyons voir ce que mon général cherchait avec une telle ardeur, lança une voix profonde dans l'obscurité.

Emma leva les yeux. Une seconde plus tôt, elle attendait – seule, elle le savait. À présent, il était là, assis à son grand bureau. Lorsqu'il alluma sa lampe, la lumière fit scintiller ses yeux rouges.

Il émanait de lui une impression de tension, tandis qu'il fixait la visiteuse comme s'il voyait un fantôme.

Au fil des heures, et des hurlements qui s'élevaient parfois des profondeurs de l'étrange château, Emma avait eu le temps de s'apaiser. Maintenant que la matinée s'achevait, sa résolution s'était aiguisée tel un cristal. Sans doute ses tantes éprouvaient-elles le même genre de calme avant une grande bataille.

Demestriu appela un garde.

— N'introduis pas Ivo ici à son retour, ordonna le roi de la Horde. Sous aucun prétexte. Et attention : si tu lui dis que nous l'avons trouvée, je te ferai éviscérer et vivre tel quel des années durant.

Elle avait passé toute son enfance baignée des menaces dont usaient et abusaient les créatures du Mythos– « si jamais tu fais ceci ou cela… sache qu'il t'arrivera ceci ou cela » –, mais il fallait reconnaître que ce type était doué.

Une fois le garde ressorti, Demestriu glissa jusqu'à la porte pour la verrouiller.

Puis, se rasseyant, il l'examina sans émotion.

— Tu es le portrait craché de ta mère.

— Merci. Mes tantes me l'ont dit et répété.

— Je savais qu'Ivo mijotait quelque chose. Qu'il était en quête et avait perdu des dizaines de nos soldats– ne serait-ce que trois en Écosse. Voilà pourquoi j'ai décidé de lui prendre ce qu'il convoitait. Je ne m'attendais pas à ce que ce soit ma fille.

— Qu'est-ce qu'il me veut ? s'enquit-elle.

— Ça fait des siècles qu'il complote pour me voler ma couronne, mais la Horde ne plaisante pas avec le droit de naissance. Il ne saurait régner sans se lier à la famille royale… dont il a manifestement trouvé un membre, en la personne de ma fille.

— Alors il s'est dit qu'il lui suffirait de vous tuer, puis de m'obliger à l'épouser ?

— Exactement. (Demestriu s'interrompit, pensif.) Pourquoi n'as-tu jamais cherché à me voir ?

— J'ai appris que vous étiez mon père il y a environ huit heures.

Quelque chose– une émotion, peut-être– passa dans les yeux du vampire, mais ce fut si fugace qu'Emma crut l'avoir imaginé.

— Ta mère… ne te l'avait pas dit ?

— Je ne l'ai pas connue. Elle est morte juste après ma naissance.

— Si vite ? murmura-t-il comme pour lui-même.

— J'ai cherché à en apprendre davantage sur mon père – sur vous – à Paris, reprit-elle, saisie du désir irrationnel de le réconforter.

— Nous y avons vécu ensemble, elle et moi. Au-dessus des Catacombes.

Emma avait failli succomber à la tentation de la gentillesse... qui s'évanouit instantanément à la mention des Catacombes, d'où Lachlain s'était échappé.

— Tes yeux à toi aussi deviennent argentés, ajouta Demestriu, dont le regard rouge se fit pour la première fois appréciateur.

Un silence gêné s'installa. La visiteuse examina les lieux, cherchant de toutes ses forces à se rappeler l'entraînement auquel l'avaient contrainte Annika et Regina. C'était une chose de battre Cassandra, mais l'occupant des lieux était un monstre.

Elle fronça les sourcils. Si c'est un monstre, moi aussi.

Il y avait des armes accrochées au mur. Des épées en croix, dont une au fourreau – qui risquait davantage d'avoir rouillé. Rouille égale fragilité. Il me faut l'autre, songea-t-elle.

— Assieds-toi. (Emma obéit, à contrecœur. Demestriu leva un pichet de sang.) Un verre ?

Elle secoua la tête.

— Non merci, je surveille mon poids.

— On croirait entendre une humaine, riposta-t-il en lui jetant un coup d'œil écœuré. Tu viens peut-être de boire au Lycae que tu fréquentais ?

— En effet, admit-elle.

Elle ne voyait aucune raison de mentir.

Son interlocuteur la considéra avec un intérêt renouvelé.

— Quand je pense que même moi, je me refuse à me nourrir d'un immortel...

— Pourquoi ça ? (Poussée par la curiosité, elle se pencha vers lui.) C'est la seule instruction que ma mère ait donnée à mes tantes lorsqu'elle m'a fait porter chez elles : ne jamais me laisser boire directement à un être vivant.

Demestriu plongea le regard dans son gobelet.

— Quand on tue quelqu'un en le vidant de son sang, on lui prend tout, absolument tout… jusqu'aux tréfonds de son âme. Si on le fait assez souvent… une âme peut être un abîme, littéralement. Un abîme que l'on goûte. C'est un poison dont on ne peut plus se passer.

— Mais boire directement à un être vivant et le tuer, ce n'est pas la même chose. Pourquoi ne pas plutôt me prévenir de ne pas tuer ?

La situation avait quelque chose de surréaliste. Ils devisaient tranquillement malgré la tension épuisante qui pesait sur eux, un peu comme Annibal Lecter et Clarice Starling dans la scène de la prison.

— Et comment se fait-il que je me retrouve avec des souvenirs supplémentaires ?

— Tu possèdes donc cette capacité maléfique ? (Demestriu laissa échapper un rire bref, dénué d'amusement.) Je me doutais bien que c'était héréditaire. À mon avis, c'est ce don-là qui a valu la couronne à notre famille, pendant les débuts chaotiques du Mythos. Je l'ai. Kristoff aussi. Il l'a d'ailleurs transmis à tous les humains métamorphosés par ses soins. (Le souverain s'était fait méprisant.) Mais moi, je te l'aurais transmis à toi ? (Il plissa le front, incrédule.) Sans doute ta mère le craignait-elle. Tuer quelqu'un en lui prenant son sang rend fou. Absorber les souvenirs de ses proies en prenant leur sang rend fou… et puissant.

Emma haussa les épaules. Elle ne se sentait pas folle du tout. À peine…

— Ça ne me fait pas du tout cet effet-là. Il va m'arriver autre chose ?

— Les souvenirs ne te suffisent donc pas ? s'exclama son hôte, sidéré. (Il se ressaisit aussitôt.) Prendre le sang, la vie et tout ce que l'être a jamais connu… voilà ce qui fait le vampire. À une époque, je préférais les immortels, à cause de leur savoir et de leur puissance, mais je subissais aussi l'ombre de leur esprit. Boire à une créature qui possède tant de souvenirs… tu joues avec le feu.

— L'image est on ne peut plus appropriée.

Il réfléchit un instant, les sourcils froncés, avant d'interroger :

— J'ai emprisonné le Lycae dans les Catacombes, c'est ça ?

— Il s'est échappé, répondit-elle fièrement.

— Ah. Mais tu te rappelles ses souffrances ?

Elle hocha la tête, lentement. L'un d'eux allait mourir. Prolongeait-elle la conversation pour obtenir des réponses aux questions qui l'avaient tourmentée, ou pour vivre un peu plus longtemps ? Et lui, pourquoi la renseignait-il avec une telle obligeance ?

— Imagine des dizaines de milliers de souvenirs semblables se disputant ton esprit. Imagine revivre la mort de tes victimes. Les instants qui y mènent. Elles cherchent à s'expliquer un bruit suspect en se disant que c'est la brise. Elles se traitent d'idiotes parce que les poils de leur nuque se hérissent. (Le regard de Demestriu s'était fait lointain.) Certaines refusent d'y croire jusqu'à la fin. D'autres me regardent en face et *savent*.

— Vous en souffrez ? demanda Emma, frissonnante.

— Oui.

Comme il tambourinait sur le bureau du bout des doigts, une de ses bagues finit par attirer l'attention de sa visiteuse. Un écusson orné de deux loups.

— C'est la bague de Lachlain.

Une chevalière volée sur un cadavre. Mon père a tué le sien, songea-t-elle.

Demestriu fixa le bijou d'un regard absent.

— Peut-être, oui.

Il était fou. Et il continuerait à discuter aussi long-temps qu'elle en aurait envie, parce qu'il se sentait... seul. Et parce qu'il était persuadé qu'elle vivait ses dernières heures.

— Étant donné les relations de la Horde avec les Valkyries, comment se fait-il que vous ayez vécu ensemble, Hélène et vous ?

— Je la tenais à la gorge, j'étais prêt à lui arracher la tête... raconta-t-il d'un ton tranquille, ses traits émaciés adoucis par une expression lointaine.

— Comme c'est romantique.

— Mais quelque chose m'en a empêché, continua-t-il sans prêter attention à l'interruption. Je l'ai relâ-chée, puis j'ai passé des mois à l'espionner dans l'espoir de découvrir pourquoi j'avais hésité. Finale-ment, j'ai compris que c'était ma fiancée. Quand je l'ai enlevée, quand je l'ai privée de son foyer, elle m'a dit qu'elle voyait en moi quelque chose de bon, et elle a accepté de devenir ma compagne. Au début, tout allait bien... mais elle a fini par payer notre union de sa vie.

— Comment ça ? De quoi est-elle morte ?

— De chagrin, probablement. À cause de moi. Je suis surpris que ça ait été aussi rapide.

— Je ne comprends pas.

— Ta mère m'a convaincu d'arrêter de boire du sang. Et pas seulement aux veines des vivants. J'ai *complètement* arrêté. À la place, je me nourrissais comme un être humain. D'ailleurs, elle mangeait en ma compagnie pour m'y aider, alors qu'elle n'en avait aucun besoin. Et puis elle est tombée enceinte de toi, au moment où la première rébellion de Kristoff menaçait ma couronne. Pendant la bataille, j'ai repris mes vieilles habitudes. J'ai gardé mon trône, mais j'ai perdu sa confiance à elle. J'avais succombé. Il lui a suffi de voir mes yeux pour me fuir.

— Vous ne vous êtes jamais demandé ce que je devenais ? s'enquit Emma.

La réponse était importante pour elle, et cela s'entendait trop à son goût.

— On m'a dit que tu étais une petite créature faible et maladroite, qui réunissait les pires défauts des deux espèces. Jamais je ne serais venu te voir, même si j'avais pu penser un instant que tu vivrais assez vieille pour te figer dans l'immortalité.

Elle fit une grimace théâtrale.

— Eh bien, ça, c'est un père d'enfer de la mort qui tue... Oh, pardon, ça m'a échappé...

Elle se tut lorsqu'il se leva, découpé contre le verre teinté, la chevelure aussi éclatante que les luxueuses incrustations dorées. Il l'intimidait horriblement. Son père... une créature terrifiante.

Il soupira en l'examinant de haut en bas, comme s'il jaugeait paresseusement une proie facile.

— Venir chez moi aura été ta dernière erreur, petite Emmaline. Tu n'aurais pas dû oublier qu'un vampire est capable de détruire tout ce qui se dresse entre lui et son but... parce que le reste est sans importance. Mon but à moi est de garder ma couronne. Tu représentes une faiblesse, qu'Ivo ou n'importe quel autre adversaire risque de chercher à exploiter. Te voilà donc *sans importance*.

Il faut frapper là où ça fait mal, se dit-elle.

— Si une sangsue dans votre genre ne veut pas de moi... il ne me reste vraiment plus rien à perdre. (Elle se leva à son tour, en s'essuyant les mains sur son jean.) De toute manière, ça me va. Je suis venue vous tuer.

— Vraiment ?

Il n'aurait pas dû trouver cela drôle.

L'effrayant sourire qu'il arborait disparut en même temps que lui. Elle bondit vers l'épée nue accrochée au mur, mais entendit du bruit derrière elle la seconde d'après. Quand elle retomba à terre, l'arme à la main, il glissait de-ci de-là autour d'elle sans interruption.

Emma chercha à l'imiter… en vain… et perdit ainsi de précieuses secondes, avant de décider de faire ce qu'elle faisait le mieux : s'enfuir, en se servant de son agilité pour éviter l'adversaire.

— Tu es rapide, c'est un fait, constata-t-il en apparaissant juste devant elle.

L'épée traça un demi-cercle qu'il n'eut aucun mal à esquiver, puis se leva une seconde fois. Il la cueillit sans effort et la jeta sur le dallage, dans un claquement sonore.

L'estomac d'Emma se noua.

Il s'amusait avec elle.

32

Lachlain se tenait, seul, dans la grande forêt où tout avait commencé, un siècle et demi plus tôt. Sitôt arrivés en Russie quelques heures auparavant, Hermann et lui avaient quitté l'aéroport en camionnette pour partir sur les petites routes défoncées, à la recherche de l'endroit où il avait été capturé. Lorsque la chaussée était devenue impraticable, il avait abandonné le démon dans le véhicule.

Malgré les cent cinquante ans écoulés, il s'était dirigé sans hésiter vers le théâtre du combat, mais à présent qu'il tournait désespérément en rond autour de la clairière, en quête du moindre indice, il craignait fort de s'être trompé. Nul n'avait jamais trouvé Helvita.

Une seconde… *Elle est là.*

Il parcourut des kilomètres à une vitesse folle, l'épée au fourreau dans le dos, le cœur battant. Après avoir grimpé sans ralentir une colline escarpée, il examina les alentours.

Helvita s'étendait juste en dessous de lui, sinistre et désolé.

Sous la protection du soleil, Lachlain descendit droit vers la place forte. Escalada la muraille, puis longea le chemin de ronde délabré, sans que rien entrave ses mouvements sur le rempart désert. Avoir localisé le château de Demestriu ne lui apportait aucune satisfaction. Ce n'était que le premier pas.

La voix d'Emma résonna quelque part, écho affaibli, mais il ne parvint à déterminer ni d'où elle venait ni ce qu'elle disait au juste. Les entrailles de la monstrueuse forteresse, d'une immensité étourdissante, emprisonnaient son âme sœur, il n'en savait pas davantage.

Pourquoi était-elle venue ici ? Pourquoi avait-elle commis une folie pareille ?

Se pouvait-il qu'elle ait rêvé de Demestriu ? Que, durant cette nuit de violence, elle ait eu un songe prémonitoire ? Emma se trouvait dans cet enfer, où elle affrontait l'être le plus malfaisant – et le plus puissant – à avoir jamais foulé la terre. Elle qui était si douce. Elle devait être terrorisée...

Non... Il ne pouvait pas se permettre de penser de cette manière. Il l'avait localisée ; elle vivait toujours. Il parviendrait à la sauver... à condition de rester lucide, capable d'envisager, de soupeser les différentes possibilités.

Si les vampires gagnaient à chaque fois, c'était parce que les Lycae étaient incapables de maîtriser la bête en eux... parce qu'ils la laissaient trop facilement prendre les rênes.

Emma bondit en arrière par-dessus le bureau, échappant de peu aux mains griffues de l'adversaire qu'elle regarda, incrédule, fendre en deux le gros meuble massif comme elles auraient déchiré un papier.

Le bois se fissura dans un craquement, puis tomba sur le sol avec un choc sourd.

Demestriu se matérialisa derrière elle avant qu'elle ait compris qu'il glissait. Elle se jeta de côté, mais il la frappa à la hanche, où il trouva une prise en lui lacérant la peau. Il la remit alors sur ses pieds aussi facilement qu'une poupée de chiffon, pendant que les plaies de son flanc et de sa jambe déversaient des flots de sang. Les avant-bras de son père se posèrent sur ses épaules.

Il va m'arracher la tête, comprit-elle.

— Adieu, petite Emmaline.

Mais… il fait écran.

Elle inspira à fond et hurla. L'épaisse vitre noire qui les dominait explosa littéralement, et le feu solaire envahit la pièce. Demestriu se figea, comme assommé par ce bain de lumière. Emma se blottit contre lui, déterminée à en faire son bouclier. Lorsqu'il chercha à se dégager, elle se battit pour l'en empêcher, mais il avait une force terrible, même s'il brûlait déjà. Il glissa dans l'ombre avec elle.

Près de l'épée.

Elle se laissa tomber à terre, ramassa son arme, passa derrière l'adversaire et la lui plongea dans le dos. Un haut-le-cœur la secoua quand il lui fallut forcer pour transpercer l'os, mais elle s'obligea à remuer le fer dans la plaie, comme on le lui avait appris.

Demestriu s'effondra. Elle dégagea son épée, bondit par-dessus le blessé pour lui porter un second coup, et s'aperçut soudain qu'il la regardait avec stupeur.

Il parvint à se redresser sur un genou, ce qui la terrifia tellement qu'elle lui plongea une fois de plus sa lame dans le corps, en plein cœur, de toutes ses forces. Alors il retomba en arrière, épinglé sur le dallage.

Mais il n'en continua pas moins à se tortiller. Ces plaies terribles ne suffiraient pas à le tuer : il fallait lui couper la tête. Emma s'approcha en boitant de l'autre épée, qu'elle dégaina avec des mains tremblantes. Lorsqu'elle se retourna, ses traits se crispèrent. Une mare de sang noir s'était étalée autour du vaincu. Elle allait devoir marcher dedans.

Demestriu changeait en se vidant de son sang. Son visage s'adoucissait, perdait son aspect macabre en même temps que ses arêtes anguleuses et ses ombres dures.

Les yeux qu'il ouvrit soudain étaient aussi bleus que le ciel.

— *Libère-moi.*

— Ben voyons.

— Pas ce que… je veux dire… Tuer.

— Nom de Dieu! s'écria Emma. Pourquoi me dire une chose pareille?

— Contenir la faim… les souvenirs… Pas de souvenirs de l'horreur… que j'ai inspirée. (Des coups violents retentirent à la porte.) Laissez-nous! rugit-il, avant d'ajouter tout bas, pour elle seule: Coupe-moi la tête. La taille. Les jambes. Ou je risque de me relever… L'erreur de Furie.

— Furie? Vous l'avez tuée?

— Non, torturée. Elle n'était pas censée tenir aussi longtemps…

— Où est-elle?

— Sais pas. Lothaire s'en occupe. La tête, la taille, les jambes…

— Je n'arrive pas à réfléchir.

Elle se mit à faire les cent pas. Furie, vivante! Par Freyja…

— Emmaline… Maintenant!

— Eh, je fais ce que je peux, OK?

Il n'était pas censé jouer son Dark Vador en lui expliquant comment s'y prendre pour être absolument sûre de le tuer. La tête, d'accord, mais la taille et les jambes…? Était-il devenu tellement puissant?

— Votre impatience ne m'aide pas, figurez-vous.

— Ta mère est morte de chagrin… parce qu'on n'a pas réussi à y mettre un terme. Toi, tu peux.

Elle inspira profondément puis se planta au-dessus de lui, la main haut placée sur la garde de l'épée. Comme au base-ball, quoi. Arrête, se dit-elle, tu n'as jamais joué au base-ball! Ouais, bon. Kaderin tient toujours son épée négligemment, le poignet souple.

Mais je ne suis pas Kaderin. Pense en vampire. Quel obstacle y a-t-il entre toi et l'homme que tu aimes ? Toi et ta famille ? Quatre coups bien appliqués. Quatre. Autant dire rien.

Plus Demestriu lui paraissait implorant, plus elle trouvait difficile d'en finir. Les yeux clairs, les traits débarrassés de leur grimace menaçante, il n'avait absolument rien d'un monstre. Ce n'était qu'une créature qui souffrait. Emma tomba à genoux près de lui, indifférente au sang.

— On pourrait peut-être envisager une sorte de réadaptation...

— Ça suffit, *ma fille*.

Il claqua des dents dans sa direction. Elle battit en retraite à toute vitesse, à quatre pattes. Les coups reprirent à la porte du couloir.

— Ils ne peuvent pas glisser dans mon bureau, mais ils vont finir par entrer de force... Là, ils te captureront et te garderont prisonnière pour se nourrir de toi... jusqu'à ce que tu meures de chagrin. À moins qu'Ivo ne t'oblige à tuer et à changer.

Seigneur, non, pas ça !

— Je boirai... continua Demestriu. Je guérirai... Je me retransformerai, et je ne connaîtrai pas le repos avant de les avoir massacrés tous... le Lycae... et son clan.

Mon clan à moi aussi. La porte s'incurvait à présent, le bois se fendait. *Protège-les*, chuchota l'instinct.

— Je suis sincèrement désolée de devoir en arriver là.

Une ombre de sourire joua sur les lèvres du blessé, vite chassée par une grimace de douleur.

— Emma l'Improbable... la Tueuse de Rois.

Elle brandit son épée, visa, tandis que les larmes ruisselaient sur ses joues comme le sang sur sa jambe.

— Attends ! La tête d'abord... s'il te plaît.

— Oh, la, la, balbutia-t-elle.

Avant d'ajouter dans un sourire misérable, lar-moyant :

— Adieu... papa.

— Fier... de toi.

Emma ferma les yeux en abattant sa lame avec assez de force pour secouer tout le corps de Demestriu... mais elle ne disposait que d'une arme de pacotille, si émoussée qu'elle dut s'y reprendre à trois fois pour couper le cou du vaincu. Elle s'attaqua ensuite à la taille, qui lui demanda un temps fou. Lorsque enfin elle en arriva aux jambes, elle était couverte de sang.

Le public allait dire, à juste titre, qu'elle en avait sur les mains...

Au moment où elle mettait le point final à l'exécution, la porte céda. Elle montra les dents.

Ivo. Emma le reconnaissait pour l'avoir vu dans les souvenirs de Lachlain. Elle brandit son épée.

Mais pourquoi la regardait-il de cette manière ? On aurait juré qu'il ne pouvait détacher d'elle ses yeux rouges... qu'il était en *adoration* à cause de la mise à mort qu'elle venait d'accomplir... Franchement, cela avait de quoi vous ficher les chocottes.

— Vous êtes vraiment Emmaline ? demanda-t-il d'une voix hésitante.

Deux autres vampires se pressaient à la porte derrière lui. Bon, finalement, un meurtre par jour, c'était peut-être assez... Après avoir ôté la chevalière de Lachlain de la main inerte de Demestriu, elle se redressa de toute sa taille.

— Je suis Emmaline, lança-t-elle d'une voix forte. La Tueuse de Rois.

— Je savais que vous seriez comme ça. (Ivo s'approcha.) Je le *savais*.

Elle leva son épée de pacotille – cette saleté – aussi fièrement que s'il s'agissait d'Excalibur.

— Reste où tu es, Ivo.

— Je t'ai cherchée, Emmaline. Des années et des années. Depuis que j'ai entendu parler de ton existence. Je veux que tu deviennes ma reine.

— Oui, oui, on me la fait souvent, celle-là.

Elle s'essuya le visage sur sa manche. Apparemment, elle n'avait que l'embarras du choix : soit elle tombait aux mains de la Horde, soit elle sautait par la fenêtre. Au soleil.

— Je regrette, mais j'ai déjà accepté un autre poste.

À moins qu'elle ne parvienne à glisser. Bon, ça n'avait pas marché pendant le combat, mais elle l'avait déjà fait. Une fois. Elle pouvait disparaître avant de toucher terre dehors. En théorie. Sauf que ses blessures l'avaient affaiblie. Rejoindre Lachlain, il ne fallait pas y penser. Elle saignait à flots. Tu ne t'es déplacée que de quelques mètres... rien à voir avec le tour du monde...

En termes de glissade, c'était du pareil au même, mais elle ne savait pas si elle en était capable. Quand les vampires se ruèrent vers elle, elle montra les dents en crachant et se jeta par la fenêtre.

Elle volait ! Elle glissait ! Non...

Elle atterrissait sur les fesses dans un buisson, au soleil. Se relevait pour se mettre à courir vers le couvert. Les yeux fermés à la douleur, elle évoqua le bayou... *Le bayou. La fraîcheur. L'humidité.*

Sa peau prit feu.

Le hurlement d'Emma lui avait crevé un tympan. Enfin, ses derniers échos s'éteignirent en se propageant à travers le château. Lachlain continua à courir dans les escaliers en colimaçon, car il n'avait pas oublié que les appartements de Demestriu se trouvaient au sommet de la forteresse.

À présent, aucun bruit ne lui parvenait plus, que ses propres halètements. Il chercha à localiser Emma à l'odeur, mais le sang qui avait coulé à flots en ces lieux l'empêchait de sentir quoi que ce soit d'autre.

Au dernier étage, il ralentit pour se glisser prudemment dans l'obscurité. Il y était presque. Il allait la sauver, l'emmener...

La vision qui s'offrit à lui le stupéfia. Demestriu, réduit en pièces – littéralement.

Ivo se précipitant vers le *soleil*, comme s'il venait de laisser tomber par la fenêtre un trésor sans prix.

— Non! Pas en plein jour! (Il se rejeta en arrière dans la pénombre.) Elle a glissé.

Le vampire se voûta un peu en se frottant la main, visiblement soulagé, puis cligna des yeux.

— Elle s'en est tirée. (Il se tourna vers ses deux séides.) Maintenant, allez me chercher la vidéo! Je veux savoir tout ce qu'il y a à savoir sur elle.

Lachlain était sidéré. Ce n'était pas possible, elle n'avait pas pu sauter dehors au soleil...

Il se rua à la fenêtre, mais ne découvrit à l'extérieur qu'une clairière déserte. Emma avait bel et bien disparu. Quant à savoir ce qui s'était passé au juste... Avait-elle rejoint Kinevane?

Derrière lui, quelqu'un dégaina une arme.

— Alors, on revient d'entre les morts? lança Ivo d'un ton aimable.

Lachlain se retourna juste à temps pour le voir jeter un coup d'œil à la porte de communication par laquelle ses deux sbires venaient de sortir. Ils allaient chercher une *vidéo*? Certes, il existait des caméras de surveillance capables de filmer en toute discrétion...

— Alors, on espionne son roi?

— Bien sûr. Pourquoi ne pas utiliser les merveilles du monde moderne?

— Mais te voilà bien isolé. (Lachlain montra les dents, ravi.) Il va falloir te battre seul. Sans une dizaine de complices. À moins que tu ne préfères t'enfuir en glissant?

Il avait beau mourir d'envie de rentrer chez lui, Ivo représentait un grave danger pour Emma. Elle avait réussi à tuer Demestriu sans aide, apparemment, mais à en juger par le regard dément d'Ivo, il n'était pas près de cesser d'envoyer ses mignons à la recherche de la belle.

Le vampire examina d'un air calculateur le bras blessé du Lycae.

— Non, je vais rester et me battre. Il paraît que tu la crois tienne ?

— Ça ne fait absolument aucun doute.

— Elle a éliminé celui qui risquait de me châtier, alors que nul n'en était jamais venu à bout, et elle me mènera à la couronne. (Ivo s'exprimait tout bas, d'une voix chantante, comme ébloui par une vision.) C'est à *moi* qu'elle appartient. Je la retrouverai. Peu importe ce qu'il m'en coûtera, je la retrouverai…

— Jamais de la vie.

Lachlain dégaina de la main gauche et fonça, visant la tête. Ivo para. Les lames tintèrent l'une contre l'autre.

Deuxième tentative. Troisième, quatrième… toutes vaines. Lachlain manquait d'entraînement, surtout de la main gauche. Lorsqu'il entendit revenir les deux sbires de son adversaire, un grognement de fureur lui échappa. Il bloqua une attaque dans le dos en donnant un grand coup de griffes qui abattit l'un des arrivants.

Les deux vampires restants l'encadrèrent. Sans lui laisser le temps de comprendre ce qui se passait, Ivo glissa à quelques centimètres de lui, frappa, puis disparut. Le coup dérapa sur l'épaule et le torse de Lachlain, qui roula à terre.

33

Lierre humide. Chênes. *Chez elle.* Elle ne savait pas comment, mais elle y était arrivée. Val-Hall.

Enfin, le parc de Val-Hall. N'empêche que sa peau fumait encore et qu'elle n'avait pas plus de force qu'un bébé, à cause de ses blessures. Avait-elle vraiment perdu autant de sang ? N'avait-elle réussi à glisser jusque-là que pour mourir à l'aube ?

Emma essaya de rouler sur le ventre pour se mettre à ramper. Impossible. L'effort lui troubla même la vue. Quand enfin sa vision s'éclaircit, un robuste inconnu, planté devant elle, la regardait de toute sa hauteur. Les sourcils froncés, il la souleva dans ses bras puis gagna la longue allée menant au manoir.

— Du calme, petite. Je sais qui tu es. Emmaline. Tes tantes étaient très inquiètes. (Une voix profonde. Un accent étranger. Européen. Chic.) Je me présente : Nikolaï Wroth.

Pourquoi ce nom rappelait-il quelque chose à Emma ? Les yeux plissés, elle considéra l'inconnu.

— Vous êtes un ami de la famille ?

Sa propre voix lui parut très faible.

— D'un membre de la famille, oui. (Il eut un rire bref, dénué de gaieté.) Je suis le mari de Myst.

— Myst est mariée ? (Voilà qui expliquait sa disparition… Mais non, impossible !) C'est marrant.

— Pas pour moi, j'en ai peur.

En arrivant au manoir, il se mit à crier :

— Annika ! Rappelle tes saletés de spectres et laisse-moi entrer !

Emma leva les yeux au ciel. Des lambeaux de tissu rouge tournoyaient autour de la demeure. On y distinguait parfois un visage émacié, squelettique, qui devenait d'une étrange beauté dès que l'on croisait son regard.

Les spectres n'acceptaient d'étendre leur protection sur Val-Hall que si chacune de ses occupantes leur remettait une mèche de ses cheveux. Ils s'en servaient pour confectionner une lourde tresse qui, parvenue à une certaine longueur, leur permettait de soumettre momentanément à leur volonté toutes les Valkyries concernées.

— Myst n'est pas encore rentrée, répliqua quelqu'un à l'intérieur, mais je suis sûre que tu le sais parfaitement. Si elle était là, vous seriez déjà en train de baiser comme des bêtes sur la pelouse.

— La nuit est jeune, on a le temps, riposta-t-il.

— Dis donc, monsieur le Vampire, tu n'as pas rendez-vous dans un centre de bronzage, ce soir ? reprit la voix.

Emma se raidit. Un vampire ? Il n'avait pourtant pas les yeux rouges.

— Vous m'avez suivie ? s'enquit-elle.

— Non, j'attendais Myst – elle est partie faire du shopping – quand je t'ai sentie glisser dans les bois.

Un vampire attendant le retour de Myst ? *Marié* à Myst ? Emma prit une brusque inspiration.

— Vous êtes le général, c'est ça ? Celui à qui il a fallu arracher Myst...

— C'est ce qu'on t'a raconté ? Je peux t'assurer que l'attirance était réciproque.

Puis il jeta un coup d'œil en arrière, dans l'espoir peut-être de faire revenir Myst par la seule force de sa volonté.

— Une femme a-t-elle vraiment *besoin* d'autant de lingerie… ? marmonna-t-il.

Des hurlements l'interrompirent. Annika arrivait en courant… et en jurant de le tuer à petit feu, très, très, très lentement.

À la grande surprise d'Emma, il demeura parfaitement détendu.

— Si tu continues à me menacer de me couper la tête, nous allons finir par nous disputer, Annika.

— Qu'est-ce que tu lui as fait, sale vampire ?

— Il semblerait que je l'aie blessée, couverte de sang et brûlée. Mais maintenant, curieusement, je te la ramène.

— Non, non, protesta Emma. Il m'a trouvée. Ne le tue pas.

Malgré ses paupières de plus en plus lourdes, elle vit Myst s'engager dans l'allée, où elle lâcha des sacs pleins de dentelle – et de cuir – en se précipitant vers eux, belle à couper le souffle. Les yeux rivés à la nouvelle venue, le vampire se tendit ; son cœur battit tel un tambour contre ses côtes.

Une brusque secousse, et Emma se retrouva dans les bras de sa mère adoptive.

— J'ai pris feu, expliqua-t-elle à Annika, mais j'ai tué Demestriu.

— Oui, oui, bien sûr. Chut, ma chérie, tu es malade.

Myst, qui les rejoignit à cet instant, posa un baiser sur le front de sa nièce.

— Il m'a trouvée, tu sais, lui dit Emma. Il ne faut pas le tuer.

— Je vais essayer de me retenir, ma puce, répondit sa tante d'un ton pincé.

Comme les autres Valkyries approchaient, la maisonnée tout entière ne tarda pas à se presser autour d'Emma. Lorsque Annika lui caressa le visage, elle sombra dans l'obscurité.

Lachlain se remit sur ses pieds puis s'effondra à demi contre le mur, sans lâcher son arme.

— Je n'aurais peut-être pas dû insister pour te faire torturer, déclara Ivo, mais je dois bien admettre que mes nuits ont été illuminées par la pensée que la chair te cuisait sur les os !

Il harcelait l'adversaire dans l'espoir de réveiller la bête en lui et de le priver d'intelligence.

— Je ne peux évidemment te laisser repartir sain et sauf. Un Lycae à la recherche de l'âme sœur… Tss, tss… Quelle ennuyeuse obstination. Tu continuerais à la poursuivre de tes assiduités alors qu'elle t'aurait oublié depuis longtemps. Parce qu'elle t'oubliera. Je l'obligerai à vider des proies de leur sang jusqu'à ce que tu ne sois plus qu'un lointain souvenir.

Oui, il cherchait à rendre Lachlain fou de rage. Les vampires essayaient toujours d'en appeler à la bête.

— Maintenant que je sais transformer les démons, j'emploierai la même méthode sur elle. Une vraie tueuse. Elle est faite pour ça.

Réveiller la bête… Pourquoi ne pas lui donner ce qu'il voulait ?

Ivo souriait, tellement sûr de lui.

— La prochaine fois qu'elle mordra quelqu'un, ce sera moi.

Lachlain lança son épée à la manière d'une dague, qui transperça le cou du sbire, puis se jeta sur Ivo avec un rugissement de fauve. Le vampire réagit exactement comme il s'y attendait, en levant son arme afin de lui porter le coup de grâce… mais il la frappa du poing pour la rabaisser. Elle s'enfonça dans sa cuisse, où il la laissa avec plaisir, car il libérait simultanément la bête. Craquements, grincements, bruits de déchirure… Lachlain vit s'achever dans un brouillard la longue existence sadique d'Ivo, dont les yeux rouges horrifiés se ternirent rapidement.

Le Lycae lâcha le cadavre avec un grognement de satisfaction, dégagea l'épée d'Ivo plantée dans sa cuisse, puis la sienne, fichée dans le cou du dernier de ses trois adversaires.

— Vidéo !

La main pressée contre sa plaie, le subordonné du défunt se précipita vers le petit ordinateur installé dans la pièce voisine. Lorsqu'il tendit un DVD à Lachlain, celui-ci l'en remercia par une mort rapide. Pendant ce temps, d'autres vampires s'étaient agglutinés à la porte, mais Lothaire, un vieil ennemi, posté au premier rang, leur bloquait le chemin. Depuis combien de temps était-il là, à les empêcher d'entrer ?

Le temps de permettre à l'intrus de massacrer Ivo, probablement.

— Tu es au courant, pour elle ? demanda Lachlain.

Petit hochement de tête.

Il plissa les yeux. Lothaire ne monterait jamais sur le trône, car il n'était pas de sang royal. À sa connaissance, seul Kristoff pouvait maintenant prétendre à la couronne… à moins que quelqu'un d'autre ne se lance à la recherche d'Emma.

Il montra les dents.

— Si tu les imites, tu connaîtras le même sort qu'eux. Je serai sans pitié avec quiconque s'en prendra à elle.

Pour toute réponse, Lothaire écarta légèrement les lèvres afin de dévoiler ses crocs.

Non, il ne s'intéressait pas à Emma. La Horde allait donc accepter l'autorité du rebelle ou plonger dans le chaos.

Lachlain mourait d'envie de tuer tous ces vampires, jusqu'au dernier, mais encore plus de rejoindre son âme sœur.

Il se jeta dehors au soleil. Jamais il n'avait été plus heureux de voir un ciel sans nuage.

Emma connaissait le prix à payer.

Elle avait rêvé que des vivants lui déversaient leur sang dans la gorge, qu'elle vomissait aussitôt. À son réveil vinrent d'abord les verres pleins à ras bord, puis les poignets blessés qu'on pressa contre ses lèvres, mais elle se refusa à boire directement à quiconque, de crainte de se trouver chargée de souvenirs supplémentaires.

L'inquiétude enflait dans la voix d'Annika, que Myst s'efforçait de calmer.

— On trouvera bien une solution. Va voir le Lycae, à la cave. Peut-être en sait-il plus que nous.

Quelques minutes plus tard, Annika s'engouffra de nouveau dans la chambre de la blessée, qui parvint à entrouvrir les yeux. Derrière sa mère adoptive s'avançait un homme chancelant, les mains menottées dans le dos, lui-même suivi de Lucia et Regina, l'air grave, l'épée au clair.

L'inconnu était grand, les joues foncées par une barbe naissante, les yeux ambrés, entourés de fines rides de rire. Il ressemblait tellement à Lachlain qu'Emma en eut mal. Garreth.

Allait-il la détester, parce qu'elle était la compagne de son frère ?

— Est-ce vraiment d'elle que Lachlain devrait se venger ? demanda Annika en montrant sa pupille. Les vampires nous ont fait du mal à tous, mais ce chien s'en prend à notre protégée, qui est l'innocence et la gentillesse personnifiées ! (Elle lui découvrit la jambe.) Regarde ! Les plaies ne se referment pas ! Que lui a-t-il fait ? Tu vas parler ou...

— Seigneur, murmura-t-il. C'est... Non, ce n'est pas possible. (Il s'approcha du lit, mais Regina tira brutalement sur ses fers.) Laisse-moi avancer, gronda-t-il par-dessus son épaule. Sinon, pas question que je vous aide. (Sa voix se fit menaçante.) Soignez-la.

— On a tout essayé !

— Pourquoi refuse-t-elle de boire ?... Mais oui, je vous entends chuchoter dans sa chambre. Je sais de qui il s'agit, je connais sa nature. Ce que je me demande, c'est comment elle peut bien être la compagne de mon frère.

— Emma ne sera jamais la compagne d'un Lycae!

— Il l'a pourtant faite sienne, je peux vous l'assurer.

Emma ouvrit les yeux afin d'expliquer...

Annika frappa le prisonnier, l'envoyant rouler à terre.

— Elle porte sa marque, cracha-t-il. Il viendra la chercher. Ce qui m'étonne, c'est qu'il ne soit pas déjà là.

La Valkyrie leva de nouveau la main sur lui, mais Emma ne voulait pas qu'elle fasse de mal à Garreth.

— Annika, non...

— Obligez-la à boire, lança-t-il.

— Tu crois vraiment qu'on n'y a pas pensé? Elle vomit tout ce qu'on lui donne.

— Essayez avec un autre sang. Prenez le mien.

— Pourquoi? Qu'est-ce que ça peut bien te faire?

— C'est ma reine. Je suis prêt à mourir pour elle.

Sa voix était si forte, si semblable à celle de Lachlain.

— Jamais. Jamais elle ne sera ta reine, siffla Annika, tremblante d'émotion.

— Laissez-la boire à mes veines, nom de Dieu!

— Elle ne *peut* pas!

La chef de maisonnée semblait sur le point de fondre en larmes... ce qui ne lui était arrivé qu'une fois dans toute sa vie. Emma aurait bien voulu boire, elle n'avait aucune envie de mourir, mais ses crocs avaient apparemment rétréci au point de devenir inutilisables. Peut-être Demestriu l'avait-il empoisonnée avec ses griffes, car elle était dans un tel état de faiblesse qu'elle avait du mal à garder les yeux ouverts.

— Laissez-moi parler au vampire dont j'ai senti la présence dans cette maison, exigea Garreth.

— Il ne sait pas...

— Laissez-moi lui parler! rugit-il.

Annika ordonna à Lucia d'aller chercher Myst et Wroth. Quelques secondes plus tard, l'accent reconnaissable du second parvint aux oreilles d'Emma, dont les paupières se soulevèrent en papillotant. Elle vit comme au ralenti Garreth échapper à Regina pour se jeter sur l'arrivant. Ils s'empoignèrent mutuellement à la gorge.

— Soigne-la, vampire, cracha Garreth.

— Ne t'avise pas de me refaire un coup pareil, Lycae, répondit Wroth tout bas, avec un calme étrange.

Pas de menace. Juste ces quelques mots. Il était visiblement persuadé que la simple idée de son exaspération allait terrifier son interlocuteur.

Garreth le lâcha. Wroth l'imita.

— Soigne-la.

— Je ne connais pas les antiques traditions aussi bien que certains de mes pairs, mais si vous acceptez d'en payer le prix, je veux bien aller trouver Kristoff et lui demander de me faire cette faveur.

— Je le paierai... (Annika s'interrompit.) Seulement, Kristoff sera au courant de son existence, désormais.

— Mais enfin, le vampire a bien dû l'en informer? ironisa Garreth.

— Nikolaï défend nos intérêts, intervint Myst, sans convaincre ni sa sœur ni le captif, cela se voyait.

Celui-ci se tourna vers Annika.

— Si nos deux clans étaient alliés, la Horde ne nous battrait pas à plate couture comme à la dernière Accession. Unissons nos forces, nous empêcherons les vampires de s'en prendre à elle.

— Je vous conseille d'attendre mon départ pour comploter contre les miens, avertit Wroth d'un ton glacé.

Toujours pas de menace.

— Kristoff est de mon sang, et j'ai tué Demestriu, murmura Emma.

Myst vint se poster à son chevet pour lui caresser les cheveux.

— Je sais, ma puce. Tu nous l'as déjà dit.

— Quel est ton prix ? demanda Garreth à Wroth.

— Je veux que mon union avec Myst soit universellement reconnue.

Silence.

Un éclair déchira le ciel au-dessus du manoir, tandis qu'Annika baissait la tête.

Myst la considéra, bouche bée. Le vampire glissa juste devant sa fiancée, la prit très doucement par la nuque et la regarda dans les yeux. Elle lui rendit son regard, le souffle coupé, émerveillée.

Ils disparurent.

Lachlain tripotait le lecteur DVD.

Son intendant avait chargé le disque dans la machine avant de lui expliquer comment le regarder, mais ses mains tremblaient trop.

Il n'arrivait pas à imaginer ce qu'Emma avait enduré. Aucun Lycae, même le plus puissant, n'était jamais revenu du repaire de Demestriu... alors qu'elle l'avait vaincu.

Lachlain avait *besoin* de voir la scène, mais il redoutait ce qu'il allait apprendre. Il avait *besoin* de connaître les raisons pour lesquelles Emma n'était pas rentrée chez eux. À Kinevane. Lorsque enfin il avait rejoint Hermann, il lui avait fait appeler le château.

Elle ne s'y trouvait pas. Elle avait glissé... jusque chez *elle*.

Le lecteur se mit enfin en route. Au début de la vidéo, Emma était seule dans le bureau... juste avant que Demestriu n'y apparaisse.

Lachlain assista à leur conversation, le cœur plus serré à chaque réplique du vampire, alors qu'Emma se conduisait comme si de rien n'était. Mais, malgré sa désinvolture de façade, elle était vulnérable.

Quant à Demestriu, il était toujours aussi monstrueux que dans les souvenirs de son ancien prisonnier. Pourtant, au moment où Emma déclarait que sa mère ne lui avait jamais parlé de lui, on aurait juré qu'il se sentait blessé – une infime fraction de seconde.

— *C'est la bague de Lachlain,* dit-elle soudain.

Comment peut-elle bien savoir une chose pareille ?

Le maître des lieux fronça les sourcils puis baissa les yeux vers sa main. Il s'écoula un moment avant qu'il réponde :

— Peut-être, oui.

Lachlain s'était longtemps représenté le roi de la Horde perdu dans la contemplation quasi continuelle de la chevalière, heureux de s'en être emparé, ravi de posséder un souvenir qui lui rappelait en permanence le calvaire de son prisonnier.

Alors que Demestriu la remarquait à peine.

Puis vint la révélation la plus horrible.

Emma avait rêvé les souvenirs de son amant. Le feu. Voilà ce qu'elle avait enduré la nuit où elle s'était réveillée torturée par la souffrance. Avec le recul, il comprenait qu'elle avait *ressenti* ses tourments à lui.

Il ferma un instant les yeux, horrifié. Il aurait préféré mourir que lui imposer ce calvaire.

Pendant le combat, ses muscles se contractèrent sous l'effet du stress, alors qu'il savait pertinemment qui allait en sortir vainqueur. Ce qu'il ignorait jusqu'ici, c'était que son âme sœur avait été grièvement blessée. Son inquiétude s'intensifia au point de le ronger, obsédante.

Au moment où Emma plongea le pied dans la mare de sang, elle eut un mouvement de recul, comme devant les flots glacés de l'océan. Elle avait beau brandir son épée, les larmes ruisselaient sur ses joues et ses mains tremblaient. Lachlain regrettait amèrement de ne pas lui avoir évité cette peur, cette souffrance.

Puis il vit les yeux de Demestriu changer pendant qu'il se vidait de son sang. Il semblait... *soulagé* de mourir.

Les traits tirés par l'angoisse, mais toujours aussi belle, elle s'agenouilla près de lui. Elle aurait tellement voulu ne pas avoir à le tuer. À un moment, pourtant – un moment dont Lachlain eut parfaitement conscience – elle comprit qu'il *fallait* le faire. Et elle le fit, alors que sa nature s'y opposait. Seule, toute seule, la courageuse petite Emmaline tua son propre père puis, quelques secondes plus tard, toisa Ivo... mais, heureusement, le laissa au Lycae qui n'allait pas tarder à arriver.

Enfin, elle se jeta sous le soleil...

Lachlain était franchement impressionné par sa bravoure, mais il savait qu'elle allait la payer très cher.

34

— Je suis venu voir Emma ! rugit Lachlain.

Le manoir des Valkyries qui étendait son ombre sur lui ressemblait fort à la porte des enfers, car la foudre se déchaînait tout autour malgré un brouillard compact. Elle s'abattait parfois dans le parc, sur les chênes à demi carbonisés de la cour, ou même sur les innombrables baguettes de cuivre plantées le long du toit. Annika sortit sur le porche, si furieuse qu'elle évoquait une créature de l'au-delà : ses yeux passaient sans cesse du vert à l'argenté, et des spectres caquetants lui voletaient dans les cheveux.

Lachlain se demanda sérieusement si le bayou, écrin de toute cette démence, n'était pas en fin de compte pire qu'Helvita. Nïx le salua gaiement depuis une fenêtre.

Il faisait de son mieux pour ne pas montrer à quel état de faiblesse il en était réduit. Ses forces s'amenuisaient, malgré le soin avec lequel Bowen avait pansé ses plaies. Il avait interdit à tous les membres du clan, y compris son ami d'enfance, de l'accompagner à Val-Hall, car il craignait que sa visite ne déclenche une guerre, mais il avait conscience de leur présence dans les marais alentour.

— Je l'emmène dès cette nuit.

Annika pencha la tête de côté comme pour mieux le voir. Emma aussi avait cette habitude-là. Elle la tenait de cette harpie.

— Jamais je ne donnerai ma fille à un chien.

Personne d'autre que lui n'avait une belle-famille pareille…

— Alors échange-moi contre mon frère.

— Nom de Dieu, Lachlain, pas question ! cria Garreth en gaélique, quelque part dans les entrailles du manoir. Je viens juste de réussir à *entrer*.

— Ou bien, fais-nous tous les deux prisonniers. Mais laisse-moi parler à Emma.

— L'Accession approche, et tu veux que nous gardions captifs à la fois le roi des Lycae et son héritier ?

Regina s'empressa de rejoindre sa sœur pour lui adresser quelques mots dans un anglais bizarre, incompréhensible au visiteur, à part quelques bribes : il apprit que c'était « couru d'avance » et qu'« on ferait mieux d'aller jusqu'au bout, bordel ».

— Elle a pris sa décision en revenant ici, rétorqua Annika à Lachlain d'une voix puissante. C'est nous qu'elle a choisies, Lycae, pas toi.

Ce choix le blessait terriblement. Emma avait non seulement décidé de le quitter, mais aussi de ne pas le rejoindre ensuite. Toutefois, quels droits avait-il sur elle, après ce qu'il lui avait fait endurer ? Il n'en dissimula pas moins sa souffrance.

— Bon, vous me laissez entrer, ou c'est la guerre.

Annika parcourut le marais des yeux, sans doute consciente de la présence des innombrables Lycae, puis elle pencha de nouveau la tête de côté en levant la main vers les spectres. La voie était libre.

Lachlain pénétra en boitillant dans le manoir obscur. Des dizaines de Valkyries étaient accroupies sur les chaises ou perchées sur la rampe de l'escalier de l'étage, l'arme à la main. Il émanait de ces petites elfes une méchanceté si absolue qu'il en fut stupéfait et qu'il s'émerveilla, pour la centième fois au moins, du miracle qui avait fait d'Emma une créature aussi douce, malgré sa famille.

Toutefois, elles ne cherchèrent pas à s'en prendre à lui. Soit elles avaient compris qu'il ne leur ferait pas de mal, soit elles espéraient qu'il ouvrirait les hostilités, ce qui leur donnerait le droit de le massacrer. Il penchait plutôt pour la seconde hypothèse.

Il n'avait pas franchi le seuil de la demeure depuis deux minutes qu'il se retrouva en cage dans la cave humide, avec son frère. La grille se referma derrière lui en claquant sans qu'il ait esquissé la moindre résistance.

Garreth le regarda comme si on venait de lui amener un fantôme.

— Mes yeux me trahiraient-ils ?

La joie qu'éprouvait Lachlain à revoir son cadet était ternie par l'inquiétude.

— Non, c'est bien moi.

Garreth se précipita vers lui, un grand sourire aux lèvres, pour lui donner dans le dos quelques claques vigoureuses.

— Alors, grand frère, dans quelle sombre histoire nous as-tu entraînés ?

— Je suis content de te retrouver, moi aussi.

— Je t'ai cru… Quand elles se sont mises à raconter que tu avais enlevé Emma, je me suis dit qu'elles étaient cinglées. Mais après, je l'ai vue. J'ai vu que tu l'avais marquée. (Garreth fronça les sourcils.) Un peu rudement, non ? (Il secoua la tête.) Enfin bon, de toute manière, je suis ravi que tu sois là. J'ai un tas de questions à te poser, mais elles peuvent attendre. Tu veux de ses nouvelles ?

Comme son aîné hochait la tête, il poursuivit :

— Elle a été blessée. De grandes entailles à la hanche et à la jambe. Et elle n'a pas réussi à boire, alors qu'elle était… à l'agonie. À l'article de la mort, les deux ou trois premières heures.

Lachlain tressaillit. Ses griffes lui déchirèrent les paumes.

— Qu'est-ce qui l'a sauvée ?

— Une intraveineuse. Elles lui ont donné du sang par l'intermédiaire d'un tube qui le lui envoyait droit dans les veines. Il semblerait que son état se soit stabilisé, mais les plaies ne se referment pas. Je me demande si son adversaire, quel qu'il soit, n'avait pas les griffes empoisonnées. Peut-être une goule… je ne sais pas.

— Moi, je sais. (Lachlain se passa la main dans les cheveux.) C'est Demestriu qui l'a blessée. J'ai tout vu.

— Je ne comprends pas… (Garreth s'interrompit, puis se précipita vers les barreaux.) Lucia !

Son frère suivit son regard. Une Valkyrie descendait l'escalier. La tête basse, le visage dissimulé par un voile de cheveux. À l'instant où ils virent ses yeux, rougis par les larmes, la mine de Garreth s'allongea.

— Elle ne va pas mieux ? demanda-t-il.

Elle secoua la tête.

Lachlain se cramponna aux barreaux.

— Elle guérit quand elle boit à mes veines.

L'affirmation surprit fort son cadet.

— Tu veux dire que tu la laisses… ? (Il s'interrompit et se tourna vers Lucia.) Alors il n'y a qu'à emmener Lachlain dans sa chambre.

— Annika nous l'a interdit. Elle ne veut pas qu'il l'approche. Emma a des hallucinations, elle raconte n'importe quoi, on dirait qu'elle est devenue folle. Par sa faute à lui, d'après Annika…

Laquelle avait raison, songea Lachlain, atterré. Garreth reprit la parole :

— Qu'est-ce qu'elle voit ?

— Elle prétend que Demestriu était son père, qu'il l'a entraînée dans le feu et qu'elle l'a tué.

— Mais c'est *vrai* !

Deux têtes se tournèrent vers Lachlain d'un mouvement brusque.

— C'est vrai, je vous dis. Elle l'a tué.

Lucia fit la moue.

— Emma la Douce ? Tuer le vampire le plus puissant, le plus meurtrier qui ait jamais existé ?

— Exactement. Le problème, c'est qu'il l'a blessée.

— Tu veux dire que Demestriu est mort ? s'enquit Garreth, incrédule. Vraiment mort ? Abattu par cette petite créature, aussi fragile qu'une coquille d'œuf ?

— Quand elle trouve un papillon de nuit dans la maison, elle essaie de l'aider à sortir, renchérit Lucia. Et si par malheur elle lui enlève les écailles des ailes sans le faire exprès, elle ne s'en remet pas de la nuit. Je n'arrive tout simplement pas à imaginer qu'elle ait tué ce monstre, dans son repaire en plus, alors que Cara et Kaderin en ont été incapables sur le champ de bataille. Et je ne parle pas de Furie, la plus forte d'entre nous... S'il avait été possible à une Valkyrie de venir à bout de Demestriu, c'est elle qui aurait réussi, ça ne fait pas l'ombre d'un doute.

— Personne ici ne connaît Emma comme je la connais. Plus maintenant...

— Alors qu'est-ce que ça signifie, quand elle dit que Furie est vivante mais qu'elle ne devrait pas ?

— La Horde l'a capturée. Demestriu ne pensait pas qu'elle survivrait aussi longtemps.

Lucia vacilla quasi imperceptiblement.

— Et quand elle dit que Kristoff est de son sang ? demanda-t-elle d'une toute petite voix.

— Ils sont cousins germains.

Ses lèvres s'entrouvrirent sous l'effet de la surprise.

— Furie, vivante... murmura-t-elle.

— Si tu ne me crois pas, il existe une vidéo du combat. Je l'ai confiée à Bowen, un frère de clan.

Garreth cessa de considérer son aîné avec des yeux ronds pour pivoter vers Lucia.

— Va chercher cette vidéo. Montre-la à Annika.

— Tu veux que j'aille voir ceux de ton clan ? s'étonna-t-elle.

— Dis-leur que c'est moi qui t'envoie. Ils ne te feront aucun mal, je te le promets.

Elle releva le menton.

— Je sais pertinemment qu'ils n'*arriveront* à me faire aucun mal. Mais si tu veux que je rende visite aux tiens, moi, avec mon arc... ils ne t'en remercieront pas, crois-moi.

Malgré les sentiments que lui inspirait visiblement la visiteuse, Garreth répondit cette fois d'un ton cinglant :

— J'irais volontiers moi-même, mais ce n'est pas possible pour l'instant, étant donné que j'ai été jeté dans cette cage après m'être porté à ton secours.

Elle rougit – peut-être se sentait-elle coupable, elle aussi – avant de lâcher :

— D'accord, je vais aller chercher cette vidéo. Je la regarderai, et si vraiment c'est ce que ton frère en dit, je la transmettrai à Annika.

Lachlain se raidit contre les barreaux.

— On perd du temps, protesta-t-il. Tu ne peux donc pas me tirer du sang pour le lui apporter ?

— Annika nous l'a interdit. Je... je suis désolée.

Après le départ de Lucia, Garreth resta tourné vers l'escalier.

— Elle va se dépêcher, ne t'en fais pas.

— Depuis quand sais-tu qu'elle est tienne ? s'enquit Lachlain.

— Un mois.

— Je me demandais pourquoi tu tenais tellement à rester à La Nouvelle-Orléans.

Il passa la cage en revue, à la recherche d'un point faible. L'évasion qui lui avait permis de rejoindre Emma s'était révélée incomparablement plus difficile... Ce n'étaient pas des barreaux qui allaient l'arrêter.

— Tu le lui as dit ?

— Lucia est quelqu'un de compliqué, soupira Garreth. Et j'ai bien peur qu'elle ne soit du genre à fuir les difficultés. Quand on lui dit quelque chose qu'elle n'a pas envie d'entendre, elle disparaît, purement et simplement. De toute manière, elle ne m'aime pas. C'est à cause d'elle que je suis là, tu sais. Elle souffre mille morts chaque fois qu'elle rate sa cible avec son arc… Annika m'a tendu un piège. Avec Lucia comme appât, qui poussait des hurlements de douleur parce que sa flèche avait manqué son but. J'ai accouru, évidemment. J'aurais pourtant dû me douter que ça ne lui arriverait pas deux fois de suite. C'est un archer extraordinaire, tu ne peux pas savoir…

— Je m'en doute, répliqua Lachlain d'un ton sec, en remontant sa manche pour dévoiler la blessure de son épaule, pas encore guérie.

Garreth en fut visiblement décontenancé: son âme sœur avait tiré sur son frère…

— Je ne lui en veux pas, précisa celui-ci.

Ses muscles se contractèrent tandis qu'il cherchait à écarter deux barreaux… qui, à sa grande exaspération, ne bougèrent pas d'un pouce. Comment avait-il pu s'affaiblir à ce point ? Il était couvert de plaies, d'accord, mais aucune cage ne lui avait jamais résisté. À moins que…

— Elles l'ont fait renforcer ?

— Oui. Les sorciers sont leurs alliés. D'après Annika, il n'est pas possible de tordre ces barreaux *physiquement*.

Lachlain se mit à faire les cent pas en examinant la cage, à la recherche d'une alternative, prêt à tout pour rejoindre Emma. Il s'approcha du seul mur, en ciment, qu'il martela du poing. Trop épais. Impossible à traverser.

— Je n'arrive pas à croire qu'elle t'a tiré dessus, reprit Garreth. Dès qu'on sera sortis d'ici, je…

— Pas la peine, ça m'est égal. D'autant que tu n'as pas l'air choqué que mon âme sœur soit une vampire.

— Du moment que tu es heureux avec elle… Et tu es heureux, ça se voit.

— Oui, mais il faut absolument que je la rejoigne.

Lachlain gratta le sol. En ciment aussi.

— On n'est pas enchaînés, c'est toujours ça, déclara Garreth. On n'a qu'à attaquer dès qu'elles ouvrent la grille.

Son frère s'enfonça les doigts dans les cheveux.

— Je préférerais être enchaîné. Je m'arracherais les mains plutôt que de laisser Emma souffrir de cette manière. (La stupeur de Garreth lui fit réaliser qu'il s'était exprimé sans la moindre retenue.) Ce n'est pas aussi pénible que de rester là sans rien faire, tu peux me croire sur parole…

Emma gémit, quelque part dans le manoir. Une plainte qui parvint à Lachlain aussi nettement qu'un hurlement. Un grognement de douleur lui échappa en réponse, tandis qu'il se jetait contre les barreaux.

Enchantés, soit. Le mur et le sol, en ciment compact…

Lentement, il leva la tête vers le plafond.

— Je n'ai qu'à passer au travers.

— Ce n'est peut-être pas une bonne idée. Cette maison est une véritable antiquité, dans un état pitoyable que tu n'imagines pas.

— Je m'en fiche.

— Mais ça t'intéressera sans doute de savoir qu'elle a été bâtie par emboîtement. Les trois niveaux. Il suffit qu'une des pièces du puzzle tombe pour créer un effet domino. La guerre, les tornades et la foudre qui s'abat dessus en permanence l'ont beaucoup abîmée. Je ne crois pas qu'elle soit de taille à rester debout, si un Lycae défonce le plafond de la cave.

— Tu n'as qu'à le soutenir en mon absence.

— Soutenir le plafond ? Si je flanche, nos deux âmes sœurs seront en danger. Tout le manoir risque de s'effondrer.

Lachlain assena une bonne claque sur l'épaule de son frère.

— Alors fais attention à ne pas flancher.

Il n'avait plus le temps de se montrer subtil. Ce fut la bête qui s'occupa du plafond, dont elle lacéra le bois à coups de griffes, avant de se hisser au rez-de-chaussée.

À genoux par terre, il se secoua, s'efforçant de reprendre le contrôle de lui-même.

— Ça va, tu tiendras ? demanda-t-il avec un coup d'œil en arrière.

— Essaie juste de faire vite, répondit Garreth. Ah oui, tant que j'y pense… (Il peinait déjà.) Ne va pas tuer Wroth, si jamais tu tombes dessus. C'est un grand vampire très brun… mais c'est aussi lui qui a conseillé d'injecter du sang à Emma, directement dans les veines. Un Abstinent, un fidèle de Kristoff. Elle lui doit la vie.

— Pourquoi s'intéresse-t-il à elle ? cracha Lachlain.

Son frère secoua la tête.

— À mon avis, il ne s'y intéresse absolument pas. S'il est intervenu, c'est pour faire reconnaître son union avec Myst. Bon, allez, vas-y !

Lachlain bondit sur ses pieds. Suivre l'odeur d'Emma à travers le manoir ne lui posa aucun problème : il gagna sans hésiter l'étage, où une petite rouquine, flanquée d'un type imposant, quittait la chambre qu'il comptait visiter. Un vampire. La première impulsion de Lachlain le poussa à attaquer, mais il se maîtrisa. Sans doute s'agissait-il du fameux Wroth, qui avait aidé Emma, et de Myst, car le grand brun consolait la Valkyrie, dont il essuyait tendrement les larmes. Un *vampire*, consoler quelqu'un ? Soudain, il releva la tête ; Lachlain se colla au mur. Wroth parcourut le palier du regard, les yeux plissés, puis attira Myst à lui avant de glisser avec elle.

À peine avaient-ils disparu que Lachlain se précipita dans la chambre d'Emma. Le lit était désert. Évidemment. Elle devait être dessous. Il se laissa tomber à genoux et souleva les couvertures. Rien. Heureusement, un coup d'œil circulaire lui révéla que Nïx se trouvait dans la pièce voisine, un petit salon. Occupée à bercer Emma.

— Nïx, appela-t-il en se relevant. Confie-la-moi, je la soignerai.

— Peut-être, mais ton sang se paye. (L'aînée des Valkyries caressa les cheveux de sa nièce.) Elle est trop jeune pour avoir connu les guerres dont elle rêve, et la voilà qui endure des tourments dont elle serait morte plus de cent fois.

Il secoua la tête, incrédule. Nïx soupira :

— Elle rêve de feu. De feu, de feu et encore de feu.

Emma semblait tellement frêle. Sa peau et ses lèvres étaient pâles comme neige. Ses pommettes saillantes.

Nïx se pencha pour frotter le nez contre celui de la blessée.

— Emma de la Triade. Qui ne le sait pas encore. Emma de la Triade qui a coupé le monstre en trois. Que tiens-tu donc dans ta petite main ? Oh, ma chérie, c'est à lui de t'offrir une bague…

La vieille Valkyrie parvint à récupérer la chevalière, qu'elle lança à Lachlain. Il la passa à son doigt sans y prêter attention. Pourquoi ne lui confiait-elle pas Emma, nom de Dieu ?

— Tu lui as fait don de l'instinct. Il brille en elle comme une étoile. Elle voit très bien où tu l'as marquée de ton sceau.

Non, ce n'est pas possible… Nïx tapota le front livide.

— Jamais elle ne le perdra. Elle est nous tous réunis. Emma de la Triade.

— Bon, que faut-il que je fasse pour te persuader de me laisser m'occuper d'elle ?

— Qu'es-tu prêt à faire pour elle ?

La question était si absurde qu'il fronça les sourcils, déconcerté.

— N'importe quoi.

Nïx l'examina un long moment avant de hocher la tête.

— Le travail t'attend. Donne-lui de nouveaux souvenirs, qui combattront les anciens.

Il tendit les bras en s'approchant, et elle lui remit Emma. Quand il serra sa promise contre son cœur, elle ne se réveilla malheureusement pas. Il releva les yeux. Nïx avait disparu.

Lachlain s'empressa d'aller poser son précieux fardeau sur le lit, se coupa le bras de ses griffes abîmées et le pressa contre les lèvres exsangues.

Rien.

Il s'assit au bord du matelas et secoua sa compagne.

— Emma, bordel, réveille-toi !

Aucune réaction. Sinon que la bouche livide s'entrouvrit, découvrant de minuscules crocs ternis.

Il s'entailla le pouce et le glissa entre ses dents en lui tenant la tête de l'autre main. Un long moment passa, puis elle se figea complètement, comme si son cœur avait cessé de battre.

Aspira, à peine. Posa les mains sur la poitrine de Lachlain pour se cramponner à lui. Lorsqu'il retira le doigt, elle s'attaqua aussitôt à son bras. Il rejeta la tête en arrière, les yeux clos, soulagé.

Pendant qu'elle buvait, il releva sa chemise de nuit et écarta ses pansements pour voir sa jambe et sa hanche. Les plaies se refermaient déjà…

Une fois rassasiée, elle battit des paupières, puis passa les bras autour du cou de Lachlain, qu'elle serra faiblement contre elle.

— Pourquoi es-tu partie de Kinevane, Emma ? À cause de ce que j'avais dit de Demestriu ?

— Il fallait que j'y aille, murmura-t-elle d'une voix frêle. C'est… *c'était* mon père.

— Je sais, mais ce n'est pas une raison.

Elle s'écarta légèrement de lui.

— Juste avant mon voyage à Paris, Nïx m'avait dit que je n'allais pas tarder à faire ce pour quoi j'étais née. Quand le vampire m'a tendu la main, à Kinevane, j'ai compris de quoi il s'agissait. (Elle frissonna.) C'est dur à croire, hein, mais j'ai tué Demestriu.

— Je sais, j'ai vu la vidéo du combat. Lucia est partie la demander à Bowen. Elle doit être là-bas en ce moment.

— Mais… comment te l'es-tu procurée ?

— Ivo espionnait Demestriu. Par l'intermédiaire d'une caméra de surveillance. J'ai récupéré la scène telle qu'elle avait été filmée. (La perplexité d'Emma l'incita à tout révéler.) J'étais déjà au château, quand tu t'es battue avec Demestriu.

— Et Ivo, tu l'as tué ? demanda-t-elle, pleine d'espoir.

— Oh oui, avec plaisir.

— Tu m'en veux ? Tu ne pourras pas te venger de Demestriu…

— Je t'en veux d'y être allée seule. C'était ton destin, d'accord, mais ne me quitte plus de cette manière, s'il te plaît.

Il glissa la main sous son crâne pour la serrer contre lui. Le corps mince était devenu tellement chaud, tellement doux…

— Comment as-tu fait pour trouver Helvita ?

— Je t'ai suivie. Je te suivrais n'importe où, Emma.

— Mais ce n'est pas possible, tu ne peux pas vouloir de moi… maintenant que tu sais qui je suis…

Il l'obligea avec douceur à relever la tête vers lui.

— Je sais très bien qui tu es. J'ai tout vu. Il ne reste plus le moindre secret entre nous. Et j'ai besoin de toi.

— Je ne comprends pas. Je suis sa fille.

— Votre discussion a apaisé ma colère. En partie. Je l'imaginais se réjouir chaque jour du mal qu'il m'avait fait, du meurtre de mon père et du vol de sa bague. Mais il était fou, il ne se rappelait presque plus ce genre de choses. Et la tendresse qu'il t'a témoignée, à la fin… ça m'a touché.

— Mais pense à tout ce qu'il t'a pris…

— Et toi, à tout ce qu'il m'a donné.

Elle lui jeta le regard timide qu'il connaissait si bien.

— M… moi?

— Oui. Je ne suis pas devenu fou, malgré mes décennies d'enfer, mais je n'en suis pas passé loin quand j'ai cru t'avoir perdue.

— Je l'ai vu, chuchota-t-elle. Ton enfer. Je sais ce qui t'est arrivé.

Il laissa tomber la tête en avant, front contre front.

— Je donnerais n'importe quoi pour qu'il n'en soit pas ainsi. J'étouffe à la pensée de t'avoir infligé la malédiction de ces souvenirs-là.

— Tu ne devrais pas. Je suis contente de les avoir, maintenant.

— Comment peux-tu dire une chose pareille?

La lèvre inférieure d'Emma frémit.

— Jamais je ne voudrais te laisser affronter ça tout seul.

Il l'attrapa par les épaules.

— Seigneur, si tu savais combien je t'aime!

— Moi aussi, je t'aime, chuchota-t-elle. Je voulais te le dire…

— Alors pourquoi n'es-tu pas rentrée à Kinevane? Chez nous?

— Parce que, en Russie, il faisait jour.

Lachlain comprit enfin.

— Et donc, il faisait jour en Écosse?

— Voilà. C'était seulement la deuxième fois de ma vie que je glissais– la première, c'était juste avant de partir avec le vampire –, et je n'étais pas sûre du tout d'arriver pile poil dans les pièces où tu as fait installer des volets. Tandis qu'ici, je savais qu'il était un peu plus de minuit.

— Je croyais que tu préférais tes tantes à moi.

— Non, j'essayais juste d'être intelligente, lucide, logique. Et à part ça, j'ai décidé que personne n'allait m'obliger à préférer X à Y. (Elle agita un doigt menaçant.) Pas même toi, mon amour. Ça suffit, compris?

Les lèvres de Lachlain frémirent d'amusement.

— Tu ne vas pas me lâcher la bride, hein ? Surtout maintenant que je sais ce qui attend les malheureux qui ont la malchance de te déplaire.

Emma lui donna un petit coup de poing joueur dans le bras, mais ouvrit de grands yeux au contact du tissu humide de sa veste.

— Tu es blessé !

Lorsqu'elle bondit sur ses pieds, pourtant, il s'empressa de l'attirer de nouveau sur le lit, près de lui.

— Ne t'en fais pas, j'ai juste besoin d'un peu de repos. Je guérirai aussi bien que toi. Tu as vu ? Ta jambe va déjà mieux.

— Peut-être, mais je veux aller te chercher des bandages. (Elle l'examina de la tête aux pieds.) Les mains… le torse… Oh, Lachlain…

Il n'était absolument pas prêt à la laisser quitter la chambre, surtout sans lui.

— Ne t'inquiète pas. (Il ne lui lâchait pas la main.) Maintenant que je sais que tu m'aimes, je vais exploiter tes sentiments pour t'obliger à me dorloter.

Elle s'efforça de retenir un sourire – en vain.

— Mais dis-moi, tu vois autre chose… (Il toussota au creux de sa main.) …dans mes souvenirs ?

Cela risquait de devenir délicat.

— La plupart des visions me concernent, d'une manière ou d'une autre, répondit Emma, visiblement désireuse de contourner le sujet.

Cette précision n'arrangeait rien. Le voyait-elle parfois se masturber en pensant à elle ?

— Mais encore… ?

— Ce sont des éléments de ton passé. Je te vois aussi admirer mes sous-vêtements.

Elle rougit.

— Dis-moi, ma chérie, tu sais pourquoi ça me met mal à l'aise ?

— Moi aussi, ça me met mal à l'aise ! Si jamais je te voyais avec une autre, je crois que ça me tuerait.

— Est-ce que par hasard tu serais jalouse ?

— Oui ! s'écria-t-elle.

Là, par contre, c'était de mieux en mieux.

— J'aime que tu sois possessive, mais je n'aime pas que mon esprit te soit aussi ouvert. Qu'est-ce que tu as vu d'autre ?

Elle lui décrivit quelques visions : une campagne militaire, une de leurs nuits d'hôtel, un moment où il la contemplait – enfin, son derrière –, l'achat du collier…

— Tu m'as vu tuer ?

— Non, jamais.

— Tu m'as vu éjaculer dans ma main ?

Les yeux d'Emma s'écarquillèrent.

— Non, mais…

— Mais quoi ? (Comme elle ne répondait pas, il lui mordilla l'oreille.) Allez, dis-moi…

— J'aimerais bien, reconnut-elle dans un murmure quasi inaudible, le visage enfoui contre sa poitrine.

À cet aveu, une onde brûlante le traversa.

— Vraiment ? demanda-t-il d'une voix rauque.

Lorsqu'elle hocha la tête contre son torse, il s'aperçut qu'elle éveillait son désir, malgré ses blessures.

— Tu sais que tu n'as qu'à me dire ce que tu veux, ajouta-t-il.

— Mais il y a des choses que je ne veux pas voir ! Quand… quand tu as couché avec d'autres femmes, par exemple.

— Oh, je ne m'inquiète pas pour ça. Je ne me souviens d'aucune d'elles.

— Je ne suis pas sûre…

— Moi si. Toutes les scènes que tu viens de décrire ont été essentielles dans notre relation, de mon point de vue. Je me rappelle parfaitement les moindres d'entre elles, même les plus lointaines.

Comme elle fronçait les sourcils, perplexe, il expliqua :

— Tu t'es parfois réveillée trop tôt. Le jour où les troupes campaient près du ruisseau, j'étais malheureux parce que je ne te connaissais pas. Juste après m'être lavé la figure, je me suis juré que rien ne m'empêcherait de te trouver. Que je ne me contenterais pas de t'attendre, mais que je te chercherais jusqu'au bout du monde. Et à l'hôtel, où tu nous as vus ensemble, je me suis promis de faire absolument tout ce qu'il fallait pour que tu sois mienne, de ne reculer devant rien, même les choses les plus déshonorantes. Cette nuit-là, j'ai compris que tu pouvais me transformer en paillasson.

— Et... et les autres ?

— Le collier ? Pendant tout le voyage, en rentrant à Kinevane, je l'ai gardé contre moi la nuit, persuadé que je te verrais le porter un jour. Et la fois où j'ai admiré tes fesses... parce que tu as des fesses sublimes, auxquelles je pense souvent... je me suis faufilé avec toi dans la douche. Quand je t'ai fait l'amour, sous l'eau, tu m'as chuchoté à l'oreille que tu ne pensais pas pouvoir vivre sans moi.

— J'ai dit ça ? murmura-t-elle.

— Oui. Alors tu vois, tu n'as aucune raison de t'inquiéter, ma douce. C'est un genre de télépathie. Des tas de couples le pratiquent... (Il fronça les sourcils.) Sauf qu'en général, ça marche dans les deux sens. Tu partageras ce qui t'arrive avec moi, comme si j'avais ce don-là aussi ? Pour qu'il n'y ait plus jamais de secrets entre nous ?

— Plus de secrets, d'accord.

— *Emmaline !*

Le hurlement les fit sursauter tous les deux. Regina, qui suivait Annika de près, leva les yeux au ciel en découvrant les amants enlacés.

— Écarte-toi de ce monstre ! gronda la chef de maisonnée.

Emma laissa échapper un petit couinement, visiblement gênée d'être surprise au lit en compagnie de Lachlain, puis son expression se fit provocatrice.

— Non.

— Tu n'es pas sérieuse. Nous en discuterons plus tard, quand tu iras mieux. (Annika se tourna vers Regina.) Éloigne-le d'elle.

Cette fois, le ton trahissait le dégoût.

Emma se raidit.

— Ne t'avise pas de le toucher, Regina.

— Désolée, ma puce.

La Radieuse tira son épée, s'approcha du lit en un clin d'œil et glissa la pointe de sa lame sous le menton de Lachlain avant qu'il puisse réagir. Il se figea, mais ses blessures et Emma, à demi allongée sur lui, le ralentissaient de toute manière considérablement.

— Pose… immédiatement… cette épée ! scanda Emma.

— Tu as perdu la tête, ma puce. Pourquoi veux-tu rester avec lui, alors qu'il te donne des cauchemars ? riposta Regina.

— Il faut à tout prix t'éloigner de ce… ce Lycae, renchérit Annika.

— Je reste avec ce Lycae !

Les yeux d'Emma avaient brièvement viré à l'argenté.

— Tes cauchemars…

— Ne regardent que nous. (Regina poussa légèrement son épée en avant.) J'ai dit *non* !

Le revers partit à une vitesse phénoménale.

La Radieuse traversa la chambre en vol plané, pendant que Lachlain en profitait pour se redresser. Il fit aussitôt rouler Emma derrière lui. Toutefois, les choses ne se passèrent pas vraiment comme il s'y attendait, puisque Regina sourit de toutes ses dents au lieu de se jeter sur eux, après s'être dégourdi la mâchoire.

— Ah ! Ça fait soixante-cinq ans que j'essaie de t'apprendre à bouger comme ça !

Elles étaient toutes complètement cinglées, à part Emma.

— Tu as vu ça ? (La question s'adressait à une Valkyrie surgie de nulle part qui faisait des bulles de chewing-gum, assise sur l'armoire.) Celui-là, elle ne me l'a pas envoyé par la Poste !

Annika joignit les mains.

— Je t'en prie, Emma, sois raisonnable.

Sa fille adoptive pencha la tête vers elle.

— Qu'est-ce qui se passe, hein ? Le manoir aurait dû être pulvérisé par tes éclairs.

Lachlain soupçonnait sa belle-mère de ne pas trouver grand-chose à dire en l'occurrence, du fait qu'elle avait ouvert la famille à un pur vampire.

— Eh, Annika, jeta-t-il, tu devrais lui expliquer pourquoi un Lycae ne fait pas tellement tache, en fin de compte…

Comme Emma le considérait, perplexe, il poursuivit :

— Elle a accepté de reconnaître l'union de sa sœur et de Wroth.

Annika lui adressa un regard de haine.

— Tu sais quoi ? lança Emma à sa mère adoptive. Je sens que tu vas t'y faire… Incroyable, mais vrai. Bon. Du coup, moi, je ne vais pas la ramener et je ne vais pas poser trop de questions…

— Oh, nom de Dieu, Garreth !

Lachlain bondit sur ses pieds, faible et titubant, puis, moitié portant, moitié entraînant Emma, il se précipita vers l'escalier. Regina et Annika suivirent le mouvement en demandant ce qui se passait.

À la cave, Garreth et Wroth soutenaient côte à côte le plafond, qui menaçait de s'effondrer.

— Il faut être idiot pour avoir eu une idée pareille, commenta le vampire d'une voix au calme incongru.

— Ta famille accepte vraiment des pièces rapportées comme *lui* ? demanda Lachlain à Emma.

Le regard de Wroth se posa sur leurs mains jointes. Il haussa le sourcil.

— Il semblerait.

35

— Soirée *cinééé*!

Le hurlement déclencha à travers tout le manoir une vague d'activité valkyrie dont Lachlain eut parfaitement conscience et qui le mit très mal à l'aise.

Il était épuisé par ses blessures, mais aussi parce qu'il avait dû aider Garreth et Wroth à empêcher la demeure de s'effondrer, le temps qu'Annika déniche un entrepreneur du Mythos capable de poser des étais. Ensuite, c'est tout juste s'il avait eu la force de regagner la chambre de son âme sœur, où ils avaient refait leurs pansements ensemble. Lorsque enfin il s'était écroulé sur le lit en y entraînant Emma, il avait failli s'endormir en quelques minutes, la tête de sa bien-aimée sur la poitrine.

À présent, il regardait les Valkyries arriver de tous les coins de la maison. Son bras se crispait autour de sa compagne. Il regrettait de ne pas avoir d'arme.

Certaines des intruses apportaient du pop-corn, qu'elles ne mangeaient pas. Elles se perchaient sur l'appui de la fenêtre ou au-dessus de l'armoire. L'une d'elles bondit même au pied du lit, après avoir persuadé Lachlain de bouger les jambes en les toisant d'un air menaçant.

Il était plus faible que jamais, entouré d'un essaim d'ennemies potentielles. Malgré cette foule, l'absence de Garreth et de Lucia crevait les yeux. Elle était revenue avec le DVD, mais il s'était visiblement produit entre-temps quelque chose qui l'avait assez secouée pour qu'elle reparte aussitôt. Garreth l'avait suivie. Incroyable, mais vrai : ce fut presque avec soulagement que Lachlain vit arriver Wroth en compagnie de Myst. Même si, bien sûr, il échangea avec ce sale vampire un regard noir.

Au moment où ses tantes allaient lancer la vidéo sur sa télé, Emma alluma son vieil iPod qui « datait de Mathusalem » pour échapper à la bande-son du combat et enfouit le visage contre la poitrine de son amant, décidée à ne pas voir « tout ce gore ».

Comme il s'était passé et repassé le DVD, il n'eut aucun mal à en faire abstraction – contrairement aux autres spectateurs. L'heure était venue de réfléchir à ce qu'il avait appris récemment. La première fois qu'il avait vu la vidéo, elle démarrait à l'arrivée de Demestriu dans son bureau, à cause de la programmation d'Hermann, mais Lachlain était ensuite remonté nettement plus loin – des heures, voire des jours avant la visite d'Emma. Le roi de la Horde regardait droit devant lui, prenait sa tête dans ses mains tremblantes, détruisait tout ce qui l'entourait, en proie à une crise de folie... telle que son ancien prisonnier lui-même en avait connu.

Il secoua la tête. Comment aurait-il dû se sentir après des événements pareils ? Parviendrait-il à concilier le passé – et ses chagrins – avec la brève flambée de pitié que lui avait inspirée Demestriu ? Maintenant qu'il avait retrouvé Emma, il se disait qu'il n'était pas obligé de tout mettre à plat. Pas encore. Ils s'en chargeraient ensemble.

Bien décidé à ne plus se poser de questions pour l'instant, il se concentra sur les réactions des Valkyries. Elles se penchaient vers la télé, tendues, attentives au combat. Lorsque Emma fit exploser la vitre, leurs yeux s'écarquillèrent.

— Couillu, approuva Regina.

Les autres hochèrent la tête, sans quitter l'écran des yeux. Ensuite, des rugissements de rire saluèrent l'effroi de leur nièce devant le sang répandu sur le dallage.

— Cette partie-là, je l'ai déjà vue, déclara Nïx à un moment, en bâillant.

Personne ne s'étonna d'une affirmation pareille.

L'assurance que Furie n'était pas morte souleva un tonnerre d'acclamations – une joie que Lachlain s'abstint de doucher en précisant que Furie implorait sans doute en cet instant même la grande Freyja de la laisser mourir.

Enfin, quand Demestriu, vaincu, dit à Emma qu'il était fier d'elle, quelques spectatrices se mirent à pleurer. La foudre se déchaîna autour du manoir.

La vidéo terminée, Emma retira ses écouteurs et leva un regard timide de la poitrine de son amant. Les Valkyries les saluèrent d'un simple signe de tête en quittant leur chambre à la queue leu leu, pendant que Nïx prédisait un succès colossal à *La Chute de Demestriu* : d'après elle, le film ferait un tabac dans tout le Mythos.

Ce fut Regina qui résuma en partant l'opinion générale de la maisonnée :

— Si Emma tient à sa grande brute de Lycae au point d'aller se faire Demestriu, il est permis de supposer qu'elle arrivera à s'en débrouiller.

Annika fut la dernière à s'en aller.

— Tu n'es pas obligée de prendre une décision maintenant, Emmaline. Ne fais pas quelque chose que tu regretteras.

Emma secoua la tête, bouleversée par le chagrin de sa mère adoptive.

— J'ai longtemps cru que c'était à moi de choisir, mais je me trompais. C'est à toi. C'est toi qui décides. Soit tu m'accueilles avec lui, soit je m'en vais.

Lachlain lui prit la main comme pour lui apporter son soutien.

Annika faisait visiblement les plus grands efforts pour conserver son calme. Son visage était de marbre, mais la foudre qui se déchaînait dehors la trahissait : elle se sentait écartelée.

— Je me jetterai toujours dans ses bras, tu comprends, ajouta Emma.

Il n'y avait pas de protestation, pas d'argument qui tiennent contre ça, elles le savaient aussi bien l'une que l'autre. Enfin, Annika se redressa de toute sa taille et toisa Lachlain, le menton haut.

— Les Valkyries ne reconnaissent pas la... le concept d'âmes sœurs... (Elle avait littéralement craché ces derniers mots.) ... comme vous dites, vous, les Lycae. Il va falloir que vous prêtiez serment, tous les deux. Personnellement, je m'intéresse surtout au moment où le mâle jure de ne jamais se servir de l'union qu'il contracte pour nuire à la maisonnée d'*aucune* manière.

— Le mâle a un nom, riposta Lachlain. Si vous préférez qu'Emma le porte aussi, rien ne pourrait me faire davantage plaisir. Quant à la promesse qui vous intéresse, je la ferai sans problème.

Elle se tourna vers sa fille adoptive, suppliante, mais Emma secoua lentement la tête.

— Très bien, reprit Annika d'une voix dure. Ne glisse pas ici en sa compagnie plus souvent que nécessaire.

Lorsqu'elle sortit enfin, d'un pas rageur, ils l'entendirent marmonner pour elle-même :

— La maisonnée a sombré dans le chaos...

— Glisser ! Mais c'est vrai ! s'exclama Emma. On peut rendre une petite visite à mes tantes quand on veut. Gé-nial ! On viendra de temps en temps le week-end, dis ? Et à Mardi gras ? Au festival de jazz ? Oooh, je veux absolument te voir manger des écrevisses !

— Je suppose qu'il est possible de courir dans un bayou comme dans une forêt, admit Lachlain, à regret.

Elle se rembrunit d'un seul coup.

— Mais je ne suis pas sûre de vouloir que tu traînes autour de mes tantes. Elles sont tellement belles...

Il ne put se retenir de rire, tellement l'idée lui semblait ridicule, mais fit la grimace lorsque ses blessures se rappelèrent à son souvenir.

— Elles ne t'arrivent pas à la cheville, ma chérie. Non, non, ne discute pas, j'ai des yeux, je sais ce que je vois. (Il lui passa doucement le pouce sur la joue.) Et puis, il n'y en a pas une pour hurler à la lune comme ma petite Hobbit.

— Je vous trouve bien impertinent, monsieur le loup-garou, répondit-elle d'un ton sévère en se penchant pour l'embrasser.

À cet instant précis, un cri perçant s'éleva au rez-de-chaussée :

— Qu'est-ce que tu racontes, une facture de carte bleue à *six* chiffres ?

36

Emma l'Improbable
Emma la Tueuse de Rois
Emma de la Triade

Sa page à *elle* dans le Grand Livre des Guerrières !

Regina, Nïx et Annika l'avaient emmenée – avec Lachlain, car elle s'était montrée inflexible – dans la salle de la guerre, où elles l'avaient entraînée jusqu'à l'antique piédestal ornementé au-dessus duquel brillait la lumière. Puis elles avaient tiré le gros volume de son coffret en plexiglas, avant de l'ouvrir à sa page.

Son portrait y avait été peint au-dessus de ses nouveaux noms, écrits dans la langue d'autrefois, et de la mention *Guerrière aimée de Wotan*. Guerrière. C'était presque trop beau pour être vrai. Emma effleura de ses doigts tremblants les reliefs dessinés par les lettres sur le parchemin très doux.

Elle tua Demestriu, roi de la Horde, le vampire le plus âgé et le plus puissant du monde, qu'elle décida d'affronter seule.

Reine de Lachlain, roi des Lycae. Fille bien-aimée d'Hélène et de toutes les Valkyries.

— Regardez-moi ça ! (Emma fondit en larmes.) J'en jette drôlement sur le parchemin !

— Mais pas tes pleurnicheries, protesta Regina. C'est dégueulasse !

— Et vous avez laissé de la place pour plus tard!

La guerrière du jour renifla. Nïx lui tendit les mouchoirs en papier qu'elle avait eu la présence d'esprit d'apporter pour lui éviter de tacher le livre.

— Bien sûr. Même si tu passes l'éternité à flemmarder en compagnie de ton grand méchant loup, il fallait bien qu'on pense à tes héroïques enfants infernaux.

Emma rougit, tandis que Lachlain la serrait contre lui d'un bras protecteur.

— Nous avons décidé d'un commun accord de ne pas avoir d'enfants, annonça-t-il, la tête haute.

Nïx fronça les sourcils.

— Ma foi, mes visions à ce sujet sont plutôt fiables, en général, mais si vraiment vous ne voulez pas devenir parents, ne la laisse surtout pas se nourrir à la manière humaine... et encore moins pendant des semaines d'affilée, ou elle se retrouvera enceinte plus vite qu'une lapine après une cérémonie de la fertilité druidique!

— Mais je ne peux pas... balbutia Emma. Je suis une vampire... Nous ne pouvons pas avoir d'enfants.

— Bien sûr que si. Il suffit que tu te nourrisses différemment.

Comme Lachlain ne semblait pas convaincu, Annika prit le relais:

— Réfléchissez... Que font les humains, qui les différencie de la plupart des créatures du Mythos? Ils mangent les fruits de la terre, et ils se reproduisent. Les deux sont liés.

Le cœur battant, Emma se rappela ce que Demestriu lui avait raconté: Hélène avait partagé ses repas avant de tomber enceinte.

— Alors, un Lycae avec une... une Valkyrie...?

— Tu veux savoir si tu auras de petits monstres qui courront partout en mordant les chevilles des gens? (Nïx pouffa.) Bien sûr... au sens le plus littéral. Tu n'es pas le premier produit d'un croisement interracial dans le Mythos, tu sais. Des vampires capables de se promener au soleil, des Lycae se nourrissant de foudre, des Valkyries heureuses de courir dans la forêt, la nuit. (Sa voix s'était emplie d'émerveillement.) Et ils ont une sacrée *force*. Regarde-toi.

Emma se tourna vers sa mère adoptive.

— Pourquoi ne m'en as-tu jamais parlé ?

Annika secoua la tête en levant les mains – un geste de défense.

— Il ne m'est jamais venu à l'esprit que tu pensais à ce genre de choses, et encore moins que tu te faisais des idées aussi bizarres.

— Quand le désir d'enfant la prendra au cœur, tout ira bien, assura Nïx à Lachlain. Il faudra juste qu'elle mange normalement pendant neuf mois, minimum.

Emma fit la grimace en se passant la langue sur les lèvres. L'idée de mastiquer lui répugnait.

— Bon. En attendant… (Nïx s'interrompit, le temps de leur adresser un sourire lascif.) …passons à la lune de miel ! (Comme les deux impétrants restaient sidérés, elle agita la main, agacée.) On aurait dû régler ce genre de choses pendant les trois heures de conseil prématrimonial obligatoires…

Ce week-end-là, Emma et Lachlain furent unis au cours d'une brève cérémonie toute simple, suivie d'une fête aussi bizarre que tapageuse. Les Valkyries se réunirent ensuite dans la salle télé, vautrées de-ci de-là, les yeux rivés à l'écran.

Les jeunes mariés les accompagnaient, mais, malgré le film, Lachlain ne tenait pas en place. Quant à Emma, elle décrivait du bout du doigt dans sa paume des cercles paresseux.

Il n'avait convié aux festivités que Bowen et Garreth, alors que le clan tout entier mourait d'envie de faire la connaissance de la petite reine qui avait tué Demestriu. Dans ces cas-là, les Lycae aimaient se saouler, se vanter, se lancer des piques, et il imaginait parfaitement la réaction – violente – des Valkyries, ces folles qui ne buvaient pas une goutte.

Lucia n'avait pas tardé à « aller faire un tour », d'après ses sœurs, ou à « s'enfuir », comme le disait plus exactement Garreth, qui s'était empressé de la suivre. Bowen, après avoir distraitement félicité Lachlain, avait passé une heure à discuter dans un coin avec Nïx. La conversation terminée, il s'était montré mystérieux, préoccupé, et n'avait pas tardé à repartir.

Wroth avait eu l'audace de venir, en compagnie d'une Myst rieuse. Il promenait autour de lui des regards qui mettaient quiconque au défi de l'envoyer promener, mais les Valkyries lui témoignaient la même indifférence qu'à Lachlain : à voir leur désinvolture, on aurait dit qu'il avait toujours appartenu à la maisonnée. Annika seule faisait exception. Quand elle avait repéré le vampire, son menton s'était abaissé de quelques degrés.

— Furie va me tuer… l'avait entendue marmonner Lachlain.

Il n'arrêtait pas de se tortiller sur son siège. À son avis, il avait recouvré assez de force pour partir le lendemain. Il était physiquement prêt à reprendre les relations sexuelles avec son *épouse,* mais il n'avait aucune envie de le faire sous ce toit.

Il se leva, la main tendue, et Emma y glissa la sienne, un sourire timide aux lèvres. En passant devant l'écran, ils esquivèrent de justesse une volée de pop-corn.

Lachlain ignorait où il emmenait sa bien-aimée. Dehors, peut-être, dans la nuit brumeuse. Tout ce qu'il savait, c'était qu'il la désirait, qu'il avait besoin d'elle, maintenant, tout de suite. Elle était tellement merveilleuse. Lorsqu'il était en elle, lorsqu'il la serrait étroitement contre lui, il avait moins l'impression qu'elle allait lui échapper.

Mais à peine étaient-ils arrivés dans un couloir désert qu'il l'adossa au mur en se collant à elle, la main derrière sa nuque, pour lui demander une fois de plus:

— Tu restes avec moi, alors?

— À jamais. (Elle se cambra, les hanches levées vers les siennes.) Tu m'aimes?

— À jamais. (Ils parlaient lèvres contre lèvres.) Si fort que ça me rend dingue.

Elle gémit doucement. Lachlain la souleva de terre pour qu'elle lui noue les jambes à la taille. Ils ne pouvaient pas faire l'amour là, évidemment, mais le souffle d'Emma à son oreille lui faisait un peu oublier pourquoi.

— Si seulement on était à la maison, murmura-t-elle. Au lit.

À la maison. Elle avait bien dit «à la maison». Et «au lit». Jamais il n'avait rien entendu de plus agréable. Il la plaqua contre le mur en l'embrassant passionnément, avec tout l'amour qu'elle lui inspirait, mais soudain il se sentit tomber, perdre l'équilibre. Son premier réflexe fut de la serrer dans ses bras en se contorsionnant pour encaisser le choc de dos.

Il rouvrit les paupières au moment où ils s'effondraient sur leur lit.

Les yeux écarquillés, bouche bée, Lachlain lâcha Emma et s'accouda à côté d'elle.

— Ça, ma chérie, ça décoiffe... Tu ne veux pas me prévenir, la prochaine fois?

Elle hocha la tête, solennelle, s'assit à califourchon sur lui, puis se débarrassa de son corsage en le faisant passer par-dessus sa tête pour dévoiler son exquise poitrine.

— Mon amour... lui chuchota-t-elle à l'oreille, effleurant son torse de ses seins. (Frissonnant, il l'empoigna par les hanches.) Je vais te montrer... ce que c'est... quand ça décoiffe *vraiment*.

Mais il la fit rouler sur le dos et lui arracha ses vêtements, avant de se débarrasser des siens de manière tout aussi expéditive. Lorsqu'il plongea en elle, sa bien-aimée cria son nom en se cambrant merveilleusement contre lui.

— Cette démonstration-là, mon amour, je te la réclamerai demain. D'abord, je vais te prouver que moi aussi, je suis doué pour *décoiffer* !

Extraits du Livre du Mythos

Le Mythos
« … *les créatures conscientes, quoique non humaines, constitueront une strate qui coexistera avec celle des hommes, mais restera à jamais dissimulée à leurs yeux.* »

Les Valkyries
« *Lorsqu'une jeune guerrière pousse un cri sauvage au moment d'expirer sur le champ de bataille, son appel monte jusqu'à Wotan et Freyja. Les dieux envoient la foudre la frapper, la recueillent en leur demeure et préservent à jamais son courage en sa fille immortelle, une Valkyrie.* »

* Les Valkyries tirent leur subsistance de l'énergie électrique terrestre, puissance collective qu'elles se partagent selon leurs besoins et qu'elles restituent en cas d'émotion intense sous forme de foudre.

* Elles sont douées d'une force et d'une vivacité surnaturelles.

* On les appelle aussi *femmes oiseaux* ou *vierges guerrières*.

* Ce sont les ennemies jurées de la Horde.

La Horde
« *Dans le chaos originel du Mythos s'imposa une société de vampires, confiants en leur froideur naturelle,*

leur logique implacable et leur dureté impitoyable. Origi-
naires des rudes steppes daces, ils émigrèrent en Russie,
quoique, d'après la rumeur, il en subsiste en Dacie une
enclave secrète. Chacun d'eux est à la recherche de son
ou sa fiancé(e), l'époux(se) qu'il aimera éternellement,
qui lui livrera son sang ou l'éveillera à la vie véritable, en
lui donnant le souffle et en faisant battre son cœur. »

* Ils sont capables de se téléporter– de « glisser »,
suivant leur propre expression.

* On les connaît aussi sous le nom de *Daces*.

* La plupart des autres factions du Mythos sont
leurs ennemies jurées.

Les Lycae

« Un fier et robuste guerrier du peuple keltoï*– qui*
devait plus tard porter le nom de Celtes– fut tué dans la
fleur de la jeunesse par un loup enragé, mais le brave se
releva d'entre les morts. C'était devenu un immortel, en
qui subsistaient l'esprit latent de la bête et certaines de
ses caractéristiques: le besoin de contact, une indéfec-
tible fidélité au clan, un appétit immodéré des plaisirs
de la chair. Il arrivait aussi que le loup s'éveille en lui… »

* On les appelle souvent *loups-garous* ou *bêtes de
guerre*.

* Ce sont les ennemis jurés de la Horde.

Les Abstinents

« … dépossédé de sa couronne, Kristoff, le souverain
légitime de la Horde, parcourut les champs de bataille de
l'Antiquité à la recherche des guerriers les plus forts, les
plus valeureux, prêts à rendre leur âme aux dieux. Cette
habitude lui valut le surnom de Visiteur des Charniers.
Il offrait à son armée toujours plus nombreuse la vie éter-
nelle, en échange d'une loyauté éternelle à sa personne. »

* Il s'agit en fait d'une armée de vampires consti-
tuée d'humains métamorphosés, qui ne boivent pas
directement aux veines des êtres vivants.

* Ce sont eux aussi des ennemis de la Horde.

Les Furies

« *Si vous avez fait le mal, implorez le châtiment...* *avant leur arrivée...* »

* Ce sont des guerrières impitoyables, dont le but est de châtier les malfaisants lorsqu'ils ont échappé à une juste punition.

* Leur chef n'est autre qu'Alecto l'Implacable.

* On les appelle aussi *Érinyes* ou *Euménides*.

Les Spectres

« *Nul ne connaît leur origine, mais leur présence glace tout un chacun.* »

* Créatures fantomatiques hurlantes. Invincibles et, pour l'essentiel, incontrôlables.

* On les appelle aussi l'*Antique Fléau*.

La Démonarchie

« *Les tribus démoniaques sont aussi diverses que les tribus humaines...* »

* Ensemble des dynasties démoniaques.

* Certains de leurs royaumes se sont alliés à la Horde.

La Maison des Sorciers

« *... les immortels dotés de pouvoirs magiques, pratiquant les arts blancs ou noirs.* »

* Mercenaires de la magie qui vendent leurs sortilèges.

Les Goules

« *Les immortels eux-mêmes redoutent leur morsure...* »

* Ce sont des humains transformés en monstres féroces, à la peau verdâtre luisante et aux yeux jaunes, qui répandent la contagion par morsure et griffure.

* Leur seul but est de devenir toujours plus nombreuses en contaminant leurs victimes.

* Elles sont réputées se déplacer en *troupes*.

L'Accession

« *L'heure viendra où tous les immortels du Mythos, des factions les plus puissantes – Valkyries, vampires et Lycae – jusqu'aux fantômes, changeformes, elfes, sirènes et autres, seront condamnés à s'entretuer.* »

* Tous les cinq cents ans. Maintenant, peut-être…

Découvrez les prochaines nouveautés
de nos différentes collections J'ai lu pour elle

AVENTURES
&PASSIONS

Le 1er juin :

Inédit *Lady Carsington* ⊗ **Loretta Chase**

Pour échapper à ses parents hystériques, Peregrine Lisle vit en Égypte.
Lors d'un séjour à Londres, il retrouve Olivia Carsington. Fantasque,
capricieuse, elle s'amuse à faire tourner la tête aux hommes, car elle refuse
la vie ennuyeuse d'une épouse. Olivia rêve d'aventures. Quand Peregrine
part pour l'Écosse pour restaurer un château hanté, Olivia s'arrange pour
l'accompagner. Dans ce rude pays, ils vivront des péripéties inattendues,
trouveront un trésor et peut-être l'amour.

Inédit *L'épouse de Lord Mackenzie* ⊗
Jennifer Ashley

Lady Isabella Scranton n'a pas peur du scandale. À 18 ans, elle s'enfuit et
épouse lord Mackenzie, peintre de talent. Après quelques années de
passion orageuse, elle décide de quitter son mari. Mais le destin va réunir
ces deux êtres qui se sont toujours aimés.

Les frères Malory — 5 *Une femme convoitée* ⊗
Johanna Lindsey

Audrey a décidé d'être vendue aux enchères pour sauver sa famille de la
ruine. Vint-cinq mille livres, c'est une somme. Mais aux mains de qui est-
elle tombée ? Acheter une femme n'est pas dans les habitudes de Derek
Malory. Pourtant, il lui a semblé criminel d'abandonner cette malheureuse
à ce pervers d'Ahsford, son ennemi.

Le 15 juin :

Inédit   ***Une nuit dans tes bras*** ❧ **Liz Carlyle**

Phaedra enquête sur la disparition de Millie, la sœur de sa bonne, et de son bébé. Soudain, un homme s'écroule à ses pieds, mort, poignardé. Tristan Talbot est à la recherche du tueur. Phaedra, persuadée que les deux affaires sont liées, insiste pour l'aider.

Inédit   ***Trois destinées — 1 L'impulsive*** ❧ **Tessa Dare**

Lucy est amoureuse de Toby, qui l'ignore. Pour s'entraîner à le séduire, elle prend comme cobaye Jeremy, l'ami de son frère, un homme austère.
Lucy et Jeremy se prennent à leur propre piège, tombent amoureux et doivent se marier. Jeremy emmène son épouse dans son manoir, un lieu qui va devenir une prison dorée pour Lucy, qui n'a connu que la liberté. Peu à peu, elle découvre le lourd secret qui a traumatisé Jeremy, et va devoir lutter pour eux deux.

La lande sauvage ❧ **Rebecca Brandewyne**

Une nuit d'orage sur la lande écossaise… Éperdue de chagrin, les yeux brouillés de larmes, Maggie court à perdre haleine. Fuir pour oublier : Esmond, qu'elle aime en secret depuis toujours, vient de lui annoncer qu'il rompt leurs fiançailles. Qu'il en aime une autre ! Debout sur la falaise, elle veut fuir son destin. Un bras puissant arrête son geste insensé. C'est Draco. Bâtard et fier de l'être, il est haï et méprisé de tous… Par dépit, elle se donne à lui. Une nuit d'ivresse, un instant d'éternité où seul compte le tourbillon de volupté qui embrase ses sens, l'extase inconnue qu'il lui offre. Le lendemain, pour le prix de son silence, il exige le mariage.

**2 rendez-vous mensuels
aux alentours du 1ᵉʳ et du 15 de chaque mois.**

$\mathcal{P}$assion intense

Quand l'amour vous plonge dans un monde de sensualité

Le 15 juin :

 Sept nuits d'amour ✑ **Evangeline Collins**

Pour sauver sa famille de la ruine et garder l'héritage de son frère qu'elle élève, Rose Marlowe travaille pour Madame Rubicon, tenancière d'une maison close. Belle, jeune, raffinée, elle attire les clients les plus fortunés de la haute société. Un soir, elle est demandée par James Archer, un richissime commerçant qui vient chercher un peu de réconfort. Rose va lui offrir sept nuits d'amour, et peut-être plus…

Inédit **Liaisons sulfureuses — 3 Mystère** ✑
Lisa Marie Rice

Nick Ames a un charme fou ! Charity, jeune bibliothécaire y succombe en un clin d'œil. Vite, très vite, trop vite… elle va l'épouser… sans savoir que ce beau millionnaire est un agent secret qui compte l'utiliser pour approcher un dangereux terroriste russe.

> *2 romans tous les 2 mois*
> *aux alentours du 15 de chaque mois.*

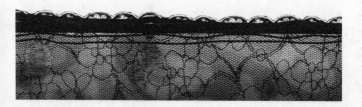

FRISSONS

Du suspense et de la passion

Le 15 juin :

Les enquêtes de Joanna Brady — 3
Tuer ou se faire tuer ∝ **J.A. Jance**

Un homme est accusé d'avoir maltraité et sauvagement tué sa femme. Personne ne croit en son innocence, à part la nouvelle shérif du comté de Cochise, Joanna Brady. Elle est persuadée qu'un tueur barbare rôde dans le vaste désert d'Arizona, près, très près de sa petite fille.

Ricochet ∝ **Sandra Brown**

En descendant du car, Olivia a l'impression de suffoquer. Cela fait dix ans qu'elle a quitté la Louisiane. Sans la lettre de tante Callie, il est probable qu'elle n'y serait jamais revenue. Dure épreuve que de retourner à la maison, admettre son échec, accompagnée de sa petite Sara... Elle n'a plus eu de nouvelles des siens depuis qu'elle s'est enfuie avec un cow-boy vedette de rodéos. Vont-ils lui pardonner ses erreurs ? Osera-t-elle affronter Seth, le compagnon de son enfance...

> *Nouveau ! 2 romans tous les 2 mois*
> *aux alentours du 1ᵉʳ de chaque mois.*

**Sous le charme
d'un amour envoûtant**
CRÉPUSCULE

Le 1er juin :

> **Inédit**

Les ombres de la nuit — 5
Amour démoniaque ⊗ **Kreysley Cole**

Cade, que nous avons rencontré dans un précédent roman, est l'héritier en
second du trône des démons. Leur royaume a été volé par un sorcier, Omort
the Deatjless. Chassé, Cade est devenu mercenaire, surnommé Le faiseur de
rois parmi les membres de la Lore. Un jour où on lui propose d'acquérir l'é-
pée magique, seule capable de vaincre Omort. La condition : livrer une jeune
fille au frère d'Omort qui la convoite. Or, cette jeune fille, Holly, est celle qui
est prédestinée à Cade.

> **Inédit**

L'exécutrice — 2 Trahisons ⊗
Jennifer Estep

«Je m'appelle Gin Bianco, l'Araignée, la tueuse à gages la plus redoutée du
Sud. Je suis à la retraite, mais on dirait que j'attire les ennuis. L'autre jour,
une fusillade a éclaté dans mon restaurant. Les balles ne m'étaient pas
destinées. Elles visaient Violet Fox. Depuis que j'ai décidé d'aider Violet et
son grand-père, je me demande si je suis réellement à la retraite. Et
l'inspecteur Caine se le demande aussi.»

> **Nouveau ! 2 romans tous les 2 mois
> aux alentours du 1er de chaque mois.**

Et toujours la reine du roman sentimental :

Barbara Cartland

« Les romans de Barbara Cartland nous transportent dans un monde passé, mais si proche de nous en ce qui concerne les sentiments. L'amour y est un protagoniste à part entière : un amour parfois contrarié, qui souvent arrive de façon imprévue.
Grâce à son style, Barbara Cartland nous apprend que les rêves peuvent toujours se réaliser et qu'il ne faut jamais désespérer. »

Angela Fracchiolla, Rome, Italie

Le 15 juin :
La belle et le léopard
La duchesse a disparu

Inédit   *Le prince des brigands*

9215

Composition
CHESTEROC LTD

Achevé d'imprimer en Italie
par GRAFICA VENETA
le 06 mai 2011

1ᵉʳ dépôt légal dans la collection: mars 2010.
EAN 9782290023488

ÉDITIONS J'AI LU
87, quai Panhard-et-Levassor, 75013 Paris

Diffusion France et étranger : Flammarion